台灣當代
宗教小說作家群像

林慶文——著

序　小說與日常生活中的信仰

宗教是人賴以生存的一種世界觀。

宗教信仰在生活中實踐，超越的性質與世俗價值互相作用，透過經典詮釋與儀式的變遷，可以看出社會思想傳承和斷裂的作用。大規模的宗教活動，節日禮俗的信仰行為，是古禮與現代思潮的共同作用，而傳承的思想內化，常使信仰者習焉而不察，在集體儀式中的熱情和孤獨的冷靜沉思，可以是信仰時冷熱的兩種態度，尤其個體信仰是生命抉擇的跳躍與轉變，關涉整體意義的追尋。

幼年時，有數次記憶猶新的經驗，生於清末的曾祖母為了躲避與其年齡相仿的女伴對她傳福音，神態慌張地舉著纏足的小腳，快步登樓藏匿，還不忘交代我向對方稱說自己不在家，她的小腳何能遠離？來者自然不信，她們在樓下喊道數聲曾祖母的名諱，要她早日信主之後，方才緩緩離去，這是早期地方教會宣教的見證。附近一條街上清晨依稀傳來玄光寺做早課的梵音唱誦，街頭轉角禮拜日早上有基督教浸信派教會的讚美詩歌，另一邊是天主教聖保羅教堂，附設外籍醫師。約略同年齡時，有一次「媽祖」遶境經過家門，曾試圖阻止祖母「鑽轎腳」的舉動，為的是怕她受傷，使我訝異的是，她甩開我的手時，那股不像是源自她瘦弱身軀的力道，分明是她奔赴信仰對象時所迸發出來的力氣。遠房親戚中有人是王爺信仰的乩童，也看過一位工人，他曾是東港「東隆宮」的八家將成員，某一個午後，他的踏步與另一名女工的「車鼓陣」步伐，進退間合演成姿態奇異、即興的民俗探戈，誰說這不是儀式中可能蘊涵的神祕或慶典狂歡。國中時，初見《金剛經》裡的「六如偈」而神移，應該是文辭的優美大於佛理的了解，另一事則是同學借走我嘗試閱讀的《楞伽經》。高中時見親戚間有信仰一貫道，也有禮敬居家齋姑的長輩，還有一位同學的兩位姑母，一位出家為比丘尼；一位成為修女，讓我訝然好奇她們的家庭風氣。大學時見有學弟在租屋內供奉不知從何處迎來的佛像，這些生活周遭的宗教現象反映台灣社會的民俗與精神層面。

C. S. Lewis 在〈中世紀人的想象與思想〉篇中談到中世紀人的宇宙觀、宗教和生活觀，主要得自於不同書籍的引用、改寫以及不同文化來源的思想，當然也有對自然環境物質所產生素樸的直覺，最後形成那個時代的特徵，他作了一個比喻：

> 與其說中世紀是一個未開化的年代，倒不如說它是一個歷經了文明之遺失的年代。舉一個誇張但並非完全不真實的例子，這好比一隊遭遇船難的人

試圖在荒島上開始建立自己的文化，他們憑藉的正是碰巧留在船上的一堆古怪的書籍。

他認為不同時代的文化就是在當時人的想像與思想作用下，形塑而成的一種生活「模式」，所謂「模式」就接近所謂的世界觀，對於身處當代生活「模式」的人而言，常忽略「當代」其實是一個遺忘時間的空間場所，因為「當前化」（presentization）這種此在即時、切身的感受而忽略過去的記憶，以至於對過去常以現有的經驗思想去作全知式的想像解讀，所以當代思想及一切生活特色就是將來有一天被想像的現在，如果這種時間觀沒被揚棄的話，台灣是移民社會，文學的宗教書寫也理應豐富多元。

個人原先從事先秦宗教文化研究，得龔鵬程先生指導，泛覽先秦漢魏晉部分典籍時，特別留意典章制度的宗教建置，得梗概而成《統一帝國之宗教──（221 B.C～8 A.D.）》一書，闡述從封建到郡縣，政治體制的轉變與宗教型態的相應變革，這部分的認識，其實只注意到「國家－宗教」集體意識型態的部分，至於個體信仰的宗教經驗與實存感受中的宗教意識沒有進一步說明，這當然涉及到人的宗教經驗與傳統宗教經典「言說」方式的問題。宗教存在的基礎，從個體的宗教參與、生活反省或經典閱讀，都離不開相關經驗的「言說」（或「非言說」）方式，而文學作品，作為人類精神的表現形式，尤其帶有宗教議題的作品剛好可以會觀集體宗教型態與個體宗教思想，正如同語言文字的語法結構與個人修辭表現，可以相應說明集體與個體生活間的相應關係，基於這層自覺，又得洪銘水先生指導，將研究方向轉入當代台灣文學中的小說領域。文學類型的選擇之所以特別以小說為研究對象，在於小說的敘述結構可以涵蓋各種文類，綜合的傳達作品中所呈現的「世界觀」，是個體與集體對話，生成當代精神與物質生活的場域，當然也涵蓋台灣的宗教精神。

台灣文學研究以往多側重社會議題，主要問題意識與批評對象來自於歷史上，各時期不同文化的政權在資源與權力分配上的公義問題，近者例如，70 年代「鄉土文學論戰」所引起的相關論述，對話方向在殖民文化霸權下，國家的文化體制、鄉土與現代西方社會思想的交流影響，這些問題都由生存的迫切所迸發，卻在文學領域展開激辯，因為文學的寫實與想像，是人類對生存空間的反省與改變的能力展現，而面對問題的現象應該有更多元的思考，不論是鄉村或城市，都是人生活環境的憑藉，在環境的變遷中，信仰思想的超越與與宗教儀式與之相應的型態變化，都可以作為台灣社會整體思想深度的觀察，對台灣當代文學做宗教思考也在為台灣文學研究領域做擴充與調整，把常見的社會學詞彙轉成宗教用語，讓小說人物象徵的社會階級對話轉成在宗教中感到疑惑、批評或虔誠的信仰獨白，不分社會身分，只

聽取存在者的聲音。方法上也先要擱置一些宗教觀念和型態的認識，類似方法例如，近代歐陽竟無在 1921 年於南京高師哲學研究會的講演錄：〈佛法非宗教非哲學而為今時所必需〉，這篇文章中的觀點認為，佛法不是宗教、哲學，主張「佛法就是佛法，佛法就稱佛法」，所持理由在於宗教、哲學的觀念譯名起自外來文化，觀念型態與佛法不相應，偏離本來佛法要義，也就是說在一種新觀念作為新的認識方法運用上，存在著認識參照上可能帶來的偏離，從而有了時代思潮的轉變，又例如，晚清致力於社會變革之士，其中譚嗣同、宋恕、夏曾佑等人皆有相當佛學的理解，從影響層面而言，應如何看待這一時期宗教思想的特色及個人實踐所起的作用（相關史學觀念及方法可參看王汎森，《執拗的低音——一些歷史思考方式的反思》，允晨，2014）。各種宗教有其相應的專有詞彙，或作為修行、理解進路或團體凝聚所必須，但宗教雖超越而不離日常，詮釋取材上既具體又抽象的可以是對日常生活的一般言說，而更細緻或隱喻的言說則是宗教文學的作品，透過作品解讀，可以大致理解當代宗教思想的趨向。

　　台灣當代小說中的宗教書寫，透過小說家的社會觀察與其自我意識的對話，可以印證，如果宗教是人對超越的認識，這些小說家正以其作品言說個人獨特的宗教經驗與社會觀察，這種經驗在對其生活環境提出一種「敬虔的想像」，帶有超越或預言性質的實存經驗的言說，因為，宗教修行者不必然書寫或根本就採取非書寫的實踐功夫，而宗教社會學、宗教型態學、宗教人類學研究者也不必然曾有特殊的宗教經驗，在劇烈變革的時代，人際網路互動方式複雜、多元族群信仰，環境資源、物質科技與技術操作的問題思考，本質和形上理念的語用逐漸被揚棄，當代台灣文學中作為超越義探求的宗教書寫還未普遍，就此方向加以思考，或許可以探究台灣精神主體性或個人超越向度的未來領域，在當代宗教信仰作為社會現象的問題觀察上，傳承而來的信仰必須經受撞擊叩問，如同一口古老鑄就的鐘，在當代也要能發出醒人的聲音才對。

　　本書各章以宋澤萊的部分為最早，篇名原作〈宋澤萊的小說與宗教體驗〉，收入《1997 東亞漢學論文集》（1998），因在此之前有短暫的讀經團契，聚會中曾以神學觀點檢驗宋澤萊小說的異象或預言修辭而得。附錄一篇原名〈非愚即狂——當代小說的瘋癲修辭〉，收入《北台國文學報》，第 2 期（2005），以小說中異常的語言現象——「瘋癲」，觀察現代性意義的書寫，作為看似理性的對立——「瘋癲」，可以是接受多元文化時的精神激盪，或是語言內部的變異調整，作為策略運用以批評或適應環境的變遷，而在宗教信仰或文學藝術中的「瘋癲」語言，是理性深刻的反省或是朝向超越的理性跳躍，也應該是思潮研究的重點。當代台灣小說中的宗教書寫好比先知 Sibyl 口中的預言或手中的預言書，都是描寫關於「相信」的文字，紀錄當代台灣文學中對人和社會虔誠的關懷。

附記

　　本書寫作修改有得啟發於宗教學者江燦騰教授，因同校授課而有請益之因緣。今年 7 月間，有一次印象深刻，當時獲來電垂問，手中正執筆抻紙書《世說·規箴》盧山遠公講論勉人精進之事，一時頗訝善誘者用心之巧合，出版時更得文史作家蔡登山先生之助，是皆勸學之大家，特誌於此。

2018 年 12 月於臺北城市科技大學

全書摘要

　　本書主要以作者論歸納研究之方法，觀察姜貴、李榮春、朱西甯、李喬、陳映真、東方白、七等生、東年、許台英、宋澤萊、林蒼鬱、王幼華（此按時代先後）等多位台灣宗教小說作家之「宗教性關懷」（the religious concern），所謂「宗教性關懷」乃指作者有明確之信仰自覺（faith awareness）或朝向超越（transcendent）之企求而又發為作品之宗教修辭，表現在他們作品中的特徵是運用較多的哲學、思想、宗教等問題的議論修辭，這些修辭的敘述形式可視為一種類似告白（confess）的心理意識的呈顯，使研究者可從其意義中看出在朝向超越途徑上的異同，並指出其主要關注的主題。

　　方法上採用作者論之原因在於：個別的宗教經驗及意識難以類化處理，尤其在側重心理考察方面；歸納的方式則取其最能貼近考察對象之心理並容許彼此間最大的變異，這種研究對象及範疇上的開放，源於試圖尋找或定義（define）當前台灣小說中，可加以宗教性研究的類型，並藉以對照社會、政治意識型態等支配性論述。

　　透過研究可以發現，當前宗教小說有趨向社會批判的特色，然而主要是小說家的人道主義主張而非社會學的趨向超越的合理社會結構理念的制度設計或宣揚，此當然是文學家與社會學家書寫立場與預設的最大分野，而社會批判的精神又可視為先行代作家的影響及一己信仰上之依據。另一方面，在宗教多元的社會型態中，所論及之作家或有政治意識型態上左右翼尖銳對立之分，但在宗教教派主張上卻無一是宗教排外論者（exclusivism），而多出以宗教包容的立場，此或為自由主義及宗教世俗化（secularization）之現象反映，弔詭的是這難道不是一種自我統一卻與外在矛盾的現象嗎？如果將政治與宗教均視為意識型態的話，在台灣，顯然是政治對立的激烈程度要大於宗教，換言之，外在的社會性對立要大過於內在的精神性對立，或者該說是宗教其實可以視為理性對話的可能基礎（就宗教對立問題比較不嚴重的台灣而言）。從而值得加以重視的是文學作品中的宗教性表現，是作者有意形塑其獨特世界觀之價值理念並予以闡揚（當然，在全球化的趨勢下，作者試圖單方面輸出特定理念並捍衛其意識型態勢必在眾多價值觀念的衝擊下降低其影響效能），或在宗教多元而對話的趨勢下，作描述性的舖寫，循此再加以反面的思考即是，作者在宣揚其宗教理念時，如何避免理念先行致使作品淪為工具性目的，其次，多元宗教的文化社會現象，作者如何別微見顯地反映複雜的多聲部喧嘩，如果

他不採取迴避而願意加以嚐試以擴張小說中的精神版圖及深度的話。

在多位作家如：李喬、東年、宋澤萊、東方白等人的書寫上，可以發現其往往基於自己的特殊理念，在非神學或解經詮釋原則下，對宗教典籍之經義加以別裁地解釋或運用，此種審美（文學之表現）意義的自我主張與宗教教義之間的牴牾，該如何辯證地運用與說明，是作者該澄清亦是詮釋者該質問處。

在新生代的作者中不乏將文學寫作視為是一種宗教修行，或有意識地將文學作品朝宗教的範疇去思考，甚而是可預期的新興宗教題材的書寫，本書中問題的提出，都將與這些新產生的宗教書寫匯成當代台灣宗教精神的圖譜，而這項期望更築基在這樣的磐石：我們領悟了作品中的宗教關懷，然而更需要喚起深刻內在體驗的宗教作品及宗教作家。

附論一篇〈非愚即狂 —— 當代台灣小說的瘋癲修辭〉，以瘋癲的非理性心理為主題，考察各家書寫特色與造成此心理意識的社會脈絡，別有深意的是，其中幾位作家，如七等生、宋澤萊、舞鶴、王幼華等人，同時也有較多宗教主題的作品。透過以上的研究，彰顯當代台灣小說呈現的宗教心靈圖譜，讓讀者感受曾經或未曾經歷的精神顫慄。

目　錄

第一章　導　論

第一節　前　言

　　對當代台灣小說中的宗教現象的研究，應該是詮釋上另一種可能的開拓，相較於社會、政治的觀點而言，它其實早該是一項重要的理論對照，詭譎的卻是，我們彷彿也默認宗教課題在當前小說研究領域中的缺乏是一個頗為合理的現象，或許這種「態度」恰好是反映小說中宗教「言說」（不管是贊同或攻訐等不同社會立場及意識型態的對立）普遍匱乏的因素之一，或者我們該期待研究典範的轉移。

　　以現代中國小說而言，宗教作為小說內容淺薄與否的依據，還屬夏志清在《中國現代小說史》中的「偏見」為最早：

中國現代小說在心理方面描寫的貧乏，可就宗教背景來加以分析。
現代中國文學之膚淺，歸根究底說來，實由於其對「原罪」之說——或闡釋罪惡的其他宗教論說——不感興趣，無意認識。當罪惡被視為可完全依賴人類的努力與決心來克服的時候，我們就無法體驗到悲劇的境界了。[1]

這是依基督教原罪觀對社會主義文學的批評，當然有人會不表贊同[2]，但是在中國，即使是 50 至 70 年代無神論、唯物論支配所有文藝思想的時候，還是有許多的「宗教修辭」可見於講述正統黨史的革命歷史小說中[3]，說明不必然是基督教思想，實際上在無神論及反宗教思潮最徹底的實踐中，還是有宗教的言說在起作用，不管其是否有意識地加以表述。只不過在小說的類型學（Typology）及內容歸類上，似乎還未能形成有宗教的專門類別，以前述夏志清在《中國現代小說史》對許地山小說（主要是〈玉官〉一篇）所獨特運用的宗教觀點之洞見為例，後來實啟發了學者

1　夏志清著，劉紹銘編譯，《中國現代小說史》，（台北：傳記文學出版社，1991），頁 502。

2　例如龔鵬程便不同意「夏先生對中國文學缺乏宗教意識以致不如西洋文學之論斷」，雖然他並未言明究竟宗教意識能否作為深淺良窳之判斷標準之一。陳義芝主編，《台灣文學經典研討會論文集》，（台北：聯經出版事業公司，1999），頁 484。

3　見黃子平《革命‧歷史‧小說》一書第五章〈「革命歷史小說」中的宗教修辭〉，他把「片斷性地進入文學敘事而又『混而析之』的民間信仰文化資源，稱為『小說中的宗教修辭』」。（香港：牛津大學出版社，1996），頁 76。

對許地山的宗教思想及宗教學術事業研究的一些關注[4]，足以說明許地山小說所蘊涵的深厚人生道德與宗教關懷，然殊有別意的是晚至九四年上海文藝出版社所編《中國現代名作家名著珍藏本》系列中，將許地山一書稱為「靈異小說」，足以見出是最富宗教氣息者的作品尚不得冠以宗教一詞更遑論其他[5]。

在整體文化的趨向上，社會的集體意識（尤其是非宗教的強勢因素）大於個人意識；對宗教的社會機制與個人的宗教關懷未能予以觀念上的甄別辨析，可能也是造成小說中「非宗教」（倒寧願是「敵宗教」）性書寫較為普遍的現象，關於此種「集體／個人」在宗教思想上的爭論，在當前漢語神學界以劉小楓的體會可能最深，從《拯救與逍遙》（風雲時代，1990）以下，《現代性社會理論緒論──現代性與現代中國》（牛津大學，1996）、《漢語神學與歷史哲學》（漢語基督教文化研究所，2000）及帶有神學旨趣的文學性敘述《沉重的肉身──現代倫理的敘事緯語》（牛津大學，1998）等晚近的作品，都有一個以個體生存體驗對抗傳統精神內化的主軸，尤其在《沉重的肉身》中，藉著昆德拉（Milan Kundera）的小說理論和卡夫卡（Kafka）的作品等，突出啟蒙以後個人在「自由主義的生存倫理觀」上[6]，展現人在實存感受所要面對的道德領域上的模糊與其中試圖重建個人道德秩序時的無依與痛苦，準乎此，故而在生存體驗的敘述上，小說可能是一種獨特的告白，如果其中有任何宗教思想的話。

對台灣小說加以宗教性研究而不該被忽略的是《兩刃之劍──基督教與二十世紀中國小說》（《DOUBLE-EDGED SWORD─CHRISTIANITY & 20TH CENTURY CHINESE FICTION》）著者路易斯‧羅賓遜（LEWIS STEWART ROBINSON）──按：據書名可知其意義得自〈希伯來書〉四章12節：「神的道是活潑的，是有功效的，比一切兩刃的劍更快，甚至魂與靈，骨節與骨髓，都能刺入剖開，連心中的思念和主意，都能辨明。」，其中台灣小說部分其實是屬於從屬地位，這點似乎從後來中譯本只及於「五四」以來的中國小說也得到說明，他的論述其實是演繹的成份居多，尤其方法上正如蕭乾在中譯本的序中所作結：

4　如張賢勇，〈許地山與《達衷集》〉中對許地山宗教因緣及教會史研究的敘述。見《基督教文化評論》III，中國社會科學院世界宗教研究所基督教研究室，1992。

5　雖然在此書之序中宋益喬引沈從文對許地山散文的一段風格評論移為小說特色之說明，但「沈」文中並未見出「靈異」一詞，若說例有先發「靈異」一詞恰巧符合八四年楊牧所編洪範版《許地山小說選》封面折頁裡的說明：「許地山小說兼具理趣和寓意，出入於幻想世界和現實人生之間，筆下帶宗教情操，最能自古典和民間傳說中取材，又富於南中國海域之情調，帆纜甲板，蕉風椰雨，充滿靈異之美。」楊牧編，《許地山小說選》，（台北：洪範出版社，1984）。

6　見劉小楓，《沉重的肉身》中〈永不消散的生存霧靄中的小路〉這一章（頁127～156），他藉昆德拉的小說敘述理論，說明現代小說中的倫理價值模糊，其原因在於現代以來，個人在解除既有的道德教規後，逼顯出人在試圖去重塑或創造價值定位時的抉擇窘境。（香港：牛津大學出版社，1998）。

在現代中國文學的研究中，這本書所選的角度可能有些奇特。它並不涉及
「五四」以來中國文學的交流，然而卻接觸到一個重要的方面：它選擇的
是東西文化的一個交叉點。[7]

說得其實是小說家對基督教形象的認識，用以作為中西異質文化接觸時的一個觀察
剖面。在台灣的部分，討論的主要是七等生、陳映真、朱西甯等人，但實際上並未
深及小說家的宗教意識與主題。至於其他散論的研究範例如李豐楙的〈命與罪──
六十年代台灣小說中的宗教意識〉，其中所謂「宗教意識」指的是一種：

在面對人生中的某些特殊的困境時，所用以因應的也是一種較模糊卻又普
遍存在的宗教心態：諸如天命、命運、功過及罪罰之類。類此國人所共通
認同的宗教精神，其實已成為一種民族文化心理，平常固然只是隱性地存
在，但是一旦面臨生命中的困頓情境時，就會從隱而顯地成為一種顯性的
宗教心理，因此可將它稱為一種「宗教意識」。[8]

李豐楙的民族文化人類學的研究傾向，他注意的焦點其實恰好是前述劉小楓所要檢
討的傳統文化的內化質素，這種對待文化內涵的態度，在鄉土一類的作品修辭裡最
為尋常，在當前此一書寫特色最明顯的或許是蕭麗紅（以下簡稱「蕭」），77 年的
《桂花巷》[9]可視為女性成長史，主角「高剔紅」在桂（貴）月出生，應了她由蓬
門敝戶，先後歷經父喪、母歿、弟遭海難、嫁入豪門辛家卻又夫（「辛瑞雨」）以
病亡，唯有一子長大又遠在異邦，是一生孤獨，但卻能在傳統父權價值的社會裡，
實現女人在家庭中的最大成就，坐穩權威地位一如《紅樓夢》中的賈母典型，雖然
其中要犧牲她原可能有的愛情對象「秦江海」，然而在她生命過程中最大的危機是
寡居後與一燒煙的小廝「楊春樹」（以其神似「秦江海」那自己往日心頭上的人影）
因逾禮之舉而有身孕，但原可能衍成彌天之禍的事件，卻在獨子「惠池」（時已長
大赴日本求學中）的體貼諒解下，攜其赴日產下一女送人撫養。兒子面對母親的不
貞，為人子的自處之理是：

千不是，萬不是，天下只無父母的不是。

7　〔美〕‧路易斯‧羅賓遜（Lewis Stewart Robison）著，傅光明、梁剛譯，《兩刃之劍：基督教與二十
　　世紀中國小說》，（台北：業強出版社，1992），序頁 7。

8　李豐楙，〈命與罪──六十年代台灣小說中的宗教意識〉，收入《台灣文學中的社會》，（台北：行政院
　　文建會　文訊雜誌社，1996），頁 251。

9　蕭麗紅，《桂花巷》，（台北：聯經出版事業公司，〔1977〕2001），此書至 2001 年 3 月已三十四刷。

他甚而了悟，這罪愆應由自己來贖；人活世上，其一言一行，不獨關係自
身福分，尚且是上榮父母，下蔭兒孫。
這不就是先祖列宗所傳下的訓示？
孝行孝思，是漢民族文化的命脈，是伊真正的根；幾千年來，中國歷經多
少戰亂與浩劫，而今天，伊還能站著，便因為伊有這些根，這深深入土的
根！（頁308）

這其中顯示貞節與否關乎情慾與道德的衝突，父歿而母已無為父守節之理，但女人
守節顯然不僅是為其夫至死靡它，不事二夫的貞婦之行到底是以往社會禮教的普遍
價值，當人以一己隱而未顯的罪行去批駁他人時，憑藉的便常是社會性的普遍價
值，舉例言之，〈約翰福音〉八章中，文士和法利賽人依據律法建議要以石擊殺行
淫女人時，耶穌提醒說服眾人退去的不過是人在罪上的軟弱與無能。「惠池」的子
為母隱，成全孝道，其實無形中卻是對傳統婦女守貞時有可能滅絕情理的批評，但
在尊古、返古，甚而是佞古的唯傳統是尚的取向上，「蕭」頌揚傳統的孝道卻無意
指瑕傳統守貞所可能蘊涵的不近情理處，無疑是一種矛盾。再者，書中流露出的宿
命觀，通常是由民間的習俗或信仰來加以傳遞，比如，「剔紅」右手掌紋上的斷
掌──符應女人命硬剋親的忌諱；丈夫壯年因病身故，卻也是化緣和尚早在其十四
歲時從面相上見出而論斷：

這孩子，淚堂平滿，臥蠶又紫，命中定有貴嗣。只可惜，日月無光，二五
難保，且又眉交不分，早歲歸墳。……如此面相，注定不貧則夭，倘生於
窮戶寒門，倒也罷了，偏是財庫豐隆、準頭渾厚，分別富家子弟，業障！
業障。（頁231～232）

當「剔紅」聽道族中大伯公托出這段悠悠往事時，雖不能無怨，卻也終能接受如此
的命運解釋，甚而在多年的世事歷練後，她也具備鑒察人物的火眼金睛，與她締結
兒女姻親的「沈大海」，在其眼中便是如此的角色，「虎目、獅鼻，額闊，印開，
一張大嘴，方方正正，正是呼聚喝散的人。這種神貌，骨相，縱他生存乞丐寮，長
大仍要飛黃騰達，不可一世的！」而後在寡母獨子所以幾乎注定將來是婦姑不諧的
關係中，「剔紅」甚至以其媳婦「碧樓」的淨手聲過急與停屍睡相為賤格、破格，
作為要兒子休妻的藉口，雖其媳婦是柔嫣有加。除外則書中尚有冥婚及業報觀念
等，凡此種種，在81年的《千江有水千江月》[10]（書名出自《四世因果錄》，據頁

10　《千江有水千江月》，1981年初版，同年改二版。獲《聯合報》六九年度長篇小說獎，此書至2000年
已六十刷，閱讀傳播之廣，在當前台灣小說中亦少見。（台北：聯經出版事業公司，〔1981〕2000）。

168。以下簡稱《千江》。）裡，有了更多此類民俗信仰的書寫，已有論者注意及
此作的保守性格，比如楊照在特別舉出其中一段鹿港中元節的民俗信仰舖寫後，加
以批評：「左右兩翼文學行動主義裡的重要元素，我們都可以在《千江有水千江
月》隨處俯拾，然而這部小說本身卻完全沒有任何一點點批判或改造的行動主義色
彩在裡面。」[11] 似乎不必然依從左翼的文學理論去加以批評其中信仰或宗教質素，
但我們可以看出此一鄉土類書寫對信仰層面的保守，這份保守特質從書中瀰漫的受
宰制的個人命運與倫理觀可以見出，主角「貞觀」是平實得人緣而純潔的女子，她
貞一於自我的情感，與其靈犀相通的男子是「大信」，比較特殊的是「蕭」在《千
江》中，營造了一個超穩定結構的傳統社會價值的世界觀，從整個敘事結構來看，
它宛如在衍繹《禮記‧月令篇》的精神，（「蕭」於《禮記》定當嫻熟，書中為了
突出「大信」的君子形象，安排了一段他寄書《長生殿》給「貞觀」而不忘在書末
附上《禮記‧昏義篇》中的字句：「敬慎重正而後親之」（頁 277），昭示「大信」
謙謙君子，非先王之德性不敢行的心跡。）在以「貞觀」、「大信」發乎情止乎禮
的美好交往與家族親友的生老病死過程，經緯織成庶民的生活面貌，他們全都哀樂
於一個恆常的時序流轉與禮儀中，像是去註解《荊楚歲時記》、《東京夢華錄》等
生活型態的編戶齊民，試觀其中某些章節句首的安排：

　　1 之 1「貞觀是出生在大雪交冬至彼時。」
　　4 之 2「端午節那天。」
　　9 之 2「這日七月初七，七夕日。」
　　10 之 2「七月十五，中元節。」
　　12 之 2「貞觀：中秋快樂！」（「大信」在外島軍旅生活時馳函。）
　　14 之 2「卅這一天」（除夕）
　　15 之 1「六十一年七夕，剛好是陽曆八月十五日。」

節日的重要與歡樂氣息，自然有區別日常生活時間中「聖 / 俗」的作用，它同時也
反映一套集體的價值意識，在此具現中國傳統思想的「普化的宗教」（diffused
religion）特色，而

　　普化宗教的特質就是其教義儀式及組織都與其他世俗的社會生活及制度混
　　而為一。[12]

11　楊照，〈從「鄉土寫實」到「超越寫實」──八〇年代的台灣小說〉，收入《台灣文學發展現象》，（台北：行政院文建會　文訊雜誌社，1996），頁 141。

12　見呂理政，《天、人、社會──試論中國傳統的宇宙認知模型》，前言頁 2，（台北：南港中研院民族

明顯地對照西方的「制度化宗教」（institutional religion），所以《千江》裡，大量的民俗修辭，直可視作是瀛海采風錄，而整個宗教與社會體制的互滲結合，提供了個人在安身立命上的終極意義，進而人在天覆地載中混成天、地、人「三才」的連續性宇宙認知，這本是素樸的傳統價值，換言之，「蕭」在這方面是繼承多於批評，或幾乎不見微詞，讀者從其中也認識到人在遭逢喪亂時，整個傳統價值結構提供何等的社會功能。而以「蕭」文字流露的氣質或經驗而言，她似乎是對冥冥中的直覺感應與宿命帶有極深的體悟，書中某些看似伏筆的情節，好像都不只是修辭上的安排，根本已是一種預感與命定，比如提到「貞觀」小時候表哥出事前幾日與長大後父親發生意外當夜的夢兆，以及多次與「大信」的心電感應，或由於對業報、因果等觀念的深切理悟，96 年的《白水湖春夢》[13]（以下簡稱《白水》）裡，《華嚴經》、《地藏經》、《阿彌陀經》、《金剛經》、《楞嚴經》、《密勒日巴日記》及諸禪偈充滿行間氛圍，梵唄唱誦不絕，早已形成她心目中的庶民（或自我）生活的精神依歸，從書前扉頁的題辭：「寫給 —— 在世間受傷的」一句，明顯有意以佛法來對治人世的痛苦，也將寫作的功德迴向人間。全書的內容，寫的是「白水湖」一地數個家族三、四代間的滄桑幻化，整體而言，各家族間的彼此關係並不密切，較強的聯結只是地域上的緣故，當然，在總數共 314 頁的長篇中，要涵攝如此的歷史縱深與活動廣度殊非易事，或許也正坐此因素，所以在封底也才會有一篇若不含標點而字數已長達 799 字的情節本事，俾便讀者可以概觀大要。而《白水》的書寫型態，印證從《桂花巷》及《千江》發展至此的脈絡，可以見出，「蕭」的悲憫觀照正逐次放寬個人的視域，從家庭（《桂花巷》）→家族（《千江》）→地域（《白水》），逐次展露宏觀人世的胸襟，以佛法作為「大歷史」觀察及解釋的意圖也更顯豁，相較於大格局的嘗試，另一個鮮明的特徵是，「蕭」的佛學旨趣常暴露出女性性別的書寫身份，強調「女身」的生命中的艱難宿命，而她筆下的女性難題其實多半是源自家庭中的傳統規範對女性角色的桎梏，鮮少從女性的獨立意識去思索慕道求道的可能，（我們或許願意從這方面去期待她未來書寫上的轉向）這方面的例證如：「素卻」與婆婆兩人談論女人的難處時，婆婆追憶幼年印象：「我七、八歲時，常追阿嬤去寺裡，聽經、念佛都有，一個很老的和尚師父看我一眼，說一句：情重，得女身；受苦，沒藥醫！」（頁 96）婆婆是產婆，為無數女人接生，見過太多女人的痛苦，而從一位老和尚（男性或超越男女別）口中去直斷女性的情苦則別饒深意；而書中尼師度化女人的例子亦不止其一，有「妙還尼師」在市場見遭人凌

所，1980）。在這部書稿中對民間信仰有近乎簡易百科全書式的討論，透過它對鄉土派書寫中的信仰修辭，可以作為方便的理解背景。

13 蕭麗紅，《白水湖春夢》，（台北：聯經出版事業公司，〔1996〕1997）。

辱產下一子的孤女瘋婦「石榴」，一句「妳這苦，底時了??」（頁124），「石榴」忽然神智清明，要隨尼師出家；再一例是「大寂寺」中的「自來師」年輕時所嫁非人，被丈夫追打至市場，巧遇師父，一句：「妳這苦——不知要念佛？」（頁277）種下日後出家宿緣，而全書第九章則更藉著：女性「鐵夢」舖寫了一大篇女性的「懺情記」與佛理體悟。「鐵夢」被在美國的男友遺棄後，往訪昔日老師「沈月照」，機緣巧合地得知沈老師的妹妹「月塘」，在得到賓州大學比較文學博士後回國，往至石岡「大寂寺」修行，已歷十五年的時光，「鐵夢」本意欲至埔里「蓮花寺」尼庵暫住，在與老師唔談後，趁此機遇在「大寂寺」請謁就教順便歇心，從而對佛理禪機更有理會而契入更一層[14]。綜觀《白水》全書以敘述者口吻道出的佛理心得必定是虔修有日者始能，絕無意造的矯情，其餘如依「因緣和合」、「依他起性」、「無自性」等根本觀念勘破世人貪財好貨的執迷以及因果業報、輪迴等說法（第二章中的「陳棋」原以算命為業，卻在佛理中看見人的渺小，將「渾沌館」招牌摘下不再執業。），勉人不殺生以達護生的目的更屬其餘事（如第四章寫「水龍」等三個叔伯兄弟以賣豬肉為業，在一連串的不順遂之後，萌生轉業念頭，夫妻兩人同至廟中求籤，竟然得同一籤：「千百年來碗裡羹，冤深似海恨難平；欲問世間刀兵劫，但聽夜半屠門聲。」（頁134））因而，若說此書是以佛理為理念先行之作，亦不為過，而且也可算是鄉土一類書寫中，表現宗教思想較為豐富者，如果再對照比如96年李秀《井月澎湖》中的「溫王爺」信仰，水燈及拜懺[15]，都只是鄉土民俗風情的表徵，說的是宗教的社會功用，未能從信仰對象的背景或教義去稍加反思，有的也只是庶民精神生活的集體意識反映，「蕭」系列著作的宗教意義就更加顯著。

　　但是準此以上一類的作品亦暫不在本書的關注範圍，其中緩急之關鍵標準，在於所選的研究對象，多半呈現個人內在的存在危機感或道德價值重估的不確定感、或是不同宗教體悟在內心所形成的衝突感受，換言之是一種動態而模糊的痛苦追求，表現一種朝向明顯預設前的生命歷程，如果現代思潮流扇所及的個人倫理危機已然是當前社會的徵候之一，他們採取步向與媚俗者相反的幽徑，敢於背叛自己，在萎靡的時代中，至少還延續幾分悲劇的古典意義。

14　從女性的角度來說情苦，「蕭」在《千江》的後記〈正色與真傳〉中引了《紅樓夢》作例子，說道不論是紅樓裡的「晴雯」或自己的祖母，「是凡為中國女子，不論兒女、官婦，都襯在相同的布幕、背景裡，都領受五千年歲月的光與影交織而出的民俗、風情，和一份悠遠無限的生活體驗。」（頁377）文末選以唐代圓澤和尚「三生石上」的傳說來訴盡民族「情」字的綿綿流長，這當然是小說家的多情，即以《紅樓夢》而論，史學家如余英時倒是從中看出曹雪芹以「情」字所代表的自然觀念──遠紹自魏晉阮籍者流所藉以對抗禮教的思想，試圖在十八世紀去顛破鐘鼎宦宮之家所象徵的禮教，史家所言，可信而不可愛如此。余英時文見《史學與傳統》，頁236～262，〈曹雪芹的反傳統思想〉一文，（台北：時報文化出版社，1992）。

15　李秀，《井月澎湖》，（台中：晨星出版社，1996），頁47～51。

　　再以類於宗教性主題研究為例，施懿琳的〈白先勇小說中的死亡意識及其分析〉[16]，量化處理了小說中人物的死亡事件及情節，逆溯白先勇成長經驗中面對死亡的經驗及帶出 60 年代現代主義裡存在主義式虛無蒼白的時代背景，藉以說明作品中大量死亡描寫的原因，這其實是文學修辭的研究法，從思想或宗教層面至少應該論及作者、作品中人物面對死亡的觀念及面對死亡的態度，當然若就文學範疇而言自有其合理性，只是我們提出另一種可能的思考途徑，以宗教主題深化其中所蘊涵的道理。此外則尚有記號學的研究方式，王文興的天主教信仰及文本提供了最佳的研究範例，如張漢良〈淺談《家變》的文字〉（《中外文學》 第 1 卷 12 期，1973，5）、〈王文興《背海的人》的語言信仰〉、鄭恆雄〈文體的語言的基礎 ── 論王文興的「背海的人」〉（《中外文學》第 15 卷 1 期，1986，6），其中張漢良對王文興的文本在「文學與宗教」間的位置提出如下的判斷：「在王的作品中，語言不再是傳達信仰的媒介，反而成了信仰本身。」[17] 此一見解最足使「語言中心論」者深思。而王文興將書寫行為儀式化、神聖化，究竟是耽溺在書寫行為本身的獨特個人經驗及對書寫結果的留痕 ── 文本產生的過度珍視；還是由類似儀式本身的象徵作用引發對超越的祈向？前者是自我滿足的封閉性格，後者若以「語言彰顯存在」的角度而言，特殊的言說方式，決定特殊的存在型態，在其獨特的言說中，似乎未能予人有朝向超越的感受，或許如其所自訴，以《背海的人》為例，「呈現的是無神論者的宗教觀」[18]，因而是以個人的信仰知識與體會去作否定式的肯定，用

16　龔鵬程編，《台灣的社會與文學》，國立中正大學歷史研究所．台灣研究論叢 3，（台北：東大圖書公司，1995），頁 195～234。

17　張漢良，〈王文興《背海的人》的語言信仰〉，《文學與宗教》，第一屆國際文學與宗教會議論文集，（台北：時報文化出版企業有限公司，1988），頁 440。

18　此處《背海的人》所指為上冊，洪範版，初版的時間為 1981 年，而王文興正式領洗成為天主教徒的時間為 1985 年的復活節，故而是領洗前的作品。在 1986 年秋，輔仁大學外語學院所舉辦的第一屆國際文學與宗教會議中，王文興與英籍的萬雷安．葛林（Graham Greene）、日籍的遠藤周作三人成為會議討論的重心，會中王文興自承此書為無神論的宗教觀，這部分的記載見康來新編，《王文興的心靈世界》，（台北：雅歌出版社，1990），頁 27。此書亦為有關王文興文學與宗教方面相關議題或論點的彙整。而王文興以無神論的宗教觀書寫《背海的人》，其無神論的型態為何？從無神論的語源（希臘文"a" ── 否定語氣詞，和 "theos" ── 神，結合而帶有無神意味）及其發展型態而言，或是「唯物的」、「人本的」、「科學的」各有不同面向，在《背海的人》上冊，表現在修辭上可以作為判斷依據的並不明確，但是在 1999 年出版的下冊裡，尤其是頁 305～321，王文興藉著主角「爺」為了向外國神父借錢，刻意想出一些宗教問題以製造彼此話題的情節安排上，有了較多的宗教修辭，比如，「人究竟有無自由」、「今生、永生何者為重？」、「人的苦難是來自上帝或魔鬼？」這些是神學上的永恆問題，雖然佔全書比例不多，但可以視為王文興在宗教問題上有了較「清楚」的議論，而且是以疑問的形式出現，就更符合「宗教產生於人對自我之有限存在的不停扣問」這種看法。大體而言，王文興對無神論的模擬，或可視為是近代無神論的主要特徵，即人文主義的信仰自由，這個整體氛圍的描述，正如 J．B．默茨（Johann Baptist Metz）在《歷史與社會中的信仰 ── 對一種實踐的基本神學之研究》書中所形容，傳統危機來自於所有價值的私人化，「正如市民將宗教變成他私人求助的服務性宗教那樣，他也使傳統成為他私人應用的價值。文化工業這個詞所表達的便是這個濫觴於啟蒙運動的過程。」（頁 49）〔德〕．J．B．默茨（Johann Baptist Metz）著，朱雁冰譯，（香港：三聯書店，1994）。而或許也

迂迴的方式說明：當人類排除信仰及救贖的可能時，人的下場如何？但是這種書寫態度是否是基於對超越的不可言喻的神祕特性，或者對超越的象徵其實是可能的，只不過是採取排除或否定的進路來加以呈顯，這種懷疑從文本上來判斷並不能得到確切的觀察。另一方面則是，目前幾乎所有的論者都將觀注的重點指向文本所「反映」（在此不得不暫用這個注定會被尊崇文字至上觀念的王文興所反對的語詞）的現代主義倫理思想及與之相符應的前衛文體，基於以上的幾點因素，類似於王文興的文體表現，雖作者有深刻的一些宗教命題的討論，但其較特殊的言說方式與近似無神論的不確定預設，期望未來能以神學語言的研究法加以解釋。透過以上的幾種研究法分析，本文嘗試一個新的研究進路，企圖從「宗教性關懷」（the religious concern）的觀點去探討當代台灣小說中所表現的另一種文學圖象。

第二節　研究方法

　　所謂「宗教性關懷」是先擱置各宗教形態上的認識畛域，觀察基於作者的信仰自覺（faith awareness）或朝向超越（transcendent）的企求而表現為宗教觀點的書寫。基於這幾點要項便可以限定並排除某些超越的人道主張，例如馬克斯主義。宗教的普遍性意義正如〔英〕‧約翰‧希克（John Hick）依據「族類相似概念」所指是：「對於超越的一種關懷」，這個概念可以解消對各宗教下定義的難題[19]。這個觀點在約翰‧希克的另一部著作《第五維度——靈性領域的探索》（THE FIFTH DIMENSION-An Exploration of the Spiritual Realm）[20] 中再度闡明，而「第五維度」

　　正是由於這層因素，張誦聖在〈王文興小說中的宗教和藝術追尋〉一文中，以宗教和藝術範疇互相闡明的方式去解剖《背海的人》（上冊）如何對「宗教感」與「性」進行除魅，說明的背景其實是置於現代主義思潮的發展脈絡中來加以觀察，這一點與她另一篇討論〈現代主義與台灣現代派小說〉中，對王文興等人進行的「高層文化和世界性藝術的雙重追尋」可以更清楚看出，討論現代主義其實有必要對此思潮中所暴露的個人倫理危機作出解釋。張誦聖其他相關論說參見，〈王文興小說中的宗教和藝術追尋〉，謝惠英譯，收入《文學與宗教——第一屆國際文學與宗教會議論文集》，（台北：輔仁大學外語學院編，時報文化出版企業有限公司，1987），頁 421～437。此文又刊於《中外文學》，第 15 卷 6 期，1986 年 11 月，頁 108～119，唯標題作〈王文興小說中的藝術和宗教追尋〉，文中第二小節標題亦有更動，全文部分文字稍有不同。此外，〈現代主義與台灣現代派小說〉一文，見王曉明主編，《二十世紀中國文學史論》第一卷，（上海，東方出版中心，1997），頁 135～156。至於張聖誦考察「現代主義」在台灣文學中的作用，其中數篇籍王文興等小說家的文本分析，探討文學場域上的思想構造，作出演變上的清楚論述，各散篇鳩集成《當代台灣小說論——文學場域的變遷》一書，（台北：聯合文學出版社，2001）。

19　見〔英〕‧約翰‧希克（John Hick）著，《宗教之解釋——人類對超越者的回應》（AN INTERPRE-TATION OF RELIGION-Human Responses of the Transcendent），第一章導論部分，王志成譯，（成都：四川人民出版社，1998）。此處僅取其對宗教多元所下定義的意見，至於希克以上帝為中心的普遍主義宗教多元論，則不在本文預設範圍，但關於這部分的論述倒可參見黃勇〈宗教多元論和宗教對話〉，《道風》漢語神學學刊，第 4 期，1996 年春。

20　〔英〕‧約翰‧希克（John Hick）著，王志成、思竹譯，《第五維度——靈性領域的探索》（THE FIFTH

的概念在突出時間空間四個維度之外的超越界維度，同時批判了自然主義、人本主
義及唯物主義的無神論立場，他以為：

> 世界各大宗教都提供了一個綜合性的宇宙觀念。只要人們相信這樣的圖景
> 並使之成為我們的意向性結構，它們能自動地影響信仰者的生活方式。它
> 們為我們規定了整體的生活意義。（頁 65）

這個超越界的保證在於使個體的轉化成為可能，它印證一種歷程，使得

> 偉大的靈魂就是已——通過非常緩慢地——經歷一場轉化，即從自然的自
> 我中心轉向以超越者、神聖者、神、終極者為中心。私我觀已在相當程度
> 上被超越，個體對更大實在來說已變得「透明」，而實在不同程度地就體
> 現在他或她身上。（頁 40）

各種不同宗教形式的現象，不應被視為互斥的對立狀態，而應當看作是對超越界的
積極回應或創造性的探索與闡釋，至於所生發的模糊與曖昧，或可視作是對超越的
象徵與言詮上，在無窮逼進時的伴隨現象。個人對超越界的意向性結構在信仰的實
踐上，在模糊或曖昧的信仰心理辯證下，常體現為整體的強烈危機感或恐懼與焦
慮，個體要質疑的是一個整體性的問題：「人（或自我）與世界的關係如何？」這
個終極問題的提出，在小說中表現為一種「世界觀」的型式，當它呈現祈向超越的
特質時，也就體現了一種「宗教性」的色彩。另一方面，主體的「宗教性」也表現
在對「世界圖象」的合理化過程，雖然我們此處所指多是心理意義，而非社會學的
社會結構本質優先個人的看法，但〔德〕·韋伯（Max Weber）的「世界圖象」可
以視為個體意義追求的一種態度：

> 只有當救贖的理念所表示的是一個有系統且合理的人的世界圖象
> （Weltbildes），並且代表一種面對世界的態度時，此一觀念才具有獨特的
> 意義。這是因為救贖的意義及其心理性質——無論是意圖的還是真實的——
> 都有賴於這樣一個世界圖象與態度。直接支配人類行為的是物質上與精神
> 上的利益，而不是理念。但是由理念所創造出來的世界圖象，常如鐵道上
> 的轉轍器，決定了軌道的方向，在這軌道上，利益的動力推動著人類的行
> 為。人們希望自何處被拯救出來，希望被解救到何處去，以及——讓我們
> 也別忘了——要如何才能被拯救，這些問題的解答全在於個人的世界圖

DIMENSION-An Exploration of the Spiritual Realm），（成都：四川人民出版社，2000）。

象。[21]

韋伯說的正是在目的論的古典形上學被解咒後，任意性隨意性充斥的事件裡，只剩下因果的機械關係時，人如何不斷去追尋意義，營造一個價值結構，所有的反思與懷疑的精神被看做是不斷追尋意義的過程[22]，當然所採取的解決方式（有神論、無神論、各種各樣的宗教），則視乎個人最終的抉擇。大抵而言由於自我意義之探尋，使得具「宗教性」特質的作者通常在文本中有思想或哲學思考的修辭，或許可以稱之為內省的（reflective）敘述性習慣，我們可以依據這些部分，視為文本中一種獨特形式的告白（confess），再依其主題加以分析。

在研究對象上採歸納方式，按照小說的類型學指出：這種方式的進行是從特定階段的觀察中指出體裁的特色，考察歷史性文類（historical genres），優點在於貼近文學現象[23]，而「宗教性」的表現屬於個體最深刻的內在體驗無法加以類化，這也是諸如前述《兩刃之劍》或是如劉勇的《中國現代作家的宗教文化情結》及〔奧地利〕·雷立柏（Leopold Leeb）的《論基督之大與小：1900～1950 年華人知識分子眼中的基督教》等書[24] 皆採用作者論的書寫原因，本文亦依此方式，以作者論為主，按其宗教屬性再序以年代先後，可略成不同宗教或同一宗教但有實踐差異的類型圖譜，同時期望將來有更多的宗教性書寫出現，依此架構得出譜系的更多說明，據以呈現台灣當代文學中的宗教精神。

21　〔德〕·韋伯（Max Weber）著，康樂、簡惠美譯，《世界與宗教》，（台北：遠流出版社，1989），頁71。

22　見石元康，《當代自由主義理論》中，〈多神主義的困境〉這部分的觀念。（台北：聯經出版事業公司，1995），頁 177～194。

23　小說類型概念可參陳平原，〈小說類型與小說史研究〉，收入《文學史》第一輯，陳平原、陳國球主編，（北京：北京大學，1993）。

24　劉勇此書乃從文化背景去做宗教與文學間相互影響的研究，是把宗教視為文化現象之一環，屬文化研究，這與本文主要從個體宗教意識內部加以考察的觀點不同。《中國現代作家的宗教文化情節》，（北京：北京師範大學出版社，1998）。而雷立伯其書以其對西方新教、公教的文化氛圍較為嫻熟涵泳的背景，剖析中國知識分子對基督宗教教義或文化的理解（comprehension）狀況。《論基督之大與小：1900～1950 年華人知識分子眼中的基督教》，（北京：社會科學文獻出版社，2000）。

第二章　隱者的宗教生活
—— 李榮春（1914～1994）

摘　　要

李榮春的宗教性書寫反映的是宗教信仰的生活常態，若說接受某一種信仰是生命歷程的內在冒險，他在作品《魏神父》中紀錄了自己在受洗前後所表現的特殊經驗，朝超越者縱身一躍前的悸動不安與信仰之後的寧靜，是當前少見具宗教經驗的修辭，而與異教間的互動對話，呈現的是庶民生活幽深雋永的智慧。

第一節　前言 —— 單純的信仰

彭瑞金曾以「文學隱士」來形容李榮春（以下簡稱「李」）的性格，載其行誼中記其終身未娶（可謂以修士精神為文學守貞）以零工糊口，處孤絕的狀態下創作，所以「李榮春文學的本質是孤獨的」云云[1]。當然，幾乎所有的創作都可以說是在孤獨處境中的自我凝視[2]，所以對其文學本質的描述 —— 孤獨，其實是對照從日治以來，文學社會性格鮮明的主流價值而言[3]。「李」的窮愁身影甘於澹泊，在他筆下織就的是宜蘭地方誌一般的采風，其中的鄉里或親族的酬答，有生活上天真隨興的語言，而沒有幽闇晦澀的心理剖析，描繪過往生活的片段，常帶給我們一抹懷古的淡彩。另一方面，「李」的自修與飽讀並沒有使他帶有知識分子慣有的懷疑與炫學的身段，倒毋寧是「野有遺賢」，一派甘於肥遁而無悶的真隱。在《烏石帆影》中的幾則短篇與〈魏神父〉裡的宗教主題，除了個人信仰心理的迂迴轉折外，都帶有常民儀式慶典與信仰的樸質美感。

1　參彭瑞金，〈走出孤獨 —— 讀李榮春短篇小說集《烏石帆影》〉，為《烏石帆影》一書序，（台中：晨星出版社，1998）。

2　有關孤獨與創作能力之關係可參考〔英〕·史脫爾（Anthony Storr）著，張嚶嚶譯，《孤獨》（台北：知英文化事業有限公司，1999）。

3　在〈日本人到底幹過那一椿好事？〉的短篇中，對殘酷暴虐的日本警察形象予以生動的描寫，主要還探討了造成日人趾高氣昂的褊狹民族主義精神內化的現象，同時更重要的是，在文中透過「黃順成」、「余老萬」、「吳阿呆」、「鐵釘仔祥」等人的街談巷議，盱衡了清治與日治的政治良窳與社會風氣，結論是日人唯一的好處在革除「纏腳留辮」的規矩，在該諧滑稽中有沉鬱的批判，但在制度文化的簡單對照中，持平的論理，無形中也削弱了反日的憤怒與聲音。文收入李榮春，《烏石帆影》，（台中：晨星出版社，1998）。

〈魏神父〉[4] 縷析自己受洗之前的心理周折與矛盾意識。在另一長篇《懷母》中以一己的初信與心靈得享平安作為首尾章節的安排，彷彿說明了宗教皈向對「李」的重要性，根據「李」的姪兒李鏡明對《懷母》首尾的分析是：

> 在第一章，先生的刀斧非常自然地從他那激盪不安的心理開始刻劃，而這種不安，緣由於先生看到了母親日復一日的年邁體衰，不可避免的終必有永別的一天。先生無法忍受這種情況發生，恐懼著，擔憂著，不知怎麼辦才好，幸好頭城天主堂的魏神父，這位善於釣人的漁夫，從長期的觀察中，知道了先生內心的不安，所以要求先生有空到天主堂參加聚會聽聽道理。然而先生早年接受近代文明思想的洗禮，雖然知道信仰對一個人的重要，但要他信教卻也勉強不來。可是又拗不過神父熱情的相待，為此他矛盾地徘徊在黑夜下，小說的第一樂章在此低吟詠唱著。[5]

《懷母》表達人子孺慕天性，充分流露「李」的風木之悲與不忍讀〈蓼莪〉的浩歎，對慈恩將捨的憂懼或許來自幼年時期對「死亡」的意識的早熟，在〈祖厝〉[6] 一篇中，「他」曾有被死亡陰影宰制的經驗：

> 「我怎麼也想不到每一個人活到老，自然就會死，死了就不能再活，永遠不能在一起了。」他曉得之後，想得就一直想哭起來了。（頁73）
> 「難道人活在世間不是永遠的嗎？回去？要回那裡去呢？難道我不是母親生的嗎？我是從什麼地方來的，自開天地，本來我就一直活在這世間呀。我祗有這一個世間，我不會是從什麼地方來的吧。難道世間之外，另外還有一個世界嗎？」（頁74）
> 他想著，真設法說出自己這一刻的心情，那是一種陷在極端空虛中，一種渴求互相悲憐慰藉的淒涼。（頁75）

---

4 此文見《文學台灣》分三期連載，分別為：20期，1996年10月5日，頁250～279；21期，1997年1月5日，頁221～245；22期，1997年4月5日，頁170～200。在三期的連載中，前兩期均題作「魏神父」，唯下期標題作「衛神父」，同一作而兩名，此現象經2001年5月24日，以電話請益李榮春先生文稿整理者「李鏡明」醫師時，得垂示說明，當統一作「魏神父」為是，篇名前後不一，乃刊梓之誤。又文中原有「魏神父」（魏德惠）及「衛神父」（經向天主教總會及宜蘭頭城天主堂附設聖方濟安養院查詢，衛神父中文名作衛宗賢），均實有其人，對蘭陽宣教奉獻頗多，名不該掩，此正篇名，亦紀「李」寫實其事。

5 〈懷母——人子的告白〉，見《懷母》，書序頁12～13，（台中：晨星出版社，1997）。

6 收入《烏石帆影》，（台中：晨星出版社，1998）。

這一段永恆的「天問」對一位幼童來講是過早的負擔，在〈中秋夜〉[7]裡，也有著類似的刻劃：

> 當他第一次發覺人會死，那時他非常悲觀、苦惱，對世間的看法便完全改變，從此常常會獨自沈思亂想，後來發願要成佛，第一個救度的目標，當然是母親。七歲那時便吃長齊（衍字）齋，約莫有一年不沾渾（當作葷）腥。有一天過節，看到大魚大肉，結果破戒了，佛也做不成了。（頁195）

當然不會有人去苛責他的犯戒，也不會有人理解那位七歲幼童的動機，但是「李」在多歷年所，卻沒有模糊淡忘當時的心境，這令人深思，而李鏡明對終章的說明是：

> 先生謙遜地坐在教堂不起眼的角落裡，隨著悠揚的聖歌聲，將那懷母的情思，隱沒融和在宇宙無窮的懷抱中。（《懷母》書序頁13）

至此李鏡明雖未直述，但或許已暗合「李」的用意（不管是否自覺），這宛如一首安魂曲，在文字的聖樂中弔母也安撫自己的心靈。

第二節　受洗者的悸動

　　「李」的寫實精神也反映在他以神職人員為題目的〈魏神父〉中篇，由〈魏神父〉的篇名很容易使我們想起張系國的《皮牧師正傳》，「張」以「皮牧師」為主軸針砭嘲諷1950年代的台灣小鎮，從教會的生活，具體而微的展現出一幅小鎮的咫尺山水，以靈性的教會運作去對映其中人性的敗德與教友間的互相傾軋，它的基調是批判的，相形之下，〈魏神父〉的主旨顯得善良溫柔，用以記念荷蘭籍的「魏德惠神父」在地方上草萊初闢建立聖堂的功績，不論是凝聚教友的牧人或地方事務的參與，都符合純潔正直的神職人員形象，但最重要的是他在宗教上對「李」的啟蒙與影響，出現在筆下的教友，幾乎都是溫馴的市井升斗小民，「李」的觀察當然是出於知識分子的角度，但卻無絲毫冷硬與虛矯，我們尤其重視的是他對個人受洗一事前後心境上的真實紀錄，至於對知識分子或世俗價值的批評縱然有，卻也是語氣溫順：

7　收入《烏石帆影》，（台中：晨星出版社，1998）。

這裡的一般教友，他們的生活狀況都說不上寬裕，知識程度也不很夠得上
水準，都是些樸素的鄉下人罷了，卻有一顆善良的心靈。至於那些有地位
的，或怕影響了選票，因天主教在這裡還說不上有什麼潛力，還遠不及一
般世俗的力量及其他信仰哩。所以即使他們有心歸向主，不免也是裹足不
前。至於那些自以為聰明過人的知識分子，要他們拋棄成見，虛心謙誠的
跪在天主台前，更非一朝所能為功。（《文學台灣》20 期，頁 253。）

而對自己在信教前的覷睨與矜持也有鮮活的刻劃，

因他從沒有這樣跪拜過，他時常看見那些善男信女跪拜著廟裡的泥菩薩，
總是覺得極為可笑。看到他們那麼年輕摩登；男的西裝革履，女的高跟
鞋，燙著波狀的髮型，精神卻仍停留在原始狀態。想到這他如跪針氈，不
免自覺滑稽。（《文學台灣》21 期，頁 229。）

所謂「精神卻仍停留在原始狀態」當然是貶語，不過距離聖誕日領洗的日子愈近，
卻使「他的精神深處正捲起一陣狂暴的旋風，心情迷惶而苦悶。」甚至有了臨陣脫
逃的打算，但等到自己領洗儀式完成之後，

他感覺自己，已完全融合在一個偉大無窮的愛的整體裡了，不由陶醉在一
種和諧而密切的友愛的喜樂中。這莫非便是天堂，便是性命最大的安慰和
快樂。這更不止是一時的情緒快感，這種感受許是無窮的，或將永遠存留
在他生命裡。（《文學台灣》22 期，頁 177。）

在炙熱的波動情感中更有奧妙的體驗

他仰頭向著高空，作更深的凝視，更看出許多從前一直未曾發現的星光，
好像也更深一層接觸到了宇宙的神祕。（《文學台灣》22 期，頁 177。）

這層感受很可視為內在體驗的言說，於平凡的日常生活或事物中驚悚於存在的不同
感受，最後除敘述自己逃避傳道學校的入學而投入發電廠的營造粗活外，便歸結於
自己在母親墓旁沈思，從這點我們似乎得出一個巧合，在《懷母》的結構上，以自
己的宗教信仰為首尾，而在〈衛神父〉的宗教主題上，卻以對母親的追思作為開頭
與終結，似乎說明了「李」常年對母親的看護，逼使自己一再面對生命與死亡的思
考，從而轉向宗教領域追問生命底蘊。

第三節　宗教心靈互動

　　一位作者處理小說中不同人物、不同宗教互動，是寬容互待或激烈對立，在某種層面上，也可窺出作者面對不同宗教的態度。〈頭城仙公廟廟公呂炎嶽〉[8] 藉「我」來敘述曾是兒時玩伴呂炎嶽的一段行徑，批評現今宗教世俗化、商業色彩濃厚的風氣。「呂」經營布店失敗，遂至仙公廟任廟公，但他的失敗不在經營不得法，而在常年一筆筆公益活動的善款支出，從這點可以看出「呂」的特立獨行，迥異於一般謀利之徒的用心，而他的行善發心與任廟公的志業加以結合，就為原本香火寥落的小廟帶來更新的契機。此外也藉著身份之便，闡述了自己的宗教理念，比如不贊成年輕小姐購買紙箔，因為

> 他的紙箔是賣給那些老頭兒老太婆，以及已經改不掉觀念，腦筋都死了，
> 思想硬化，再起不了什麼作用的人。至於那些年輕小姐，他認為應該更新
> 他們的觀念：她們的思想是可加以善誘改進的。（頁 113～114）

更甚者，他也拒絕年輕的國中女教師的香油錢，認為她們應該將錢寄回家中給母親，而他所婉拒的這些金錢，卻是一般地方寺廟的主要收入。篇中一段戲劇性插曲是離經叛道的「我」，冒著與「呂」翻臉的危險，一時興起朝著廟神「呂先祖」雕像摔了兩記耳光，「呂」非但不以為迕，反而附合著叫道：「打得好，打得好！」這簡直是呵佛罵祖的狂禪風格，卻點出「呂」帶有批評世俗的態度，而且當天主教衛神父、黃傳道和修女造訪仙公廟，「呂」則予以熱切款待，彼此暢談甚歡，流露出民俗宗教裡的寬容，也可能是側記天主教本土深耕的功績。另一方面「李」對「呂」的服事動機，其實也帶有臆測性的批評，比如他以為：

> 仙公廟的主神就是呂洞賓。他（指「呂」）認呂洞賓為祖先，可能是有根
> 據的。至少他們是同宗，那麼，認同宗為祖先，照說也無不可。
> 子孫賢良，那當然是祖先有靈，保佑幫忙，所以是該感激的。那末，他在
> 仙公廟當廟公，可能在意識上，會覺得像在祖厝服侍祖先一般吧。（頁
> 109）

這對「呂」選擇當仙公廟廟公的動機作出揣測，卻也暗示常民信仰在氏族血緣認同上優先於個人救贖或單純敬虔心理的褊狹心態，當然，「呂」能夠在此將二者結

8　《烏石帆影》，（台中：晨星出版社，1998）。

合，實消除了個人內在意識上所可能帶來的緊張關係。

〈劉成與我〉[9]像是紀錄一對好友的情誼，不過將二者的人物性格合起來看，卻可視作是「李」對宗教、哲學與文學追求的辛苦歷程。全文充滿對宗教、哲學與文學在世俗觀點中不切於用的嘲諷，雖有些微自憐卻無憤懟叫囂，反落得幾分獨立蒼茫與世皆迍的落寞。文中的「劉成」是個懶漫疏狂的先覺者，他以為「沒有一個人肯認真追求真實生命，沒有一個人知道自己的生命究竟在那裡。」（頁133）所以他誓願「要救人類，不從靈魂根本救起是沒有辦法的。」（頁134）而從「劉成」文學美感的賞會，也側寫了其氣質之所偏，比如他所耽詠的日本明治時代高山樗牛的詩句「奈良之都荒極了……美人的髑髏，偶爾觸著犁頭，被翻出土，誰還認得當年的花容月貌……」（頁134）這顯然是佛教不淨觀的況味，所以「雖然他曾經十分膺服康德的純粹理性批判，把他的著作當成一部絕世的偉大經典，終日抱卷不釋。最後卻是在佛學經典中，才真正找到自己終生安心立命的所在。」（頁135）雖有可能，不過我們也不想過度引伸：他著實意識到康德的理性限制，對他宗教上或形而上的直觀根本無法相契。這層徹悟似在說明「劉成」已然了解到「哲學」與「宗教」在人生安頓上的分際不同，但從「劉成」逢友便問「何所來？何所去？」的口頭禪，要世人洞悉世間「現象」的不可執實、辨清名實之間的權假方便，都已滑入荒唐滑稽，尤其支撐他終日玄想的，其實是他妻子「玉蘭」鎮日經營布莊、照料家中幼老的操勞。當太平洋戰爭結束，海外基督教、天主教宣教團體紛紛來台之後，「劉成」也組織了唸佛會──「募善堂」與之頡頏，還親自登壇演法，不過其居士身份未能符合「佛法僧」的圓滿制度，只得另迎法師駐錫，「劉成」與法師之間的矛盾於焉展開，「李」暗諷法師的學德俱缺，講經說法昏人耳目，而女弟子為法師冬溫夏清甚至侍其洗澡擦背，讓「劉成」悔其悟道之伊始，未能堅心棄俗，蹉跎再之，悔之已晚，終至與唸佛會脫離，蓄髮而拍浮酒池。某天晚上「劉成」還招待「我」去欣賞脫衣舞，

> 我們這樣一直熬到終場，好像祇是各自在對自己心靈，作著一種玩弄的挑戰，我怎樣也無法置信劉成竟會對這種事發生如此濃厚的興趣。但不管如何，這與他當時剃光頭，站在法壇上講經的情景，確是令人怎麼也無法連想一處的一種驚人強烈對照。（頁146）

昔日要救人靈魂者，今日正試著去撩動「誘惑的毒牙」，或許這也是靈性操練的一種，但不求遠離試探，更何況道心未堅，最後恐怕也祇是玩弄光景。每當酒闌發

9　《烏石帆影》，（台中：晨星出版社，1998）。

狂，他便不住地叫喊：

> 「我再不進地獄，誰會進地獄！」好像自認罪大惡極，又像是願作第二個
> 為舉世靈魂代罪的羔羊。（頁 147）

相對於「劉成」狂亂衝撞的生命型態，「我」的木訥寡言，其實是某種意義上的互補，而彼此的激辯自然是免不了的，雖然那並無關於個性的差異。當「我」獲得文藝獎回鄉後，「劉成」在接風席上的一番話，可視是「劉成與我」的精神結合，或作者個人的意見：

> 現在你已經成功了，不過，文學祇是屬於一種世俗的學問，所探討的對
> 象，不出於一般現象界的事物。現象不過是些幻影，不是什麼不變的實
> 體，沒有絕對的生命。
> 好了，從現在開始你該積極追求絕對不生滅的超時空的本體了，這樣將來
> 你才有無窮的發揮，這樣的發揮才是無可限量，這才是你終究必須努力的
> 目標，畢生應走的，究竟的方向。這除了從事研究宗教之外，再沒有其他
> 任何路徑了，祇有宗教可證實靈魂的絕對存在。
> 不過，研究宗教實在是太困難了，不像文學那樣單純，那樣容易，文學和
> 宗教比較起來，實在還差太遠了。文學不過是一種遊戲，一種消遣，唯有
> 宗教才有辦法徹底救人類，宗教才有這種力量。所以我希望你無論如何，
> 將來對宗教要有一番大發揮，大作為，大貢獻。（頁 152～153）

作為友誼之愛的叮嚀，或是理念上的影響，其實是「劉成」、「我」或「李榮春」之間，出入作者、敘述者與小說人物的理念對話，在舖陳這段話的三人宴飲中（「劉成」，「玉蘭」、「我」），更獨出的刻劃了「我」的內在窘境——雖獲頒獎金，但其實可預知為期不久便將清貧如昔；「劉成」則計劃將其信仰投入寫作，且云不會出賣自己的信仰，將矢志弗諼，而這或許又是如當初組念佛會時的衝動；另一方面，「玉蘭」則從「我」的得獎，彷彿看到她丈夫寫作上的光明遠景，她代表的或是功成名就的價值，而「劉成」與「我」則是在宗教與文學領域中苦索的心靈。

第四節　結論——寬容的庶民信仰

「李」的宗教態度一如他的文學體驗，雖多磨難，卻很少質疑與批評，相反地還常流露出一般人少有的天真，彭瑞金說他：「活在一個宗教信仰含糊籠統的社會

裡，他不像秉持現實主義信仰的作家，直接以抨擊迷信為文學創作的目的，反而不拘形式——不分教派地直接追索宗教帶來了怎樣的人間福祉。」[10] 我們不見得贊同「含糊籠統」這個形容，不過以「李」的信仰來講，他並未在作品中揭示出自己對信仰課題的專注或以此作為批評的立場，而只是在類似自傳式的寫實敘述中，呈現一己的宗教生活，並描繪地方信仰風俗，一些生活上的細節，雖有信仰上的重大意義，但卻三言兩語勾勒得那麼自然，比如：

> 母親篤信佛教，吃了幾十年長齋，從那時起，沒一天不念佛，天一亮就拿起唸珠，雖然開著收音機，好像也並沒影響她的念佛，當時他正在跟高神父聽道理，母親時而卻又鼓勵他說：
> 「聽道理很好，你去吧，跟他們信教很好。」
> 這幾年，他都不曾去過聖堂，除了天主經、聖母經、聖三光榮經，其他的經，他差不多都背不出來，但自年底回來以後，他經常都來參加主日彌撒。[11]

「李」的信仰顯然也來自母親的影響，雖在佛教與天主教之教義上不曾有神學旨趣上的說明，但卻表現了民間信仰上「寬容」的態度。

　　小說敘述可補田野調查的型態觀察，或許在於人的心靈與意識的活動呈顯，在民俗儀式方面，比如〈看搶孤〉[12] 一篇，就在「看」（近似於報導）「搶孤」儀式的源由、禁忌（曾有參賽者進了坐月子老婆的房間，犯了不潔，以致摔下孤棚），同時運用意識描寫，出入上孤棚選手與圍觀群眾的心理，把民俗慶典的集體意識作了深入有趣的敘述。又比如在〈和平街〉[13] 中，清秋早晨，老人家看著出殯的熱鬧行列，感歎欽羨逝者的哀榮，高齡又五代同堂，陪觀者還把這陣式比做正月初六的城隍爺出境，老人家心裡卻有了繁華落盡的體悟：「再熱鬧，一世人也是過去，給抬著躲進地下去了。想起來，世間沒有一樣事情是實在的，什麼都像夢一樣。」（頁220～221）以「李」的年齡與對母親的長年看護，使他對老死最親切有味，說似他人卻又像自道，同時也藉母親的念佛說明宗教與藝術的終極指歸：

> 這麼多年來，她一心都在唸佛，這都歸於往生西方極樂國之一願。她一刻也不稍鬆懈，心靈一直勇猛地在精進追求，精神越顯得充滿法喜，彷彿眼

10　彭瑞金為《烏石帆影》書序頁5，（台中：晨星出版社，1998）。
11　《文學台灣》，22期，1997年4月5日，頁199。
12　《烏石帆影》，（台中：晨星出版社，1998）。
13　《烏石帆影》，（台中：晨星出版社，1998）。

前隨時都顯現出西方極樂國土，甚至已經活在西方極樂國土了；彷彿有說不盡的喜慰地，已經實現了她這種心靈的永恆世界。這與一位藝術家在完成一個不朽傑作時的心態，顯然是殊途同歸的。[14]

把自我作為藝術對象來苦心經營，更同時追求宗教上的境界攀昇，讓我們看見在樸直的語言裡，閃動最敬虔的靈性光芒。

14　《烏石帆影》，（台中：晨星出版社，1998），頁221。

第三章　鄉土中國的傳道人

——朱西甯（1926～1998）

摘　　要

　　朱西甯的宗教性格深染濃厚的中國文化色彩，在基督教義與中國禮俗的部分衝突中，他以開明的態度去弭平對立觀念，調和的作法，使他作品中的基督教形象，未曾烙有教案或非基運動的時代痕跡，經過本色化（Indigenous）的折衷，使他的神學體會轉成中國式治家格言的睿智與苦心孤詣。

第一節　前言——「國、家、宗教」的信仰觀

　　一般論者都能注意到朱西甯（以下簡稱「朱」）小說創作歷程上的轉變，但不管是風格或語言的嘗試，在基調上，或許可以用「國、家、宗教」一詞三義加以顯揚其旨，是對其民族、家庭與信仰間的辯證法則之綜合，比其後朱家「三三」一詞的說法更顯豁。

　　「三三」一詞依朱天文的釋義為：「三民主義三位一體」，具體引伸之例句便是：

> 洪水滔天裏中華民族是唯一為神所揀選的民族，那張海棠葉是一片挪亞方舟，渡過二十世紀的劫難，一切重新來過。[1]

這股民族本位的凜然正氣，由二千多年前的猶太人轉成今日的中國人，且出自荳蔻娉婷少女之唇吻，著實印證中國禮樂文明的過度早熟。甚者，「三三」一詞便義蘊「民族」、「宗教」兩大範疇的互相滲透，淪肌浹髓成朱家信仰的筆下實踐。王德威、黃錦樹曾考鏡這段學案，分別指出其中思想的三個淵源是「天父、國父、師父（胡蘭成）」／「天父、國父、啟蒙之父（胡蘭成）」[2]，在此，若強作一字師，則

---

[1] 據「三三集刊」書中扉頁，那段類乎詩歌般對「三三」的釋義，該詞實無所不包，今也取其大義可賅其餘。見《淡江記》，〈桃花潭水深千尺〉一文，頁57。《淡江記》，（台北：遠流出版社，1994）。

[2] 見朱天心，《古都》一書頁15，王德威之前序〈老靈魂前世今生——朱天心的小說〉及頁238～239，黃錦樹後序〈從大觀園到咖啡館——閱讀書寫朱天心〉，（台北：麥田出版社，1997）。黃錦樹一文又

將胡蘭成目之為「教父」則其義更諦，此「教」者，出自其獨特演繹之中國美學式禮教也。所以當年「朱」以一介小兵，侘傺之際，揭囊中有張愛玲小說以隨行旅[3]，渡海後又因緣得延胡蘭成為經筵西席以演其一己家法，是文章則張氏；禮樂則胡氏，一門雍熙，「朱」當日不知是否期以諸子「詩是吾家事」，但朱家姊妹後來竟爾成績斐然[4]。

在朱天文一段家譜傳奇的追遠中，可以想見宗教——基督信仰與國族情感是其家庭之光榮徽記：

> 曾祖父是傳道人。我總想他留一把銀白長鬍子，……他是沒有父母兄弟的，一個人來到世上，又一個人回到天家。
> 祖父開牧場。他是有家業的人，是基督徒，又是道道地地的中國人。那時正值五四的風潮絢爛，祖父每日照管牧場，晨起打發送牛奶，見朝陽底下那一片灞河沙灘，他也感知了一個時代的波潮湧襲。基督的智慧在他身上於是變成平明與活潑，於傳統的本色中更有了新鮮感。今人基督徒都沒有能及得上他的。[5]

從這段文字間，我們似乎可以想像當「朱」傳頌這段家譜如史詩般而衍成家訓，終至發生作用銘刻在其後代的過程，為我們提供知識信仰與家族記憶辯證下的觀察範例，亦即前述「國、家、宗教」的觀察角度。由這個層面，我們舉同被歸為所謂「軍中作家」的司馬中原對其作品的幾段關鍵性分析：

> 朱西甯似乎先要在東方——民族生存和延續的大環境中尋求其思想的站立，作為他作品的支柱；（頁6）他筆下的人物，代表著民族傳統的兩

收入龔鵬程編，《台灣的社會與文學》，國立中正大學歷史研究所‧台灣研究論叢3，（台北：東大圖書公司，1995）。

3　見馬森主編，《朱西甯小說精品》書後簡介，（台北：駱駝出版社，1999）。

4　莊宜文在〈日月並明，仙緣如花——朱西甯與胡蘭成、張愛玲的文學因緣〉一文中總結朱西甯創作「受『張看』啟發，又自加轉化成的『胡說』，更進而影響到三三作家群。」（頁280）而張愛玲與朱西甯風格與思想上的最大差異在於「張無信仰而朱有信仰，這信仰不只是宗教，而是遍布在人生各個面向，包括國家意識、禮教秩序、人性觀點等。」（頁271）對於信仰的自覺與抉擇，張和朱是有意義的對照，張愛玲雖然從小在教會學校成長學習，但是她敢於張揚個人性格，依循聖經及信仰教導的相關修辭在其文學作品中並不顯著，因此對她的研究在宗教主題上一直不被重視；朱的宗教觀則是受家族信仰的影響，也或許承受這種家訓般的戒律負擔，讓他在張既輕靈又洞悉人情世故的文學中得到心理上的平衡作用。莊宜文說收入封德屏總策畫，陳建忠編選，《台灣現當代作家研究資料彙編——朱西甯》，（台南：國立台灣文學館，2012）；另外，有關張愛玲小說與基督教思想可見常洪歡，《論張愛玲小說與基督教文化的關係》，華中師範大學碩士論文，2016。

5　朱天文，《淡江記》，（台北：遠流出版社，1994），頁167～168。

面：一面是躍動向前的，一面是停滯僵化的；這兩者觀念的衝突，成為民族悲劇之主要導線。（頁 7）他不但表現了傳統的原貌，生存的情境，更加強表現了傳統中不合理部份加諸每一民族成員的內心重壓，他認為傳統下真正民族悲劇的形成，不光由於外在暴力，主要導源於人們內心不自覺的保守和愚昧。（頁 8）[6]

後來的論者如柯慶明也繼承此一觀點，他以為「朱」在小說內容方面的轉變，在於「發現做為一個中國人，他無法逃避不去面對那形成民族性格、生活方式，以及悲劇的生存空間。於是他把筆觸轉向鄉土中國的探究與批判。……追尋傳統的『改變與繼承』問題，想在對立的傳統社會與現代文明中搭建起一道過渡的橋樑。」[7]而一直對「朱」加以縱觀考察的張大春，也以為「朱」在四十歲（1965）之後的許多「新小說」之作，「基於窮究語言與敘述而樂之不疲的興味，早在 60 年代中到 70 年代初之間已『悄然完成了他自己的文學革命』、一套『小說語言實驗』。」還為「朱」被冠上「軍中作家」、「反共文學」又不見容於 70 年代中期的寫實主義與政治正確而鳴不平，但是張大春畢竟還是特別注意到《狼》、《鐵漿》諸篇，這一類所謂「民初」的風情，庶民小傳統生活型態的創作[8]。除開上述二集外，長篇者如《旱魃》（台北：遠流出版社，1991）及散見於其他集中如《破曉時分》（台北：遠流出版社，1994）、《將軍與我》（台北：洪範出版社，1981）、《春城無處不飛花》（台北：遠流出版社，1993）等所收的短篇，都可以輕易辨識出屬於鄉音土話兒，有「朱」一己黯鄉魂、追旅思、鄉關迢遞而遠眺不及的另一個「本土」，在那一個國度中是「天理」、「人情」、「國法」的倫理次第，屬於古老中國的庶民史，有私審盜賊、視人如草芥的馬賊、殺嬰、破墳開棺以禳旱災、緇衣梵唄道流符籙的祓除，總是一派「天地不仁」而人在「天何言哉」的靜默中熱熱鬧鬧過活的傻勁兒，我們可以體察出「朱」對這類型題材的敘述，筆下特別有情，而寓意特別沈重。諸論者都注意到「朱」對鄉土人物或古老中國結構底層的愚昧、幽闇的寫照[9]，但似

6　見《狼》一書前附司馬中原，〈試論朱西甯〉，（台北：皇冠出版社，1978）。

7　見柯慶明，〈論朱西甯的鐵漿〉，附於《鐵漿》書後，（台北：三三書坊，1989）。

8　張大春的意見參考《小說稗類》，〈不厭精細捶殘帖——一則小說的起居注〉一文，（台北：聯合文學出版社股份有限公司，1998）。而朱天文在《朱西甯小說精品》導讀裡，亦特別援引張大春的意見，推尊其父在小說敘述上的轉變與努力。

9　其中也不乏有錯讀者，比如侯健在〈朱西甯的「破曉時分」〉一文中，以話本〈錯斬崔寧〉的情節來比附〈破曉時分〉的章法，指出「朱」在敘述形式上的更新意義，但在道德上卻太過晦闇負面，主角自甘於沈淪更是混淆是非，這其實是僅從字面認識之，沒有深會作者的悲劇意識。此文收入《中國現代作家論》，葉維廉編，（台北：聯經出版事業公司，1979），還自侯健，〈朱西甯的「破曉時分」〉，《中外文學》1 卷 9 期，1973 年 2 月。

乎並未能特別指出「朱」的批判實踐與立場，就中自然不乏洞見者，例如王德威能依從「朱」之信仰予以闡發：

> 我以為朱西甯堅實的基督教信仰，應是他打通筆下人與命運僵局的重要關目。朱的宗教基礎，來自家庭傳統。如他自述，「他是他的大家族中第三代第十九位基督徒」。當人與環境的抗爭達於極限時，世俗道德的認知已難詮釋「命運」的力量。對朱而言，唯有通過宗教啟悟的方式，我們方能成就一種迥然不同的生命體驗。[10]

所以，以「他對宗教的向心力，引導他在鄉土上探求神恩救贖的各種可能。」（同前文，頁 296）我們如果加以細思，不難發現，「朱」的濃厚鄉愁來自於對民族及文化的熱愛，這股情感的熱切使他照燭到人的愚昧闇暗時，生發出宗教上的理性憐憫，換言之，他以一種中國文化的前景去吸納他家傳的宗教信仰，再以之作為他反省中國文人看待底層庶民的生活背景，但令我們稍感不解的是，如果這些人物的悲劇命運源於他文化中的特殊觀念，他或許應該用源自基督教中可以與中國文化起對照的觀念來加以辯證批評，否則「符合」中國式的基督教勢必削弱應有的批評動力。在此試從「國、家、宗教」的觀察角度，點出「朱」在小說中的幾個修辭特色：一、民族情感的優先；二、在家族方面有別於傳統威權而是因基督信仰而來的溫和開明的家長形象；三、在信仰方面則主要以基督思想顛撲傳統信仰習俗與觀念。

第二節　開明家族式的傳道人

長篇《旱魃》中的「金長老」，「福音堂」的傳道人，可以代表「朱」心目中基督教更新傳統文化的開明典型，從這位智慧老人的形象可以見出其中意涵：

> 每一回唸到福音書上百姓拿著棕樹枝高呼「和散那」，迎接騎著驢駒進到耶路撒冷城的耶穌，她就看到飄起一把雪白鬍子的金長老，騎在花斑驢子上，晃啷晃啷響著串鈴，走進大房村那座晚霞染紅了的土圩子門。（頁66）

---

10 見〈鄉愁的超越與困境〉，收入王德威，《小說中國——晚清到當代的中文小說》，（台北：麥田出版社，1993），頁292。

將「金長老」從智性上與耶穌作比附，到與傳統家族中長老對比，可以見出別分軒輊的意味：

> 這位龔三太爺，寨子裏老族長，其實論年歲，決趕不上金長老，只是看上去，似乎已是朽樹一棵，隨時都能喀喀嚓嚓碰斷一兩根枝條，說不定連扁扁的枯幹子也一道兒折倒下來。（頁 368）
> 老族長自己似乎也挺吃緊，一把把攏著灰白鬍子。看上去，也算是把好鬍子，可跟隔著一張大八仙桌子的金長老一比，似乎只得合上胳肢窩兒裡那麼一撮毛。（頁 370）

透過形象的對照，愈發顯得「龔三太爺」所代表的舊社會與思想之沈腐不堪，至於「金長老」的造型，眼尖的讀者，或覺得與前引《淡江記》中，朱家的曾祖老傳道人，彷彿是「照他的形象」（《旱魃》書中尚有一位沒有露臉，在「神學院當教授的金家二叔」，指的或是作串珠本聖經，任南京金陵神學院教授的族中二叔父。）[11]。考慮民初社會的「非基」現象，「金長老」採自足的牧會方式，

> 我這大半輩子傳道，沒有用過洋人差會一文小錢兒；吃喝用度，都是大房一手接濟的。本來，侍候主，不分洋人、中國人；用不著劃這麼個界線，沒有意思要拗一股甚麼勁兒。就只是洋人把中國欺負倒了，百姓也恨透了洋人。這個「洋教」，不能再讓百姓喊下去。是這麼個意思。（頁 116）

「金長老」在盱衡國情與堅持信仰中能取得合宜的著力點，並不構成與一般百姓在信仰上起衝突，與其說他在宣揚一種宗教，倒不如說藉著他的平生閱歷與深諳人心世故，潛潤膚愬成宗教中的理性生活，以溫和開明的說理，展現不同的信仰理念，而更大的作為在於為馬賊的頭目，大瓢把子唐鐵臉除鬼附，這個情節聯結了幾個主題：一、除鬼附的現象為聖經上所曾載，不得視為不經；二、符合鄉野奇譚之氣氛；三、藉以破除鄉民固有之荒誕訛傳習俗。

　　唐鐵臉在旱湖打獵，傷了一對蝴蝶後遭鬼附，甚而變女聲，近因則是殺了下屬九跑子的女人，「幫裡家法大忌是耙徒兒徒媳婦的灰。由來不是一天，他是讓那個女人給迷得拔不出腳來。」他擄了佟家賣藝跑江湖的女子「秋香」為妻，也無非其長相酷似九跑子女人，所以藉九跑子的女人刻薄陰損自己的新婚妻子達到以殺止

11　事見張曉風，〈一個「牧子文人」的心路歷程——論林語堂在宗教上的出走與回歸〉中簡短的記載。《宇宙光雜誌》，2001 年 3 月號，頁 45。

慾，當然，在遠因上，馬賊殺人越貨淫人妻女的罪行更多。依循一般鄉人祓除中邪的作法是將

> 死蝴蝶帶回來供奉著，先請來了道孃孃下神，打聽出來是對修煉了千年的蝴蝶精，母子倆遠赴西天王母娘娘瑤池會，路過這裏，不巧碰上了惡魔，一翅膀就把千年道業給毀了。（頁238）

僧道降妖伏魔最後當然是沒有果效，結果是在「福音堂」裏得到平安，「金長老」加以開導：

> 別的鬼附在身上，或許不覺得。魔鬼可是從來不親自露面的。這個蝴蝶鬼容易趕，還有其他的鬼，錢財、女色、仇恨、殺人、貪心、嫉妒，這些看不見、摸不到的鬼，能纏人一輩子，不到臨死不知道。這些鬼才真不容易趕……（頁243）

在勸他解散賊夥後，為他施洗，起名「重生」（此外為其兒子起名「八福」，則得自〈馬太福音〉五～七章裡的「登山寶訓」，寓意因信仰重生而蒙賜福份）[12]，不過卻也在洗心革面後，遭仇家在油坊裡殺害了，立夏那天入了土，以致後來地方的乾旱歸咎於他死後成了旱魃，鄉里昧於傳言要開棺破除之，以中止天旱不雨的苦境，秋香不捨，油坊的工人也抱不平，獨有「金長老」要破迷信作見證，勸慰地道：

> 想到能讓重生去世一百天之後，還給上帝作了見證……把重生奉獻出來，也好叫人從今往後，再也別信有個甚麼旱魃。用這個來榮耀主名。（頁377）
>
> 除了他，有誰還能把敗壞的肉體再為主作工，為他的道作見證？古往今來，沒有第二人。（頁387）

開棺後見軀體朽壞，終而旱魃之說在此事上不攻自破。相同的事理，反映在民間習俗上，比如喪葬（頁33），「金長老」也無不依其教理影響著「秋香」的行事，當然，把「秋香」的角色安排成自小被賣藝人家買去的孤女，在情節安排上，少掉家

12　關於「福」的數目除「八」之外，或以為「七」、「九」或「十」，各有理據，略見〔美〕‧毛克禮（A. N. McLeod），《基督山上寶訓釋義》，（香港：證道出版社，1967），頁12。此書為基督耶穌山上寶訓在中文方面的最早著作，初版為一九五三年，較晚近在神學方面闡述較深入者可參周天和，《山上寶訓的研究》，（香港：道聲出版社，1989）。

族信仰中上下輩份的壓力，既合理又順當。細繹全篇，在黃土地上的農業生產型態，「旱魃為虐」（《詩經‧大雅‧雲漢》）對鄉民的生活意識，無疑具有最現實卻又超越的神祕意義，可以體會農人遭逢天雨不以時至的受虐焦慮，人類學家弗雷澤（J. G. Frazer）在《金枝》（The Golden Bough）中曾指出：「在公眾巫師為部落利益所做的各種事情中，最首要的是控制氣候，特別是保證有適當的降雨量。」[13]，在描述了古今許多地區的求雨現象中，他也錄及 1888 年 4 月，清朝時，廣東官吏以龍王爺為止天旱的工具[14]，據清朝秦蕙田《五禮通考》中所載「大雩」之禮，則更是對歷代除旱魃時的精神意識與典章知識的考掘[15]，不管是以生人為祠以求雨（齊景公願以身代人為殉終得獲雨的政治神話）；燒豬尾取死人骨埋之開山淵（《春秋繁露》）或救旱不得女巫而用女冠比丘尼以陰求陰（唐順之《稗編》）的陰陽共感觀念等等，「朱」在《旱魃》中舖寫的祈雨場景與鄉民的心理意識若補入「大雩」之吉禮則禮更完備。傳統賡續的內化意識愈深，愈能體會「朱」溫和開明的批評苦心，只是秉持家族制下開明長老或仕紳性格去運用基督教義來轉化所處社會風俗，總嫌力量稀微。

「金長老」這一類開明的長者形象，在非神職人員身上，也常顯露出因信仰而來的愛心與見識，比如在被司馬中原批評為理念先行的〈祖父農莊〉（收入《狼》）中也得到發揚[16]。主角祖父在台灣割讓給日本後才從中國遷來，在下層社會打滾刻苦後置產，主角飽嚐無根與戰禍之苦，使其更堅信國家至上與基督之愛，當國家減租政令頒布之先，他已同佃戶訂立減租新約，而後在耕者有其田推行時，幾經長考還是決定將土地過給農人，當然為了使其行徑看起來不致太過矯情，並未將祖父的言行視為一種單純的個人理想，而是掙扎於信仰與國家的雙重信念下。至於在「土地」的觀念上，開明的祖父，居然能接受孫輩的神學見解：

> 伊甸園——我們最早的祖產，不是用血汗買來的，是創世主賜給人類的。可是承受這肥美土地的伉儷倆卻以一顆善惡果子的低價賣給了撒旦。從此，土地含有了買賣的意義，且是屬於可咒詛的魔鬼的買賣……。（頁85）

13　〔英〕‧弗雷澤（J. G. Frazer），《金枝》（The golden bough），（台北：久大‧桂冠圖書股份有限公司，1991），頁 96。

14　〔英〕‧弗雷澤（J. G. Frazer），《金枝》（The golden bough），（台北：久大‧桂冠圖書股份有限公司，1991），頁 110～111。

15　見〔清〕‧秦蕙田著，秦蕙田、盧文弨、姚鼐等手校，《五禮通考》，「吉禮」卷 22、23「大雩」部分，（台北：聖環圖書公司，1994）。時移則事變，透過制度史之沿替考察，在人與天雨的自然關係上，見識到哲學人類學展現人類強韌的觀念傳遞的精神意識。

16　相關議論見《狼》一書附司馬中原，〈試論朱西甯〉，（台北：皇冠出版社，1978）。

然而祖父也誠實托出對財產奉獻的不捨與痛苦，

> 『不管怎麼不甘心，我都能壓迫自己去做，我這輩子受慣了這種磨練。這
> 一次——一開頭我就求主引領，不要照著人的意思。可是，心太剛硬
> 了……或許在求禱上，我把國家看做頂高的了；我只求主讓我心悅誠服
> 接受國家的制度，沒求主讓我明白我的私產為什麼要送出去……玉峰（其
> 孫名）！主藉著你，給了我啟示……伊甸園……伊甸園……』（頁86～
> 87）

此番辯證帶有神學的解放思想，司馬中原認為文中的理趣過於濃厚，這一點是無庸
置疑，不過更大的問題在於假設：當面臨國家與信仰衝突的時候，該如何抉擇？恐
怕是「祖父」永遠的難題，另一方面，「朱」將此重要的個人及社會改造的議題，
安排在「祖孫」的隔代對話，略過了子輩，不知是否別有義涵，暗指寄望於更新一
代的繼起者。

此外，則是〈將軍與我〉中的將軍形象。老將軍暮年喪子，肇因於同學露營玩
槍的誤傷，忍慟的將軍還要含笑從容勸慰闖禍者：「你還這麼年輕，這事要折磨你
一生的，我也沒別的辦法幫助你，只有希望你能信教，可以心裡得到平安。」[17] 這
是恕道的終極表現了。有時理性開明的作風也表現在較年輕一代的身上，比如在
《貓》（台北：遠流出版社，1994。）這部長篇中，討論新一代的價值觀，其中「藍
德美」的丈夫——軍人藝術家的宗教態度被描述為：

> 她的丈夫不是一個宣教士，甚至在迂闊的教徒眼裡，他是個吃吃喝喝的叛
> 教者；不大肯去教堂打盹，不會大聲喊叫主啊主啊的禱告，不會引用使徒
> 保羅留下的那些教會術語當作尺牘和交際大全。然而他信，並把這信有效
> 的傳給人，不是一手指你有罪，一手給你洋麵粉的職業傳教者。（頁
> 354～355）

17　見《將軍與我》，（台北：洪範出版社，1981），頁287。由於朱西甯軍中作家的背景，其小說中「將
軍」為何人？楊照說：「『影射小說』中，性質比較不同的，有朱西甯的《將軍令》。朱西甯以小說的
筆法，描寫了他曾經共事、跟從過的幾位將軍，其中最引人注意的，是當時權傾一時的王昇也赫然在
列。《將軍令》也還是寫了這些將軍內在、人性，不為人知的一面，不過語調基本上是尊崇、肯定
的，……不過正因為『影射』得太清楚，後來這系列作品給朱西甯惹來不少問題。一方面是有人抓住
這些小說作把柄，質疑朱西甯的文學立場，另一方面王昇倒台後，「朱」與「王」的關係「有文為
證」，多少受到波及。「朱」在提到與「將軍」的過往時，為了見證其歸心與知遇之恩，圖寫將軍的
賢者之流形貌，雖可免「穢史」之譏，但文中實多諛詞而不可諱言，尤其是書中的〈嚴〉篇。再者，
由於其影射的過於逼真，篇中所揭有關當時文藝思想之檢查與路線的立場問題，恰好是「文史通義」
的例證。楊照說見《Taiwan Dreamer》，（台北：新新聞文化事業有限公司，1999），頁51。

他還批駁了時髦的藝術創作中，襲用的淺薄的無神論腔調，將宣布上帝已死的哲學家尼采（Friedrich Wilhelm Nietzsche）形容成「一個雙目失明又死在精神錯亂裡的可憐蟲，自己的人生都沒有調理好。」（頁355）的卑瑣形像。而「德美」與丈夫各有不同的信仰卻能互相接納，「這兩個在一般的教規裏不能相容的天主教徒（男）和基督教徒（女），他們互相尊重而無法感覺到出於人類愚昧所挖掘的那道鴻溝。」（頁452）凡此都相當程度表現出「朱」所秉持的宗教態度，這種態度使作品中很少出現不同宗教或教派間的對立語言。

　　相較於基督教的正面描寫，在其傳統鄉土的小說中，則有更多的例子說明，某些民間宗教習俗無法得到解救而注定悲劇的氛圍。柯慶明在〈論朱西甯的鐵漿〉一文中，曾指出書中兩例，一是〈捶帖〉裏的史大善人被納妾不成而上吊的丫頭鬼魂纏急，出家作和尚，卻依然不得解脫而上吊；另外，〈餘燼〉裏瘸子在城隍廟中跟城隍爺討價還價，還略帶威脅口吻，都分別觸及宗教解脫上的不可能[18]，其實在〈賊〉中，代人受罪的悲劇英雄「魯大」早已洞悉道士藉圓光作法找出盜賊，根本是幻術，而〈新墳〉裡的「能爺」痛心於生病娘親被道姑奶奶作法折騰，在在都把這些民俗或宗教儀式看成就只是庶民生活中有那麼一回事，卻又不能多加指望的事兒，這是造成百姓堪憐處境的原因之一。

第三節　成長經驗與宗教氣息

　　〈哭之過程〉[19]以重回幼時教堂，在一堂崇拜的時間中追憶幼年時期發生在教堂的一段單戀，彷彿「少年維特」陷入愛慕的對象時，感官與心思如蟲附般不由自主，為了獲得有關她的點滴訊息，表現超出這個年齡所該有的聰明與善感，比如故意叫錯她的姓，藉以從表姐口中迂迴得到她的芳名——莊佩蘭；為了她父親的早逝，而慚愧自己的幸福等等。但心繫一個即將成年的女子，注定她終究只能成為一己心頭上永遠的人影。在一次主日學中，原有的老師請假，沒想到代課的居然是她：

> 也或許她把我看做最壞的主日學的學生，那麼散漫，要不然，為什麼第一個問題就問到我呢？
> 「噯，那位小朋友，怎麼老是東張西望的呢？老師要問你：迎接新郎的童女，幾個是愚拙的？幾個是聰明的？」

18　見《鐵漿》，（台北：三三書坊，1989），頁285、288。
19　收入《朱西甯自選集》，（台北：黎明文化公司，1975）。

> 為什麼她總是和十童女迎接新郎的比喻有關呢？……
>
> 那是一個可怕的絕望。
>
> 所有我那些偷偷營造的海市蜃樓，全都坍塌了。她是老師，十分確定的老師。而我看看周圍，我是和他們一點差別也沒有的兒童。（頁151～152）

十童女的比喻，出自〈馬太福音〉二十五章，1至13節，童女按一般的解釋乃指信徒；新郎指基督，意謂主再來的日子將近，應當儆醒以待，使用這段經節的修辭在小說中有多處，當然為了符合小孩子的口吻與想法，不必然是這層神學上的引喻，倒毋寧是反映似懂非懂的情愫與想望，而意識到彼此的身份、年齡的差距，導致愛的幻滅是何其大的傷害，這命定的殘忍，也永植於心頭帶有一番微微的恨意。

多歷年所，家國之變在時間之流中也催熟了幼童，在異鄉時還常把這股思念當成旅次中的一份安慰：

> 漂流過許多地方，進過不少教堂，總覺得每個教堂裏面都有她在，偷偷的明知不可能又偷偷的妄想一進教堂竟會碰見她。世界上並非絕對沒有明知不可能的事居然出現了的或然機會。那麼多偷渡到後方去的青年，怎能咬定沒有她呢？就不說這些可能不可能的罷；所有的教堂幾乎都有一種洋松木的松脂氣味，那就已經有她了。（頁142～143）

這篇帶有〔美〕·歐亨利（O. Henry）〈木墀花〉的味道。而在崇拜結束的時候，也終止了回憶，敘述的時間回到了現在，不過卻換來了「重到須驚」的難堪，從表姐口中得知，戰時曾遭日本憲兵隊審訊的莊佩蘭，戰後卻成了「母狗」──風月女子，

> 她是那端著燈迎接新郎的童女嗎？她是那愚拙的，還是那聰明的？（頁157～158）

這股複雜的心緒，蠢動著強烈的報復動機：

> 為了使我相信那麼一樁不可能的變故，我覺得我實在該去看看她。……只是我知道，我不止於此；或者屬于一種洩恨，也或者需要某些羞恥的補償，「買她去！」難道我還不自知這是一種複合著多樣情緒的徒然衝動嗎？她喊過我：「那位小朋友，」我要跟她說，小朋友要來買妳。小朋友和老師之間的那種年歲差異，使我迷戀她的事，成為可笑。而有一天，我

可以用不多的錢，使之不再成為可笑。我當然很怨恨；怨恨的不是她，卻也不知該怨恨誰。在預感著將要去買她的一種畏懼裏，我已戰慄了。（頁159）

這段意識的自剖裡，千頭萬緒：戰爭與敵人遂行在她身上的罪行，或由於她的無法自持（其實又何忍苛責）所落得的沈淪，終於可能翻轉了我和她的地位──嫖客／妓女，可以稍償她多年前不自覺中對我的自尊傷害，但是出於愛的洩恨，既自虐又虐人，所以當表姐知足於戰時神對自家的照顧時，他不禁要質問表姐或上帝，命運對莊佩蘭的殘酷，而一句「約伯的痛苦，也是一種恩典。」（頁45）便好像是軟弱的自我解嘲罷了。

〈昨日・白六角〉[20] 紀錄一位少女決志成為修女的心理過程，向極力想挽回女兒甚至不惜跳崖以勸阻的母親，訴說為主所揀選的榮耀，「昨日」指的是舊我，與今日的重生適成對比，有幡然醒悟的清朗，因為

人因不能重再獲得昨天，人才有了後悔。現在萬物的主宰把昨天賞賜給妳，凡事重新來過，這等恩寵不是未奉事天主的人所能獲得的。（頁6）

時間是何等的奧祕，但人們常感歎的不是「未曾」，而是「已不再」，也就在懷舊中失去了更新的契機。

「白六角」指的是上品的茶花，（「朱」在《春城無處不飛花》篇章中常流露出蒔花的雅致與知識，如〈青青錦藤〉、〈玫瑰剪枝〉、〈採蝴蝶蘭去〉）以白色茶花高潔與屬性，象徵修女的貞德，

茶花凋謝時，總是完完全全的整個朵子落下的，並不是一片片的花瓣飄散。（頁6）

以這麼堅定的決心，說出自己的領悟，所以綜合「昨日」與「白六角」的意蘊在於：

天主要時光倒流，那是從日月星辰到每一朵凋謝的白茶花，都必須回返第一個昨天的原位的。……主說：他將撇下九十九隻羊，去尋找那一隻迷途的羊。（頁8）

---

20 收入《春城無處不飛花》，（台北：遠流出版社，1993）。

「九十九隻羊的比喻」出自〈馬太福音〉十八章 12～14 節，是天無棄人的意思。但是小說結尾卻是女兒為了阻止母親墜崖卻自己失足而死，末句「我，得到了我自己的生命……」顯然是演繹〈路加福音〉十七章，33 節：「凡想要保全生命的必喪掉生命；凡喪掉生命的必救活生命。」的主旨，也是〈約翰福音〉第三章「論重生」的意思，生命的重生不在肉身的奇妙。這一篇純粹舖衍了某些神學旨趣，在「朱」的作品中比較少見，此外中間也批評中國青年對家庭的過度依賴，導致獨立的時間往後延遲，與西方教育社會思想作用下的青年，在人格養成上明顯有差異，其實如果能從中國文化的家長制度與基督教文化精神去作討論，可能更有效些。

第四節　結論──本色化的宗教觀

朱西甯及其家族信仰其實是考察「基督教中國化」這個課題很好的範例，尤其是曾經歷過反基督教思潮[21]，大概從 20 年代開始，中國基督教界所進行的「本色化」（Indigenous）運動[22]，強調基督教的普世精神與差傳國家的文化融合，一方面在文化差異中尋求內在精神理論的會通，再者，也站定民族主義立場，企圖脫鉤西

21　據《台灣文學家辭典》所載，朱西甯是其家族第三代第十九位基督徒，他的姊夫們曾在抗日活動中為了運用民間力量，甘犯教會禁偶像崇拜之教義，擺香堂、拜祖師以攏絡民眾，最終被逐出教會，「但這似乎不曾影響他的宗教信仰，反而促成他們致力於宗教和民族文化兩者信仰的和諧，也就是基督教的中國化。」（王晉民主編，《台灣文學家辭典》，（南寧：廣西教育出版社，1991），頁 132。這段敘述間接反映中國普遍地以民族意識優先於宗教意識的看法，與基督教本色化適應對立。）從朱西甯的出生年代（1926）看來，恰逢民國十年代反基督教運動最熾烈的時候（查時框定為 1922～1927，見〈民國十年代反基督教運動〉一文收《民國基督教史論文集》，（台北：宇宙光出版社，1993）），朱西甯的開明、調和的態度無疑是家族性格影響所致，所以在其小說中他迴避了民族與宗教間的對立議題，幾乎也看不出民初知識分子在各種學理上對宗教的質疑。（關於此部分可參葉嘉熾〈宗教與中國民族主義──民初知識分子反教思想的學理基礎〉一文，收入基督教文化評論編委會編，《基督教文化評論》1，貴州人民出版社，1992。）相對於知識分子，在當時傳教士眼中的平民百姓，更易於接受新的宗教思想，雖然不脫於靈驗與否及接受的判準，亦即歸化後是否有思想上的徹底改變，其實值得懷疑。有關不同身分背景的宗教態度與同化現象參見，〔法〕‧謝和耐（Jacques Gernet）著，耿昇譯，《中國與基督教──中西文化的首次撞擊》，（上海：上海古籍出版社，2003），頁 47～88。

22　關於近代中國教會在文化影響與傳播的功能，無疑是近代史中文化學研究的重大課題，「本色化」（Indigenous）一詞指謂便是以民族文化本位吸納異質文化的方法與態度，當時如王治心、招觀海、謝扶雅、誠靜怡等人均紛紛效力於此觀念之闡揚，其中如王治心在〈本色教會與本色著作〉、〈中國本色教會的討論〉中，還兩文同舉一例，以產自扶桑的東洋果移植中國成為普的作物──落花生為說明，印證「橫的移植」之可能，這當然是懷有宣教意味而來的樂觀看法。文化移植與調適，有時人類學的範例可以提供一些警醒與思維，李亦園在《文化與行為》一書中，以鐵器的輸入導致不同部落的不同下場作出極鮮明的對照，澳洲 Yir Yoront 族的土人因為外來鐵器的傳入，鬆動原先族中伴隨石斧而來的圖騰儀式與父系老人首領地位，終至步上社會解體（頁 53～55）；而在台灣阿美族的馬太安部落，則能從其傳說神話中找到與冶鐵相關的文化內容，從而吸納與漢文化接觸而來的冶鐵技術（頁 60～61）。當時宗教界的本色化運動，首要的便是進行文化上的嫁接。關於中國基督宗教（含天主教、新教）對本色化的相關篇目，可見張西平、卓新平編（本色之旅──二十世紀中國基督教文化學術論集》一書，（北京：中國廣播電視出版社，1999）。李亦園，《文化與行為》，（台北：臺灣商務印書館，1992）。

方宗教組織隨帝國列強叩關成功後，在華宣教上的奧援，在險巇的環境中推行「三自運動——自養、自理、自傳」，「朱」的家族信仰背景，無疑可作為「本色化」運動、新文化運動與自由主義思想風潮下的歷史見證。當然處在文化邊緣的思想互滲中[23]，基調自是豐厚的中國文化，即以前述「朱」之二叔父所整理的串珠本聖經為例，經中處處可見以古籍經典對譯西方聖經的苦心，這份文化調和的敦厚，對「朱」之人格有潛移默化的啟示，所以在〈一點心跡——「鐵漿」代序〉裡，「朱」以張愛玲式的蒼涼筆調，道出自己對古老的帝國，在時間的流變中有永恆的無限企求，

> 彷彿我就喜歡這一點點的永恆；在我們無所戀棧，但在陳舊裡，可能有不少的帝國故事。而我追尋的，撲捉的，又不是那些，也不可能感受得到，太遙遠了罷，然而永恆總在我們身邊；因為那昔在、今在、永在的創世主，不斷向我們展現的新象，萬不是明日便舊了的新，也萬不是另起爐灶的新。若是我們還能多看一眼那五萬萬張受難的面孔，那一千一百萬平方公里荒蕪的土地，我們便不致認可咖啡新于龍井，而高跟鞋新于適從纏足蛻變出來的天足了。（序・頁5～6）

在「咖啡」（現代）與「龍井」（傳統）間對話，擺盪著「朱」的家國與信仰的課題，「民初」的中國，總是悲劇成份居多，有太多要衝決的牢籠，現代的中國，他總寄以深情款款且感時憂事，宗教於他當然有相當程度是實踐動力的來源，但民族或家族的磨鍊，或近代中國的苦難史，使他小說中的英雄常是悲劇色彩濃厚，人物泰半是韌性十足而較少虛浮苟且，時時殷殷致意，提醒我們：「希望」已然是神學及實踐上的重要課題。

23　此處的「邊緣」一詞，觀念近於人類學者許烺光自況其處身中、印、美、日不同文化摩擦時，所謂「邊緣人」（marginal man）的文化體驗。見徐隆德訪問紀錄、許烺光家屬整理，國立編譯館主譯，《邊緣人——許烺光回憶錄》，（台北：南天書局，1997）。

第四章　從「苦諦」到「苦難神學」
── 李喬（1934～）

摘　要

　　李喬的信仰轉變與小說書寫可以作為「個體」在小說中，引發複雜解讀的範例。以宗教言之：苦諦是佛教四聖諦的第一體會，苦難神學在基督教的意義上是指人因罪受磨難並從中認識苦難的意義，展現超越苦難祈求救贖，從苦難意義認識上的轉變，看出李喬宗教心理上的流轉歷程，他清楚縷析改宗的過程及思想上的艱難破繭，在信仰辯證得到較澄朗的方向後，不是一種解脫的豁然，卻蛻成更堅決的社會政治批評，進而將基督教信仰與台灣意識結合，形塑他個人政治神學取向的書寫。

第一節　前言 ── 流淚撒種收割痛苦

　　在解構思潮狂飆的年代，談人的本質、談生命的「終極意義」這些命題，在近代哲學轉向後都變成只是語言的問題。人的存在如果要找一個同義詞，用以說明人的生存樣態，則如李喬（以下簡稱「喬」）所拈出，人是「痛苦的符號」，喻指人最深沈悲鬱的處境[1]，

> 生而為人，本來就難免痛苦。人人都祈望遠離痛苦，但痛苦仍在。許多明明是痛苦的事況，奇怪的是，人往往要在這事況上擠點兒快樂。飛蛾撲燈，是人間的某些寫照；人是先天鄉愁地樂於經歷痛苦嗎？痛苦本身竟然是魅力十足吧？痛苦的某個形式。好像是生命的振奮劑吧？人，有時候是為痛苦而活著的，往更深一層看：生命的起點與原始特徵是『動』，這個『動』──『顫動』不就是『痛苦』的形式嗎？[2]

一般評論者都會動容於這個喻示所直截道出的力量，其中葉石濤的論點格外顯得精

1　此處乃指近代哲學問題轉向語言研究的「語言中心論」主流，文學的語用無疑表現語言之最大可能，李喬此語巧妙點出人與符號等同這個概念的句式，並作出其定義。

2　李喬，《痛苦的符號》自序，（高雄：三信出版社，1974）。

闊：

> 李喬以為人就是「痛苦的符號」，有痛苦才有生命，生命就是痛苦動的
> （dynamic）表現，痛苦的結束就是死亡，人唯有死亡來臨才能解脫痛苦，
> 死亡是永遠的靜止。……然而，死亡真的能擺脫痛苦嗎？[3]

這番言論的警句當屬「生命就是痛苦動的表現」，雖然在兩相對照下，「喬」的觀點裡，原慾的生之動，是生命開始於人之媾合，陰陽交歡大樂的暗喻，含蓄而神聖莊嚴，至於葉老的說法則是把「痛苦的符號」予以能指的動態說明，這不能不說是詮釋上的轉轍，但卻能更深邃地指出：人與痛苦其實是異名而同義，所以人一生的活動不過是去符合痛苦的符號的意旨，悲夫！當然，若知曉「喬」本耽於佛理，勤披貝葉，所謂「痛苦的符號」，闡述的就是佛陀在鹿野苑初轉法輪時所宣講的四聖諦中的「苦諦」（Dukkna），這也是「喬」小說哲理的第一預設[4]。

要溯源「喬」對人生本質是苦難的觀點，根據「喬」的生平自敘同時參照其60年代〈山女〉（蕃仔林故事集）系列的反映，似乎很難避免從土地與貧窮的角度去思考，只是若持此觀點去看待則未免淪於皮相之見，他對人與土地的書寫，遠非「鄉土」一詞可以輕易的認識，他的土地觀宛如西班牙畫家哥雅（Goya）「農神噬子圖」所控訴的主題：人從土地所生又為土地所噬，宛如人是自薦於天的誃狗又似天地自媚的玩寵。彭瑞金在〈悲苦大地泉甘土香〉文中夾議夾敘，藉著突顯「喬」的土地觀，順勢批判一般對鄉土觀念的誤解，也提醒追隨鄉土筆調者，不要因「抗意」的路線（用「抗意」而非「抗議」可見其有意拓展鄉土內涵避免僵化其價值）而淪於窄化鄉土可能蘊涵的豐富內容，他洞若觀火般的確論以為：

> 李喬直追人和土地之間相與的真正關係，而明確的指出土地是苦難的根
> 源，指出土地是生命的象徵，說明人與苦難的不可分離性。……在李喬看
> 來，土地上人群的諸多現象——異族的迫害、飢餓、貧窮、恐懼……只是
> 人生苦難的外貌，而所謂苦難的本質還在生命的本身——生受即苦。[5]

3　見〈論李喬小說裏的「佛教意識」〉。此文已收入前衛版《李喬集》附錄，見頁329。

4　使人深感趣味幽深的是〔英〕．關大眠（Damien Keown）在一部簡論佛教的書裡提到：「美國心理醫生 M. S. 佩克在他的暢銷書《人述罕至的道路》開宗明義第一句就是 "生即苦"。他所說的其實是四聖諦中的第一條，他接著說道，"這是一條偉大真理，是最偉大的真理之一"。這佛家說來即 "苦諦"的真理是佛教教義的基礎。」關大眠著，鄭柏銘譯，《佛學》，（香港：牛津大學出版社，1998）。

5　《台灣文藝》57期，1978年1月，頁104。此外，李喬小說中的土地意象據日人三木直大以為《寒夜三部曲》是描寫外來移民如何將「土地」轉變為「鄉土」的過程。換言之，是移民對土地的地質利用，因為生產過程及其伴隨的勞動記憶與情感聯繫產生鄉土意識。見〔日〕．三木直大著，陳玫君譯，

在剖析苦難的層次上，彭瑞金更指出：「人為的苦難」、「天地之不仁」兩項肇因，尤其是：

> 我們發現李喬對苦難的認識有一極為特殊的地方，似乎他只全心意發掘人世的苦難，但並不十分在意苦難的發動體。[6]

這是敏銳的觀察，「喬」這個特殊的觀點或是依從佛理而悟得，換言之，苦難是本質，由誰去扮演並不重要，人只不過是去註解苦難罷了，甚而人間苦難的發動者，則是無明人心的表現，居火宅之生靈，即使施暴者的下場又何嘗有他們料想中的勝利，於是在超越的普遍的苦難觀點下，善惡皆泯而有了平等的地位，這一點如果對照諸如強調社會公義、突出受壓迫階級意識的陳映真就可以更清楚的識別。

　　造成苦難的大地是無言而操生殺予奪大權的不仁表徵，它的性格似乎是非意志的、多變而完全宰制的神祕力量，這種非神格亦非完全自然主義的比擬，使得人既不能向天地控訴、祈求；亦不能盡人力地去勝過而改造，在進退失據的窘境下，人的苦難便多少帶有非外在因素壓迫所造成的意味──生即苦，所以若從社會決定論的角度來看，他其實主要也不在反映某一制度的不公義或腐敗，這便使得其小說中人物在行動上常未能有超越現實的實踐力量，但是人之生而苦難相隨是一普遍的經驗，人既秉有此自我意識又當何以自處？由此似可斷定「喬」早期藉書寫而闡揚的苦難觀念，既不在強烈表揚反抗現實決定的英雄主義，再者，彷彿也未能完全屈服於佛理的解脫法門，所以其中人物面臨苦難時，依稀可聞的是他們所發出的輕微歎息聲了。

第二節　佛理／心理的感通

　　「喬」曾屢屢言及佛理對他思考與創作上的影響，此外心理學、哲學、精神醫學也統攝在他自我詢問的知識背景中[7]，就此意義而言，小說主題命意之豐富多樣，所要表現的眾生「相」，其實是「相隨心轉」的「相」，披露人在心理層面的不可究詰與繁複，其實正相應於外在社會的複雜詭譎，但要說明的是，他的佛理與心理等關係並沒有脫離所謂世間法而滑入形上理趣中，所以他是非常戀世的，筆下

〈試論《孤燈》──李喬小說的歷史敘述與文學虛構〉，收入封德屏總策畫，彭瑞金編選，《台灣現當代作家研究資料彙編──李喬》，（台南：台灣文學館，2012），頁234。

6　《台灣文藝》，第57期，1978年1月，頁109。

7　除了佛理、哲學外，在〈人球〉、〈恐男症〉、〈昨日水蛭〉等篇中，都是退化或性慾、畏懼等精神醫學主題的書寫。

再匪夷所思的情節主題或都能有事實為之張本，這特性也形成他技法上的自覺：

> 在人間，事實往往比小說還奇怪，虛構是：把人間無數個事實的點，以虛
> 構杜撰的線（故事情節）貫串起來，形成更真實的人間面目。[8]

而敘述的觀點自然是依於佛理心理等基礎，當寫實主義路線流行的時候，他的敘述
風格並未曾動搖，所以當黃武忠詢及有否朝寫實轉向時，他可以堅決地回答；

> 不可能，我從哲學宗教開始，轉入心理上的探索然後回到宗教與哲學方
> 面，因此我的作品會愈來愈趨向一種思維性的東西，或者對人性作更深刻
> 的探討。[9]

所以對他而言，敘述的風格其實不是文學技法的事，書寫內容與對象才是他心底最
敬虔的信仰，誠如在《李喬自選集》書前手跡〈我想〉一篇所言：

> 我個人接近佛理多年之後，不論是社會的、自然的、生命的諸現象，或科
> 學問題，在我能瞭解的部分，都可以用佛理的角度看，都可以解釋得通。
> 所以說，佛理統一了我的一切看法。[10]

由底下所分析的一些短篇更可看出這些傾向。

〈蜘蛛〉裡雖寫的是中年男子的心因性性功能障礙──面對妻子時的性無能，
落得要藉嫖妓以自我肯定，連這種題裁也要出現一番佛理的哲思：

> 人生果真不是苦海嗎？生命的始終站間，誠然是一片慾海；我在苦海裏浮
> 沈，我在慾海裡掙扎，於是「我」才好可憐好可憐地給襯托出來……
> 痛苦本身居然是魅力十足的吧？痛苦的某個形式，好像是生命的振奮劑
> 吧？人，有時候，是為痛苦而活著的……[11]

8　林瑞明〈愛恨分明的大地之子〉一文所引，收入《李喬集》為前序，（台北：前衛出版社，1996），頁
　　13。

9　見〈人性的探討者──李喬印象〉一文，收入《台灣作家印象記》，（台北：眾文圖書股份有限公司，
　　1984），頁142。

10　《李喬自選集》，（台北：黎明文化事業股份有限公司，1975）。

11　此兩段文字分見《李喬集》，（台北：前衛出版社，1996），頁85、88。

在這裡，他不像東年在《愛的饗宴》書中去討論柏拉圖式的情愛及佛典《大藏律部》中的性軼聞[12]；也不必像是去討論舊約〈撒母耳記〉裡的大衛王雖犯姦淫，卻能與原是烏利亞的妻子拔示巴，生下所羅門王這等事的奧祕──情慾竟爾衍生智慧？他捉住中年男子性能力衰退，半由於焦慮所致的情況去加以情慾的反映，只不過這位主角變成似乎是用理性在嫖妓，這種苦難的象徵，間接弱化慾海中的生物性罪行。又如〈昨日水蛭〉中的醫學院解剖學教授「施道憐」，在對抗「水蛭恐懼症」（一種單純性畏懼「Simple phobia」導因於年輕時任實習醫生，卻在一次出遊中酒後亂性企圖強暴女同學未遂，掉進水塘中被水蛭爬滿身軀，而後遭警方拘捕又被學校退學，此種不愉快的經驗與水蛭強制聯想故有此症）逐步成功後，卻出現幻境般一位全身紫衣閃著亮光的人──水蛭的主人，「施道憐」毫不猶豫地迎上前去面對他的恐懼，這時象徵恐懼的形體卻不斷退去縮小，小說最終則以《金剛經》中的六如偈：「一切有為法，如夢幻泡影，如露亦如電，應作如是觀。」作結。在這篇敘述中，可以清楚見到「喬」依於佛理及心理的認識作用，主角對抗自我恐懼對象的方法是符合心理學上的「曝露療法」（exposure）[13]；而用《金剛經》的六如偈作結，藉以說明除怖的原理在先識恐懼對象本質的非實有性，這樣便可以將佛理心理歸在「喬」所謂的統一觀點中，不過生命中最大的恐懼在於死亡，六如偈僅能破之？

〈修羅祭〉[14]一篇雖非作意好奇，但除了宿命的悲觀色彩外還摻有一層奇特的體悟。小說中的全知觀點人物「我」，在無可如何的情況下，吃下了從校園捉回豢養卻一再闖禍，最後被鄰居打殺烹煮的野狗，由狗身的命定到自身的性格反省，他了然生命就是一種無可奈何，誰也無法改變，所以只好藉著吃它而合一，從某層面看，帶有莊子「物化觀」的曠達，從變態心理而言則不免聳人，所以洪醒夫曾特別好奇地詢問此篇立意的由來，「喬」則道出其中本事，小說中的狗實為家裡豢養的街犬，且一開始，「喬」似能預感它的悲慘下場，後來事果如驗[15]，所以哀憫狗未能離於修羅道及必然結局，其實又何異於自悼人類處境而作哀詞，正如六朝時顏之推自擬〈終制〉所慨歎：「死者，人之常分，不可免也。」[16]

此外，敘事情節悠謬奇崛的還有〈孟婆湯〉，寫妓女「閻婆惜」被外國籍的恩

12　東年，《愛的饗宴》序〈饗宴組曲〉，（台北：聯經出版事業公司，2000）。

13　醫療範例及技巧可見李明濱、李宇宙著，《精神官能症之行為治療》一書，第二、三兩章，李明濱、李宇宙合著，（台北：健康世界雜誌社，1989）。

14　收入《李喬短篇小說精選集》，（台北：聯經出版事業公司，2000）。

15　這段奇特創作經驗見〈生命的追求與關懷──李喬作品討論會記錄〉，《台灣文藝》第57期，頁51～52，1978年1月。

16　〔北齊〕．顏之推著，王利器集解，《顏氏家訓集解》，（台北：明文書局，1984），頁533。

客加以性虐待而慘遭勒斃，經過陰司審理判決，轉入畜牲道濕生，化為蛇類輪迴，在投胎前不飲孟婆湯而縱身輪迴大化中，據「喬」起初構想，主題原在逆轉人死後必飲忘川之水以重新投胎的結局，後來因讀到一則社會新聞：描述一位妓女遭嫖客勒斃的報導，遂依民俗宗教傳說之骨架，填充社會新聞之肌理，此即林柏燕以為「利用東方宗教之背景，寫出有現代感的小說」，作為此篇選入爾雅版《六十二年短篇小說選》之理由[17]。若照民俗傳說，人死後投胎之先，必飲奈何橋下忘川水，以遺忘一世的作為，所以每一次輪迴皆是新生，這本是用以解釋：設若輪迴為真，何以人不能記取前生的經驗？（或有人以為事有例外，比如利用催眠以獲取前世經驗）但「喬」的用意顯然並不在於此，他要更深刻地反省一個命題：

> 人都很怕痛苦，沒有人不怕痛苦，但是有一天這個痛苦如果可以讓你忘記的話，你願不願忘記？你願不願讓這個痛苦的記憶消失？人是不願讓這些記憶消失的，我是這麼想。這也是人性裏邊的一個悲哀處——一個特性。[18]

人對記憶的無法揀選，在於形成記憶之事件非我所能逆料與掌握，一但記憶形成，它已然成為我的一部分，割捨記憶便是自我連續的斷裂，如前所述，人是「痛苦的記號」，所以人世種種作為都在為痛苦下定義，人便是痛苦的同義詞，選擇遺忘痛苦便是遺忘自我，是取消自我，這或許不違反佛理強調解脫之要道吧！只是此處「喬」選擇讓「閻婆惜」這個角色帶著痛苦屈辱的記憶輪迴，豈是悲壯足以形容，此意念之萌動或可視為後來 85 年標誌「喬」個人「反抗哲學」的理念宣示，《藍彩霞的春天》一書的出版，其創作的遠因之一，至於其中以陰司制度的乖舛影射陽世的人謀不臧雖失之陳腐，卻也為後來趨向總體社會結構及文化評論作伏筆。

第三節　情理／天理的弔詭

信仰是個人內在精神上最大的冒險，「喬」蘊積多年的宗教理會，在八三年的《情天無恨——白蛇新傳》裡，藉中國話本故事中的白蛇／法海的對立陣仗，逼顯個人信仰中對絕對理念互斥現象的疑慮，在李喬創作歷程中的兩大風格分期：前期的鄉土意識與社會意識批評／近期的生命苦難與生命情調內省，此書明顯是後者的系列代表，所以彭瑞金以為：

17　林柏燕此文分見於小說選後之意見及《書評書目》，第 10 期，1974 年 2 月。

18　洪醒夫，〈偉大的同情與大地的鄉愁——李喬訪問記〉，《書評書目》，第 18 期，頁 18，1974 年 10 月。

對李喬來說，寫作這部作品時，他正力圖從歷史素材小說的泥淖中脫困出來，也正力圖創造出新的寫作形式來，但選擇流傳極廣，而且想從在俗文學、戲劇或俗世大眾早有「定見」的白蛇成精嫁人、大戰法海和尚的傳說，作為新階段的寫作嘗試和轉型，仍然是逆風駛船的挑戰性寫作「行為」，《情天無恨》真正要提醒人思考的，可能正是這種言外之意。[19]

這同時喻示，「喬」從個體的社會屬性轉向生命內省的情理探究，兼有舒緩寫作《寒夜》三部曲時，「涉入」浩浩大河激湍下的沈重歷史負荷，而將形上的哲理思考，賦予話本「人、物（白蛇）」的高度象徵功能，雖是宗教思想的闡揚辯證，其實也帶有神話的素樸思維。此外，宋澤萊曾以他對歷史宗教小說寫作的體會提出說明：

> 《白蛇新傳》和原來的白蛇傳是有差別的，本來的白蛇傳相當粗糙淺薄，主要是原來的作者沒有深刻的宗教經驗，更大的問題是它反映一般人對佛教的誤解，我們很難在白蛇傳找出深刻的人性體認，它只是代表中國家庭倫常對出世思想的反映。李喬不落原小說的窠臼，他把出世、入世，菩提、無明，人類、畜類，情感、教條的對立性攤開，企圖在這場鬥爭中將它們的對立性徹底敉平。顯然李喬想借小說直探宇宙的第一義，這種嘗試如果不是對宗教有見解的人是不敢做的。我們容易看出來，假如原先的白蛇傳只是小乘的出入世間的錯誤觀念，李喬的《白蛇新傳》就是企圖糾正它，使之成為大乘的正確觀念。[20]

其實「喬」已不只是依從佛理演變之觀點去看待這些部分，日後信仰之轉變，此書作為澄清辯證內在理念厥為契機，是此書可視為「喬」在信仰里程上的重要豐碑。

至於此書之創作緣起曾具體交代於《小說入門》一書中，舉凡「起意」、「動機」、「謀篇」縷陳全書成形之過程，值得諦審的是動機上的自剖：

> 由於因緣際會，我早年即和佛書佛理有些「瓜葛」，二十多年來，始終維持若即若離的牽連。我發現，我們沒有一本稱得上純粹宗教思想的小說，

---

19 見〈人、妖交纏，佛法解不開的人間情慾──解讀李喬的《情天無恨》〉，收入林水福、林燿德主編，《當代台灣情色文學論──蕾絲與鞭子的交歡》，（台北：時報文化出版社，1997），頁170。

20 見《情天無恨──白蛇新傳》書前序〈李喬宗教思想摸象──為李喬《白蛇新傳》點眼〉，（台北：草根出版事業有限公司，1996），頁16。

然則，區區何不一試？[21]

誠如前述 74 年洪醒夫對「喬」的訪問中，已見出「喬」經由佛理而能對世間觀照有更統一的理會，箇中曲折除由作品無得臆測，但大抵說明彼時對佛典研習不輟是可知的，如 72 年以筆名「壹闡提」[22] 所寫〈簡介《金剛經》〉一文，也提出對當時文學作品欠缺宗教、哲學質素所導致的淺薄進行反省：

> 中國文化的內涵，除固有儒道墨法等源流外，佛教已和固有文化血溶水合而為一。理論上說，我們的文學作品，應該俯拾即得表現這些文化特質，生活內容，思想型態的才是，然而事實上我們作家們很少作這方面的努力。目前除一些篇什能看出表現基督教的蛛絲馬跡外，大抵都是令人失望的。我們的作家缺乏哲學的沈思，作品缺乏哲學的深度是不爭的事實。區區以為設若不趕時髦，不邯鄲學步的話，深入社會的底層，民族的血脈裏，佛、道的痕跡應該是濃深於近百年才逾近彌繁的基督教的。而文學，正是需要深入社會底層民族血脈的工作，所以區區以為從事文學批評與創作的人，都應該拿出相當時間精力來研究佛理和佛教。[23]

在這篇簡論中的宣言，其用心可謂弘深，雖然在諸子思想、佛、道或哲學與宗教等範疇間看似未曾細辨，混同而冶於一爐，但縮合而觀，再三致意於小說內容在哲學與宗教範疇的深入，有其根本之祈向，也是他運轉史識成智的工夫。

從此書之原名《白素貞逸傳》一直到新版的副標題──「白蛇新傳」，可以看出他揚棄舊觀念自出機杼鎔鑄偉詞的決心，不過若從舊本《警世通言》中〈白娘子永鎮雷峰塔〉的話本情節來看[24]，原來的敘述結構完整勻襯，足以壓服閱讀者並達到警世之功效，而《情天無恨》的綱架與故事的情節推移，在進行上並沒有更新的布局，而所以名之為「新傳」，就在其義理之深化或倫理價值之轉化，尤其是導入「喬」所體悟的佛法。

底下分從數點論述「喬」依佛理更新舊有故事的主旨。首先，根據新傳，「喬」

21　見《小說入門》，〈「白蛇」如何新傳？〉一則，（台北：大安出版社，1996），頁 201。

22　關於以佛教專有名詞「壹闡提」為筆名的來由，始於和印順法師的因緣，李喬自述 18、9 歲時差點出家，60 歲受洗後，停用這筆名。見施淑清記錄整理，〈平原之女與山林之子──李季對談李喬〉，《印刻文學生活誌》，第 1 卷第 2 期，（新北市：印刻文學生活雜誌社，2004），頁 33。

23　見《書評書目》，1 期，1972 年 9 月。而由「壹闡提」這筆名的佛性觀所透露「喬」的體會可見前註 15《台灣文藝》，57 期，〈生命的追求與關懷──李喬作品討論會記錄〉一文。

24　版本參考〔明〕・馮孟龍著，嚴敦易校注本，《警世通言》下，（台北：里仁出版社，1991）。

立意將白蛇的身份躋登菩薩位階，若據「Bodhisattva」之諸多音譯，其中「覺有情」之譯法在此恰好是雙關，而純潔無瑕的軀體，使她異於原來話本中之新寡身份轉成處子的形象，且萬物皆有佛性及輪迴業報的觀念，肯定白蛇從卵生而踐人形之努力，降低了物怪變異的志怪風格；再者，白蛇與許宣之締結原因，於白蛇固是銜草以報，然亦是情或欲之無明發動，還時難止攝，若說情欲是生之原欲，則無所謂善惡判斷取捨的問題，因為在話本或新傳中均無敗壞人倫禮法之困境，再說，話本之結語不論是法海或出家為僧之許宣留詩，均旨在諷人戒淫色之害，是指女人為異類（相對於男性中心的他者）而有伐性之大弊，而今傳卻執守白蛇為物怪，縱然其修練成人形在無敗壞人倫的情況下，依然不得與許宣締成耦好，其實有違勉人（物類）精進與輪迴之理，又情欲之難禁在佛教義理上，常造成比丘修行上的緊張關係，今白蛇以女身示現，突顯女性修行之窘境亦值得注意；其三，全書最精要處在白蛇／法海的對決，演成情／法衝突的普遍象徵，如其中所闡述：

> 這是一場情天法海之戰：一是為滿懷真性純情而拚，一是為一心律法大道而鬥；白素貞如果敗了，那就一千六百年苦修換來的鍾情，化成劫灰；法海萬一輸掉，便是天墜地崩，日月逆轉；前者秉持的是，性體原始以來的根本動力 —— 保護自身的求生本能。後者仗恃的是，天地運行的法則 —— 無始不虧，永遠完全的力勢。性體的真正滅絕是不可能的，縱使是滅絕，仍然還是一種性體；律法是不容破逆的，縱然是破逆，依舊還是一種律法。這是兩個「有」的對決，兩種「有」的爭霸。「有」，來自「無」；而「無」畢竟還是一種「有」。[25]

說「無」畢竟還是一種「有」，此說於文中無進一步申論，就佛理「有」、「無」皆權假而不二的觀念視之，實殊未諦，此處最主要之癥結還在舊有話本中二者的對立是人、妖殊途不可稍有踰越，如今則演為情法對立，但情法是否果真對立到足以將二者作為一種象徵的層次？或者情畢竟還是一種法。而法海在新傳中被塑造成一隻精修千年以上的蟾蜍，因緣乃是皈依律宗道宣法師而修成人形，用這點來證成其捍衛律法之正當目的，其實法所以自律，不論是宗教或倫理層面均可以如是觀，孰能是替天行法之人？至於法海與白蛇對決時，因被窺出其蟾蜍前身，遂頓時退轉成白與暗綠相間之巨石，這層表達倒別出新意，於守律持戒之法師而言是一記棒喝，亦可視為要識真我之工夫洵屬不易，在生疑間直墮下乘。結局的安排上，白蛇被鎮雷峰塔，塔底宛如地宮庋藏八萬四千經卷，恰好資以閉關潛修《陀羅尼》、《華嚴

25　《情天無恨 —— 白蛇新傳》，（台北：草根出版事業有限公司，1996），頁 362～363。

經》而證菩薩果地，甚而以先覺者身份去開悟法海，從而曲終留得一偈：

> 眾生情法牽　業轉造三千
> 夜上須彌頂　天風月孤圓

喻指了情法衝突的合解。

　　「喬」曾自述在書中過濾了許多佛學之外的思想，甚而有「反佛理」的部分，所謂「反佛理」其確指不甚明朗，但可以肯定的是，他對成佛之先必得經「人」之階段之說法相當不滿，因不滿而存疑，所以他要形塑一位未經習染的「新人」，白素貞正是此一典範，由異類而踐人形甚而登菩薩果位，

> 修鍊成人形至難，擺脫人的無形桎梏尤其難，最後捨棄人形人識，又是太難太難。（頁264）

從小說中一再強調人與異類之對立來看，敘述重點突出她「非人」性質的不曉世事，尤其是對照侍女小青而言，所以當她可以證菩薩地時，這份圓滿是來自於終能勘破「我」與蛇之對立，由破「蛇／我」之分，再顯人蛇（異類）同源之理，當她識得人的七情六慾再予以消解時，她才算是成功，也因此，當她證悟時，原本腹中孕於凡人精血的胎肉便化於無形，這是一招妙法，一則免除腹中骨肉的歸類問題，（民間說法，有白娘子產下一子，日後此子毀塔救母，輾轉流傳或是混以目蓮救母之事）再則可視為既已非凡人，則己之遺蛻不管有無自然不同於凡俗。

　　「喬」為尋求一位純潔無瑕的「人」，苦心孤詣的從「非人」中去鍛造，殊不知人身難得，離開人又何需佛法，捨「人」而求「新人」如何可能？依基督教義，人之尊貴在於乃是神依己之形像而創造，舊約〈創世紀〉・一章27節：「神就照著自己的形像造人，乃是照著他的形像造男造女。」所以若依佛理，人的重習舊染，使「喬」想從「非人」、「超人」中去理會「新人」的可能，但若依基督教義，則只能從認清人的罪這個事實作更新，使之與神再聯結和好，這其中的重大分歧，隱伏「喬」日後信仰上一番轉折的兆機。至於考量以白素貞的女性（陰性）角色作為宗教書寫的論述重心，出以最崇高的期望，形塑她的無垢典範，用以襯映許宣男性的粗鄙好色懦弱善疑諸德性，顛覆慣常地，以男性作為宗教議題之主要人物，似乎已屬餘事。當然這箇中緣由也並非全無痕跡可尋，比如在〈恐男症〉中，那位婚後因受銀行未婚條款致遭解聘而患有男性性器官妄想症的「她」，就以男性的「他者」的身份，訴盡女性集體意識裡在男性社會中的苦況，王德威以為：

女主角就此可視為一覺醒後的女性「讀者」，因其看透了所有社會政教文化機構後那些無所不在的男性勢力。本文的高潮發生在當女主角於幻覺作祟中衝入了教堂及佛殿中，竟然也看到了基督及佛陀的「那話兒」向她示意。李喬宗教的褻瀆勢必要引起許多讀者抗議，但對激進派的女性主義學者，這自是件一針見血的神來之筆。

王德威甚至將此篇與魯迅的〈狂人日記〉視作書寫顛狂的雙璧，從而肯定其文學史上之價值[26]。只不過若深究起來，原來女性的曖昧狂態與聖潔的重塑金身，原都出於男性書寫者的代擬，雖然白娘子的行動多了幾分女性神學的意味[27]。

第四節　反抗意識與信仰的轉向

在信仰道路上，1993 年是「喬」的天路初程，雖然在過往的迤邐行蹤有蝸涎留痕的堅苦，箇中在《情天無恨——白蛇新傳》新版序中明晰的托出：

> 寫作《情天無恨》時，個人斷續接觸佛理已有三十年。心中對佛學既敬畏又疑惑。……年輕時期個人就深服業力之說，卻又抵抗原罪論三十年，十分可笑，而於耳順之歲受洗為基督徒。現在回想起來，是佛說佛心平等而又特別確認人的位格的特殊性，啟引我對中國文化以人為中心論的不滿，還是後者的文化學研究導我離開佛教越來越遠——已經很難查考。多年來對於「天人五衰」，又回到人的位格，而人之外的生界成佛又得先成為人，個人一直十分不滿。（頁 21～22）

故而藉著此書攤曝個人信仰理智上的矛盾，

> 個人深深體會到寫作是自我教育，是成長成熟重要法門的奧妙。這本書的完成徹底「教育」了個人的有兩點：一、人間情法並存而對立的必然與必須；人對於世間法與超世間法的領會與自處之道。二、白素貞與法海的對決，最後兩者都運用「怖一切為障者印」相抗——真理（法）唯一，唯一何以對抗唯一？真理祇有一啊！這是絕對本身的對抗、不通，因為絕對唯

26　王德威，〈尋找女主角的男作家——茅盾、朱西甯、黃春明、李喬〉，《中外文學》，第 14 卷 10 期，頁 36，1986 年 3 月。

27　關於《情天無恨》全書之討論可略見《新書月刊》，第 15 期所載討論會紀錄，1984 年 12 月。

> 一。唯一自身不可能對抗，何以而今對決？那是運用唯一的傢伙的問題，
> 至此人，存在所有的有限性煌煌亮亮呈現出來。個人寫到此，確實一身是
> 汗。至此，敬畏謙卑的全然領受完成。十年後個人含淚垂首接受洗禮，想
> 來那場情法海天之戰，應該是契機，因緣之妙，不可說。（頁22～23）

從這段自道，嘗試發其已萌而未顯之數端。首先，它依從佛學而思及中國文化內蘊的人的優先性（我們不要忘記「喬」他多年中學國文教師的身份），此二者均突出人之地位，雖然佛理在求解脫而肯定「彼在」；中國主流文化的現實性格取向在安頓而禮樂教化人的「此在」，二者實有內在義理之扦格，且一為無神論；一則為對超越義多抱持存而不論的態度，（中國自周朝後的天道、上帝觀均已質變，即如後世之宋代理學所言「對越在天」的超越義與周時所言儻能相契？而「喬」似乎對所謂理學則持卑之無甚高論的態度。）[28] 但在其宗教屬性上，「喬」的學習與體會均將二者歸為「內在性」宗教，而與「超越性」宗教，諸如猶太、基督及回教作對揚[29]，此處當然不在涉及比較宗教問題，而旨在說明，或許由其苦難觀念出發，在對人作沈重思考之後，意識到人的極限，意即這極限是由人的普遍苦難所逼顯，但在佛理中似乎只能就苦難之因緣問題去作自證與解脫；至於在基督教中，除了苦難由罪性甚而是無端受苦的解釋外，還可討論其意義，更進而言之，依苦諦之解釋，無我即無苦即解脫；若依「苦難神學」之意義，正是苦難得以將人與神做再一次的連結[30]。

　　至於造成他內在信仰上跳躍的動力，或即在於一個極鮮明的特質即「反抗意識」的提出，其反抗的本質亦在面對人生苦難或極限時的自覺，從而構築了「反抗哲學」的言說，且具體表徵在《藍彩霞的春天》這部文學作品，誠然，它看似社會娼妓問題的尖銳披露，道盡色情工業整體共犯結構上的不良，但是它竟可以被詮釋

28　周人之宗教觀可參李杜，《中西哲學思想中的天道與上帝》一書之二、三章，（台北：聯經出版事業公司，1991）。而「喬」之理學所造深淺如何不可知，此係就其態度而言，他在〈台灣人的「後進國」意識〉一文中，批評政治人物以某些學問作為外交辭令，「理學果真這樣迷人？在學問瀚海裡，理學如此『巨大』？李先生（按：此指李登輝）真正『熱愛』？或可致用？老實說，筆者不相信，只要略涉東（印度）西方思想學問的人，筆者不相信七老八十的人還會一心去理那些理學。」文收《文化心燈——李喬文化評論選粹》，（台北：望春風文化事業股份有限公司，2000），頁46。

29　見〈亂世的信號〉，《文化心燈——李喬文化評論選粹》，（台北：望春風文化事業股份有限公司，2000），頁84。

30　有關「苦難神學」一詞之意涵在於它是一門特殊的經驗神學，由人的苦難的普遍事實去逼顯人存在的實況及其意義，從這個角度也可以使我們認清各個宗教的本質及特徵。較詳細的論述可見唐佑之《苦難神學》一書，至於人在受苦中可以有未來榮耀的時候，這是〈羅馬書〉。八章17~18兩節之主旨，虞格仁在《羅馬書註釋》中特別提到在17節裡共用了三個助語辭「同」字，強調人之後嗣，與基督同苦同得榮耀，正說明人在苦難中並不孤獨。〔瑞典〕．虞格仁（Anders Nygren）著，鍾蒼榮譯，《羅馬書註釋》（Commentary on Romans），基督教神學教育叢書，（香港：道聲出版社，1966）。

而上昇到國家定位的格局問題，書前彭瑞金的序裡將它視作尋求國家獨立意識的啟蒙與實踐，當然以女性身份作為殖民地性格或命運的象徵早已非新意，不過引人側目的卻是「反抗哲學」的主張：

> 惡不會自滅，得救必需靠自己，自己不救沒人救你，任何受難者不行動的理由都是懦弱的藉口，而反抗手段沒有可否而且沒有上限。反抗是人性中最高美德。[31]

所以在整部小說朝向妓女藍彩霞手刃色情業者的戲劇化演出中，彭瑞金可以演繹出這段說法，他以為被生父後母推入火坑的藍家小姊妹無力反抗這樣的命運之後：

> 先割絕的便是「父」的意念，她是在意識裏除去了「父」的意念才去做妓女的。當了「妓女」之後，便自認是一個無「父」的人，沒有依傍，也就沒有牽累，她從而再造了自己。……也唯有能如此堅定地擺脫「父」的、「大人」的巨像黑影的，才有能力去開創自己的命運。[32]

或許以捍衛妓女自主意識的諍辭，作為他「去中國化」思想的指導原則，聽起來難免使人不堪，但多少可以視為是「喬」某種程度上「宗教人格」（homo religious）的反映，浸淫佛理卻沒有鎮日兀坐似老僧般地講口頭禪，相反地敢轉法輪甚而與它對決；另一方面，多年的中國文化研究，造就的不是閒情偶致的士大夫優雅，而是脛無胈腿無毛地倉皇奔走於文化評論之間。

第五節　結論──文化批判與台灣神學的期望

受洗後的「喬」仍持續多元的文化評論，從《文化心燈──李喬文化評論選粹》裡所收，一系列登在教會刊物上的文字來看，似乎出於宗教觀點的發言立場會更堅定而頻繁，如〈「台灣新文化」的基礎〉[33] 一文所揭舉：

---

31 「喬」在〈自殺，是「最後的創作」〉文中，把藝術創作亦視為對生命形式的一種反叛。見《文化心燈──李喬文化評論選粹》，（台北：望春風文化事業股份有限公司，2000），頁 173～174。

32 見彭瑞金為此書之序〈打開天窗說亮話〉，一文，頁 5。「彭」在書前以「去中國化」影響來作為全書理論導讀，可是細讀全書終會發現絕無理念先行之弊，原因在於「喬」泛性觀念下偏於「性暴虐」（Sado-Masochism）的辛辣，纖毫畢露的書寫，極可能阻斷絕大數閱讀者從中意會其微言大義的苦衷，從而在崇高的反抗理論與近乎風景實錄間有其難以會通的詮釋鴻溝。

33 《新使者雜誌》，第 43 期，1997 年 12 月。

　　台灣神學的主題：人民、土地、權力與上帝。[34]

當然他也沒忘記對另一宗教的期許：

　　台灣另一大宗教——佛教，同樣屬於歷史與人民所有，以慈悲為願的佛
　　陀，當也能提出與基督教「名異質同」的台灣神學主張，同為台灣新文化
　　的磐石。[35]

從這份帶有政治與社會的神學祈向來看，或許也反映他未來創作的方向，九九年
〈耶穌的淚珠〉[36] 可能是一篇範例，在小說中以「呂摩東」（李登輝？）、「辛山圓」
（陳水扁？）、「麻鷹鳩」（馬英九？）等人名諧音去暗指這些政治人物的政治演
出。時空背景落在一九九八年十二月五日，台北市長選舉揭曉，由「鍋眠黨」的
「麻鷹鳩」當選，是夜，「呂摩東」獨自到教堂中跪伏上帝座前，求其明示心中統
獨理念之掙扎，結果耶穌像自是無語，只是淚如星點般紛然而落，這個情節自然使
我們想起四福音中那位「歷史的」耶穌的兩度落淚，一是因拉撒路的死，而哀傷人
世的苦痛與不幸（約翰十一章，三十五節）；再次則是為了耶路撒冷未來將被交在
敵人之手而哀哭（路加十九章，四十一節），若從此角度看，顯然是殷憂於統獨意
識對台灣前途之變數，所可能帶來的災害，而更於其中加以嘲諷及譏刺的是對長期
執政者處理國家定位的模糊政策，這些論點其實也多已分見於其「台灣意識」下的
各項文化評論中。至於在敘述的技法方面，由於論事的焦慮心態，使寓意凝重的憂
世嘲諷時帶有粗豪的口吻，而小說結尾的後記應被視作小說的一部分：

　　這是一篇《聯合文學》的退稿。在事先受邀撰稿，並先講明「寫什麼」，
　　竟以「內容敏感」被擲回。按：前此在台灣舉行過毛澤東紀念會；小說家
　　以長篇小說影射「領袖」為大說謊家。然則請讀者「猜一精」：本篇「何
　　事敏感」？台灣的社會盤據著什麼東西？[37]

這篇後記就點出了「文學」、「政治」、「宗教」、「媒體」間的複雜與曖昧，在這

34　有關台灣神學論述的主題，參看《新使者雜誌》，第43期，莊雅棠，〈台灣鄉土神學的開拓者王憲治
　　牧師〉一文，1997年12月。

35　《新使者雜誌》，第43期，1997年12月。

36　刊載《文學台灣》，第31期，1999年7月。

37　這篇小說後記原刊載《文學台灣》，第31期，頁184，1999年7月，收入《李喬短篇小說精選集》
　　中，後記卻已刪除替換。（台北：聯經出版事業公司，2000）。

些棼雜的文化面向中，我們最期待「喬」的應是他紮根於台灣文化歷史；聳幹於台灣神學；葉茂於一己獨特的宗教歷程，最後則榮華成既批判又具有超越性的宗教文學。

第五章　人道主義的信徒
──陳映真（1937～2016）

摘　　要

　　依據陳映真對知識分子性格的深刻自剖，可以發現他在構造一個超越的世界觀時，對自己的定位其實有著輕微的不滿與惶惑，最明顯的矛盾或許是來自於寫實（現實）或浪漫間的不平衡，兩者間的擺盪，要到他堅立社會批判的現實路線後才稍得緩息。考察這種趨向，主要的原因或許在於：浪漫主義可以是抒情的或是理想的，前者可能衍成極端為己或頹廢的情意宣洩；後者可以是人道或宗教的淑世關懷，可以成為愛國主義、民族主義或普愛世人的宗教理想。陳映真正是基於理想的浪漫思想從事社會批判的工作，他有著普遍浪漫主義者少有的現實感，但在現實分析上又顯得熱情大過冷靜，早期他依據基督教信仰作為批判動力，從事解放神學的宣揚，晚期則政治的現實理會中較少提及信仰或宗教的關注。

第一節　前言──民族與人道的優先

　　1934 年，林語堂主編《人間世》雜誌，內容以小品文為主，其中雖不乏清俊議論，但多屬興發生活幽趣之篇什[1]，從刊名可以窺知頗能符合林氏的生命美學體驗[2]。到了 1985 年則有陳映真（以下簡稱「陳」）質押房屋創辦的《人間》雜誌。

1　據其發辭刊，林氏以為「五四」以來十四年，現代文學唯一成功之處在小品文，這自是遠紹明代公安諸子餘緒，當然林氏在刊中亦有感時的譏砭，如〈說浪漫〉篇中，語鋒可及俄國鮑羅庭事件，並譏諷「中國可產龜，但斷產不出長頸鹿。因在中國，頭太長是一樁罪過，人人執一斧待而砍之。惟有龜，善縮項，乃得人人喜歡。」說見《人間世》，第 10 期，收入《林語堂全集》上，（長春：時代文藝出版社，1994），頁 342。但綜觀全刊還以生活意趣居多。這種性格表現，其思想來源，根據婁曉凱《衝突與整合：論具有留學背景的中國現代作家》一書對中國現代留學海外作家的研究分析，大概可以分為兩大譜系：「留歐美作家普遍地表現為對文學獨立自由的追求和嚮往、對文學的審美特質的刻意追求和對政治的離心傾向；留日作家則大多比較強調文學的社會功能和階級性，注重文學的社會功能和工具作用，功利色彩濃重，往往忽略文學自身獨特的審美價值。」（緒論頁 17），林語堂思想接近前者。（台北：秀威資訊科技股份有限公司，2013）。這種應世態度，自社會意識強者眼中看來，注定要致以微詞，鍾理和可為代表，「我讀過林語堂的《吾國吾民》、《啼笑皆非》及目下在讀第二遍的《生活的藝術》而深深地覺得林語堂便是這樣的一種人，這種人似乎常有錯覺，當看見人家上吊的時候，便以為那是在盪鞦韆。」見鍾理和，鍾理和全集之 6《鍾理和日記》，（台北：遠行出版社，1976），頁 177。

2　雖然其父林至誠是長老會牧師，然而林語堂自剖思想中原有道徒原素，最近南方朔在〈歌頌瑣碎〉一文中許以「有格調的瑣碎」似是盛遊其優遊亂世，不纓塵網，但人讀此文，不宜作過度引伸，比如林氏亦曾於 1942 年作〈上委員長外交方策意見書〉，所以此處指的是涉世態度之對比觀照，不作絕對

這份由數十位知識分子聯名背書的刊物，據其發刊辭所揭櫫，功能與任務在「以圖片和文字從事報告、發現、記錄、見證和評論。」社會問題[3]，以它的現實主義取向，批判或披露台灣文化的總體面貌，當大眾閱讀群將雜誌與娛樂休閒認作同一事時，《人間》的內容毋寧是過於沈重，在專題中諸如同性戀問題，原住民問題（湯英伸案）等，可以說是在行使知識分子的輿論批判職責，而前引林語堂之《人間世》與陳映真之《人間》，除說明刊名之巧合外，也旨在對照知識份子面對社會時，其所採取的是入世的拯救，抑或採取一定距離的美感觀照與逍遙，這也可以作為一位知識份子處世時「拯救與逍遙」兩個抉擇分歧[4]。又如果心懷用事的知識份子恰好是文學的從事者，那麼擺蕩在藝術與社會見證之間的衝突將益發激烈[5]。對「陳」而言，為了揭發社會的幽闇，辦《人間》與寫作其實是同一宗旨，當然，離了小說寫作就沒有小說家，不過對一位透過小說創作與社會理念實踐等同的作者加以觀察，總難讓人對其載道而理念先行的苛責，呂正惠就批評他，使命感也許太過嚴重了一點，這使他多少喪失了藝術家的真誠[6]。

小說家郭松棻曾在〈秋雨〉中紀錄一己與同儕向殷海光先生問學及過從之片段，當中提到

> 當話題難免要轉到陳映真被補的事件時，也依然提不起什麼精神來，畢竟我們對這個問題都太隔膜，到頭來也只剩下一些空談，譬如「不知是否還關在新店？」「會不會給電刑？」等等。這不嘗更叫人感到無助。

劃分。以上資料參林太乙，《林家次女》，（台北：九歌出版社，1996），及南方朔，《有光的所在》，（台北：大田出版有限公司，2000），頁96～98。

3　見〈《人間雜誌》發刊辭——因為我們相信，我們希望，我們愛〉，1985，11，創刊號，亦收入《鳶山》，陳映真作品集八。

4　這對比取自劉小楓《拯救與逍遙》一書的書名旨趣，（台北：風雲時代出版公司，1990）。

5　離我們最近的一個研究典範是吳潛誠的《航向愛爾蘭——葉慈與塞爾特想像》，（台北：立緒文化事業有限公司，1999），以及《島嶼巡航——黑倪和台灣作家的介入詩學》，（台北：立緒文化事業公司，1999）。在南方朔為《島嶼巡航》一書序〈愛爾蘭文學啟示錄〉中，指出知識分子普存在的社會責任與藝術水準的衝突焦慮，而在此需進一步說明的是，吳潛誠找到一個與台灣歷史命運類似的愛爾蘭作為敘述對象，或許有意紓解直接面對台灣的焦慮，縮合這兩個對象，透過愛爾蘭的喻指折射出台灣的身影，而他在討論黑倪的詩歌所用的標題「介入或抽離」剛好也是「拯救與逍遙」的同義詞。

6　呂正惠在〈從山村小鎮到華盛頓大樓——陳映真的歷程及其矛盾〉一文中，歸結「陳」小說的缺陷來自於其性格上的矛盾，知識分子對世變的敏銳嗅覺與憂時，再者是強烈的浪漫傾向，這種力圖平衡上的一再閃失，令人肯定其用心卻又難堪以對其作品。收入《小說與社會》，（台北：聯經出版事業公司，1992），頁53～73。類似的批評還有洪銘水在〈陳映真小說的寫實與浪漫——從將軍族到夜行貨車〉中，提醒我們：「『寫實』與『浪漫』或『鏡子』與『燭光』這兩個意象在陳映真的作品中交替地出現是值得注意與體會的。」點出陳映真作品所受兩層交錯而具有極大驅策力的矛盾來源。文收《先人之血·土地之花——台灣文學研究論文精選集》，台灣文學研究會主編，（台北：前衛出版社，1989），頁175～203。本篇又以相同觀點類似篇名〈陳映真小說的寫實與浪漫——從將軍族到夜行貨車到山路〉，收入《台灣文學散論——傳統與現代》，（台北：文津出版社，1999），頁213～246。

平日偶爾記起陳的被捕的時候，也多半只想到他的人道的、穩健的、知性的文體在台灣的文壇暫時消失而去。然而即便這小小的一點，倘若想找文壇裡的朋友談談，也實在談不起來，因為他們恐怕不是「形式主義者」，便是很「現代」的了。[7]

郭松棻以冷冽淡筆訴說原該使人有些悸動的事件，是他一慣地美學手法，以小說寫史而說到「陳」的人道精神，說的似乎也是公論，如楊澤在洪範版《魯迅小說集》序中，便再一次證成「陳」的法乳，承自魯迅對傳統箝制人性之弊端，加以大力摧破的人道精神[8]，雖然民初魯迅所痛心的民族積弊容或時移事易，但青年時代的「陳」無疑在〈我的弟弟康雄〉中，已鮮明地勾繪出那位「安那其主義」者，崇高而淒美的自畫像。姚一葦說，因思想問題而入獄歸來的陳映真在本質上沒有多大的改變[9]。正說明他對社會公義所抱持的「不斷革命論」的沈著與天真，而這股實踐公義的力量，相信與他家庭的信仰背景，以及他的宗教行為有關係，在〈鞭子與提燈〉一文中，「陳」自敘一段父親對他的期望：

孩子，此後你要好好記得：首先，你是上帝的孩子；其次，你是中國的孩子；然後，啊，你是我的孩子。[10]

這段類似家訓又似為子祈禱文的趨庭之教，已預示了往後作為一位所謂「小市鎮知識分子」的世界觀[11]，即透過馬克斯的反拜物、反階級剝削及反分配不均等人道關懷，同時吸收基督教義的解放思想而成。這於他是一以貫之的牢固信念，使他的創作與評論幾乎都可以歸結成幾項簡單的信條，比如對呂赫若的文學評論[12]，或是作

7　收郭松棻著，林瑞明、陳萬益主編，《郭松棻集》，（台北：前衛出版社，1997），頁226。

8　見〈盜火者魯迅其人其文〉，《魯迅小說集‧序》，（台北：洪範出版社，1994）。

9　姚一葦說見《陳映真作品集‧總序》，（台北：人間出版社，1995），頁4～5。此文中「姚」亦點出「陳」在理性與感性間的矛盾，來自於文學的美學性格與文學社會功能的糾葛。

10　見《陳映真作品集》卷九，而其父親的宗教觀與民族情感所給予的影響亦見於〈在山路看雲──陳映真的仰望與關懷〉一文，康來新專訪，收入《扭曲的鏡子──關於台灣基督教會的若干隨想》，陳映真等著，康來新、彭海瑩合編，（台北：雅歌出版社，1987），頁17。

11　「小市鎮知識分子」的定位，來自於「陳」在〈試論陳映真〉中的自我體認，收入陳映真，《孤兒的歷史／歷史的孤兒》，（台北：遠景出版社，1984）。而對知識分子的認識，使他寫下了像〈唐倩的喜劇〉這樣絕佳的儒林滑稽列傳。循這條線索，呂正惠將「陳」的知識分子的困窘，置於在黃春明式的鄉土書寫與王文興式的內心自剖間的兩端俱無著落的尷尬，參見呂正惠，《小說與社會》，（台北：聯經出版事業公司，1992），頁53～73。不過我們此處的世界觀，旨在說明一種小說中，作者努力架構的關於世界應然的圖像。

12　在〈激越的青春──論呂赫若的小說《牛車》和《暴風雨的故事》〉一文中，我們再度看到「陳」引事證詩的評論法，甚而是對某些理論信仰上的激昂語調，比如：「馬克斯主義者常說，馬克思主義的體

為文學獎的評審立場無不皆然[13]，由於這股學識性格，使他小說中的宗教旨趣終究不會是繁瑣的經院式考據，亦即他對宗教的理解是關乎能否遂成社會正義的實現，因而在他的理解中，宗教的現實體制——教會，便成了社會福利或社會改造的機制，他在對某些基督教會的不滿與對天主教會的稱道，便是依宗教機關對社會福利運作的良窳作為標準[14]。

對於他在小說創作中某些理念先行的作法，雖清晰地捍衛了某些意念，但無形中也簡化或窄化人性的複雜與多面性，郝譽翔在私封「陳」為「末世的聖徒」的同時，也指出「陳」選擇背上「文學為社會而服務」的十字架，所秉持的過度樂觀的天真，終究削弱作品中原該有的力度[15]，關於這點，凡是將文學當作是某項價值的手段或工具運用，都不免是對文學美感的背叛。

至於不論強調「陳」的宗教大愛而私封他是聖徒或說是人道主義者，相信可以得到部分的贊同，但是近來統獨意識介入文學論域，使人對「陳」的評論順位有「統一」優先「人道」的疑慮，尤其令人憂心的是評論者各自的意識型態恐將隨著「南葉（石濤）北陳」[16]的鮮明旗幟而激化或簡化原本複雜的內涵。究其實，「陳」小說中的政治負擔其實不重，但若要說他是一位先民族主義者其次才是人道主義者，倒也不是無跡可尋，往昔「陳」所撰文揄揚的王拓等人及因理念齟齬而分的劉大任[17]，好像都在說明「陳」以他一貫的單純理念去應付外在的眉睫瞬變，而有別於對其政治性格與作為的批評，以下從「陳」的小說中去觀察其宗教情愫及對宗教

系，不以解釋歷史和生活為已足，而要進一步據以改造生活，推動歷史的發展。認識生活和歷史，究明矛盾的本質，從而主觀能動地干預生活，變革歷史的過程，即所謂『意識化』的過程。」（頁306）我們如將「馬克思主義者」替換成「陳映真」誰曰不宜呢？文收陳映真等著，《呂赫若作品研究——台灣第一才子》，（台北：聯經出版事業公司，1997）。

13　比如對第二十一屆聯合報文學獎〈野草莓〉一文的評審意見中，抒發對台灣文學創作和文論深受美歐文論操控的不滿，也堅定表示他從五〇年代，對「現代」、「抽象」、「超現實主義」的抗拒與不以為然。見《聯合報》，1999年10月31日，聯合副刊，第37版。

14　在這些宗教觀裡，他常與社會及政治觀合論，比如在〈主，我們這樣子就可以嗎？——「一九九〇平安禮拜」的隨想〉便從近代中國及台灣的傳教及反教現象談起，見《曠野（雙月刊）》1991，3/4、5/6兩期連載。又比如在〈基督徒看台灣前途——從海峽兩岸的宣教史談起〉中的一段說明：「事實上，我們不應該因為體制化的馬克斯主義而否定了馬克斯所提出共產主義的精神——人的解放、社會的正義；不應為了共產主義政權所犯的錯而全盤否定無產階級運動、思想和文化。就如同我們不應為了體制化教會的腐敗、墮落，而否定耶穌的存在、耶穌的救贖。」將馬克思與耶穌作比附，恰好是把唯物無神論者的主張提升到宗教性質的無意間巧合？文見《新使者》，第7期，1991年12月。

15　〈末世的聖徒——閱讀陳映真〉，《幼獅文藝》，第552期，1999年，12月。

16　此中棼雜，考古鏡源自可視為「民族鄉土」概念之意識辯證，可略參〈台灣戰後五十年文學批評小史〉，收入楊照，《夢與灰燼——戰後文學史散論二集》，（台北：聯經出版事業公司，1998）。

17　「陳」對王拓之期許，勉其能從貧困的鄉土漁村朝向光明幸福的中國和世界，見〈試評《金水嬸》〉，收《孤兒的歷史／歷史的孤兒》，（台北：遠景出版社，1984）。至於「陳」、劉大任二人知識分子間的情誼變調，可參鍾肇政，〈知識分子的文學〉一文，林瑞明、陳萬益主編，〈劉大任集·序〉，（台北：前衛出版社，1993），頁9～10。

理念的認識。

第二節　頹敗意識的宗教修辭

　　「陳」早期的作品除了染有存在主義式的蒼白虛無外，一種對世界懷抱激切改造的理想也同時共存，是絕望與希望在他青春狂飆時期，形成兩股巨大的糾葛力量。

　　〈哦！蘇珊娜〉篇名巧指小說中的女主角，一位早熟而耽溺情愛的年輕女性，與男友共度鄉村假期時，巧遇在地傳道的摩門教徒，男友李是「一個在大學時代裡並不優秀，並且時常任意曠課的學生，一個無依無靠的窮漢。只不過讀了一小屋子亂七八糟的書，便使他成為一個驕傲的貴族。」（頁58）但與其說女主角愛的是他這種少不經事的，從略通知識而來的驕氣，毋寧是更耽於肉體上的歡愉。而摩門教的傳教長老「彼埃洛」則成了女主角意淫中的理想對象，「當李回到我身邊的時候，我突然想到我多麼需要一個有節制的、高尚的，甚至虔信的生活，我想像著和彼埃洛先生對坐在一條飾著盆花的長桌上用早餐，坐在歌劇的包廂裏，或者讓他輕輕地吻我的額，讓他⋯⋯（我又臉紅起來）讓他的大而笨拙的手撫摸我。（天啊）」（頁60）從彼埃洛的整潔溫柔形象和宗教的聖潔聯想，女子想的並不是宗教行為上的實踐，而是從對男友的肉慾中提昇，從而純化淬鍊出情愛的「理型」世界。不過在某一個午後，李卻告訴她，彼埃洛與撒姆耳相偕外出，結果在狹路遭遇車禍而彼埃洛喪生，這事件使女子在一夕之間儆醒而頓悟，小說情節在這一點上便顯得有些矯情。女子起意離開李，李曾經諧謔地表示：「聖徒的意思⋯⋯就是一種和天才差不多的人。因而我們是同類哩。」（頁57）女子在彼埃洛死後證悟了一件事：

> 也許李說的並不只是一個笑話。他與彼埃洛先生同屬一類。他們用夢支持著生活，追求著早已從這世界上失落或早已被人類謀殺、酷刑、囚禁和問弔的理想。也許他們都聰明過人，但他們都那樣獨來獨往，像打掉玻璃杯一樣輕易地毀掉生命。（頁61）

女子心靈上的轉折，或許是理想的幻滅。「陳」將彼埃洛塑成宗教上的完美形象，然後又將其打破，彼埃洛的犧牲，成為女子勘破情慾上顛狂的契機。

　　〈淒慘的無言的嘴〉中，採第一人稱自述，主角是位易感的青年，因精神病入院，敘述結構相當鬆散，發展上以主角為中心向外輻射，抒發他對周遭人物的互動，其中一段是與實習的神學生──郭先生的哲思對話。主角問道：「就神學的觀點來說，精神病有什麼意義呢？」如果精神病被視為是一種羞恥的惡疾，或者將其

引申為人所遭逢的苦難,那麼這顯然是對神義論的質疑,但神學生郭先生採取的是護教的立場:

> 聖經上也說的:末世的時候,亂世道,災禍不斷;戰爭、殺伐、異病……
> 而精神病是異病之一。(頁158)

除了對精神疾病的發生提出經義上的解釋外,他也不忘就人的疾病予以社會性定義的說明,他以身體的機能失調象徵永遠不可能完美的社會結構,故而神學生也能同情地理解,這位苦於精神病的青年內心的表白:

> 我曾經想過,就像你說的,大半的精神病者是人為的社會軋轢(轢)的犧
> 牲。然而基督教還不能不在這軋轢(轢)中看到人的罪。(頁158)

這很明顯有魯迅〈狂人日記〉的社會性悲憫情懷與筆法,也暴露「陳」將罪性與社會弊病等價,帶社會主義傾向的神學觀。這位淺薄的男性,小說以他目睹不堪受壓迫而慘遭殺害的雛妓作結,那女性受虐者身上的傷口,正彷彿是無言的抗議的嘴。

〈我的弟弟康雄〉曾被楊照歸入「成長小說」之類[18],頗能符合青年的「陳」的心理折射,以它在當時同儕間倍受肯定,似乎也是當時共同成長背景下,朋友間的美感體驗。敘述以第一人稱──一位年輕少婦藉著十八歲弟弟康雄所遺留的三本日記,追體生命中最氣盛而富有一切開創可能性的同時,為何選擇最狂飆而棄絕一切希望的行動──仰藥自殺。按文中康雄之父所言:「他的孩子死於上世紀的虛無者的狂想和嗜死。」(頁15)且「初生態的肉慾和愛情以及安那琪(Anarchist:無政府主義者)、天主或基督都是他的謀殺者。」(頁15)其實導致康雄最直接的死因在於,工讀中的他與賃居的主婦發生情愛而後去職,又因工作無著,連住處都成問題,不得已住進聖堂,卻在其中蒙受更大的心理譴責,康雄絕望地叫道:

> 我沒有想到長久追求虛無的我,竟還沒有逃出宗教的道德的律。
> 聖堂的祭壇上懸著一個掛著基督的十字架。我在這一個從生到死絲毫沒有
> 和人間慾情有分的肉體前,看到卑污的我所不配享受的至美。我知道我屬
> 於受咒的魔鬼,我知道我的歸宿。(頁14~15)

18　參〈啟蒙的驚怵與傷痕──當代台灣成長小說中的悲劇傾向〉,《夢與灰燼──戰後文學史散論二集》,(台北:聯經出版事業公司,1998),頁210。

在這番自白後不久，便以

Nothing is really beautiful but truth.
　　　　　　　——N. Boileau（頁 15）

「惟真理為美」作為絕命辭，康雄當然不會是徹底的虛無者，否則不會有宗教道德
律的煎熬，當然本篇主旨並不在康雄之姊透過日記作心理上的緝凶，或揣測其弟的
行為動機，而是在逐步釐清一位早熟青年的心靈圖象，懷抱希世抗志的烏托邦藍
圖，包括建立貧民醫學校、孤兒院，但過多知識及理念上彷徨的壓力，終至被虛無
所吞噬，與其襯映的是康雄之姊，以嫁入有名望而虔誠的宗教家庭，便輕易擺脫貧
困，雖然這過程中也付出了代價，包括捨離一位摯愛的青年——畢業在即，卻因貧
困而休學且「賣身」於廣告社的小畫家，時常自悔其「我這悲壯的浮士德，也毅然
的賣給了財富。」（頁 13）康雄的死，來自於不可承受的內在壓力；其姊卻媚世從
俗而活，這一對比足以說明青年陳映真對理想憧憬及挫敗所衍生出的想像，所有標
高的理想其實多少都蒙上些許的浪漫而顯得不自然，頗多緣文生情之處，尤其在結
尾部分，康雄之姊的祈願是：

　　我一心要為他重修一座豪華的墓園。此願了後，我大約也就能安心地耽溺
　　在膏粱的生活和丈夫的愛撫裡，度過這一生了罷。（頁 17）

這裡有對理想幻滅的失望以及對世俗觀念妥協者的鄙夷，從敘述技巧而論，康雄之
父與其姊之口吻多半顯得矯情不自然，都可以看作是為製造不同價值觀念而設的箭
垛人物。另一方面，某些場景的設計，是得自宗教題材圖像的影響，比如寫康雄之
姊逐漸安於夫家豢養，然而每當上聖堂時，內心卻交戰著自我背叛的痛苦，

　　我始終不敢仰望那個掛在十字架上的男體——因為對於我，兩個瘦削而未
　　成熟的胴體在某一個意識上是混一的——與其說是悲哀，毋寧說是一種恐
　　懼罷。（頁 17）

這裡指引了讀者將耶穌形象與康雄身影合一的聯想，雖則也顯現在耶穌的位格上側
重其人性的一面，與此手法相同的是有關康雄死狀的描繪：

　　康雄一手垂在地板上，一手撫著胸，把頭舒適地擱在大枕頭上。面色蒼
　　白，但安詳得可愛。（頁 16）

這幾句描寫宛如一幅聖者殉教像或聖母悼子像的圖說，在「陳」的早期作品中可以見出，他在宗教語彙的運用上，情感大於技法的修辭特色。

〈故鄉〉寫一位負氣離鄉的青年。家境原本殷實，不料父親經商失敗且病故，家道中落，在其兄處理完家中債務後，青年無助地由麻木中甦活而哭泣，不料引來一向和藹的哥哥加以掌摑及踐踏。哥哥原本是留日的醫學生，帶回來的除了豐富的知識與一身職能外，還有虔敬的基督信仰，在其熏習下，全家受洗，而哥哥白天在焦炭廠擔任保健醫生，這股醫療奉獻的精神來自於他的信仰，所以除了白天的醫務之外，夜晚還到教堂服事。但是家中遭變故後的哥哥，卻由一位虔誠的信徒變成放縱邪僻的惡魔 —— 開著賭窟並且娶娼妓為婦，（這娼妓或許懷抱其所嫁在焦炭廠曾有救父之恩，雖然他並不知情。）這種全然地自棄，使青年將故鄉與其兄在意義上加以痛苦地等同，更顯後來歸鄉之舉充滿荒唐、無奈和矛盾，追憶反思其中轉變：

> 我不時地懷戀著我的俊美如太陽神的哥哥。雖然說這太陽神流轉、殞落了，但是他也由是變成了一個由理性、宗教和社會主義所合成的壯烈地失敗了的普羅米修斯神。（頁 40）

甚至懷疑人的神魔二性同住：「魔鬼不也是天使淪落的嗎？」（頁 40）結尾也就在魯迅式的吶喊：「我不要回家，我沒有家呀！」（頁 44）中作結，從中可以體會青年對其兄敗德的控訴與康雄之姊對康雄的哀悼，其實都是同一主調，都在以一顆純潔年輕的心鄙夷敗壞的社會機制，尤其社會的敗壞是已然的惡狀，但他似乎無意從人的罪性加以討論，甚而預示理性、宗教與社會主義在改造社會上的無力，而透露出一種悲觀的蒼涼。

〈加略人猶大的故事〉是「陳」直接演義聖經福音書記載的小說[19]，然而主角不是耶穌而是賣主的猶大。對於耶穌被釘而出賣者為門徒猶大，這種好像是神的豫定，「陳」並沒有從神學上加以討論，而是以其一貫的社會、政治的角度加以構思，試著解析猶大賣主的動機在符應當時以色列人對彌賽亞的殷切盼望，猶大一方面認肯耶穌的神性，另一方面卻也想利用耶穌的群眾資源，以遂成政治及社會上反

19　康來新以為本篇「根本就是取材於福音書的再詮釋」，康來新專訪，收入《扭曲的鏡子 —— 關於台灣基督教會的若干隨想》，（台北：雅歌出版社，1987），頁 14。但呂正惠則以為「〈加略人猶大的故事〉是政治性寓言，可以看出陳映真對台灣士紳階級的批評」（頁 57），「具有基督教人道主義的社會主義色彩的陳映真，原本就不甚認同於台灣過去的士紳文化傳統。」（頁 60），見〈從山村小鎮到華盛頓大樓 —— 陳映真的歷程及其矛盾〉，收入《小說與社會》，（台北：聯經出版事業公司，1992）。前者文中缺乏分析，後者蔽於人而不知神。意即，他把「陳」改革社會階級弊端的動力，歸於基督教人道社會公義精神，是對神學採取社會學角度的解釋，這一路的詮釋方法會把超越義等同於社會理念，宗教實踐則是社會制度的設計規劃。

羅馬的目的，但最後卻失望於群眾意志而上吊。從這些觀點來看，猶大的行為在罪性上彷彿削弱了，但是猶大對耶穌的認識，其實一樣困惑著自其以下世代的人們，當然，如今只有單純天真的信徒會將耶穌視為只是一位宣講愛的真諦的人生指導者，〔德〕·莫爾特曼（Jürgen Moltmann）指出：在許多場合條件下，羅馬人視耶穌有政治上的危險並非過慮[20]。小說中的猶大是太聰明了，竟然想以耶穌之力策動群眾力量以反羅馬人，據聖經所載猶大是有管理金錢的才幹，似乎賣主也有貪婪的罪因，但「陳」將這種表面的原因削弱而代以更深的大業雄心，其實經上記載，彼得三次不認主又何嘗不是背叛及對十字架信仰的叛逃，所以前述莫爾特曼（Jürgen Moltmann）更將與耶穌的對立看成是世俗價值的祈向與耶穌教訓的奧義的牴牾，不過我們在這篇小說中領略較多的是政治神學的況味。

1977 年後「陳」的《華盛頓大樓》系列，批判了跨國企業對第三世界國家所遂行的經濟、文化壟斷及洗腦，知識份子面對這種龐大的組織根本毫無招架之餘力，只能變成這巨大機制的共犯結構之一。其中〈萬商帝君〉是一沈鬱的控訴，「萬商帝君爺」並不是具有神格之尊號，而是極力在職場惡鬥中想登上經理職銜未果，而精神病復發的林德旺所自封，林德旺的形象被塑造成來自鄉下的青年，進入台北的台灣莫飛穆公司，在他求學過程中幾乎端靠其姊素香的支持，而其姊是常年一襲黃色法衣在身的乩童，林德旺由於在台北沾染了不良的時髦習氣，揮霍而不知節制且屢勸不聽，其姊在最後一次金錢挹注之後，作了決絕的話語，這對姊弟所代表的關係，據彭小妍的看法以為：

> 很明顯的，陳映真在此把家（鄉土）和世界（跨國公司）形成一個對立的局面：代表「家」的姊姊（女性）職業是乩童，象徵的是精神的純淨和自我；代表「世界」的跨國公司（男性）則象徵物質的無饜追求。[21]

很顯然，林德旺是在功利價值的追求下，導致人異化的犧牲品，無法在社會上實現自我，只好在異常的精神領域中成為商業之神——「萬商帝君」，如果依前面彭小妍的「家／世界」這組對立結構的分析，則林德旺的精神異常的封號，其實也呼應

---

20 就「歷史上的耶穌」而言，他的行為顯然被猶太人與羅馬人各自解讀為不同的政治社會意涵，卻又不能屢服猶太人的政治期望與消彌羅馬人的疑慮，他以上帝之公義所宣揚的人道反抗，摧廓了當時的律法觀念，因而「對法利賽人和猶太愛國黨人而言，他是猶太人神聖事業的"叛徒"；對羅馬人而言，他如猶太愛國黨人的頭目，又是一個煽動騷亂者。」，有關這部分的縝密分析，參〔德〕.莫爾特曼（Jürgen Moltmann）著，阮煒譯，《被釘十字架的上帝》，第四章「耶穌的歷史審判」，（香港：道風山基督教叢林，1994），頁 196。

21 見〈陳映真作品中的跨國性企業〉，龔鵬程編，《台灣的社會與文學》，國立中正大學歷史研究所，台灣研究論叢 3，（台北：東大圖書公司，1995），頁 248。

了其姊的宗教象徵，代表了一種回歸，雖然是一種嚴重的挫敗。

「陳」曾被南方朔說成是「最後的烏托邦主義者」[22]，這層意思大抵亦同於呂正惠對他「使命感」強過於藝術鑽研的批評，所以彭小妍則據「主題小說」的概念來分析他的「華盛頓大樓」系列[23]，以說明「陳」的小說中所要傳遞的個人在政治、哲學或宗教認識上的意圖。我們很容易在「陳」的小說中發現他的熱誠或說教意味，正是在這點上，使他的小說語言，始終存有相當程度的工具性意味，所以，雖然「陳」在〈試論陳映真〉中說明了一己從《現代文學》到《文學季刊》之間的風格演變，以「嘲諷和現實主義取代了過去長時期來的感傷和力竭、自憐的情緒。理智的凝視代替了感情的反撥；冷靜的現實的分析取代了煽情的、浪漫主義的發抒。」[24] 但不變的是他始終都站在人的外面來看人，他的政治或社會興趣大過於內在心理的探討與審視，他對社會的弊病容有一套個人的解釋，可以鏗鏘有力的遂行批判，至於社會弊端之根源──人的罪性問題，則較少處理，依「陳」的宗教背景及其對台灣信仰的批判，流露在他小說中的宗教修辭，我們期待他對宗教有更深刻的闡釋與書寫，應不為過。

劉大任說：「〈我的弟弟康雄〉是當時我們一圈人公認的第一篇。」[25] 其中除了美學的認同之外，彷彿在康雄身上的蒼白與虛無也是當時這批年輕人所默認的悲壯典型，只是若當年的康雄未死，隨著年紀行過中年而漸老，他會發現宗教的熱情依舊，理念依然單純，只不過這一切好像只是為了用來對照當前的社會喧囂。

第三節　結論──內在批判朝社會批判的轉向

透過對「陳」早期與後期作品的對照觀察，似乎是宗教的修辭減少了，如前引〈試論陳映真〉中「陳」的自剖，前期作品中代表所謂「市鎮小知識份子」的改革論中，時有以基督教的信仰和熱情為基礎，可是這些人物卻常顯露出他們在認識與實踐之間的痛苦與矛盾。而在後期的作品中這些知識份子的困境多半表現在龐大的經濟體制控制下的無能，在此我們可以說「陳」的世界觀有了較明確的轉向[26]，但

---

22 南方朔，〈最後的烏托邦主義者──簡論陳映真知識界諸要素〉，收入《陳映真文集》卷六，（台北：人間出版社，1988），頁 19-22。

23 龔鵬程編，《台灣的社會與文學》，國立中正大學歷史研究所・台灣研究論叢 3，（台北：東大圖書公司，1995）頁 251～253。

24 見陳映真等著，康來新、彭海瑩合編，《曲扭的鏡子──關於台灣基督教會的若干隨想》，（台北：雅歌出版社，1987），頁 53。而呂正惠則將其作品分為：自傳時期、現代主義時期、反省時期、政治小說時期。呂正惠，《小說與社會》，（台北：聯經出版事業公司，1992），頁 55。

25 見〈井底〉一文，刊《中國時報》，1999，7 月 1 日人間副刊，37 版。

26 相較於這種批判態度的轉向，當代中國知識分子中倒有人作出相反的思考，如周憲在《超越文學──文

是前期透過宗教認識本可能有更多樣人性面開展的契機，卻在他的族群觀、歷史觀的總體關懷下喪失，可說是「有見於齊，無見於畸」。也由於「陳」所標榜的「市鎮小知識份子」的自我階級的反省，使我們能尋繹其人道精神之動力來源，有絕大部份是來自於宗教的因素，雖然說後期的宗教修辭減少了，但我們可以理解成，前期的屬於知識份子在理念與實踐間的矛盾縫隙（以〈唐倩的喜劇〉作為嘲諷可說是代表），在於尋找一種可以用世的超越點，即撥正社會亂象的根源，但發現亂象從實際層面而言並不等同於解決，如果不能重新體會人具有內在革命的自由與動力，那麼箝制人的社會機制將益形坐大，當代新教神學學者，潘能伯格（Wolthart Pannenberg）便指出人在超越方面的自由，他說：「在人類學中，近代所揭示的、人獨有的超出和超越自己此在的一切現存規則而提出問題向前推進的自由，叫做"對世界開放"。」[27]而改革者能否寄望於完美的社會群體呢？顯然是悲觀的，因為

> 共同體從來也不是人的使命的終極形態。其原因在于，由於人的罪而不存在一種完美的共同體。罪，即自我中心性，使個人與社會對立，並使社會與個人對立。……這樣，就導致了一些單個的人總是壓迫另一些單個的人。這些壓迫者以社會的名義出現，……對于這樣一種獨裁化了的社會，它自己本身已經不再對為人的全面結合服務而敞開自身，個人也就有權利以人的使命的名義起來反對它。[28]

職是之故，才會有過程神學朝向善的解放，透過對「陳」的觀察，使我們再想起莫爾特曼（Jürgen Moltmann）對教會運動的洞識：

> 在本世紀，基督教普世教會運動已經結束了基督教四分五裂、教派林立的時代。可是這種突破之所以取得最廣泛效果的原因，與其說是在傳統上有爭議的教義問題上達成了一致意見，毋寧說在倫理上問題上、在與世界的關係上，在世俗的普世行動上，或者說在新的社會和意識型態問題上的合

學的文化哲學思考》裡，反省新時期文學外在的社會批判大過內在自我批判的毛病，雖然還是語多保留，但可以見出這方面缺失的反省。見該書第一章〈文學的心理哲學〉中「從外在社會批判走向內在自我批判」一節，（上海：上海三聯書店，1997）。

27　〔德〕‧潘能伯格（Wolthart Pannenberg）著，李秋零譯，《人是什麼──從神學看當代人類學》，（上海：三聯書店，1997），頁3。

28　〔德〕‧潘能伯格（Wolthart Pannenberg）著，李秋零譯，《人是什麼──從神學看當代人類學》，（上海：三聯書店，1997），頁87。

作而產生的「間接普世主義」上，各教會或教派處境相同，看法一致。[29]

於是教會便成了「社會治療」的機構，也因此在更多層面上，其信仰便從對內在的批判轉向對社會的批判，當然或許我們不應忘記，個人的悔改更新與社會的改善是不分的，正如古鐵熱（Gustavo Gutierrez）所言：「困難和社會不公義顯出"罪惡的環境"，缺乏一個整體的兄弟關係和交流。」[30] 所以解放或批判的言說，正應從內在反省與社會行動中落實，認清個人的罪性與社會集體的惡[31]，如果「陳」能少些群體或總體社會的論述，略多盡內在的批判，這於他或許也是一種平衡，因而我們寧願那對罪惡異常敏感的「康雄」不死，因為他的告解與懺悔能叫我們提防，在誘人犯罪的芳園中遍開的惡之華。

29　〔德〕·莫爾特曼（Jürgen Moltmann）著，阮煒譯，《被釘十字架的上帝》，第四章「耶穌的歷史審判」，（香港：道風山基督教叢林，1994），頁 28。

30　見武金正，《解放神學》，特別是第二章關於拉丁美洲的解放神學中古鐵熱的部分（台北：光啟出版社，1991），頁 122。

31　綜合這兩部分的簡要討論，參曾慶豹，〈解放、烏托邦動力與神學的旨趣〉，《道風漢語神學學刊》，第 3 期，1995，秋。

第六章　東方寓言的宗教理趣

── 東方白（1938～）

摘　　要

　　相較於抒發台灣意識所呈現的尖銳譏諷，東方白富有宗教氣息的寓言體，流露一股悲天憫人的溫和，而這些寓言多半出以己意改寫或組合傳統的故事，這種運用方式間接變成他個人質問傳統或現有價值的手段，賡續古代中國子部雜家類寓言的精神而顯別裁，至於出現違反宗教教義卻帶有道德取向的矛盾，依據教義原則是他該加以正視的問題。

第一節　寓言的宗教祈向

　　東方白（以下簡稱「東方」）認為偉大的文學作品必須要能探觸到人的終極關懷，也就是作品要有深邃的宗教向度[1]，基於這理念，其小說中時常流露濃郁的宗教氣息，尤其在短篇小說上，更常以寓言的方式鋪陳宗教主題，但也由於採用寓言的敘述方式，使作品的說教理趣大過小說敘述技法上的發展，雖是如此，樸質的文體風格倒是貫徹了「修辭立其誠」的古訓。這一類寓言性質的短篇在創作時間上綿歷約可二十七年，而以結集在《東方寓言》一書為代表，其他則《十三生肖》、《黃金夢》等書為次。

　　《東方寓言》的副標題是「東方白二十五年短篇小說精選」，前序裡以〈蝶語〉的寓言代序，典故自是「莊周夢蝶」，而在全書內容上則分五部分，分別為：「憂天篇」、「憂世篇」、「憂時篇」、「憂民篇」、「不憂篇」。在思想根源上，中國自來有「憂」的傳統，文王幽而演易，而後開出知識份子對人文與禮樂化成之關懷──即君子有終身之憂，但細繹全書可知，各篇作品在創作時間上原有先後，非先立全書綱架而寫定，在討論時可不必拘於分篇之旨，對內容作詮釋限定，而可將這套觀念視為「東方」個人之「憂慮意識」，考察從所憂到不憂的解脫途徑。在「不憂」的境界中，他描述了一種人倫間的和諧關係，尤其是父子、朋友及夫妻的完滿對待，因而此世的圓融或可視為宗教上的主要安頓，其中流露的宗教況味是現實義大於超越義。

1　見東方白，《盤古的腳印》，（台北：爾雅出版社，1982），頁58。

在〈道〉一篇中，魯國太子奇為了尋求生命的奧祕，解開：「為什麼生到這世界來？」、「活在這世界有什麼意義？」及「如何生活才能獲得最大的快樂？」等三個永恆問題，獨自登上泰山求隱士解惑，經過指點，遍求蓬萊、瀛洲、方壺、員嶠、岱輿諸仙境的神仙，最終又回到泰山，此時太子已垂垂老矣，當他再遇原先指路的隱士時，方了然一生苦求的問題之解答，心無疑滯而再返人境，魯國卻早被群雄所併，甚而一統六國的秦國咸陽阿房宮也成瓦礫古邱，太子尋仙過程，既無法取信於人，只好再回泰山。這篇寓言結合求道、誤入仙境等常見的仙話模式，印證求道過程即人生意義的解答。〈池〉篇則寫一人至「清水寺」訪明師，想學預知未來之法，值師父不在，有一位小沙彌在松林間鑿池蓄水，說是師父前去清水池中釣魚備放游之用，此人依言往池水處，果然看見一位老者，告知來意後，老人要他協助釣魚，自己先行回寺中收拾禪房。這人在池上獨釣，歷經兩日的晦明陰晴，終於發現池中本無魚，待要奔回寺中將此事告知，孰料，小沙彌又說師父已改變心意，要將此處闢為藥圃，且早一日清晨逕往山中採藥去，不知歸期何時，聞訊後，此人憤怒更加，於是執意步出山門，才下數階就聽到群山響起師父已回之傳音，但此刻心頭卻又升起何必知未來的念頭。這則寓言帶有禪門風味，禪者隨機點撥，文中孤舟獨釣則又有「水仙操」典故中，成連在風雨舟中悟琴藝之況味[2]，但略有不合理處在，此人既欲向明師學預知未來之法，照理師父該當早於他知池中無魚之事，若其不知又何必學於他。〈東東佛〉用東方的觀照方式，趣味性的改寫希臘神話中「薛西弗斯」（此處譯為「西西弗」）的故事。當西西弗受罰於天神朱比德，而要承受推石上山又跌落的永恆之苦時，釋迦聞聲救苦，植了一株金蓮，使蓮葉托住巨石，免去西西弗的痛苦，誰知西西弗一旦免去推石的痛苦，便放縱自己，讓自己沈入縱慾的另一層痛苦中，西西弗於焉有所徹悟，從而將推石的過程視為一種遊戲的循環，不斷地從中獲得快樂，如此一來卻惹怒了奧林匹克諸神，將他改判死刑，發落冥界，當大力士海克力士把西西弗拋向天際時，承釋迦牟尼收為隨侍，並易號為「東東弗」，從此西方的叛逃者安穩在東方的溫柔與慈悲中。這則寓言首先區劃東西思維的差異，西西弗能將懲罰與咒詛變成幸福，就在其「智悟轉巨石」的東方思維，輕鬆地卸去原有的悲壯精神，是饒有深意的東西思維之對話。

〈臨死的基督徒〉寫公元 315 年兩位犯了逃兵與搶劫的死囚下場，其中一位士兵「克力斯丁」雖不曾親眼看見上帝顯靈，但在軍隊中因聽了同袍對「發光十字架」的描述而祕密受洗；另一位強盜「賀爾西」則是「懷疑論者」，直到被釘十字架，嚥氣前一刻才祈禱求赦免，他用贖罪的心向耶穌請求得入天堂，理由是耶穌曾

2　見〔宋〕．吳淑《事類賦》卷 11「琴」：「若夫水仙之引」句注引《樂府解題》，「水仙操」一事。中國哲學書電子化計劃欽定四庫全書 https://ctext.org/wiki.pl?if=gb&chapter=470930。

教訓人，凡相信上帝並懺悔的人必能得救，如今他正處在天堂與地獄的交界處，耶穌則以其未曾受洗，赦罪的權柄在父，需請示上帝方能予以答覆，從此「賀爾西」便徘徊在天堂與地獄之間，因為上帝一直在考慮中，遲遲不能作出決定。這則寓言的靈感或許來自「東方」最喜歡的作者之一，〔俄〕‧托爾斯泰（Lev Nikolayevich Tolstoy）的短篇〈懺悔的罪人〉[3]，托翁在篇中描述一位一生作惡無數的罪人，在得享高年七十餘歲後，欲進天堂之門，卻受拒於彼得與先知大衛王，直到第三次終於由約翰為他開啟天堂之門，因為罪人引述約翰自己的話說：「親愛的弟兄啊！我們應當彼此相愛。」（約壹‧四章 7 節）這部分經節是約翰特別用來強調「神是愛」的主旨，緣此使得天堂的守門者無法拒絕他，托翁原意在突顯神的愛可以勝過死亡與罪惡，但「東方」此篇又是一翻案之作，呂興昌曾指出此寓言中背離基督教義之處，耶穌其實有赦罪的絕對權力[4]，這是可以肯定的，從「馬太‧九章 6 節」、「馬可‧二章 10 節」、「路加‧五章 24 節」的共觀中，人子赦罪的權力正是耶穌當時被文士認為僭越的罪證之一，不過寓言另外引用了哲學家萊布尼茲（Gottfried Wilhelm Leibniz）的說法：「世界除了現狀之外，不可能再有其他更完美的形式，萬能的上帝為我們安排了如斯美好的世界，每件事物都有它的目的，而且是唯一奧妙不可言喻的目的。」（頁 6）所以此篇的主旨在破除世俗化僵化的宗教儀式，亦即賀爾西的難處也在說明上帝造了信與不信的人的尷尬，從萊布尼茲的古典形上學中能否得到這種教訓，實不可知，但是上帝的意志是永恆的難題，企圖揣測終歸徒勞。至於寓言裡安排的兩位囚犯的情節，極可能是來自福音書上的與耶穌同釘十字架的罪犯與強盜的記載，尤其是一位相信神而一位不信的安排，在四福音中以（路加‧廿三章 39～43 節）記載最詳，〔德〕‧大衛‧弗里德里希‧施特勞斯（Strauss, David F.）在《耶穌傳》裡說：

> 第三福音書作者一直是遵循傳統說法，認為兩個強盜當中有一個堅持其譏諷和蔑視耶穌的態度，並以此同耶穌所恩待的老實悔改的犯人形成對比。這種對比就其本身而言是非常有效的，施維格勒曾認為，路加故事的目的是要使這兩個壞人對耶穌的態度成為猶太人和外邦人對基督教的截然相反態度的典型，一個是堅持其頑梗不化的不信，另一個則不僅悔改相信，而且還尋求拯救。[5]

3　〔俄〕‧托爾斯泰（Lev Nikolayevich Tolstoy）著，許海燕譯，《人為什麼而活──托爾斯泰短篇傑作選之一》，（台北：志文出版社，1995），頁 158～163。

4　見呂興昌，〈走出痛苦的寓言──談東方白短篇小說的憂患主題〉，收前衛版《東方白集》，（台北：前衛出版社，1993），頁 278。

5　〔德〕‧大衛‧弗里德里希‧施特勞斯（Strauss, David F.）著，吳永泉譯，《耶穌傳》，（北京：商務

但是經「東方」加以改寫的處理，原先對世人不信的批判，卻反轉過來，而如呂興昌所言：

> 小說用心之處不在宗教本身，而是企圖對世俗化、形式化的宗教儀式進行嘲弄，認為人安身立命（所謂靈魂得救）的契機，並非外在有形的動作（施洗、見證），而是內心深處（臨終一刻的徹悟）所表現的真誠。小說敘述的語氣是同情且肯定賀爾西的，但從世俗僵化的角度看，他卻是不合禮儀、不合規範的，所以世俗化、僵化的「耶穌」（不是原始基督教義的耶穌），自是無法接受這臨死的真的「基督徒」了。[6]

這個說法看來是有幾分道理的，耶穌當日不也駁斥法利賽人虛偽的敬虔與死守規範嗎？但是宗教儀式本身自有神聖的象徵意義，率爾逕指某儀式為僵化、世俗化，亦頗有可議之處。

〈□□〉（收入《東方白集》）的題旨據呂興昌所解讀在揭露：「當人的生命即將墮入無邊的空白與虛無時，他對人類的悲慘處境會展現什麼樣的關涉態度？是純然絕望的放棄？心有不甘的抗拒？抑或其它方式的安頓？」[7]這是由方框裡的空白所帶來的開放性意義的填充，因為它的空白與內涵義的缺無，所以帶來更多的指涉或象徵，但是框的外圍或許可以是「限制」的表徵，意味生命的限制，框的內白指的是無可如何的生命情境，呂興昌把它解釋為「空白與虛無」其實是對「死亡」的注解，多少帶點存在主義的色彩。這篇小說描寫一位醫學院學生在預知生命即將終結時所做的抉擇，當他知曉因肝癌末期而來日可數時，如何實踐生命的最大價值，這些作為包括答應為一位遭男友遺棄而懷孕的女子簽字，以協助其墮胎，手術場地是一間連起碼的設備都缺乏的牙科診所，操刀的是一位急於籌措開業資金的庸醫，女子終因手術失敗而死，當醫生將女子棄屍河中被發現後，醫學生卻出面自首頂罪，因為包括在手術危急時，曾至血庫中強行取走血液，又加上他的知識背景，所以他的行為得到合理的懷疑與解釋，終於被判罪服刑，但不及半年便逝於獄中，至於那位手術失敗曾想服毒自盡，卻又被醫學生救活的醫生，雖然免去刑罰，卻無法面對道德制裁而精神分裂。從情節而言，女子與醫學生的關係是比較牽強的部分，淡漠的對話中刻意營造醫學生的情感壓抑，使兩人的關係如偶遇般的不確定（雖然

印書館，1981），頁 322。

6　　《東方白集》，（台北：前衛出版社，1993），頁 278～279。

7　　說見呂興昌，〈走出痛苦的預言──談東方白短篇小說的憂患主題〉，收入《東方白集》，（台北：前衛出版社，1996），頁 279。

事實上也是如此，他只是偶然被充當為情人，甚至連女子的名字也不知道），這是某種存在主義風格的荒謬，但其中攸關生死、罪罰及為人受難的宗教深度，顯然是值得注意的[8]，除了女子墮胎及醫生為了私利，近乎草菅人命的道德議題外，最重要的核心在直指人面對死亡的永恆問題，醫學生知道自己大限將至後，少女的求助與醫生致人於死的刑罰，恰好給了他一個「機會」，他曾對少女勸慰說即便是墮胎，亦不是她的過錯，只不過是上帝原先的設計有誤：

> 一顆被拋上空中的石頭，如果它有知的話，它會以為它在空中走的軌跡全是它自己的意志。人類都是可憐蟲，他們都是工具。上帝賞給他們歡樂以收穫祂預期的結果——繁殖，無窮盡的繁殖。不能再繁殖了，就立刻被拋棄。人類以為這都是他們的意志，是因為結婚才生子；而其實是為了生子才結婚。上帝使人類喜歡繁殖，卻又叫他們去自訂法律跟自己為難……這豈不是矛盾？並不，這是祂的傑作。祂要叫女人去恨男人，祂要叫人類互相懷恨……一切罪過是上帝，每秒鐘每秒鐘祂都在製造千篇一律的悲劇。你不該恨男人，你應該恨上帝。[9]

這段說詞顯露生靈中惟有人類會將自己的限定視為是上帝的錯，凡物生莫不有死，又唯獨人領受有向上帝大聲控訴的能力，這難道不是一項恩寵？因為上帝早已判了他死刑，所以他試圖對先天的命定作出奮力的反抗，他救活服毒的醫生為的是「不願再看見上帝的笑容」（頁39），而且「一個活的醫生比死的醫生對人類有用的多」（頁39），這些冷靜的動機與盤算，嚴格來說都使他的善行蒙上瑕疵，誠然，人如不能將自我最核心的部分在行動中與超越者起關聯，那麼再輕微的痛苦都使人無法忍受，更何況是死亡的恐懼。一般而言，活著的人對死的態度不是刻意視而不見，就是遺忘，雖然在每刻活著的時間中，死都是作為一個潛在的偶然因素而存在[10]，當醫學生知道自己的病情之後，死便翻轉成生的重心，變成他計算人為年齡或時間的目標（半年？更長，抑或更短？），而在他被判無期徒刑之後，卻在不到半年的時間裡死去，比起無期徒刑看似悠長的人為懲罰，在如此短暫的時間內死去，的確是一種幸福與恩寵，按照他原先的計畫，可以救一位遭棄的女子，事情不果之後，

8　這是歐陽子對〈□□〉的解讀。見其編選《現代文學小說選集》第一冊，（台北：爾雅出版社，1977），頁36、205。

9　東方白，《東方白集》，（台北：前衛出版社，1996），頁20～21。

10　死並非是生之終點，它一直是伴隨著生而存在的偶然因素，所以死乃其偶然因素的消逝，是個體的死的實現。此觀念見〔德〕·舍勒（Max Scheler）著，孫周興譯，《死、永生、上帝》，（香港：漢語基督教文化研究所，1996），頁15。

他去迴護一位可鄙的庸醫，只是為了他在專業技術養成上的不易，不料，這醫生不死於服毒，卻發狂於內心的道德刑罰，在誤殺他人又不得贖罪的情況下，內心交戰導致最悲慘的命運。比較言之，醫學生的主動犧牲的確是值得肯定的一位，只不過以最嚴苛的標準來論，他的犧牲帶有主觀的利益算計，所以我們或許在稱讚他代人受難時，不應忽視人時刻受到死之威脅，如何將這種人潛在的最大苦難轉變成愛的實踐，從而在死時也戰勝死，這才是最大的利益[11]。

〈孝子〉（收入《東方白集》）篇裡有民俗思想中陰司的觀念。孝子之父生前雖一無是處，然去世後，孝子因為家業殷盛，所以將父親喪事辦得異常隆重，唯獨墓誌雖倩人寫定，但總是不愜心，他以為其父縱然生前一無可取，但為人子女誇飾前人本不為過，更何況這也是件體面的事，所以他決心自己操筆，到墓地中去參考旁的墓誌寫法，因過於勞累，便不覺間於墓碑側睡去，醒時，發現許多鬼魂正拿著石塊賣力地要磨去自己碑上不實的諛詞，而這些碑文上的字句在天明時又會一一浮現，形成日間受酷刑，夜間不得息的無窮苦境，那些沒有墓誌的人反得安息，孝子於是憬悟，除了墓主姓名外，不再加添諛詞。寓言是以兩位好友同遊宜蘭天師廟，途經一片墓地而展開情節，最後在無神論者（即說故事的人）的戲謔語中結束：「鬼話，我不得不信；至於鬼，我是一個也不信。」明顯闡釋藉鬼話諷諭生人阿諛諂媚好面子的習性。

〈十三生肖〉（收入《東方白集》）裡運用六道輪迴的觀念，一方面嘲弄動物對人其實貢獻頗多，但人卻心懷機巧變詐，其中第十三生肖指的便是人，將其與各種動物並列，在示現平等的觀念。寓言中，人的代表是一位壞事做盡的強盜，原該入獸道去投胎，但釋迦牟尼卻慈悲心性，勉其能否說出生前的一件善行，由此可免入獸道之苦，最後強盜以曾在殺一和尚前笑道：能親見佛祖可重新作人，而讓釋迦牟尼以為他尚有善根而免入獸道。人僅以其曾有一念之善，便可以立於人道而不墜，這個標準於人未免太寬，佛家與人為善，助人解脫或偏失於社會公義之講求，而此強盜生前對和尚所言純是戲語，更無一點善性可言，這是「東方」式的深刻諷刺。

〈普陀海〉（收入《十三生肖》）寫發現三座金礦而致富的阿狗舍，嚮往在海上小島建一普陀寺以求誦經參禪安度晚年，結果分別為賣島的漁夫、堪輿的風水仙及建寺的匠人騙走了三座金礦，至死未悟。生前不曾眼見普陀寺的阿狗舍，死前囑付

11　〔德〕・雲格爾（E. Jüngel）在《死論》中將耶穌的受難而死作為上帝與人關聯的接點，他說：「在活著的上帝與死去的耶穌之間，這種矛盾的認同使上帝本身與死發生聯繫。這種聯繫不是以上帝受死亡威脅告終，而是將上帝作為此者公開，他將不在的喚為在，將不復在的喚入新的在。」所以從小說中醫學生所代表的自然科學的觀點：死就是一種與其他存在轉變成無關聯的狀態，或許可以讓我們反省另一種建議，即死是個體之生之歷史的完成，而這個歷史完成的時間上的有限性質，都因上帝的參與而解除他的時間限制。此部分討論見頁116及第六章第二節。〔德〕・E. 雲格爾（Eberhard Jungel）著，林克譯，《死論》，（香港：三聯書店，1992）。

朋友將自己身後火化的骨灰送到寺中歸靈，但經過三十年後，從唐山來的太虛和尚風聞其事甚受感動，發願要為阿狗舍完成遺志，經察始知不但是普陀寺，連普陀山亦遍尋不著，只好將骨灰灑向海上，同時將海取名為普陀海。表面上似乎在說仙鄉不可期，道破世人愚騃，但死而不得入普陀寺，卻歸化普陀海，別有佛法無邊之意，也是慈悲助人解脫的警語。

〈如斯世界〉（收入《十三生肖》）是一則歷史傳奇，洛陽白馬寺住持佛海，被指與富豪榮府千金珠真有染，致使珠胎暗結，榮府密囑不得張揚，三月後產下一子送到寺中，由佛海親自撫養，並賜名「佛兒」，由於佛門信眾中盛傳此事，致使香火寥落，寺中諸僧亟求佛海住持離開，佛海只得攜佛兒離去，且淪落街頭行乞度日，直到多年後，真相原委才大白，原來珠真與府中管家沙藏有私情，二人恐事跡敗露，從而將穢事攀上佛海，但佛海一心忍辱從不予辯解，等到榮府主人相繼過世，沙藏外地經商致富重回洛陽，珠真所嫁紈袴浪蕩子亦死，沙藏得入贅寧府，某日佛海帶佛兒行乞至寧府，一番巧合，沙藏夫婦供出實情，並求收養佛兒，永世供養佛海，但次日佛海卻杳然不知所向。這篇傳奇宛如高僧傳，強調六度之一的「忍辱」歷鍊。

〈黃金夢〉（收入《東方白集》）是勸世意味濃厚的傳說，寫八里觀音山下墳場邊的土地廟，有「金來」其人，平日以賣香燭為業，但近廟欺神，並不相信土地神的靈驗，久居貧困的他對土地公祈願，如能得到一箱黃金就信服祂的神靈，當夜果然夢到土地公在石獅底下贈金一箱，從此他便在形肖石獅的榕樹下守候，固執偏狂變本加厲，甚而有家不回，妻子相繼出走，母親衰老病亡，不事生產的金來，端賴好友以挖墳為業的南山照料，經過四十年的苦等，金來齎恨而終，南山為他在榕樹下掘墳，卻挖到黃金一箱，悲憤的南山將人與黃金一道埋葬，當金來的死訊傳開，眾人都以為是土地公所害，決定把著邪又無靈驗的土地廟拆掉，只有南山獨持異議，只是不肯說出道理，後來廟毀，土地公像也成碎片千百，次日南山安詳無疾而終。文中訴盡世人痴夢，卻也暗示金來所得的最大珠寶不是龕中或夢中顯靈的土地公，而是孑然一身卻能扶持他的南山，這種情誼的表彰與另一篇〈房子〉（收入《東方白集》）裡的「萬居」，將一輩子最大的願望，購屋的金錢拿來濟助遭意外的好友是無二致的，至於挖到黃金的南山將黃金與金來同葬，除了是個人節操外，無非也說明在他被世人輕視的行業裡，與死最親近卻有覷破世情的曠達。

第二節　違反教義與道德取向的矛盾

「東方」的短篇特別偏愛寓言型式，這其中的說理與警世的道德功用，和他的質樸文體非常相合，但是值得批評的是若涉及宗教義理部分，應當以不違背教義為

原則，〈臨死的基督徒〉便是一例，再者，某些寓言的主題改寫，未能在原先基礎上更出新意，如〈棋〉之一篇為「李伯大夢」[12]或「爛柯記」之主旨，〈十三生肖〉（收入《十三生肖》）裡的「兔」、「猴」、「雞」等可明顯看出是剪裁自「龜兔賽跑」、「朝三暮四」、「海上忘機」諸寓言或故實，諧謔而通俗。其實以「東方」之素養及兼有異國生活之經驗，實在可期以異文化對話之精心構造，〈東東佛〉（收入《東方寓言》）不就是深饒奇趣之作嗎？這篇帶有神話及宗教哲理的作品，寫作的動機，其實在長篇《露意湖》裡的主要人物「秉鈞」身上可以現出端倪，他寫一位在異國求學的學生面對不同宗教與文化時的內心矛盾：

> 「我第一次來這禮拜堂望彌撒的時候，我心裡有一種背叛的罪惡感，因為
> 我母親是拜佛的，我卻來這裡信上帝。」
> 「現在你還有這種感覺嗎？秉。」
> 「沒有。」
> 「為什麼？」
> 「因為我相信神就像醫生，教堂就像醫院——一個醫治靈魂，一個醫治肉
> 體——他們最大的宗旨都是愛人。我沒有聽說過一個善良的醫生因為病人
> 去看別的醫生就說他背叛，那麼一位善良的神還會這樣說嗎？背叛是人說
> 的，絕不是神說的。」
> 「你是不是決定信天主教了？秉。」
> 「教派對我沒有什麼意義，我相的只是超越肉體的精神存在。我現在在加
> 拿大進禮拜堂，將來回台灣，我也會陪我母親進佛堂。」[13]

這是一段「秉鈞」與其女友的對話，暴露普遍的面對不同宗教時所可能有的調和心態，《露意湖》這部長篇據「東方」在《真與美——東方白文學自傳》中所揭露，其實是根據一件「真實」的台灣留學生的生活事蹟所舖寫[14]，然而主角「秉鈞」的人物性格顯然多少帶有作者一己的自傳成分。此處不涉及宗教對話之討論，不過要加以澄清的是，當我們認定所有宗教的出發動機皆為良善時，這種美好的對宗教的基礎認定，只能是認識的起點，對整體的宗教體會與學習而言還只在初階，以這段

12　華盛頓‧歐文（Washington Irving）的〈李伯大夢〉Rip Van Winkle，近代中國以林紓所譯收入《拊掌錄》中為最早。對林紓此譯文內容評為「不忠實」的意見可見陳原《社會語言——關於若干理論問題的初步探索》，香港商務印書館，1984。

13　東方白，《露意湖》，（台北：爾雅出版社，1978），頁 198。

14　見東方白，《真與美——東方白文學自傳》（五），第五章〈露意湖〉中有極清楚的描述。（台北：前衛出版社，2001）。

對話而言，它其實已表現出一個人的叛教或改變信仰的問題，只是在「東方」的筆下很少流露尖銳的對立之陳述，所以他的這些短篇所富涵的宗教意味帶東方的傳統氣氛與趣味，再一步言之，即以他所喜愛的托爾斯泰為例[15]，或許他會側重托翁從基督教思想出發的人道精神，而比較忽略其人道精神背後所支撐的基督教思想。從「東方」的生命經驗來看，民間信仰的寬容態度或普化現象，其實是一個很重要的影響，尤其是一些很獨特而私密的事件經歷，包括民間宗教中的「扶乩」、「觀落陰」的儀式，都曾在自己尋祖墳的過程或藉由靈媒而道出家族中不足為外人道的往事等[16]，似乎都多少影響「東方」對某些超越現象的觀點，基於這些認識態度，會使他雖不曾受洗但無礙於上教堂作禮拜而逾二十五年之久[17]，甚或是某段時間內，可以在晨起「坐禪」後，默誦〈觀世音祝延讚〉，再暗唸〈聖經・詩篇二十三首〉各十遍[18]，這些自覺的行為，其實是對超越界的「模糊」肯定，化解了教派間的對立，而不同宗教間的不同儀式雖然都在藉由儀式象徵去祈求能參與到超越領域，但不同教義之預設當然各異，「東方」顯然著重在個體的宗教解釋和認知上，形塑了他一己所持的「萬流歸海，百教合一」的人文或人道精神[19]。

15　在散文〈麗〉（收入《黃金夢》）及中篇〈異鄉子〉（收入《十三生肖》）中均提到托翁為其鍾愛的作家，而在《台灣文學兩地書》中，他批評托翁的短篇小說很有智慧，但技巧不好，但他則願有其智慧云云。鍾肇政、東方白著，張良澤編，《台灣文學兩地書》，（台北：前衛出版社，1993），頁16。

16　見《真與美——東方白文學自傳》(二) 第八章〈寶仙〉，文中詳細記載民間神祇「謝恩主」藉由靈媒「寶仙」在扶乩儀式中，解決疑難的過程，尤其是道出「東方」的祖母因戶籍問題而出錢頂替鄰居亡婦的名諱這般家中秘事，以及經由指點而尋獲祖墳所在的經過，在在影響「東方」的信仰行為。

17　見《真與美——東方白的文學自傳》(五) 第一章〈愛城行〉，頁8～9。

18　見《真與美——東方白的文學自傳》(六) 第十三章〈冬天的故事〉，頁68。

19　在《真與美——東方白的文學自傳》(五) 第十三章〈冬天的故事〉中，東方白敘及經由宋澤萊的緣故而習禪行坐，在頁53的部分，記載宋澤萊寫作《血色蝙蝠降臨的城市》後，體悟「聖靈真有，與禪不同。」也道出自己對各宗教齊一無別的看法。

第七章　孤獨的膜拜者
——七等生（1939～）

摘　　要

　　七等生的宗教性表現在他的自我覺醒與不斷超越的探究，他要發現的是擱置一切價值判斷之後，層層剝除之餘所呈現的自我。在這個過程中表現出存在主義式的孤獨面貌，所用的方法則近似於現象學的原理，雖然於他不必然有方法論上的自覺。而處在未被客體化對象化的自我則享有最高程度的自由，一般從道德層面對他加以非議或逕予撻伐者，其實多半是依從道德的世俗化觀點，換言之，只取倫理上的應然問題，而這些觀點多少是未被價值重估的習俗，與七等生所強調的完整的心靈自由有層次上的差距，但他最使人誤解的原因在於：將道德與群體中的誡律作相似性的聯結，因而若指摘他是敗德或表現惡德的狡獪，其實是不實罪名的指控；但若說他是超越道德或非道德論者，那麼他將面臨窘境，因為根據前者，以有神論者而言，適成一種僭越，自生律法而成全律法者只有上帝克堪匹配；以無神論者而言則是自大。若就後者，以有神論者而言則是神義論的否定，以無神論者言，恰成自然主義式的虛無，如何得解？還是要回到宗教的範疇。七等生是我們時代的例外（借用對祁克果的稱呼）也是特徵，很多人從其極端的孤獨中讀出濃鬱的宗教氣息。

第一節　前言——時代的例外

　　1999 年 3 月 19 日起一連三天，由官方的文建會與聯合報主辦票選所謂「台灣文學經典」活動，由於主辦單位的官方及政治立場的色彩，加以「經典」的尊榮頭銜，在活動進行伊始及過程中曾招致多方的關切與非議，諸如台灣筆會會長李喬，作家王永福、鍾肇政、杜潘芳格、陳千武等[1]，其中的意識對立與「官方／民間」的觀念折衝，實可視為近半世紀來，台灣在「文學文化學」上的重要課題。至於票選終結所呈現的這份沒有共識的文學經典名單中，有些作者是早歷爭議與喧騰，可謂身冒言語之矢石不知凡幾者，在小說類中七等生（以下簡稱「七」）其人其書便

1　見《中國時報》，1999 年 3 月 20 日，星期六第 11 版。

是一例。

　　環繞「七」之作品所引發的爭議，綜觀絕大部分的評論均指向「道德」與「文體」兩大範疇。招致道德非議的主要是〈我愛黑眼珠〉一篇中，李龍第面對晴子與妓女的道義抉擇，或以為縱使洪水漫天，何以李龍第能熱心遂行他拯救偶遇妓女的義行，卻鮮少眷戀甚或心中亦無絲毫不捨那一水之隔的妻子──晴子，這種強大而體貼的拯救意志落實在實踐行動上，卻正好與心中對晴子的意識上的冷淡甚至無情成為極大對比，這裡不說修辭上造成張力的目的，我們不想淺化這個議題，而將它歸結到技巧之運用。以感情論，可視為寡情與不義；以理性論，可知李龍第的行為實出於自由之抉擇，因為洪水在小說中並未造成要李龍第二者擇一的道德衝突（moral conflict），因而持道德批判之立場加以撻伐者可以振振有辭，當然我們也不要忘了耶穌說「你們中間誰是沒有罪的，誰就可以先拿石頭打他。」（約翰‧八章7節）這項訓誡，所以另外有人為圓轉這種批評窘境而提出：作品中可以有道德的灰色地帶，此誠如楊牧之意見，他以為雖然最終要顧慮到道德問題，但「在文學批評這門學問裡，『道德』與否最無關宏旨。」[2] 的主張，此番見解當然是深刻而耐人尋味，不過也透露出：在目睹眾人對「七」之作品加以道德控訴時，作為評論者兼友人的身份在相惜之餘的尷尬與些許無力，從而試圖扭轉旁人正視其中的現實感受與其「文學性」（「七」最喜言其作品特色之名詞，雖然他並未加以言語上清晰地陳述，而期望讀者能以心印心地體會其中勝義。）在道德的口誅筆伐聲浪中，陳炳良則作了詮釋上的視野轉化，試圖把「洪水」的情節視為類於宗教儀式，還把李龍第不認晴子的舉措與福音書中彼得三次不認耶穌作比附，強調藉由獻祭滌除罪惡的心理及宗教功能，是李龍第藉此得以去除自己依附妻子為生，不容於社會普遍價值時的心理焦慮，所以：「從宗教角度來詮釋，比糾纏在道德標準（甚或甚麼存在主義）來得清晰明瞭。一言以蔽之，從神話學來看，那是代罪羔羊的獻祭……對李龍第的行為的解釋，捨宗教、心理兩者，很難找到另一個令人愜意的了。」（頁370）依照這個角度來看，李龍第於洪水來臨時所懷抱拯救的妓女，則變成了集體社會價值皆去除之後，最純粹的情愛理念化身[3]。此外又如黃克全試圖從神學的角度加以審視，希望從小說人物的行為演繹出超越的存在問題，不過在其依黑格爾的精神展現以說明李龍第之行為時，一則有絕對化或說觀念化了李龍第之嫌[4]，因為在「七」的修辭中我們很難得出有助於此詮釋路徑的證據，甚或是閱讀時的心理氛

2　見〈七等生小說的幻與真〉，附於《銀波翅膀》，（台北：遠景出版社，1986），頁195。

3　見陳炳良，〈當代小說中的洪水母題〉一文，收入黃子平主編《中國小說與宗教》，（香港：中華書局，1998），頁363～371。

4　〈七等生小說中的自然、自由、神〉，《文訊》，30期，1987年6月，頁148。

圍有朝向此境地的意識流向，此外，放在整個「七」的作品的更宏觀的詮釋領域來加以細究，更能證明「七」其實根本是反黑格爾的，此外，〔澳〕・凱文・巴略特（Kevin Bartlett）的論文中提到了「七」的存在主義的趨向，雖寥寥數語，但很有啟發，他說：

> 某些層面，七等生較近似齊克果，他嫌惡集體主義和偽善的既有道德。他厭惡某些作家自以為是某種特定社會階級的代言人，歷史會證明這類型的作家別有野心。顯然，在他個人主義與存在主義裡，七等生找到了另一種型式的社會主義和集體主義。[5]

後面兩句，可以認為是較含蓄地點出，「七」帶有一種戲謔的惡意來指證：人類除「不忍人」之心以外，在廣袤的人心的不可知地帶，還存在惡的普遍形式。此外，黃克全在〈恐懼與顫怖〉中，先於此的也以齊克果的孤獨探索人類內在深沈的宗教心靈之冒險，來解釋李龍第的行為所可能有的合理解釋[6]。這些都能照室之一隅，但如果我們把觀察的角度，由同是展現存在課題的齊克果轉向沙特，那就似乎更能貼近其作品的氛圍了，因為依從沙特就人存在上的虛無感而言，勞思光曾論道：「沙特代表這樣一個漸漸失去幻想的時代，在這個時代中，人們所受到的主要是挫折、喪失和痛苦。這是一個脆薄的時代，而且這個時代的人們想要把這種脆薄性當作屬於本質結構一面的東西而體驗。」所以他引到沙特的體悟說：「人只能從絕對內在地運行的否定活動裡面，找尋一切的基礎；即是，在瞬間之“我”的純粹主體性中，我們要發現一種最根本的活動，由於這種活動，人對他自己成為他自己的“無”。」不論是從「七」的文學況味或態度，沙特式的存在思想都更能滿足這種比附[7]。

　　而在「文體」方面，則劉紹銘以「小兒麻痺文體」稱他是最使人印象深刻的譏彈[8]，且「劉」也是秉道德教條對「七」加以撻伐者之一，比較詭譎的是，「劉」所編的《本地作家小說選集》（此書內題為《台灣本地作家短篇小說選》，封面省略「台灣」二字係避敏感問題。）中亦收有「七」之〈我愛黑眼珠〉，劉紹銘在序

5　〔澳〕・凱文・巴略特（Kevin Bartlett）著，青春譯，〈七等生早期短篇小說中的哲學、神學與文學理論〉，收入《我愛黑眼珠續記》附錄二，《我愛黑眼珠續記》，（台北：漢藝色研文化事業有限公司，1998），頁131。

6　黃克全，〈恐懼與顫怖──論七等生「我愛黑眼珠」中李龍第生命信仰之辨證性〉，《中外文學》，8卷2期，1979年，7月。

7　勞思光著，張燦輝編，《存在主義哲學新編》，（香港：中文大學出版社，1998），頁87～88。

8　說見劉紹銘，〈七等生小兒麻痺的「文體」〉，收入《靈台書簡》，（台北：三民書局有限公司，1972），頁42。又見張恆豪編，《火獄的自焚》，（台北：遠行出版社，1977），頁39。

中以為「七等生寫的是寓言，不是小說，他的人物是怪誕的，國籍不分的……，他的中文句子也是飄飄忽忽的，吊兒郎當的，好像患了小兒麻痺一樣，不能單獨站起來。……可是這樣一個『不守章法』，不守規矩的作家顯然很受讀者歡迎。……這樣看來，七等生對目前中國讀者的『功用』，與卡夫卡對歐美讀者的『功用』差不多。他代我們受罪，替我們作犧牲，也因此減少了受夢魘壓迫時的痛苦。」[9] 這是文學社會功能上的揶揄，而「七」在《譚郎的書信》中曾回應到：「我接到威斯康辛大學 SM‧劉的信，他想再翻譯一部分台灣作家的作品出版，他要我同意他翻我的作品，並問了許多問題，他有許多錯誤，顯然並不認真，尤其自早他是貶責我最甚的人，我準備擱置不理會他，我根本不想要那份榮譽，我到底算不算台灣的現代作家，我已經不在乎這些了。」[10] 依選文之例，凡所選當符選家之文學主張，若以其爭議影響之大而入選，則偏離文學中心之旨意，此中緣由或是誰也不願徒負錯看「七」之作品，而貽後人謂以不辨珠玉之差。至於傾力於「七」之文體者則以廖淑芳《七等生文體研究》為早[11]，此所謂「文體」迴非一般的「風格論」，而側重於「七」之獨特「構詞」與「語法」層面，對其「意義的生成與演化」等敘述層面著墨較少，由於「七」的語法或構詞常偏離一般的法則，能在閱讀上帶來新的閱讀感受，可以說：閱讀時的心理抗拒大於順應的機制反應，對這種「拗句」自然會有不習慣的感受，「廖」則在文中舉俄國形式主義之「結構主義學派」為其辯護，其實「七」的行文不合語法，未必措意於翻空出奇的意匠之造，倒不如說是對內心意識採取直接的呈現，雖然純粹意識的呈顯其實有所不可能，但最直觀的語言有時的確可以對抗「語言的墮落」因為：

> 陳腔濫調，老舊的比喻，懶惰的書寫，都是語言墜落（the decay of language）的事例。語言具有超級市場背景的效用，當語言沖洗人的意識，誘使它被動地接受未經檢驗的觀念和情緒時，結果便是心靈的麻木與被動。[12]

這裡指的是被語言所馴化而無批判地性接受的某些觀念，一旦人能正視這種語言的宰制，便會在思及自身的存在感中創出新的言語體驗，當然，別出機杼地刻意雕

9　劉紹銘，《本地作家小說選集‧序》，（台北：大地出版社，1976），頁 7。

10　七等生，《譚郎的書信──獻給黛安娜女神》，（台北：圓神出版社，〔1985〕1986），頁 225。

11　成功大學歷史語言研究所碩士論文，78 學年度。

12　〔美〕‧艾德華‧薩依德（Edward W. Said）著，單德興譯，《知識分子論》，（台北：麥田出版社，1998），頁 65。

鏤，顯然也不是「七」的原意，他只是在品嘗孤獨時吐語成絲並作繭自縛，「七」曾自訴這種繭式困頓的經過，並有一段類似宗教體悟的境界描繪：

> 突然我意外地發覺我能思想，那是三月，我能知道我長期的禁錮和憂鬱，我像有另一對眼睛看到我過去的形體，它在時間的流動裡行走，我清楚地窺見到那行走的陰沈姿態；然後我又驚奇地發覺我能夠說出與別人不同意思的語言，也許我一直就如此，在這之前，我沒有知覺我能語言，但現在我十分驚喜地聽到我自己的聲音。我像在夢景中看見了這樣荒謬的事，我像一個做夢者，除了意識一個睡眠的自我形體外，還有一個在那夢景中活動的相同人物存在，我看見他行動，他說話。當我醒來時，我不知道我是那夢中的人或是原來的我，但我的清新意識有如一個包裹在絲繭裡睡眠的蛹，它成為一隻蛾突破了那層包繞的殼，然後拍翅顛簸地走出來下蛋。[13]

這段為人注意的文字，後半部似是夢蝶的莊生之悟，旨在闡釋意識朝向自我時，作為意識主體的我與被思及的我的理解過程，至於「我又驚奇地發覺我能夠說出與別人不同意思的語言」，除了解釋他孤獨的封閉性格外，也在說明「七」環繞自身的各種敘述情境，其實趨向一種類於「私人語言」的封閉狀況[14]，王德威說：「七等生這些年來一直是台灣文壇的一景，包括筆者在內。我們多不了解他，但是卻必須常提到他，以示想了解他。」[15]與此「疑則闕疑」的保留態度相對立的則有呂正惠，他曾對「七」的小說甚至於擁護「七」的小眾讀者提出嚴厲的譏訕，以一位評論者的角色在對作品進行嚴苛的詮釋之餘，對持不同態度的讀者也進行批判，這恰好是「讀者反應」的絕佳範例[16]。而特殊的道德與文體之成因，又來自「七」之詩質、異質與私密性言說，「七」認為他忠實地呈顯了自我，這種態度與動機的自

13 七等生，《散步去黑橋》，（台北：遠景出版社，1986），頁246～247。

14 相關討論見〔美〕．A. P. 馬蒂尼奇（A. P. Martinich）編，牟博等譯，《語言哲學》第八部分「私人語言」，（北京：商務印書館，1998）。

15 見王德威，〈里程碑下的沉思——當代台灣小說的神話性與歷史感〉一文，收入劉紹銘、馬漢茂編輯，《世界中文小說選》（上），（台北：時報文化出版社，1987），頁11。

16 「呂」以為：「對很多人來說，七等生的作品是 nonsense，絲毫沒有閱讀的價值。但對另外一群人來講，七等生卻是某種『精神上的救星』（劉紹銘語）。七等生的讀者群是一個私密性的小圈體，是沒有組織但卻具有強烈共同『信念』的一群人。他們對於自己的救星與信念，極為嚴肅而堅定的護衛著，不容他人加以批評，加以侵犯」又「七等生是下層知識分子的『極端發展』，他成為這些知識分子沒有出路之中的一種『出路』。他是他們主觀的代言人，是他們主觀世界的『精神領航人』。這是我所了解的，七等生和他的讀者所形成的類似次文化現象的『秘密』」這是「呂」對七等生及其欣賞者所形成的類似次文化現象的解釋，但與其從現實角度加以分析，不如探討特殊文學語言及其生成語境的辯證關係。見〈自卑、自憐與自負——七等生「現象」〉一文，《小說與社會》，（台北：聯經出版事業公司，1992），頁95～97。

信，使他對待文字時彷彿不曾意識到與思想間的縫隙，或者我們反過來說這種「寧拙勿巧」的言說方式才能刻劃他內在的糾葛與鬱結，所以當呂正惠以「明朗」作為標準，來稱道他某些小說篇章時，其實也是「七」獨特風格喪失的作品[17]。

「七」之獨特的小說語言是他違俗之極致表現，一方面忠實於自我的心理情境，但在語法上並不違循或採取讓更多人可以理解的表達，所以難免在情節與結構上受到詰難，當然如衡以小說史的研究或「現代小說」的觀察，也許「七」就不致於顯得那麼突兀，不論是內心意識的呈顯、偶然性的契機、無開端與結局（展示性的情節）等文體[18]，均顛覆了所謂現實上的真實，但論及真實，還會有比內在心理意識更真實的嗎[19]？雖說潛在的自我深層心理機制，有可能是出於心理學上的假設，從而追求剖析內在，也有淪入另一「內在形上學」的危機，但面對「七」這種異樣的實存感受，人與現存環境的格格不入，或許〔匈牙利〕‧盧卡契（Gorge Lukács）的意見可以說明，他以為「小說是對開放社會裡的個人問題的獨特解答──或者看作是與涉及一個充滿偶然性的世界的那個問題有聯繫」的論證過程[20]，尤其是這句名言：「小說是一個被上帝拋棄的世界的史詩。」[21]個人在這之中的活動是「去發現自我的靈魂的故事，靈魂尋求冒險，為的是得到冒險活動的證明和考驗，並通過證明自我而找到它自己的本質。」[22]這個見解剛好巧妙地縫合了社會與個人心理間的裂隙，所以我們也能在更寬容的心態上來正視「七」的異質寫

17　比如說〈沙河悲歌〉、〈阿水的黃金稻穗〉、〈結婚〉等篇，見劉紹銘、馬漢茂編輯，《世界中文小說選》（上），（台北：時報文化出版社，1987），頁108～109。此種旨趣好像也反映在林海音所編《純文學好小說》（台北：純文學出版社，1988）、隱地所編《這一代的小說》（台北：爾雅出版社，1967）中，他們都選了〈結婚〉一篇。

18　申丹在《敘述學與小說文體學研究》中指出：「在弗洛伊德精神分析學等現代思潮影響下，不少作家把注意力完全轉向人物的內心世界。他們往往只展現人物日常生活中的一個片斷（既無開端、高潮，也無結局），其中事件僅僅是引發人物心理反應和意識運動的偶然契機。」她同時引結構主義敘述家查特曼（S. Chatman）「展示性情節」的觀念，說明：「意識流等現代作品中的情節則屬於展示性的情節，它的特點是無變化和偶然性。這種情節以展示人物為目的，不構成任何演變；作者僅用人物生活中一些偶然發生的瑣事來引發人物的內心活動以及展示人物的性格。」，（北京：北京大學出版社，1998），頁54～55。

19　在《銀波翅膀‧聊聊藝術》中「七」曾說明：「創作家的作品，詮釋生命事實時，並不依時間秩序發表，因為人類的思想並不只有單一路線，……在小說的發展史中，意識流是近代普為倡行的一種形式，它的發明完全是參照人生和個體思想作用的本質，從開展到結局，跳接十分頻繁，而由這樣的情狀來勾勒事物的真實存在，非常的合理和自然，令人讀之如臨其境。由這種形式我們更知生命軀體和生命思想兩者導源於一的存在事實。」由此可知「七」所心許的創作理念。《銀波翅膀》，（台北：遠景出版社，1986），頁168～169。

20　〔英〕‧克莫德（Frank Kermode）著，劉建華譯，《終結的意義──虛構理論研究》，（香港：牛津大學出版社，1998），頁119。

21　〔匈牙利〕‧盧卡契（Gorge Lukács）著，楊恆達譯，丘為君校，《小說理論》，（台北：唐山出版社，1997），頁61～62。

22　〔匈牙利〕‧盧卡契（Gorge Lukács）著，楊恆達譯，丘為君校，《小說理論》，（台北：唐山出版社，1997），頁62。

作。

　　若說偶然性、不完整等性質是一種普遍的實存情境，那麼「七」短篇小說間某些情節單元複現的錯綜，只要遍讀便不難發現，特殊意象或事件在其生命中的「銘記」地位，因著它們執拗且異常地複現，使人懷疑為何它們特別受到作者類似強迫性書寫而不時要加以反芻，不管這些事件或經驗是愉悅或者絕大部分是引人不快甚至是痛苦的，有沒有可能是為了試圖正視，同時深掘其他蘊含的意義；或只是沈浸在特殊的經驗斷片中再一次感歎：現存的自我受制於往昔的經驗有多深刻，從而引發個人尋求自我超越的努力，我們可以稍微整理部分小說複現的情節[23]：

A. 男女相擁而眠，聆聽屋外聖誕夜報佳音。
　　1.〈迷失的蝶〉中彭宗達／林麗雪；2.〈放生鼠〉中羅武格／女學生。
B. 湯吳素妹的兩女為海所噬。
　　1.〈逝去的街景〉；2.〈散步去黑橋〉。
C. 海邊少女之死。
　　1.〈黃昏再見〉；2.〈回響〉；3.《兩種文體》（有關情節以此書中敘述最詳細，雖此書最晚出，彷彿作者已克服某些心理意義上的牽絆。）
D. 西藥房女老板與外務員之姦情為其入贅丈夫揭發的街頭鬧劇。
　　1.〈精神病患〉；2.〈碉堡〉。
E. 與往昔女同學晤面卻感人事已非的惘然。
　　1.〈在霧社〉；2.〈天使〉。
F. 父親之死。
　　1.〈父親之死〉；2.〈來到小鎮的亞茲別〉；3.〈午後的男孩〉；4.《沙河悲歌》；5.《跳出學園的圍牆》。
G. 妹妹被人收養。
　　1.〈諾言〉；2.〈慚愧〉；3.〈散步去黑橋〉。
此外有些情節是彼此相關卻又分屬不同的篇目，如〈散步去黑橋〉（全集第9冊，

23　從某些試圖結合社會與個人並予以整體性（totality）考察的批評家如〔法〕‧郭德曼（Lucien Goldmann）而言，作品內部重複出現的主題（theme）與作者心理的聯結所形成的主題研究法，只能具有作者自傳的功能，無法看出它在社會結構下起源上的特殊意涵；再者，從作品整體結構的觀點而言，主題的不變與其它的變異項只是作為結構內部差異（difference）的正常表現，在整體意涵的解釋闡明下，它的重要性自然會被消除，這種質疑並不影響此處的主題說明，因為「七」的書寫的確是帶有某種程度的心理自傳意味，而與結構相對的解構意義而言，其關注的重心反而是內部的「差異」，因為任一結構主義者都無法說明為何系統本身不可或缺內在的差異對立，故而略為說明作為差異對照的某些主題並不構成方法上的謬誤。有關郭德曼的文學批評方法可參見何金蘭，《文學社會學》第五章〈文學的辯證社會學──高德曼的「發生論結構主義」〉，（台北：桂冠圖書股份有限公司，1989）。更詳細的方法檢討則見〔英〕‧瑪麗‧伊凡絲（Mary Evans）著，廖仁義譯，《郭德曼的文學社會學》（Lucien Goldmann: An Introduction），第二章〈郭德曼的方法論〉，（台北：桂冠圖書股份有限公司，1990）。

頁 189）中的一段敘述：「邁叟有如使徒這樣告訴我……」，結果這段又被植為
〈使徒〉的前端引語，而情節則又出現在〈隱遁者〉（全集第七冊，頁 32～33）篇
中；〈蘇君夢鳳〉中引〈禪的學徒〉（全集第七冊，頁 185～188）的敘述加以說
明；〈阿水的黃金稻穗〉寫農人殺妻的主題，而〈漫遊者〉篇中則有農人在服完殺
妻的刑罰後獨居的描寫；全集冊四的〈讚賞〉比冊二同名篇章中多出後面一大段，
諸如此類情節錯綜與敘述段落的齟齬牴牾，其實不是以「通讀其全部作品才可能對
他有全面的理解」的說法可以解釋，如果不從文章的結構來討論這種隨機與偶然的
拼貼，而強調書寫的隨機與意識的自然湧現[24]，但不同篇次裡同樣文字段落敘述難
道可能嗎？這或許恐怕難辭破碎與雜亂之咎，又如果這是「七」所刻意造成的閱讀
感受，這一步恐怕是跨得太遠了。對這種失序，「七」其實是自覺地，《譚郎的書
信》中有一段彷彿可視為其自供：

> 雖然我寫的是自己，卻像有一個代筆者在那裡觀察和操作，像是探索著一
> 個迷宮，闖東闖西，有一點哲學體系的迷亂，傳達的訊息隱喻在某些晦暗
> 之處，必須靠讀者的機敏和不懈怠的探尋。（頁 178）

他要乞靈於「機敏和不懈怠」的詮釋者，正因為其文字與內在的感受是如此強烈地
脈動拍合，（雖於理而言，實有所不可能）從而透顯出作為書寫者自身後設上的盲
點，誠如亞歷山大・居魯在一篇對〔丹麥〕・齊克果（Søren Kierkegaard）的研究
中說道：

> 「生命只能向前生活，但須向後（向回）了解」（祁克果語），因而絕對不
> 能有一個完全的、廣包的及系統的對生命的解釋，因為人不能站立在它的
> 運行之外以便了解並解釋生命。[25]

但對自我生命的深刻認識與剖析是目的還是手段呢？是書空咄咄地自遭悲懷抑或是
從中能體驗到人類遭受苦難的永恆形式？這或許從〔俄〕・杜斯妥也夫斯基
（Fyodor Mikhailovich Dostoyevsky）《地下室手記》裡那位心懷惡意者的自剖可以稍
得解釋：「每個人都有一些舊談是他不會隨便吐露的，他只向朋友吐露；另有一些
事情在他心裡，是連朋友也不吐露，他只對自己說，並且是秘密的說；但是還有一

24　在〈環墟〉的後記中，他自敘經過蘊釀之後，因應內心的呼求，在一夕間寫就的這種處理短作的風
　　格。見《老婦人》，（台北：洪範出版社，〔1984〕1990），頁 191。

25　〔丹麥〕・齊克果（Søren Kierkegaard）著，孟祥森譯，《齊克果日記》，（台北：萬象圖書公司，
　　1992），頁 20。

些事情他連對自己都不敢說起。每一個正正派派的人都有一堆這種事情在心裡面藏得隱隱密密。他越是正派，心裡這種事情越多。」[26]

當「七」耽溺於孤獨的情境而招致他人對此心態的非議時，他的反應是激烈地訴道：

> 許多人批評我是逃避現實的作家，自戀狂者，我自樂於我個人的想法和表現有什麼不可呢？那些批評都不能構成對我的威脅，只說明他們是什麼傢伙而事實上並不了解我。我不想讓人完全的了解，雖然我的文字語句如此清晰條理，但他們不知那裡面所說的到底包含著何事；因為讓人完全了解在現勢上便易於被人利用。（《譚郎的書信》頁 115）

他自認為「清晰條理」的文學卻不為人識，這種恨無人賞的苦楚，並沒有驅使他採取媚俗地馴化自己的語言，但冀求抒發卻又恐為人洞悉，終於心態上無法平衡而略求退保，尤其不安的成長經驗是：

> 我從小就受到生活環境的磨難，受到同學的猜忌，受師長的愚弄和誣衊而充滿痛苦，現在我知道如何保護和藏匿自己。（《譚郎的書信》頁 116）

因此，他向我們呈顯的是他「心靈的災難史」，他彰顯了人的幽闇意識，這是他最大的功效，使人的罪性得以呈顯而加多，只不過我們很難從中領受到「提昇」或「超越」的鼓舞。而「七」選擇孤獨與逃避群眾的堅持，就更暴露其中的弔詭，他的自剖與吶喊難道不在訴向群眾冀得安慰與理解嗎？所以單純地宣洩而不帶絲毫理想期待的作品勢必不可能，縱使存在也絕不足取，讓我們順著「七」的心路，理解其中人的幾個價值面向，作為整體宗教關懷的觀察：一、情愛辯證；二、原始與自由的道德觀；三、對超越者的態度

第二節　情愛辯證

> 王長史登茅山，大慟笑曰：瑯琊王伯輿，終當為情死。
>
> 　　　　　　　　　　　　　　　　《世說新語·任誕》

26　〔俄〕·杜斯妥也夫斯基（Fyodor Mikhailovich Dostoyevsky）著，孟祥森譯，《地下室手記》，（台北：桂冠圖書股份有限公司，1994），頁 64。

　　1999 年 3 月號的《普來博》(《花花公子》PLAYBOY)國際中文版上刊載了〈七等生帶你上酒家──通霄陶醉通宵〉一文，介紹「七」所熟稔的通霄酒家文化之沿革，頗有滄海桑之歎，「七」以指點問津者的身份，帶領採訪及撰文攝影人員，完成無絲竹寫憂而有行酒尋歡的北里之行，多幅寫真洶關風月，實有駭俗之嫌，不過我們只要思及 60 年代的《時代》(TIME) 及《花花公子》(PLAYBOY)都曾刊載「新神學」的論述，便可知「世俗化」的價值觀念滲透力有多強[27]，聖俗的對立界線可以輕輕擦拭。「七」的酒家之行，實可視為作者「傳記的特殊型式」，又若加以討源，從《思慕微微》(頁 30)、〈放生鼠〉(頁 102～103) 中的童年片段，可知其過早萌發的性意識 (約五、六歲)，可證與小說中的兩性關係情節有所影響，

> 我恐懼死亡又卑視生命；渴望愛慾，卻又因害怕而遠離它。──〈隱遁的小角色〉(頁 49)

透過小說中成年的亞茲別的口吻仿佛作了生命和情慾的告白。

　　若說「七」是一位「愛的揮霍者」可能並不為過，但對其汲汲於愛的營求，我們最好不要採柏拉圖式的解釋，僅將愛視為是對某種缺乏尋求滿足，然後附益以「七」之生平 (幼時的貧困恥辱與成長後，工作上的困蹇不得志) 加以偽心理的聯想，而且對「七」愛的觀念加以審視，終會發現他多透過兩性間的關係來加以證悟，本來這也是人倫之始的主要課題。

　　在此我們先就其「愛的陳述」加以討論，根據《譚郎的書信──獻給黛安娜女神》全書所載，彷彿是一位婚姻生活中事多不諧的丈夫，渴慕理想女人的一段歷程，在書信體的九封告白中，傾吐摯愛與尋常瑣事的對象宛然在目，雖然於附錄〈致答譚郎的書信讀者的信函〉裡，輕微地辯解這對象只是如柏拉圖式的理型，但書中那一位對其妻頗多微詞的男性書寫者卻道出：

> 談到我的妻子，這二十年來相守的貧賤生活，(據全集創作年表，一九六五年與許玉燕小姐結婚，而《譚郎的書信》發表於一九八五年，恰符二十年之數。)總是爭吵著，只為了我所謂的理想的戀人的事體，她吵的越兇，我就越渴欲呼求理想的戀人，而我就越寫得順手和發光。這真是一件頗為奇妙的事，一個像我這樣的作家竟然有著這種頗難解釋的生活環

---

27 〔英〕·約翰·麥奎利 (John Macquarrie) 著，何光滬、高師寧譯，曾慶豹校閱，《二十世紀宗教思潮──1900～1980 年的哲學與神學之邊緣》，(台北：桂冠出版社，1994)，頁 530。

境，這豈不是造物的愚弄和安排？（頁249）

和此書文體相仿的是《思慕微微》中所收輯的〈思慕微微〉及〈一紙相思〉，差別在於《譚郎的書信》充滿焦躁生活的憤懣宣洩；《思慕微微》則為語帶溫柔以對理想的情人——菱仙子，且兼哲理式的自剖：

> 從人類的本身來看，每個人都有他個別的憂患和病痛，常需藉助於愛情或藝術創作來紓解那份拋離不去的苦悶。宗教上的修練也常常被視為消弭這種痛苦的必勝秘方。（頁27～28）

這是以愛療傷或藝術治療的方法。此外，《思慕微微》中〈讀《寫給永恆的戀人》手記〉，為讀 Jennifer 曹（曹又方）的書所作的簡札掇拾成篇，屬隨性抒發，同書另一篇〈愛樂斯的傳說〉是演繹柏拉圖的《饗宴》詩為散文，（此篇前已收入《兩種文體－阿平之死》，除補一前言，及更正諸如混沌 "chaos" 的拼字外其餘皆同。）此亦可視為其理想的情愛觀，古典素樸的柏拉圖情愛觀，摻雜原始自然的性愛主張，恰與自中世紀以來的宗教愛之觀念成對比，不禁使人想及赫曼‧赫塞（Hermann Hesse）的坦率：「我天生不是忠實的情人，我用情不專。我愛上的不是女人，而是愛情。」[28] 這份坦率像是為「七」之愛情觀作註腳。由這些論述再對照其小說中的兩性之愛，終會發現其特色在於「乖謬」的關係，說到底，愛必涉及意志的投射，及彼此關係的互動，它無法自我完成，即便是在自我沈思中，也會考慮到是否利他等問題。而「七」之小說中的愛的觀念，在人物行為上所以乖謬離實，極大的可能是來自於他性格上的蘊積炙熱的愛與道德的掙扎，（他又時常將道德視為外鑠的對自然的桎梏。）這種張力或許〔美〕‧A. 麥金泰爾（Alasdair Chalmers MacIntyre）論述齊克果的一段話中可得深刻的說明：

> 美學生活方式的核心特徵是試圖將自身沈溺于當下的直接經驗中，這種生活方式的範式是沈溺于個人激情之中的羅曼蒂克情人。與此形成對照的是：倫理生活方式的範式是婚姻，這是一種延續于時間過程中的承擔義務和責任的狀態，在這一狀態中，現在受到過去的約束並由此走向未來。這兩種生活方式由各不相同的概念，互不相同的態度及相互匹敵的前提構成。[29]

28　〔德〕‧赫塞（Hermann Hesse）著，寶維儀譯，劉永木審訂，《堤契諾之歌》，（台北：天下遠見，1999），頁8。

29　〔美〕‧A. 麥金泰爾（Alasdair Chalmers MacIntyre）著，龔群、戴揚毅等譯，《德性之後》，（北京：

我們反對概括主義的作法，但是美學／倫理的糾葛在「七」的兩性關係上，的確有異色的況味。

李瑞騰曾很聰明地運用「七」之〈期待白馬而顯現唐倩〉的句型，寫了〈期待晴子而出現妓女——論七等生《我愛黑眼珠》〉，道出：「在『期待』（理想）與『顯現』（現實）的衝突之下，『事與願違』成了七等生重要的小說主題。」[30] 衡諸「七」小說中的兩性都不太和諧，隱藏衝突。這當然符合「七」小說的表面觀察與規律，但誠如前所述，主要的衝突原因，也來自於「七」美學與倫理間的自我對抗，當他顯現為乖違倫常時，容或是其內心美學要求得到滿足之際。

從〈我愛黑眼珠〉（1967）到〈我愛黑眼珠續記〉（1986）中間跨了悠悠二十星霜，在李瑞騰主要對〈我愛黑眼珠〉的分析中說：「李龍第容或感激晴子，但晴子也同時讓他哀愁，當處在洪水的境況中，晴子的一切自然表現和他的信念完全相異，他所期待於晴子是絕對的不可能。」[31] 接續二十年後《續記》[32] 中的發展，其中晴子／李龍第的關係，於《續記》中的整體營造，除了將洪水（自然）轉換成人潮（社會），象徵二人間的阻隔及晴子轉成剛強社會運動者之形象外，「七」還是在為二人的乖離作解釋，雖然能否說服「李龍第」（抑或「七」）、說服「晴子」、說服「讀者」，卻已是另一個問題了。當隔著人潮的晴子與李龍第作無聲的眼光交接而有內心的意識對話時，說道：

> 「晴子，人的希望不因有中斷和分離而變異，尤其分開的原因是不可抗力的情勢，你應該瞭解這一層。」
> 「我當然可以理解。但你可知道你的行為表現的真是空前絕後，你現在憑什麼理由來填補這麼大的缺憾和空洞？」（頁 20）

李龍第終究是難贖前愆，而經過洪水洗禮因此蛻變得挺拔堅毅的晴子，如今視李龍第不啻「酷像夢遊者不知自己身置何處，亦不知道自己是否有生命。」的弱者，雖然李龍第還一貫地堅持他對整體群眾的不信任，直到《續記》中，李龍第還堅定以一種哲理來說服自己在歷經多年睽違，仍能透過本質的掌握來面對晴子，因為：

> 愛就存在於這個個別差異裡而不僅僅選擇它的類同，就像它不是一時的權

中國社會科學出版社，1995），頁 52。

30　陳義芝主編，《台灣文學經典研討會論文集》，（台北：聯經出版事業公司，1999），頁 96。

31　〔德〕·赫塞（Hermann Hesse）著，實維儀譯，劉永木審訂，《堤契諾之歌》，（台北：天下遠見，1999），頁 97。

32　七等生著，《我愛黑眼珠續記》，（台北：漢藝色研文化事業有限公司，1998）。

宜和婚姻，而是一種時間的痛徹瞭解，是對全生命的認知和關懷。它貫穿
於各種現實行為的矛盾，有如統攝著各種色光和形狀的思考結果，它使現
實寓居存在著一個恆久非現實的理念。（頁10）

哥德（Goethe）曾說：「在年輕的女子身上，我愛並不（只）是愛她的智力，而是
愛她的美、少壯、俏皮、爽直、性格、缺點、任性、以及其他莫可名言的種種性質
的。」[33] 與此相仿則是謝勒（Max Scheler）所言：「愛就是以對方獨一無二之個
體位格為核心，而不是只注視對方的優美性質。」[34] 這兩者的言說都很精當而包
容，而「七」之說法實可表述為：愛的對象是個體的（即獨一的位格），但此個體
實蘊含有某些理想的典型可以被完全體會與理解；人誠然能於對象中發現某些良善
的理型，但絕不可能是良善理型的全幅開展。另一方面再結合〈我愛黑眼珠〉與
〈續記〉來看，重新審視晴子與李龍第之關係，在周寧的觀點中，曾指出李龍第具
有多重人格以對應晴子與妓女，我們或者說是晴子；妓女／李龍第；亞茲別，但是
他推論李龍第對妓女的感受「是混合著一種對晴子之愛和一種完人似的形象（上
帝），他在這女子身上獲得面對晴子時，從來未曾擁有過的自尊和滿足。」[35] 說李
龍第在妓女之前的憐憫與愛是對的，甚而說是純潔也不錯，但也不過是在晴子之前
的挫折能稍微拾回男性宰制的彌補心態罷了，這與〈早晨〉裡的秀吉因得不到女友
淑美家中與朋友的認同，終至分手，憤而召妓夜宿，翌日卻對這種報復的行為感到
索然，可以說都是一種受挫後的慰藉，只差異在拯救與殘忍的手段不同，說李龍第
拯救妓女的行為是崇高的情懷，就效益上來講並無大誤，不過當他暫時脫離李龍第
的社會身份，而以亞茲別的身份出現還數次不認晴子時，其實也透露出，他業已稍
稍屈服於尋常善良之風俗，當〈續記〉中類似妓女的人物不見，卻出現剛毅形象的
晴子，而李龍第卻一貫地對自身處境充滿不安與不信任，因而李龍第與晴子間的鴻
溝從洪水到人潮，這跨不過的罪咎應當歸誰？討論類似李龍第這般人物性格者，長
篇《城之迷》是最佳文本。

　　《城之迷》[36] 的要角是柯克廉，以他熱愛自然鄉居的眼光來襯映城市知識份子
的情愛與價值觀，全書共分二十章，與柯克廉一起發展主要情節的是斐梅，而其他
人物則以斐梅為主軸次第出現，柯克廉對這些採取某種距離的觀察角度，其中

33　〔德〕‧愛克爾曼（Johann Peter Eckermann）著，周學普譯，《哥德對話錄》，（台北：臺灣商務印書館，1997），頁32。

34　關永中著，《愛、恨與死亡──一個現代哲學的探索》，（台北：臺灣商務印書館，1997），頁41。

35　周寧著，〈論七等生的〔我愛黑眼珠〕──李龍第的信念與本性〉收入張恆豪編，《火獄的自焚──七等生小說論評》，（台北：遠行出版社，1977），頁73。

36　七等生著，《城之迷》，（台北：遠景出版社，1986）。

「柯」的角色有「七」的氣息，但角色的定位十分自覺和清楚，作者時而跳出來對這角色加以同情與說明：

> 從開始我們透過長篇累牘的含糊的陳述，也許把他（柯克廉）視為聖徒這類特殊的人物看待，正相反的在現世已沒有這種角色存在了，我們只是在芸芸眾生中選擇了一個泛泛的無名小輩，而這個人正好有幻覺和慾求的生態特徵，他有被迷惑和事後覺醒的兩種機能，他有某種天生的耐性，以及任性的個人意志的雙層特點，凡此種種正是我們把任務交在他身上的理由，經由他來見證生活在城裡的一小部分知識份子潺流的情感，雖然他不免有個人偏見，這些和他交誼的幾個人亦非全體的代表，可是大體能從他們的愛情之間看出文化的特色，以及顯現出一種從未有過的精神風貌，我們可以知覺到文化多層交混的結果造成了精神的畸型，極明顯的能夠將人物畫像繪成如匹卡索的立體派特徵，情感裡有多種意識的混雜運作，夢與現實交替地顯現。柯克廉說是我們注入給他呼吸而能夠活動的木偶，這個城市因此依循其虛幻的特質而呈現出童話般的景致。（頁223～224）

如果說「書寫」就是某社會階級的權力意志的展現，那麼其所處地位的自覺便非常重要，「七」在此對柯克廉的角色定位非常透澈，他所要批判的對象類似於陳映真所自我揭櫫的「市鎮小知識份子」的社會角色，而「柯」這個人物其實與他所觀察的那一撮對象並無本質上的不同，除了多一點自社會中退隱的冷漠與疏離之外，而這也恰是知識份子的弊病之一，從來無人能自外於社會，自社會中退隱只是個人的「心態」而非他的存在事實，但是這種心態無疑地加劇他與自身實存的社會間的衝突。

至於「柯」如何目迷於城中卻依然追尋他心目中的理想情愛典型呢？這股衝動來自於：

> 他自認他的人生便是毫無償報地也毫無條件地要奉獻給他理想的戀人，這個意志無疑一步一步導至（致）他為人類承受情感的折磨。他為這種美感生活，也為這種美感受苦。（頁122）

小說中的斐梅便不止一次明斥他心中所懷理想典型之不可能存在，但是「柯」卻以為「這個理想如不是以女性的形姿出現，我亦希望它能充分地表現在我的意念裡成為形上的事物。」受造的形下事物縱使再完美，終究不過分享形上理型之一瞥，因此這便只能說是「柯」的執著與偏見。另一方面「柯」在對女性的觀察上，常會顯

現理智的剖析再帶點無傷大雅的愛意，不管是對其他的女性如珍妮絲或佳麗，這就有點理性先於愛的作用，卻又剛好符合知識份子的蒼白特徵，這種指證在〈途經妙法寺〉（收入《銀波翅膀》）中的「他」與一位歸國女子在旅次中的對話可得到說明：

> 「愛是生命，喜不喜歡是生活。」
>
> 「我怎麼會不明白，你說的這樣清楚，但你所說的都是你的藉口。」
>
> 「妳要知道，有些人因為喜歡而去追求和愛，就像他們不喜歡時就放棄一樣，因此愛和喜歡是同義的名詞，他們的生命生活是混合為一的。而另有些人視喜歡不喜歡是一回事，將它當為一種生活世界去看待，在這外在的生活世界做選擇；但卻認為愛是一種思想，視為全部的內在靈魂，他們會愛不喜歡的人，或割捨喜歡的事物。」（頁65）

這裡很明顯地在闡析「喜歡」與「愛」之間的價值等差，「喜歡」可以是遵循世俗價值或發自生理的慾求；而「愛」則是關乎對「對象」所產生的完全利他的作為，在直覺或理性思辯下全然不涉及私慾的關心，在理解的層面上可以如此，但是在其小說上的人性，我們看到的更多是情慾獲勝的局面。

所以順從愛的呼求要大於道德的成全，如〈我的戀人〉（收入《僵局》）寫一位畫家與一對母女間的愛戀。畫家疼惜女人所嫁非人 —— 其夫是一位勤勞吝嗇的黑矮男人，這純然是畫家的主觀意見。在與女人情愛無法進展之餘，離鄉多年，返鄉後與女人之女兒得續情緣。而〈浪子〉（收入《僵局》）中，則以小女孩的視點，含蓄地烘托出她那浪子般的叔父與其母的叔嫂情事。此外〈某夜在鹿鎮〉（收入《僵局》）中的男性乃弟，重回鹿鎮，寄居其昔日任人家庭教師時的家庭 —— 錫琛與阿代夫婦家，乃弟與阿代實早有不軌，雖則已是十數年前，此番重回未必能重燃舊情，但是乃弟是善審形勢的投機者，他充分嗅出錫琛夫婦的不諧，據他的觀察，錫琛「是一個聰明有限的傻子，由於他在順帆的事業坦途中，遺落了心理成熟的訓練，是個完全不懂女性的男人。至於阿代，這位臨近暮年的婦人，有著鬼谷子般的智慧和經驗，她瞭解她擁有的法律保護下的男人以及法律擯棄不顧的男人。」（頁232～233）指的可能是乃弟或其他男人，因為乃弟能輕易知悉他人的內在，順便也能對其他諸如社會、教育與宗教議題進行恢弘讜論，雖然所論不免是偏見，這是以乃弟作為全知視角的鋪陳，最終乃弟與阿代再續十多年前的情懷，使得原先純潔的企望終歸落空，「長久時日的斷隔，自己的內在不是已恢復了純真高潔的境地了嗎？即使現在有人指摘我昔日的錯誤意圖污蔑我的人格，我將冒生命危險起來維護。既然與罪惡斷絕來往，靈魂一樣是高貴的。回來鹿鎮我沒有意思再與罪惡連

結，我祈望在二三者之間立一種純潔的友誼生活，可是這裡繼續存在的狀況，顯然已經宣佈了我理想上的絕望。」（頁240）這番說辭其實看不出乃弟在罪惡上的儆醒與敏感，他毋寧還是愛情的投機客與精算者，容或有些洞察他人的敏銳，但從他訕笑錫琛的優渥社會地位，實有幾分落拓者的嫉妒，所以他贏了愛情輸了倫理，或許也是另一種自我補償。另外，〈午後〉（收入《我愛黑眼珠》）一篇中的男女情愛關係則顯得率性與輕薄。某青年在午後赴大學校園的網球場途中，由某一女子的背影而興起想認識她的念頭，遂搭載原本步行的她到校，雖然彼此間並不了解，揣度兩人門戶亦不相當，而後男子另在球戲中，認識了一位健美活潑的女子，兩人可以率爾共宿而耽溺於肉慾。最終場景則又回到最初，那位午後巧遇的女子在男子車後編織她心中的真愛感受，這種情節宛如在說明，男子經歷純潔女子與世故開放的女子之後，得以修成情愛歷程上的正果，只是彼此關係都顯得那麼偶然隨興。

　　愛的對立面不是恨，而是冷漠，因為恨常是伴隨著愛的頓挫而發生，而最終的解消彷彿只有死亡，這是愛的最後形式，雖然以宗教而言，以生命作為愛的代價有時是克服死亡這種虛無感的最好方法，否則便只好是愛的悲劇，而理性能避免這種激烈的下場。如〈黑夜的屏息〉（收入《白馬》）寫男子「杜黑」因情變而思復仇的心理，由於女友「美麗」屈從父母的世俗價值觀且己意不堅而思另謀良人，當「美麗」與新男友夜晚漫步時，「杜黑」懷刀想狙擊其男友，卻因耳聞男方的一句「我希望他正如你所說的，是一個高尚的青年。」（頁58）而殺機頓失。另外在結構上較複雜的是〈真實〉（收入《白馬》）中所述，一對青年夫婦與丈夫之友「佐助」間的三角關係。夫婦倆來到一個偏僻的小鎮，抵達伊始即風聞不久前發生於當地的事件──農人殺妻，起因肇端於妻子之姦情，而青年之所以偕妻來此，其實也蘊藏殺妻之謀，因妻子與「佐助」有染，故而想將禍事轉嫁於佐助，但青年在向其妻及隨後來到的「佐助」托出動機，又緣於農人的醜行，致使觸發他心中的罪惡之感，了悟遂行此事並無補於事，也在此刻，其妻與「佐助」亦坦承，二人原也同謀殺夫，青年及時中止犯罪意圖，使其妻與「佐助」的罪惡得以持續，自己卻由於他人（農夫）預示了自己行為所可能招致的下場而得以倖免大錯，是一篇環環相扣的布局。

　　在愛的關係中引入死亡的設計，是「七」常見的手法，被葉石濤形容為鄉村鬧劇的〈結婚〉[37]（收入《來到小鎮的亞茲別》），寫「羅雲郎」與「曾美霞」戀情不果，終至「美霞」自殺，最終以「羅雲郎」娶神主的冥婚儀式作結。此篇情構完整，情節推演合理，很可視為鄉里實錄，人物性格不做作，順著各主角的性格逐步

37　見葉石濤〈論七等生的〔僵局〕〉，收入張恆豪編，《火獄的自焚》，（台北：遠行出版社，1977），頁16。

開展，預示此衝突的淒絕收筆乃無法避免，流露宿命色彩，而開端以「美霞」的出身——「這間雜貨店代表著這個小鎮的歷史：守舊、雜亂和古老。」（頁15）作伏筆，沈重呵斥悲劇的肇因。也由於情節清晰，有別於「七」其他以意識為主時跳躍變動，敘述呈非線性發展的特徵，故而曾由陳坤厚導演，轉換藝術媒介拍成電影[38]。通篇成功處在於「美霞」強忍家中嚴母的鞭笞與大家庭中的嘴雜多舌，及至珠胎暗結卻又不得舉行婚禮，終落得精神失常；而「羅雲郎」他羞慚於女友之現狀與曾受拒於「美霞」家的不愉快經驗，演成愛愧與殘忍的心理周折，都有觸及人性心理幽黯處。〈林洛甫〉（收入《僵局》）寫一對登山夫婦，丈夫先行留下妻子於旅舍，結果妻子執意尾隨，在半路巧遇獨行的男子挑逗，這女人在一處雪地險些失足時，被這名男子適時施以援手，而後終與女人之丈夫、嚮導會合，陌生男子告訴嚮導其名叫約翰，但女人卻給他一個「林洛甫」的名字。當夜裡歇息時，這女人從熟睡的丈夫身旁走向「林洛甫」，展開回應先前男子的情挑，最後演成二男決鬥，正危急之時，女人以登山鍬重擊了「林洛甫」。翌日，婦人「面對那個改變了的丈夫」卻稱她丈夫為「林洛甫」，雖然他的原名是「太郎」，但婦人堅定地如此稱呼，為何她會如此舉措呢？尤其是此行為在接續「面對那個改變了的丈夫」之後，或許「林洛甫」一詞才是她心中丈夫的完美形象，她在那二人中，發現了符合她心中典範要求時得以如此稱之，故而略帶晦澀唐突，尤其「改變了的丈夫」是形貌或性格抑是此後關係的改變及其它，造成讀者索解上的多義。或許可說「七」是一位「唯實論」者而非「唯名論」者，他注重對象的實體感受與覺知而不在實體的賓位——名稱叫什麼其實不那麼重要，是對名稱採取輕蔑的態度。〈私奔〉（收入《僵局》）裡寫一位男子協助一位飽受丈夫「潘番」剝奪凌虐的女人逃離不幸的過程，女人無疑還緬懷往昔她曾熱戀的丈夫，而協助她的男子清楚地意識到自己的行為，因為：

> 一種來自心裡底層的聲音忠誠地告訴他的行為是瘋狂的——一種類似悲天憫人的性格之驅迫下所幹的行為。他並不真愛她。他的愛由何而來呢？他無疑只是想救助她，以及憎惡上一代人所建立的一切。他憶及他的母親晚年的情況有著類同的情形，他同樣看不起那懦夫般的父親。由那一輩人所建立的觀念應該打倒，他想。可是現在（他辨出這是神的聲音）由英雄主義和戀母的心理組成了一種狼狽而污濁的現代愛情，這種愛情現代被提昇到一切行為的最高點。所以他萬分悔恨由他自己的觀念自設的陷阱。（頁220～221）

38　陳坤厚以《結婚》（1985年作品）一片，入圍第22屆金馬獎最佳導演。資料來源：「台灣電影網」：http://www.taiwancinema.com/Staff/StaffContent/?ContentUrl=30930

這種尷尬的心理動機與實際行為間的落差，使他步向可以預知的結果，雖然「潘番」的死，解除了他們「私奔」上的壓力，但女人卻選擇偕丈夫「潘番」的屍體跳下黑暗的懸崖，這便取消了青年在戀母上的罪疚感，但同時也是英雄主義的蹈空。〈AB 夫婦〉（收入《僵局》）寫法較特殊，A 男子回到家中發現一隻俗稱八腳的蟲子，出於惡意的戲謔與對其他生命加以宰制的快意，A 便試著除掉它，在這除蟲的過程中穿插著 B 對 A 的夫婦間常有的叨叨絮語或日常瑣事的抱怨，最終 A 才意識到，回到家中是為了妻子逝世三週年的紀念，由此亦憬悟自己無聊而殘酷的一生，無非是天地之芻狗，自己的景況又好過那蟲子多少呢？而以「生命的本原一定是意志這樣的東西的具現，就是說為了需要才被做成的。實在是個謎。」（頁 227）這番體會道出生命意志缺乏目的時的蒼涼，篇名為〈AB 夫婦〉但從敘述看，其實只是 A 的自我意識對話。〈貓〉（收入《我愛黑眼珠》）在形式上以議論的對話方式佔主調，由「李德」與一隻受他一飯之恩的野貓所展開，當然貓不可能成為人類對話的主體，它不過是李德藉由自己強加於貓與女人「吳曼」之間，某種類似而予以意識上的聯結，再經心理投射而成的一個言談對象，比如貓的橘黃間雜細條灰紋的毛色與李德決定離開「吳曼」那天，「吳曼」身上所穿米黃有灰銀橫紋的泳衣。「李德」堅持一種「物與我本身是兩相渺茫，不互相屬」（頁 45）的觀點，所以當他與「吳曼」的交往過程在突然「覺得必須恢復孤獨的生活，因為俗尚的生活已經就要窒息他了，那種生活對他顯得無聊和虛偽，使他對情愛或友誼都產生懷疑。」（頁 35）時，他選擇離開，其實毫無理由，或許只緣於當下的某種感覺，或許也是蓄積已久的某種憤懣在瞬間生發，雖然他也曾為此道義問題展開內心的辯論，而他向那求人豢養的野貓抒發物種當自立的論調，無疑也是在向「吳曼」申辯自己所以離棄她的原因，而貓顯然無法勝他，最終他將貓給渡河遠棄了。當某夜「吳曼」扣門訪他時，「李德」將她視如貓一般地對待，開門讓她進入，卻殺了她，總頭至尾，「吳曼」幾乎無法為自己申辯，其實情節中也無任何必得落此下場的原因，所以我們只看到「李德」個人某種自私而原始野蠻的生存法則。〈在山谷〉（收入《我愛黑眼珠》）寫燒窯的夫婦，其中男人為肩托柴火不慎受傷垂死，考慮身後須有人接續此事，於是指定一位年輕人完成未竟之業，這年輕人未必與其有何牽連，當窯火煙歇，年輕人與婦人葬完男人後便離開山谷，而後年輕人也順理成章取代了原先男人的位置，

> 他們在一起沒有半點儀式，他們的快樂是完全建築在自己能負擔的痛苦上；他們所獲得的都需要付出相當代價。他們像知道地不瞭解自己，又不知道地瞭解自己。他們所經歷的事全屬命運，因此也不必去責咎任何人。（頁 70）

這宛如無懷氏與葛天氏之民的自然社會，山谷的天然背景烘托出原始的慾求，一切都是如此無爭無競，至於開發文明的社會將如何看待他們？

> 那個女人每次回鎮都陪伴著一個男人，但沒有人能憑肉眼看得出不同，因為沒有人有真正辨認形象的視覺。沒有人知道現在是什麼時間；沒有人知道過去和未來；也沒有人能真正關心別人；這世界也許根本就沒有其他人，除了他們。（頁70～71）

我們切不要被末兩句所誤導，認為是在宣揚一種戀人間旁若無人的私密心態，它毋寧在申訴：由於人際的冷漠不關心，導致行為不被注意，但是這裡也暴露出兩點意義，一、由於他們的自我疏離心態，所以會認為別人或許抱以相同的態度，雖然事實並不必然；其次，他們正期望別人不要干涉他們的自由，一種屬於兩人間的自足與自由，而在這點上也顯出些許矛盾，因為你渴求某一對象，那麼又為何能斷然割捨與此對象之外的其他人的任何形式的互動呢？任何對象於你不都是一種可能嗎？如果把最後一句改成「除了自己」，那麼一切就明顯了，一種絕對自我的虛無意識，除了自我，世界也許根本無其他人的認知謬誤。〈阿水的黃金稻穗〉寫農人殺妻。殺妻與弒夫或許是兩性衝突與對立的最極致表現與悲慘的和解，由「殺」與「弒」字當然也彰顯了兩性背後所支撐的社會或政治結構的不平等意識，不過在展現情慾糾葛的複雜面時，好像遂行暴力者常是情慾領域中的挫敗者。農人「黃阿水」深懷與土地依存的戀慕（有部分原因是為了離開曾受辱於丈人的市鎮）；而其妻「劉俗艷」在兒女漸長之後，則愈趨熱愛充滿遊樂的市廛，在彼此價值對立的衝突下，「劉俗艷」的不貞便是悲劇的主因了。

　　全篇敘述焦點在「黃阿水」，於「劉俗艷」之部分是較隱晦的修辭，使人對其下場感到過於其實，倒是「黃阿水」的陰鬱暗鷙使人悚然，這一部分較突出。〈碉堡〉（收入《我愛黑眼珠》）寫男子「森」與好「余徐月霞」在碉堡中完成對愛情的憧憬，「余徐月霞」出軌是由於丈夫無法欣賞與理解她，所以當她感受到「森」魔惑熱戀的眼神便與他有了肉體上的關係，但當「森」在街道上遇到「余徐月霞」時，她便恢復了屈於禮法的女人矜持而不認他，且依於鄉人對「森」的觀點——「瘋子森」教師的指控，結果第二天「森」便失蹤了，直到颱風過後在碉堡中發現他的屍體，但「余徐月霞」似乎由愛情而來的傳染也似乎為了贖她在愛情上的背叛（不論對丈夫或是「森」），她越來越像個瘋婦。〈來到小鎮的亞茲別〉（收入《來到小鎮的亞茲別》）的主角「亞茲別」摻雜了「七」的成長經歷，譬如對師院的嚴苛體制及不合理管教的控訴，役畢求職與藝術追求的不順，這命運的轉變是在主角有天為一位胸擁花束、視線不便的婦人挪走地上的絆腳石，因而結識名叫「葉子」

的她——一位與兒子「小龍」為生的服裝設計師，這段偶然的機緣使他們進而同居，但「亞茲別」並未因此而有向社會妥協的念頭，「葉子」為他覓得一份運送硫酸的工作，卻因性格的不穩定而翻車失職，迫使他幹上夜盜竊徑的行為，所得有時用於買禮物獻媚於葉子，直到敗露的一天，回到小鎮上的河流中自沈，這小鎮是好友「唐」力邀他同往的所在，但對他而言「一個人回到小鎮就等於走向冬季的冷酷，走近死亡。」（頁 212）這個意念在「唐」初邀時便已形成，沒想到竟爾成讖，所以小鎮本身毫無退隱的象徵，除非把自沈於小鎮污流視為退隱，即自取滅亡，「葉子」於他亦不過偶然歡愛，而他也可以輕易接受一個類似家庭組合的關係，當然最終還是輕棄。〈精神病患〉（收入《精神病患》）中的「哲森」對「丘時梅」與「阿蓮」的兩種不同情愫。學校女同事「丘時梅有一種為我（哲森）熟識的風姿；她的模樣彷彿我童年時代母親的象徵，和溫柔而又堅毅的愛神典型。」（頁 32）「阿蓮」則是多年後巧遇的童年玩伴，「她與我都有一個共同的因素，雖然誕生下來的這塊土地是屬於我們的，但和她都過著流離顛沛的生活，得不到溫暖。」（頁 20）是摻雜對童年時的眷戀與相濡以沫的依賴。「丘時梅」已婚，雖然與其夫並不和諧，但對丈夫的包容也讓人訝異於母性的韌性，且她的堅貞與宗教信仰使她和「哲森」在踰矩前能止於心靈上的相契。至於和「阿蓮」的締婚則出於與「阿蓮的相愛在心裡上不免在做完互獻的儀式後，猶存在著一種孤獨的寂寞，所以為了把兩顆心綁在一起，當然就得托藉一個外在形式。」（頁 27～28）這不免是心存猶疑，所以藉由一項行動加以確認自己的決心與信念。而「哲森」的精神現象剛開始是生性狐疑、對他人的極端疏離和不信任，以及對社會的憎恨所產生的邊緣心態。而後他的高蹈與理想的堅持，相對於「阿蓮」黽勉從事特產店的卑微工作，毋寧是虛浮，所以他頂著作家頭銜或在大學的哲學系進修之名目，使家計落在「阿蓮」身上，相信也給他帶來男性尊嚴上的焦慮，這與〈我愛黑眼珠〉中「李龍第」對「晴子」的心結有其相似性。當「阿蓮」第一次胎死腹中，為了母愛，瞞著「哲森」再度懷孕時，「哲森」也因揭發醜惡社會的小說被退稿，此時，

> 我（哲森）要永遠被摒斥做個外表頹廢的個人主義的悲觀者，無法同享人間的所有樂趣的這個命運感到極大的不平。正當這個時候，我因發覺她偷偷瞞著我懷孕一事而暴怒起來，我幾乎將所有壓積在內心的憂悶殘暴地對她傾洩，在這一刻她的反抗同樣是驚人的，她將她幾年來對我的容忍以及一個現世的女性對男人的容忍全部揭露了出來，我發覺她對男性所抱的痛恨之深不亞於男人對一個不當的社會的痛恨，我面對她這種的哭號彷空前彿（當是「彷彿空前」）看見了她的心在流血，這種狀況反而使我漸漸地平靜下來。我沒有想到一個不體面如我的頹敗男子所加給一向依恃男人的

女性竟會如此地深沈悲痛和羞恥，我不知那些不惜犯罪掠奪權力和金錢的
男人，是不僅為了使他們的愛人感到榮耀？以及男女同流謀計不惜犧牲別
人而收擄財物築起城牆是否為了貪圖榮華？假如沒有互相的諒解和體察，
愛情如何存在？（頁89）

我們是否要把他當成資本主義發達社會下出於良心的道德控訴，雖然這種情緒上的
抒發，可能對許多身名俱泰者不見得公平；抑或將他與懷才不遇者的牢騷視同一
物，尤其當他從醫生處得知自己身中流有充滿梅毒的病菌時，自忖並沒有染病之敗
德行為，唯一的解釋便是從風流祖父所來的宿命遺傳，這無法治癒的血毒，原罪的
象徵，不知是否也掩飾了他在現實生活中的無能為力，最後在極度心神錯亂與肉慾
的狂歡中結束「阿蓮」的生命，割斷他生活上的依賴卻又是男性尊嚴戳傷的來源以
及她腹中的血脈，是對延續種族的強大意志的傷害。「七」曾在《譚郎的書信》中
以自己的身體不適誤闖紅燈來印證「哲森」殺「阿蓮」時的失神狀態，（頁230）
這是作者出入自己作品人物的有趣闡揚。以同是對精神狂態的寫作而言，不免使人
想及魯迅的〈狂人日記〉，「七」在同書中曾作出：「〈狂人日記〉更令人作嘔而討
厭」的判斷，因為「我覺得他的作品藝術力不高，不能傳得久遠，過了這個時代，
以後的人所獲更少；因為他的用意是要呼喚當時人的感性，背後有煽動的目的，而
不是冷靜地探索物事，缺乏現實和本體世界的剖解，文學性很渺小，不是和他同時
代的人便無法贊同他的理解或思想的觸悟，他的諷刺性格，更覺得他並不正派。」
（頁192）顯然這個論斷可能無法說服人心，但卻也點出魯迅作品之意圖，在作為
淑世者面對新舊中西文化落差時的憂心致狂，與「七」的極端為我的狂姿（雖然社
會的作用力於他是隱而不現），二者是同歌不同調，所以〈狂人日記〉的結尾：
「救救孩子」的名句，換成「七」的語法便成「救救自己」。

　　通過對「七」從愛的心理意識與愛的展現及愛的關係之幻滅的逐步觀察，我們
會發現「愛」於他而言並不是一種主體間的「對話」，而是他內心對愛之渴慕的升
沉周旋的焦慮，以慾望倫理學而言，悲觀者可以認為：慾求者對慾望對象的企及中
間，永遠有道無法踰越的鴻溝，使他永遠在達不到中痛苦，而且我們也會發現如果
「七」不再執著他那柏拉圖式的真實與形上理型的追求，且一再窄化愛的版圖只剩
下情慾或淫慾，雖然這在愛中有其合法地位，從而能領略愛其實是從互為愛的主體
間創造出來的，當然，創造愛的對象多少是帶有神性的光輝，它象徵或意味著自我
能力及無窮愛之力量的展現，說明沒有不可以愛的對象──「人無棄人」，因為我
們在之中體會到轉化與超越的可敬。厭惡或冷漠以對是因為存在於他身上的惡的質
素引起人的見棄，但一旦我們自絕於人，就無非表示他人是不可能更新和改變的，
在此無異是承認罪轄制人的巨大、殘暴的威力，從而使自己與對象一同落入惡的箝

制，所以創造愛的對象便成了一種義務，避免自我也成了被棄之人，所以「七」對愛的言說與自剖越多，卻只成了一種反諷，不過還應肯定他使我們照見罪性加多的那些植基於其個人苦悶的象徵。

第三節　原始與自由的道德觀

「七」的自由觀是極端為我的無政府主義式的個人美感追求，從現代社會、政治學說上對自由之假定，用來觀察其小說，會發現他對自由之渴望的焦慮的特殊性，對「七」所透出的自由思想型態加以考察，會發現他不是此蘊義的第一位立法者，至少〔法〕‧居友（M. J. Guyau）在其《無義務無制裁的道德概論》中所宣講的「生命哲學」這種倫理觀，很可作為這種觀念在系譜上遙契的一瓣心香[39]。「七」的自由旨在捍衛族眾之中個人互不相屬的特立狀態，而這股強烈地追求又來自於他對「群眾」的厭惡與不信任，在《老婦人》中的〈印象〉主角「我」便以為：

> 我們會說去愛大多數人，去擁抱群眾，這是多麼明顯的空言和泛論，因為再想一想就不難知道，所謂群眾是一種沒有形體的存在，如果真要給它一種形相的話，那麼它是一種沒有靈魂的禽獸，可以加以煽動和利用，那麼它就是一股無可形容的破壞力量，因此去愛它是不可能的。真正的愛是有明確的對象，必須找到一個，然後再找到另一個，一個一個逐一的去施給。（頁 20）

這使我們想起《卡拉馬助夫兄弟們》[40]裡，曹西瑪長老引述一位醫生對他的真誠告白：

> 我愛人類，但自己覺得奇怪的是，我愛全體人類愈深，便愛單獨的人們愈少，那便是說個別的、離開來的人們。……然而永遠會發生的，是我對於個別的人們越恨得深，那麼我對於全體人類的愛便越見熾熱。（頁 75）

「七」否定人作為「類」的觀念，而願意去接納每一個實存客體──如果這是可能

39　〔法〕‧居友（M. T. Guyan）的生命哲學倫理觀首先在去除一切道德制裁（包括宗教制裁）的先驗預設，指出，生命本身在擴散自我生理生殖及智力生殖。主要見該書導論及第二卷。〔法〕‧居友（M. T. Guyan）著，余涌譯，《無義務無制裁的道德概論》，（北京：中國社會科學，1997）。

40　〔俄〕‧杜斯妥也夫斯基（Fyodor Mikhailovich Dostoyevsky）著，耿濟之譯，《卡拉馬助夫兄弟們》，（台北：志文出版社，1961）。

的話，曹西瑪長老的引述中則表示面對不完美的個別真實存在者的厭棄心理，而趨
向於圓滿的人的抽象理型的追求，說倒底這些修辭無非在表明，為何像「愛你的鄰
居」這種看似尋常的話語，竟然會成為基督教的誡命之一，但合攏地說，愛群眾與
愛鄰人並無本質上的差異，要說人有恢弘之心量去愛群眾但時感力有不逮，這是可
以理解或寬宥，但卻不一定要對群眾懷有敵意，比如〈某夜在鹿鎮〉中「乃弟」目
睹「錫琛」與「阿代」的家庭矛盾，便產生一番詭謬而悲觀的推論：

> 每一個家庭是一個空的美的形式，這個社會是由許多這樣的空殼組成，那
> 麼這個社會不就是等於一個大的空的式形（形式）嗎？就是這個世界亦
> 然，整個地球畢竟是一個大蛋，這個大蛋終有一天會界（藉）統治它的人
> 粉碎的。（頁 246）

很明顯地，這是邏輯前提的謬誤，當然，另一種詮釋路徑是可以認為這個論調不過
只用來表示「乃弟」的偏見，我們若將對群眾敵視的觀點置入對「七」的詮釋脈絡
來看，倒是符合他一致的「群眾觀」。我們或許也可以簡單地將群眾理解為一概
念，因此極端地痛恨群眾、或如政治人物時刻不離口地擁抱群眾，無非各自代表一
種偏見與虛偽，剛好是擺盪在對群眾認識的兩個極端，廖淑芳曾對「七」之群眾觀
的生成作出解釋[41]，但所依憑的還是用「七」之生長背景的苦痛經驗作依據，這種
解釋對「七」的小說而言，當然是方便而有效，不過只能將「七」之群眾觀作為其
自由觀之生成因素之一，因為生活上的困頓不必然會有精神上求解脫與自足的必然
保證，相反地，更可能會趨向世俗物質追求的認同。此處我們依其小說中對自由的
簡單論述與自由的象徵這兩部分加以討論，同時指出伴隨自由觀念出現的往往是對
「原始自然」的肯定與讚揚，因為他對原始自然的頌揚也不是來自對現代文明弊病
的反省，而只能說是對群眾反感所引起的退縮，希望達到人我互不相涉的狀態，
〈跳遠選手退休了〉（收入《僵局》）這一篇最能說明這種關係，其中敘述一位孤獨
的年輕人在白日工作之餘，斷絕了一切的友誼與戀愛等人際互動，投入自身所設定
的跳遠目標，當他的成績被人肯定之後，希望由他代表出賽以為鄉土爭光的人情便
開始包圍他，無奈他的緘默卻惹惱了他們，終於導致被迫遷出該城市，他自思道：
「至此為止，文明的象徵就是總體制啊！」（頁 255）這事件或許在反映：個人自由

41　「廖」文在說明「七」之個人觀及群體觀之形成過程，從方法上而言，偏於作者論，但依作品所提供
　　之資料論述作者，顯然會輕忽作品的虛構部份，雖然「廖」文在前言中已意識到這點，但或許「七」
　　之「自傳」性格過於強烈，使敘述者與作者及主角的焦點變換不易劃分，不過說到「群體觀」，我們
　　似乎可以認為「七」對群體的認識只能停留在個人不愉快的經驗上的敵視，尚未提升到理性認識的層
　　次。〈七等生作品中的個人觀、群體觀及其形成過程〉，原刊《文學台灣》，第 3 期，1992 年，6 月。
　　又收入張恆豪，《認識七等生》，（苗栗市：苗栗縣立文化中心，1993）。

與體制間的矛盾，人要互相效力，才能有沒有藏於己之權利，個人是國家資源的一部分，以中國古代法家立場而言，類似隱逸之士的「不令之民」的下場，歷來取決於統治者的寬嚴態度或尊或殺而不一，而「七」所欲爭取的是人在無所逃於天地之間的社會網絡中的那一點自我的實存感，但是當小說中的年輕人，在旅舍前被追查者尋到後，他顯然還是妥協了。

> 諸位先生，禮貌一點，請放手。在任何一種意義講，我都是一個不折不扣的跳遠選手，你們要的是我為你們爭得榮譽，以便在歷史上可以記錄；我會使你們滿意，但我個人所要的是絕對的自由意志。當我已為你們盡力，也祈望你們放手不再干預我。我們條件談妥了，你們回去，也告訴所有的人，要他們不再干預私人的事。（頁 259）

當運動會過去後，跳遠選手並沒有獲得平靜，因為「掙脫束縛後的結果是孤獨——無意義的孤獨。」（頁 260）在外在的壓迫頓解之後為什麼不能有片刻的寧靜呢？或許正由於

> 假如沒有責任的意志自由是一種虛無。（頁 260）

這句單獨成句的假設句夾在文中顯得有些突兀，但也展現他一貫地思考跳躍，迸發瞬間意象壓縮後的特性，如果加以展演可能便是：「假如不帶責任的話，那麼意志自由將是一種虛無。」所謂責任是牽涉到對他人的承擔，所以卸除承擔照道理是讓人更輕鬆才對，但事實上並不然，因為人的意志在選擇上可以是有自由，只不過要是選擇無責任的話，就必須負起孤獨虛無的結果，這或許是這句話的蘊義所在。而年輕人最終選擇了與一盲啞女子無聲地度過那個難挨的黃昏，直到某天城市裡的人才乍然發覺他已悄然而逝，這個蒼涼闇澹的況味彷彿印證另一短篇〈木塊〉（收入《白馬》）前的引言：「一切都準備好了，想贏得自由，在這座城市是斷不能實現的。」（頁 135）故而從城中絕跡，演出又一次塵囂中的遁逃，顯現他翹首白馬樂園卻失望頻頻的落寞。

　　有論者將「七」對自然的嚮往加以道家思想的比附[42]，我們發現在「七」的自然觀中，常出現對「原始」：懷有芴漠鴻濛的想望，尤其是「解衣磅礡」的「赤裸」象徵，〈精神病患〉中的「哲森」在意識到自己鑄下大錯，殺死愛人「阿蓮」後，有一段出神的退化心態，

42　如〈隱遁者的心態〉一文，黃浩濃，收入張恒豪編，《火獄的自焚》，（台北：遠行出版社，1977）。

茫茫意識中我想回到森林，草原，山谷或河岸那樣的地方，回到幾萬年前
我的原身的環境中去，讓偉大而神祕的自然決定我的生與死，供給我飲
食，也供給我遊歷，遷徙和自由的愛慾。（頁85）

除了失神的退化恍惚外，即便理智的時刻也無不謳歌之，甚而以赤裸隱喻擺脫人世
羈絆，《兩種文體 ── 阿平之死》中辯道：

擺脫掉文化累積的油污，才能透視潔淨的本體……所以我愛的是自由和
自然的赤裸，這一點我們並不妨礙任何人，我們是在自己擁有的天地裡這
樣做。（頁4～5）

甚而在《譚郎的書信》中還有類似經偈般的證悟，所謂：

「一絲不掛」是為指摘我們在現實生活的空間裡身心牽掛許多東西，不止
是指衣服而已，所以一絲不掛是指卸掉了一切俗物，比赤裸的意義具體。
（頁173）

偶爾還會結合海的意象，這或許不必然附會於「七」的家鄉 ── 通霄的海邊景緻，
或佛洛依德關於回歸母體或童年戀慕的象徵，雖然也可能不無關係。在短篇〈真
實〉（收入《白馬》）中的女子夾在丈夫與情人「佐助」之間，三人在海邊的碉堡
有一番奇特的場景設計，女子首先暗示：「這樣的地方能做些什麼事？」「佐助」
提議：「這是一個天體營的好場所」，女子也以為「裸露是一種奇妙的感覺」，隨
後她的丈夫也快快然地附議：「毫無疑問地，束縛到今天，心理無不嚮往純真和原
始。」（以上對話見頁130）而後由丈夫先褪去衣衫，其他二人也依序如此，重要
的是底下的議論：

此時三個人都無話可說了，語言已經失效，離開堆放衣物的碉堡，開始他
們幾千萬年前在混沌的大地同樣的漫遊。
所不同的是現在他們能對這種情況加以設計，有別於無知的年代。幾千年
來人類在智力的表現就是為繞了一圈再回來原始？之間經無數的制度，努
力和犧牲。今天人類要那樣表現他自己，是經過一番大努力探究了真象。
人即使再怎麼自我稱讚他自己具有神性和靈魂，他仍不過是動物的一種。
實際上真正推動它生命的仍然是各種簡陋的本能，理想跟盼望只是一種修
飾。（頁132）

對人類神性、智性的卑視與對生物原始本能的推崇在此同時進行，其實僅就人能使自身的存在處境成為思考的對象這一能力而言，便已註定他無法遵從一般生物的法則，人類文明上的法律與道德誠然是智性的設計且時常有錯，但道德的分殊現象其實也不容與道德感的要求加以混淆[43]。從另一方面言之，這種對原始的無科條律法的回歸嚮往，其實應該還有兩重意義：一、是人類天性即集體意識之機制的反映；二、是對現實社會的批判。「七」自己也深刻體會到內心的轉變過程，他在《散步去黑橋》的自序中自剖道：

> 有一種人在成長階段中，一直受到自卑與自傲兩種極端的情感所折磨，他成為一個生活的浪子，外表和言行極端地反抗社會的一切架構，反抗人性的虛偽，他的衝動外表永遠像是在往前奔跑，同時也像是永遠往後逃避。然後有一個機緣，他駐足停步，他驚愕了，像從夢中醒來，開始從習慣的人造社會回返到自然的世界。許多情況說明了心靈內轉的真實，簡單地說，這是宗教上的了悟（雖然他並不在形式上皈依某一種宗教），在存活的人類裡，大都都有這種掌握生命契機的智慧。（頁3～4）

從這段自剖中可以領略他與世界的不諧中，採取心靈上的自我澄化與調適，從而體驗回返「自然的世界」這種類似宗教上的冥契經驗（mystical）[44]，不過在心態上，這種對自然原始的崇奉還是從他所謂的「人造社會」回返而來，而他也本非棲遲岩穴者流，所以更常流露的是對社會的攻訐與控訴，幾乎不曾對公共事務改革有絲毫信心，所以他的自由只呈現一已，在無任何道德律法之外或前道德法律的原始生存狀態，與此理念差似的亦見於類乎寓言的〈環虛〉（收入《老婦人》）一篇，其中所描繪的人與獸交的荒島或沙洲之原始迷離幻境，也展現萬物一體的思維，其景致刻劃為：

> 不同的人，不同的獸，誠然是原始的相處方式，而他們彷彿不感覺彼此之不同，那荒淫離奇的行徑卻泛溢著一種和平寧謐的氣氛。（頁185）

這篇由蘇永安的原作〈求道〉改寫而成的作品，據後記所言無疑原作中有佛教體悟

43　比如〔德〕‧西美爾（G. Simmel）對宗教性（Religiosität）和宗教（Religion）的區別，前者意謂人的自發的情緒狀態，後者則是獨特的建制實體和教義旨趣，是一種類於藝術、科學的文化形式，見〔德〕‧西美爾（G. Simmel）著，曹衛東等譯，《現代人與宗教》，書前劉小楓導言，Pxix，（香港：香港漢語基督教文化研究所，1997）。

44　關於此譯法，請參考〔美〕‧史泰司（W. T. Stance）著，《冥契主義與哲學》，楊儒賓之譯序，（台北：正中書局，1998）。

的興味，只是經「七」之精神改寫只能仿彿其義，而東方民族精神的萬物同流思維
與「七」的自然原始觀念得以契合[45]。

至於依從原始本能是否構成犯罪的道德問題，這其中顯然有所糾葛，這點
「七」也曾意識到，只是不見得能加以釐清，在〈「八又二分之一」的觸探〉（收入
《情與思》）這篇電影短論中，他曾捍衛了藝術家的特權：

> 人類是一種具有複雜本能的動物，當藝術家思想企圖把人類從許多束縛中
> 再度驅趕回到本能時，由人類建立起來的空洞的規範，要人類無條件遵守
> 這些規範已經令人難以忍受。偉大的思想家是容許亂倫的特例以及背叛存
> 在的，歸納起來唯一的兩個罪惡是不忠實自己和無辜侵犯別人，那些寫母
> 子相愛或通姦的故事的作家的用意何在？因為故事的結局是悲劇（人生還
> 不是在悲劇和喜劇中選擇其一）說告訴我們不能做這一件事嗎？還是想解
> 放我們內心的苦悶，喚醒我們的本能呢？我們真的為犯罪而犯罪嗎？（頁
> 176）

有人以為在小說中可以拓展人的道德領域[46]，衝撞出新的道德觀，預見人的精神新
天地，以最敏感的心靈先嚐人在這些方面的苦果，從而彷彿先知般地預言了道德的
遠景，直到它被當成一般可遵循的律法一樣[47]，「七」曾引柏格森（Henri Bergson）
的「封閉的道德」與「開放的道德」也是類似地自我辯解[48]，但是在這段評論中，
最精當地還是在於：「我們真的為犯罪而犯罪嗎？」這句疑問[49]，這當然也是他的

45　〈環虛後記〉，見《老婦人》，（台北：洪範出版社，〔1984〕1990），頁190～192。

46　在〈兩面性小說：康拉德、穆西爾、卡夫卡、曼〉一文中，弗朗茲·庫納，以尼采的道德譜系中，涉
　　及非理性與無政府等流行觀念，影響了二十紀末的心態，他用這種對抗感，感知現代科技與知識文明
　　背後深藏的自我提升的力量，是一種新的野蠻狀態。收入〔英〕·馬柯姆·布雷得伯里（Malcolm
　　Bradbury）、詹姆士·麥克法蘭（James McFarlan）編，胡家巒譯，《現代主義》，（上海：上海外語教
　　育出版社，1997）。

47　在這觀點上，小說中帶有預知啟示的功能，直到這種認識普遍被社會所接受，見〔加〕·諾思洛普·
　　弗萊（Northrop Frye）著，吳持哲編，《諾思洛普·弗萊選集》，（北京：中國社會科學出版社，
　　1997），頁12。與此相關則是如洪銘水在〈七等生「我愛黑眼珠」的道德挑戰〉裡所指出，七等生在
　　道德層面所彰顯的道德重估的意義（收入《台灣文學散論──傳統與現代》，（台北：文津出版社，
　　1999），頁247~256）。此處我們要進一步扣問的是作為能夠批評道德的最終預設是什麼？賈詩勒（N.
　　L. Geisler）在《宗教哲學》（PHILOSOPHY OF RELIGION）中引祁克果對亞伯拉罕獻上兒子以撒的事
　　作為討論最使人深思：「倫理經驗回應於道德律；宗教經驗則回應於頒佈道德律的主宰。道德律說：
　　『不可殺人』；神卻對亞伯拉罕說：『獻上你的兒子以撒。』在這種情況下，若不是宗教駕馭了道德，
　　就是亞伯拉罕還未成為信心英雄前便成了謀殺犯。」在這個最尖銳極端的例子中，看出七等生內在的
　　難處。參〔美〕·賈詩勒（N. L. Geisler）著，吳宗文譯，《宗教哲學》，（香港：種籽出版社，
　　1983），頁10。

48　《隱遁者》，（台北：遠景出版社，1986），頁39。

49　這番慨歎道出人受制於「惡」的狀態，是與自由意志直接抵牾的詭秘，參《論惡、自我與自由的辯證

苦悶，其實已點出人受制於罪性上的不安，再由此對照他對原始的、從人為文明中解放的嚮往，尋求忠於自我與不侵害他人（這點表現在對愛慾的自我真誠上卻顯得特別容易傷害他人），且提高人的本能地位，或許都指向是依自我對事物的直覺感受，但是驚覺自我罪性的蠢動，難道只是律法教條內化或純粹是宗教倫理的馴化所致？當然不是，他反而應該從苦悶和受難中察知一己的有限，正是這種有限使自由成為不純粹，而回歸原始本能互不侵犯並不是獲得自由的方法，因為人是無法自我完成與圓滿的，所以「七」要貫徹自己愛的意志，成就愛的理念，見一個愛一個（非指其移情別戀），不蹈空地去實踐，有時只落得些微純真與自大，所以〔加〕·凱·尼爾生（Kai Nielsen）對杜斯妥也夫斯基（Fyodor Mikhailovich Dostoyevsky）非理性主義的評論似乎也適用於「七」：「即使事實上我們並不是自由的，但只要我們確信自己是自由的，則此一價值就遠勝於真，真固然是一種非常崇高的價值，但是缺乏對自由的信，我們的生命終究是無意義的。所以我們寧可犧牲真本身的價值，也要保住那「拯救生命」的自由的信。」[50] 只是杜翁以自由嘲諷決定論，而「七」以「自由」隔離文明與群眾，他的小說尤其像是走在道德與非道德的高空鋼索上的冒險者，無非是預測我們在懸崖撒手後的落點，但結局相同。

第四節　對超越者的態度

　　「七」的內省與對宗教的興趣在於他意會到：「一個現代人，不論其知識智慧如何高等，如果沒有他個人認可的宗教意識和宗教生活，我不會相信他的所作所為是有價值。」[51] 所謂「個人認可的宗教意識」或指的是對某一宗教的教義或神學主張的理會，雖然「七」自認並沒有特定的宗教信仰，或者說他對宗教的興趣與反省多屬知識的方面，但即使是出於知識的興趣，他卻也未必真正考慮到宗教典籍的解經傳統與方法，以《耶穌的藝術》為例，這本類似談論基督教的筆記就充分說明這種現象，當然他在前言中交代了自己的方法與態度：

> 我不是基督徒，亦未深切研究過宗教神學，僅以一個平庸的現代人的有限
> 知識做瞭解，其筆記的文字並不是純粹詮釋經文的工作，只希望從我的瞭
> 解中，揭露我個人的無知。

關係：呂格爾（Paul Ricoeur）前期（1950～1969）主體存有學之研究》特別是第三章（惡的實在性），柯志明，中國文化大學哲學研究所博士論文，1997年4月。

50　〔加〕·凱·尼爾生（Kai Nielsen）著，鄭曉村譯，《自由與決定論》，（台北：金楓出版社，1987），頁50。

51　七等生，《耶穌的藝術》，（台北：洪範出版社，〔1979〕1988），頁58。

我亦不在偽裝信仰，卻希望在生活的諸樣煩雜的理念之外，找尋一個榜
樣，再做一次虔誠和有益的學習，盼能在懷疑的思想中，尋獲內心的信
仰。（前言頁2）

這樣的自白，可以免去讀者對此書認作是解經作品的期待及誤解，雖然書名還是令
人費解，不知耶穌如何置於藝術的範疇加以討論，但我們可將它的貢獻看成在於呈
現個人面對宗教信仰的思辯過程，以別於單純護教或攻擊他教的作法。

　　除了對四福音的研讀而筆札成書外，在《譚郎的書信》中亦多次提到研經的感
想[52]，所採的方法依舊是隨意抒發或是印證時事的特性，一直到《思慕微微》中，
還有他對新紀元宗教人物的批評，比如說：

奧修這個自大又自負的人，倒是對耶穌有些推崇，還有對蘇格拉底也有敬
意，把佛教和西方的某種精神連接了起來。關於這一點，與我一生的學習
和生活有不謀而合之處。但像這樣的一位被世界公認的大師，依然不免有
輕率之處，洩露出這麼一部絕無僅有的經典（《般若心經》）教義的遊戲
性，也因為他過分的表演性質而降低了哲學精神。（頁6）

從此可以看出他的宗教趣味及態度，而「七」偶爾也有民俗信仰的祭祀行為[53]，當
然他自己認為只是從眾而行並無特別的用意，其實已透露出他在思想與行為上寬嚴
不一的矛盾，即他對某些宗教內涵可能有所體會，但卻可以在不認同該宗教義理的
情況下行某些祭祀行為，雖然他並不賦予這些行為有任何信仰上的意義，即從中體
會到宗教象徵的超越意義，且在其小說中，宗教的修辭也率多作為議論的話題，而
甚少作為敬虔與投身的實踐，甚而某些宗教人物不過是他懷疑與嘲弄的對象，如果
說懷疑是哲學反思的利器，在宗教這一部分，我們看到「七」寧忍孤獨或甘於獨處
的身姿，正在高唱他善於洗淨的悲歌，只是這種力量是來自他自信與猜疑的自我救

52　關於聖經對「七」在思想及創作上的影響，馬森在《燦爛的星空》中述道：「我以前在一篇評論七等
　　生的文章中，曾稱七等生的文體為『聖經體』，因為當時直覺他的文體不論在形式、韻味和意涵上都
　　頗接近聖經的譯文。現在讀了七等生的《耶穌的藝術》一書後，才知當日的直覺竟是正確的。七等生
　　不但在文體上受了聖經的影響，在思想和心靈上也深深地烙上了聖經的印記。沒有讀過聖經的人，沒
　　有深刻地體會到耶穌的行止的人，是沒有能力來談論七等生的道德的架構的。在讀過了七等生幾乎所
　　有已出版的作品之後，我深深地感到七等生的心靈隱隱中與二千年前的那個偉大的心靈有互通聲息之
　　處。」（頁188）這大概是討論七等生作品宗教性中，對其最高的評價。（台北：聯合文學出版社，
　　1997）。馬森此言，意味深遠，卻也使人想及周作人以為聖經譯文對中國新文學發展之影響，見張賢
　　勇《〈譯經溯源〉中兩條引文評議》一文，《道風》漢語神學學刊，4期，1996春。

53　例如《譚郎的書信》頁149：「今天（是中秋節）放假在家裡，只簡單地用水果和月餅作例行的拜
　　拜。」，《譚郎的書信》，（台北：圓神出版社，〔1985〕1986）。

贖，而非採取對某一超越力量的委身，使他在趨向信仰的道路上，處於有神／無神兩極擺盪間而成為不可知論者，而不可知論者與無神論者差別幾希矣。

〈某夜在鹿鎮〉（收入《僵局》）的「我」（「乃弟」）經歷十年的勞頓之後，重新回到昔日的家教家庭，（位於鹿鎮的高貴人家）再度介入「錫琛」與「阿代」夫婦之間，雖是懷舊與溫習過往的意識居多，但昔日的學生卻已逝去，由於這對夫婦貌合神離的處境，且對小孩各自堅持不同的教育觀念，小孩之母「阿代」為了期望「我」能附和自己的理念，所以「我」以為：

> 為了爭奪（小利），「阿代」不計她的手段是如何的險惡；是的，她使用誘惑來使我站在她的一邊，我當時卻僅看到了我的慾望——我的不可饒恕的肉慾。（頁 241）

這是「乃第」坦承自己往日肉慾的罪行。而小孩之死更暴露「錫琛」與「阿代」之間的矛盾，「錫琛」說：

> 我發誓未曾做過害人的事，上天這樣懲罰我，那可能是家庭裡有一個不敬拜祖宗的異教徒，這是我想到的要絕代的原因。（頁 243）
> 「阿代」以基督教的理智做了這樣的一件事：「小利」的屍體入棺的時候一定要那隻死貓也一同放進去；「阿代」說：「小利」和貓的精神是相通的。人和動物的精神會相通是我第一次聽她胡言，而且是發生在我孩子身上，她說這種形式有一種安魂的作用，她就這樣堅持著。我敢說，受教育越高表現的越迷信，⋯⋯至於台灣人拜偶像，她反認為毫無一點意義。（頁 244）

「阿代」反唇譏諷道：

> 你一生的準則就是避免被人恥笑，你一生都想做眾人的王，甚至不計使用殘酷的手段。你倡導供奉偶像，其實是想愚昧大眾，其實你何曾相信那種類繁多的神呢？（頁 245）

爭論在「乃弟」的一句「妳不也是表示你對妳的上帝虔誠嗎？」（頁 246）的調和中結束，「乃弟」持平地以為「他們的爭端是異常複雜久遠的，凡是一種堅持己見的方式下辯論是永遠沒有和平可言的，真理不可能在極端的一方」（頁 246），由於「乃弟」正沈迷於慾望之中，卻又要維持表面的和諧，使他以和平理性近似無神論

的觀點作出仲裁。「阿代」以寵物為小孩殉葬，或許是出於母愛的顧懷以遂小孩心願，另一方面卻又雜染原始的野蠻風俗，再者人與動物的會通，或許於理（基督教理）無據，卻偏向萬物合流的思維方式，至於對「錫琛」宗教行為的批判，主要在批評他身為國代，卻對社會資源豪奪與欺騙人民，他所倡行的宗教無非在表現自己的媚俗以求選票。

〈回鄉的人〉（收入《僵局》）分為四小節，寫太平洋戰爭末期被徵召的台籍日本兵，魂魄歸返故里的鄉野傳奇。一、三段寫鎮上消防隊員遭鬼魂所祟，繼而為虐其他隊員，鄉長決定請道士安魂祭煞；二、四段，寫一青年陪同其母造訪鄉間廟祝，詢問其父赴南洋的死生下落，廟祝答以其父靈魂已偕其他遭難之友返歸故里，所以希望作法請神明能安頓游魂，故事主軸借此兩條情節更迭出現，以宗教儀式安慰受祟者與遭失親之痛者內心招魂的祈望，除宗教修辭外，風格類於《老婦人》系列。

〈爭執〉（收入《僵局》）中的「戴」因入廟尋人，目睹鼎盛的香火與出於人手精工雕刻的莊嚴佛像，由心生虔敬而終於在心理意識上克服對偶像的威嚇，所以爭執就在顯露「戴」內心意識的自我衝突與解消的過程。從心理意識的後設認知而言，可以清楚看見「戴」的內在活動，即「神／人（戴）」的意識對話，相對地，「戴」的外在活動，除了尋人的情節外，沒有其他的故事間的因果關係，甚而最後也是一個開放的結局。主要的對話有三段，分別由「戴」在廟內無方向目標的尋人活動隔開，「戴」見佛像時，心理意識呈現如此的波動：

你太巨大了，而且太威嚴。（頁 18）

會懲罰我嗎？

戴恢複了鎮靜，而且漸漸有一種侮瀆的心思。……

你裝扮成這樣是威嚇。

威嚇是一個起點；一切的起點。戴從理念中升起對祂的批評。

我非常抱歉，我的意思是指雕刻師。

我知道他們盲目信仰你，但他們也獲得報驗。

她在那裡？告訴我。

你知道她在那裡？祂說

我？我知道，你豈不在開玩笑。

戴看祂又歸為沈默有點惱怒，他瞪著祂，想把自己心中僅剩的那一點忌慮也排擠出去。

你敢情就是一椿欺騙。

願不願被欺決定在你，老戴。祂又說話。

我非常抱歉，當然，決定是在我。

他們對祂的崇拜不是戴所能干預的事。我是這樣的可笑和自大，戴自己這
樣想著。決定在我，祂說的的確很公平和合理，決定在我，這一點我要牢
記在心。（頁19～20）

有你就沒有我，有我就沒有你，對嗎？

的確是這樣的，老戴。祂說。

你和我是同等高。

但把你交給我，你就省得煩心。

把我交給你，也許，但我對他們的卑視這怎樣說？

你也是他們中的一個。

戴回頭望望庭院的人們

這一點我不願，我不是他們之中的一個。

那就沒有什麼可爭辯的了，老戴，不過我要提醒你，自己料理自己有多大
的不便啊，現今不比往日。

的確，你的話有道理，但還是讓我試試我的辦法。

隨你的便，老戴。（頁20～21）

當「戴」離去前又回頭望向偉大的神像時，對話又於斯展開：

喂，老戴，怎麼不多停留一會？

我必須去找她，你知道。

假如你願意多注視我一分鐘……

我知道你的詭計，你想懾服我。

你只不過是他們中的一個，老戴。

這點你說的太多了。（頁21～22）

從「戴」初見雕像，驚怖之心生而為之神奪，到恢復鎮靜，生出褻瀆之心思，似乎
也暗示了理性的抬頭[54]。對話中有些是敘述者的聲音介入，並不難加以區別，值得
注意的是，或許在此除了清晰的呈顯敬畏的意識與理性觀念之間的對立外，不必然
有意將「戴」的信仰或說對神的體悟與認識，提昇到另一層宗教體驗與神學的探
討，從結果看，「戴」的自義與尊大，已破除對偶像尊崇的粗淺體認，也克服宗教
起於敬畏的簡單認識，但是不能超出對偶像崇拜而加以論述，使這場意識間的對話

54　在《耶穌的藝術》，第十三章有一段對童年懼怕，對廟堂神像注視及對鬼神恐懼的經驗描述。

（或說是神人的角力）就只淪為人與其所虛設對象的對話[55]，只見人性不見神性，當然，如果要免除這種責難，也可以說，它只求人的意識在瞬間真實地呈顯，那當下不必然要引入其他論述，但是在敘述者的聲音中也聽到了他的判斷，最終帶給我們的印象是「戴」的不放心託付於崇拜對象間的掙扎——一種信心的危機，而「戴」的自尊，其實又來自於他不願盲從，或是他（是「戴」、是敘述者、是七等生？）對「群眾」意識的抗拒或鄙夷，殊不知與神的溝通，不必然與群眾意識有關，自我與神的對話或超驗的經歷或許是私人的，但對其他心靈採取卑視的態度，顯然違背了絕大部分的宗教教義——愛人，更何況只因目睹他人的所謂低等的宗教行為而自絕於神，這中間是否思及反面的命題：人是否可能因神（宗教）而改變對人的觀點[56]？

〈天使〉（收入《僵局》）中的主角為了好友——在軍中的「席米」辦理研究所入學而奔波[57]，包括向貧苦的「席米」雙親解釋「席米」的入學動機與狀況，在一得知「席米」雙親已將「席米」之證件託付「湯君」後，他又趕往路徑不熟的「湯君」處，尋訪的路上，因目睹一座教堂而有短暫的出神與凝想：

> 他抬頭看見分岔口的上方佈滿著樹木和草叢，一座小教堂塌落的屋頂露出樹梢。這座空洞的屋子模樣像骷髏頭，好像還留著死者最後一刻痛苦悲憤的表相。他停步望著還留在前門牆壁尖點的十字架。這座落在此位置給他不勝詫異的感覺。它不是一種向天空祈求和哀告的表情嗎？（頁37）
>
> 他從洞開的門進去，裡面空洞一無所有，有一面牆壁已經倒塌，許多磚瓦堆積在角落。他一直走，走到所謂放置聖體的面前。他開始被一種荒漠所包圍，四周靜寂得像深淵。抬頭仰望天空，像身在天井裡，觀看掠過的晚秋的飛雲有著驚心動魄的行姿。漸漸那有限的天空在旋轉，他漸漸感到恐懼和戰慄，腳步不自覺地浮動起來。
>
> 當他奔出屋宇外面，一切幻像才告消失。回到石階路上，他的心還在抖顫。（頁37、38）

55　運用內心意識對話手法篇目甚夥，比如〈AB夫婦〉、〈散步去黑橋〉裡（彼在「年輕的自己」與此在「此時的自己」）技法運用均流暢可觀。

56　〔英〕‧懷德海（A. N. Whitehead）在《宗教的創生》中有一段優美的說法：「宗教，就它依賴人本身以及事物本性中的永恆而言，它是人類內在生活的藝術和理論。這個說法直接否定了，宗教基本上是一件社會事實的理論。社會事實對於宗教乃是很重要的，因為沒有絕對獨立存在的東西。你無法從人本身抽象出社會；大多數的心理學乃是群眾心理學（herd-psychology）。但集體的情感對於這件可怕的終極事實毫髮未損，就是人類的存在，它只意識到自己，並且只為了自己的緣故。宗教是個人與他自己孤獨相處的東西。」，蔡坤鴻譯，（台北：桂冠圖書股份有限公司，1997），頁3。就這個層面而言，「戴」初見神像的驚怖是一種最原始直接的經驗。

57　關於此事，雷驤在《黑暗中的風景‧恩寵》裡可為此事箋注，（台北：爾雅出版社，1996），頁75。

全篇共分為七段，就以幫助「席米」而奔走的主題牽動段落間微弱的聯結，第六段甚而引入懷著往日情愫造訪昔日的女友，重逢之下，發現徒留過去清純的影像，此時她的風韻及與新朋友間嫻熟周旋的技巧，使他理解到對昔日懷抱童話般的幻想是何其荒謬；第七段也略為逸出主題，在辦理完學籍事務而離開 A 城時，郵寄給朋友「老唐」，以作為對「老唐」所謂「理想主義」論文的回應，信中共臚列了七點意見。最終則以接到「席米」的訃文，感嘆在 A 城另一好友「阿隆」與己，終將成為從前美好友誼間的最後見證。篇名取為「天使」，意義並不顯豁，天使是訊息的傳遞者，或許在此僅止於彰顯一己是美好友誼的宣講者與理念的化身，或說整個事件就只表現人間良善友誼關係的薄弱，與時間對友誼的改變，前引主角目睹殘破傾圯的教堂，帶來瞬間「恐懼與戰慄」的感受，很明顯地，它縮合教會凋弊的建築形象與耶穌受難身體被打破的意象，十字架的尖頂向天，彷彿耶穌最後七言飄向天國，雖然這一段可看成是本篇「整體」架構上的逸出，只是作為主角在過程中，一段印象深邃的銘記，不然就只好將他與天使的隱喻作結合，從教堂的頹敗風貌，轉喻友誼如果也是一種神聖的企求，那麼人世流轉倉皇多變，所以牆壁尖點的十字架，「它不是一種向天空祈求和哀告的表情嗎？」這一疑問，遂有了人性苦難的寫照，作為弔友傷逝，也應是祈求與哀告的獨白。

〈虔誠之日〉（收入《僵局》）明指星期日，由主角四項行動四個情節串成。一、取回送修的相機，批判偽善與倨傲的商賈本性；二、重臨公園門口冷飲店，突然體驗到自己內心對同一女郎前後兩次間，由熱情難遏的企慕轉成冷淡疲乏的態度，這裡引出一大段對自我意識的澄清與爬梳，可以觀察出：瞬間的熱情與理性思考的混合常使他陷入苦處與矛盾之中，初逢這女子時的殷切期望與再逢時對未來生活可預見的不堪與憂慮，足以使他裹足，這種冷靜和太聰明，與不定時的乍然狂戀，都出自同一主體，使人領略到人性在常貌下隱含的背謬與多變；三、看望平日托育於公立托兒所的小孩，這種例行的探望毫無親子的親情與溫暖的互動，主角對其遭蛻悲觀地以為：「他的一切因我而生而改變，他只是我不幸的延續。這就算是延綿生命。」（頁 9）；四、餘興活動，主角在處理完事情後，以非教徒的身份去參與長老教會的聖詩吟唱為樂，結果發生神奇的偶遇，

　　回家時我總是走著同一路線，而且絕不搭車，由托兒所走過一條街，有一所長老會教堂的尖頂豎立在兩旁官廳建築物之間，當時我從牆邊走過，已經瞥望幽暗的教堂裡景象佈滿奇異；在講壇兩旁，並列著白色巨大的臘燭，身材魁偉的長老套著白色罩衫，詩歌的聲音比往常更加徐緩地流出，我走上台階，立在門口中央，我像往日一樣走進，意料之外地為一位面不奇特的人阻止。

我是這所教堂忠懇的教徒之外的闖入者，我習於在此刻依附一群人唱首聖詩為時並不久遠；真的，當我離開我兒，我需要一點慰藉和情緒，阻擋我進入的人我未曾在此地看到，當他對我搖頭和注視我時，我突然醒悟他是誰。他相貌平凡和粗糙，並非一般狂烈者所宣傳的那種修飾過的漂亮和浮傲的神態，他的衣著簡陋沾有塵土而非秀緻和潔淨，他是個削瘦有臂力的工人而非肥弱的書生。他把守在那裡看來是為了嘲諷和維護，彷彿一位小丑守在猛獸的檻門。那些在現世以名譽代表他的人，此時莊嚴地坐在高階的講壇上，瞟搖著浮幻的眼珠；象徵他的精神的燭火，在這日落的城市顯示暗澹和脆弱。他真正的神奇，乃在他善於多變，無所不在；他是突然降下擋住我走進，我一退步，他即形消失。（頁9～10）

一開始，主角不將進禮拜堂視為一項宗教行為，毋寧是略帶調劑的餘興，若說有些心靈上的安撫，誠如其自白乃在於「離開我兒，我需要一些慰藉緩和情緒」，而神奇的偶遇在突然出現阻擋者，相貌平凡而前所未見，「他把守在那裡看來是為了嘲諷和維護，彷彿一位小丑守在猛獸的檻門。」主角雖說「我突然醒悟他是誰」，從正面的肯定看，像是對耶穌形像的模糊暗示，可是從上下的陳述來看，他依然是一團謎，再者從敘述的順序而言，這裡有一點時間及因果上的失序，即主角先對此人有所「醒悟」然後才及於對他形貌的描述與認識，也就是說，在敘述上，辨識的結果先於辨識的過程，要免除這種質疑，除非將主角對此人的「醒悟」，當成是一種「直覺」的掌握，而對其外在形貌的描寫，不過是略去細節的補充說明罷了。至於「他是突然降下擋住我走進，我一退步，他即形消失。」這種近乎神性的魔幻形象，或解讀成「這位把關者顯然是教會（教會通常被當作人與神交會的中介。）與宗教權威的化身。」[58] 既然化身，順著這個理解角度，這位把關者的諸多形象描寫，就只能是加諸「教會」或此一觀念（宗教的延伸、世俗的敬拜團體、神聖的庇護……）的變形，所以真正的阻止與抗拒就只是他心中的某個理由，癱軟與虛弱，唯因如此，末段才會說：「真的，我承認微妙的詩歌也不能慰人。一切都不能，我早知如此，只是無力否認。」（頁10）這就符合了矛盾的本來天性，想從聖詩中求得安慰，卻又一方面懷疑它的果效，就像前述中他對那女子既熱情又理智地近乎冷酷一樣，一則強調自我完滿，但深刻自省後，清楚自己天性的缺陷，想因信稱義，卻又落入委身前的各種盤算而退卻。

〈逝去的街景〉（收入《白馬》）寫寡居的富孀「吳素妹」兩位讀大學的女兒遭海嚙，而猶存一位八、九歲的稚子，從此神祕而高貴的建築內就有了蜚短流長的艷

58　見〈七等生小說中的自然、自由、神〉，頁147，黃克全，《文訊》，第30期，1987年6月。

談圍繞著女主人，包括已婚的畫家「鄭森」，甚而麵店的老闆之子「火生」，但由於鄉人對「吳素妹」其人及家世背景的神祕想像，故雖有其事但也都能自我節制。故事終結在一位天主教的外籍神甫的造訪而後有了戲劇的轉折，這棟豪宅被捨為教堂，但「吳素妹」則搬到智福寺去茹素事佛，敘述者的解釋是：

> 對這一點一定頗不能滿足某些人的愛好邪想的僻好，他們總喜歡把人定成一種固定的性格，也喜歡判別非善即惡，而忽疏了生命的歷程是會自然地尋求平衡與和諧。她的兒子經神父引進到基督書院去讀書了。（頁222）

全篇正如其名「逝去的街景」猶如在觀看暗黃的舊照，「吳素妹」的經歷與隱退，面臨自己的人生抉擇與對其子的安排贏得了讚許。結構上引入兩種不同宗教思想，卻輕易地以按語的方式消解了可能引發更深一層的對立，這一點如果不認為是項缺失的話，就只能當作是「吳素妹」以宗教上的包容來贖罪。

〈放生鼠〉（收入《精神病患》）前有一段楔子，說畫家將捕得的大灰鼠野放後，不數日卻見到它被毒死而載浮載沉於河水中，喻示畫家（人）與大灰鼠的悲運其實相同，縱使曾有短暫的自由，但那也不過是自欺的假象，最終依然無所遁逃於天地之中。小說主線從「羅武格」童年的自我意識開端，尤其以他幼年意識的萌芽與挫敗為主，

> 在那些「羅武格」漸漸成長的夜晚，他的小小的生理在他的身體的內部變化著，產生著性慾的雛型，就像一隻童難一樣地要躍躍一試。這常常把他的疲乏的母親從僵硬的休憩中擾醒，使她早已斷慾的清淨的身心感到又羞澀又生氣。他的母親在醒來時，狠狠地打他的手和撐他的大腿，她憤怒不堪，翻轉酸痛的身軀。可是有時她縱容「羅武格」柔撫她的乳房，醒來時感覺一個嬰孩睡在她的懷裡，她像「羅武格」在嬰孩時代的吸乳，一隻小手掌握弄著另一隻乳頭時的情形。有時她感到「羅武格」的大手掌像男人一般地帶著十足的性慾戲撫著她，她憤而起身，把「羅武格」孤單地拋棄在他害怕的牆角的黑漆裡。（頁102～103）

敘述者的口吻中，涉及了「羅武格」與其寡母的意識對話，全篇五章四十七節中，性意識的流轉與變化藉著不同的女人而彰顯，有些章節設計又特別引入宗教的議題，在此有沒有必要導入宗教議題，是值得商榷的，除非是特意在性與宗教禁忌間取得結構對立上的張力，比如當「他」與一位女學生共宿一晚，在清晨醒來聽到外頭教友報佳音時，兩人言談論及對將來的規劃，而有如下對話，

「我的父親，他朋友，校長，代表，議員們都認為你行為浪漫不羈。」

「你相信他們嗎？」

「有點相信。」

「他們從外表看我罷了，因為我學藝術的關係。」

「外表不是反應（映）內心嗎？」

「靈魂和外表的行為是不相同的。」

「你不是教徒，為什麼也談靈魂。」

「善良的靈魂，教徒和非教徒都有。」

「神父不是這樣說。」

「商人只會說自己的貨品最好。」

「教友都是好人。」

「妳不了解他們。」（頁149～150）

由對話中可以看出女子的稚嫩，而「羅武格」的批評與行為其實也不過是用悖德與帶點世故（比起這女子而言）來攻擊他觀念中世俗的偽善罷了。在第39節，羅武格和另一位女子「絲蕙」在袒誠以對的連床夜話中，當她被問及為何不是處女時，「絲蕙」說：「背信，永遠的背信。」「對神背信，人在社會生活都對神背信。」（頁201）雖然「羅武格」對她許以結婚之議，還說：「假如我們兩個也會互相背信一定十分可笑。」（頁202）但最終他還是成為「絲蕙」所控訴的那一類型，當「羅武格」說：「我理想中的女人已經死了，像神一樣是不可祈求的，我要的是人間的女人。」（頁204）時，多少已帶有墮落與自棄的快感，但或許是追求理想的道心不死，而只是在求道中變換不同的女人形象以證道。在「絲蕙」飲藥自盡後，「羅武格」在短暫的悲傷落淚之餘，卻能「以愛療傷」，迅速地與一位妖冶裝扮的女人進行性交易。而「羅武格」孽海浮沈的另一女人為「劉姐」，她面對「羅武格」的誘惑供出了內心的掙扎：

「憑良心，至今我一點也沒有做錯什麼，而且也不敢那樣做，我是浸信會的教徒，我的祖父和父親都是教徒，我的家族從來沒有越過那種誡律，……」（頁184）我實在不能了解自己。到此為止，我的身體是清白的，但我的心已經紊亂了。昨天，教會的牧師來看我，祈禱我早點康復回家。從小到現在，我都是虔誠的教徒，我的祖父拋棄了佛教改信基督教。我現在不知要怎樣對上帝禱告呢？……」（頁197）

終於「劉姐」還是犯了淫亂，在歷經與「羅武格」的情愛之後，「劉姐」又能重回

原來的宗教生活，分手的場景是「劉姐目送著羅武格乘一部計程車離去，她轉進教堂，正迎著牧師和許多教友。」（頁213）這個蒼白的臨別一瞥，是種對「羅武格」以肉身度化情嗔的嘲諷，我們實難理解為何「羅武格」無法知曉完美理型的女人在現實上根本不存在，除非他根本誤解了完美的形上義本身具有一道無法逾越的鴻溝，雖然他在每一段情感中都絕對堅持短暫的真實與毋自欺。

而「羅武格」的宗教態度，只有一段青年時代宗教經驗的自剖，那是地方廟會舞龍活動結束後的夜晚：

> 「羅武格」站起來，走近供桌上的神像，慢慢地移動著腳步，詳細地觀察，想從神像上獲得一些珍貴的發現，以解釋他孩提至今的一切曖昧不清的觀念。
> 「羅武格」突然停在一尊神像前，看到那隻揮劍的手臂和胸前的油彩已經斑剝脫落，露出裡面木頭的顏色，這時他的敬畏心遽然因猛襲著他的莫大的失望而消失。（頁119）

尤其是耳聞神殿中充斥著參與儀式者彼此間粗俗下流的對話，使年輕的「羅武格」「不覺發出絕望迴避的呼號，然後向冷寂而瀰漫著霧氣的空街奔逃而去。」（頁119～120）在揭去崇敬對象的神祕帷幕後，呈顯令人不堪的真相，使虔敬與不信在瞬息間有絕大的逆轉，即使面對不同的教派，「羅武格」的心中似乎已橫有識盡天機的了悟，使他以為宗教原理所凝成的智珠宛然在握，雖不免偶爾又顯得猶豫不定，在信與不信間作神人的對決。小說的最後一節中，「羅武格」參加基督教靈糧堂的佈道會，當牧師準備為決志者施洗時，「羅武格」戲劇性地離開座位。

> 繞過椅背，向中央走來，但是他並沒有向中央走道向前走去，他向大門走出，馬上來到街道上，心中唸著：主啊！寬恕我，對於我，唯有在我的心中能找到妳……。（頁215）

決志而受洗是對宗教的追求，本來在心中有所歷練而信心略有增長，卻說神只能於其心中方能尋得，終究還是將神圈範於個人心中，奧古斯丁（Aurelius Augustinus）早已駁斥在禱詞中將神窄化的說法，因為：

> 凡存在的便包含你了？果真如此，我既已存在，又何必要求你進入我心？因為除非你在我之內，否則我便無由存在。……所以，如因不是祢，我的上帝存在我之內，我便是虛無，全然無法實存。或者毋寧說，除了在你之

內，我便不存在。[59]

因而「羅」的態度，與〈貓〉中「李德」的說法其實無二致，

> 在精神方面，也沒有一個現成的上帝讓你膜拜，你痛苦也好，快樂也好，
> 都是你自己的事，這樣是最公平的。（頁 43）

這就帶有天地不仁的意味，有自義而反神義的成份，而要進一步了解他的態度還可
從《耶穌的藝術》中略摘數則作說明，

> 現代的人總都明白個人的命運，由自己開創和抉擇，自我是自己的神明；
> 但對古代無知的苦難之輩，其心智十分薄弱，需要別人的扶持。（頁 59）
> 上帝是神學認知透過哲學邏輯辯證和科學追求所普遍承認，是無形而無所
> 不在的造物主。（頁 82）

說上帝是神學認知透過哲學辯證及科學追求檢證而得到普遍的承認，這於事實並不
相符，同時也是對各學科範疇功能及預設上的誤解，更甚者他以為：

> 雖然我在別的知識裡獲得上帝的觀念，知道宇宙有個造物者，但對耶穌所
> 說的天國的榮耀之類的景緻，還是持有懷疑的態度；不論如何，我不依憑
> 現有的知識，或宗教信仰來處置我的行為，而是憑我的內在的感性；這種
> 感性是內在的一種綜合的判斷，單純的知識和宗教信仰，都包括在這複雜
> 而微妙的機體之中。（頁 37）

很明顯地，「七」對耶穌的天國象徵，很可能將它作為指涉來看待，至於他所謂內
在感性的綜合判斷，表現在宗教上毋寧是遲疑與理性成份居多。

第五節　結論 —— 膜拜孤獨與虛無

不管劉紹銘說「七」的文學形式是寓言或是對他語法的譏誚[60]；抑或康來新所

59　奧古斯丁（Saint Augustine）著，徐玉芹譯（按：據賴慈芸「翻譯偵探事務所」調查，本書譯者應為耶
穌會士周士良神父），《奧古斯丁懺悔錄》，（台北：志文出版社，1991），頁 23。

60　馬森在〈三論七等生〉中分別從「七」的生命型態與文體風格等部分加以評析，文多讚揚，在存在的
情調上說他親於齊克果而疏於沙特，「因為在七等生的小說中缺失那種無神與虛無的震撼力，而多了

持對他以「詩」寫「小說」的即興書寫的看法[61]，我們好像終於能在「現代小說」這個對小說文體概念，模糊輪廓的描述與寬容下，調整我們的批評角度[62]，以文學求之者，常對他的哲思的夾雜感到突兀；若求之於思想的呈現，也會發現多屬個人常識推理的情感宣洩，尤其語法意識上的閃爍與跳躍，也缺乏直觀的洞徹與理解，但是他的鬱悶的筆觸及獨特的道德觀，向我們訴說他對鬱悶心理意識的直接書寫，宛如未收拾的傷口，沒有經過文字包紮的傷痕；而獨特的道德觀，在鬆動既有的已被馴化的心靈，再一次檢驗我們拳拳服膺的教條的合理性，或甚至暴露我們心靈角落的另一股盲動，而這些都在他對孤獨的膜拜中產生，本來，一位小說家在處理人物的同時，他彷彿也在逼問自己同超越者的關係，在這點上他是自由的，不論他的態度是信服、猶疑或抗拒，然而內在的疏離感使他道出不完整就是我的本質，甚者「恐懼死亡又卑視生命；渴望愛慾，卻又因害怕而遠離它。」[63] 這種進退失據的難堪，使得最終的自由，就只能是一種趨向原始的退化，一種無誡律與約束的自由，從這些範疇──愛、自由與宗教看來，「七」的小說就不純然是寓言，因為寓言常帶些道德勸說和說教；毋寧是詩質般的預言，因為詩比歷史更真實，況且它的預言每天都應驗，符應在每一個現代人的疏離感受中。

一份頑強的但較為狹隘的道德感。」（見《燦爛的星空：現當代小說的主潮》，頁176）這一點比附與前述本文中有相當差距。至於說「七」的文體近似於聖經的翻譯文體，故名之為「聖經體」，更因「七」曾有《耶穌的藝術》一書，而確信二者之關係果合一己之觀察，此說亦殊未諦，關於《耶穌的藝術》一書與聖經之神學旨趣有多大關聯先不論，不同語言間之翻譯所引起之語法差異又何止聖經一書，凡譯書多帶有對譯後之語法差異現象，況聖經尚有新譯諸本，若能選擇，「七」是否願擇較流暢平順之語法書寫？故名之為「翻譯體」或差可，不過，馬森的意見，倒與楊牧在《一首詩的完成》書裡，〈外國文學〉一篇中有類似的看法：「有時我們從外國文學摘取某種新穎有效的語法，一些充滿特殊風味的辭藻和語氣，加以摹仿轉化，應用於我們的創作之中，未始不產生技巧的突破，這是盡人皆知的。若非翻譯作品的刺激，今天的中國白話文絕對不可能如此豐盛富饒，而且變化多端，何況我們還要知道，有些笨拙的譯品，縱使題旨對現代詩無所啟迪，那匪夷所思的句法結構，有時也為我們提供了某種驚喜。」（台北：洪範書店有限公司，1991），頁99～100。楊牧以下選引了馬太福音第十三章「撒種的比喻」作例證，這觀念雖與馬森之見雷同，但是馬森的看法對「七」之「怪異」文體的解釋：究竟是刻意模仿翻譯文體或是耽讀之餘，不自覺的呈顯，都不能加以證實翻譯文體對「七」的「影響」。

61　〈廣角的關懷〉一文，評《老婦人》一書，見《聯合文學》，第7期，1985年5月。

62　參考《原始故事與小說起源》，第一章〈小說──界定不明的文體〉，〔法〕‧瑪特‧羅勃特（Marthe Robert）著，逢塵瑩、何建忠譯，（台北：國立編譯館，1995）。

63　〈隱遁的小角色〉，頁49。

第八章　孤獨的愛智者

——東年（1950～　）

摘　　要

　　東年作品中的哲學議論或宗教思考的成份是他的標幟，源於對鄉土變遷的批評與一己孤高的氣質，形成悲觀及帶有虛無況味的知識分子典型，冷冽安靜或麻木的面對死亡與激昂行動拼置成不寒而慄的暴力美學設計。帶有無神論色彩的自然史觀加上佛教流變觀的認識，瀰漫成虛無的主調，他所以積極強調原始佛教的實用教義，原為對治負面的虛無精神，突出一個能體察變動而安住的方法。晚近宣講愛的哲學同先前佛經的闡釋皆同樣是熔鑄經義與自我意造的作法，以愛的原則強調「走向對方」，克服人際疏離的弊病。

第一節　前言——宗教哲學的思考趨向

　　東年的作品充滿理性反思的質素，從帶有現代主義色彩描寫病態心理的首作〈死人書〉[1]伊始，歷經鄉土、海洋、宗教、哲學等多樣變貌，這項特質從未改變，所以他的「鄉土」在表現農村與環境變遷上，論述部分就比單純的鄉土寫實主義者要多，而「海洋」方面更與近來盛行的生態自然的寫法有所區隔，至於宗教、哲學題材的書寫，不過是理性論述特質的精粹表現。

　　《地藏菩薩本願寺》（以下簡稱《地藏》）[2]與《我是這樣說的——希達多的本事及原始教義》（以下簡稱《我是》）[3]這兩部有關佛教思想的小說分別成於1994及1996年，東年在這範疇兩度出手，不敢說絕無思潮流風所扇及，但他本非趨附新潮的人，說是他的思考特性所逼顯應不為過。以《我是》而言，雖被劃入佛學小說文類，其實是以語體翻寫原始佛教《阿含經》的部分典籍，用心則在所謂「示現佛教實用義理」（見其序），從書名看，「我是這樣說的」，明顯是襲用佛經載籍常用的起頭：「如是我聞」句式，但「如是我聞」乃是佛弟子追記佛滅度前的生平垂訓，所重在「聞」字一義，為遵師命而受教；但「我是這樣說的」無疑是擬佛陀口

1　　收入《東年集》，（台北：前衛出版社，1992）。

2　　《地藏菩薩本願寺》，（台北：聯經出版事業公司，1994）。

3　　《我是這樣說的——希達多的本事及原始教義》，（台北：聯經出版事業公司，1996）。

吻而宣教，在諧趣修辭中，實則欲突顯佛陀本來平實面貌，（此處先不討論原典意圖之能否再現等詮釋上的糾纏，而逕視為其創作態度）而有如序所論道：

> 在中國，特別是在台灣，世俗佛學：即佛教，主要的實踐內容，在於行
> 善、恭敬三寶、佈施僧院、祈菩薩佑護避鬼神侵擾、盼死後免墮無間地獄
> 而超生三十三重天，或能投胎轉世入富門豪戶官府。而知識界的所謂佛
> 學，或為玄學清談，或為哲學論理，見仁見智，反正佛陀教義任何經典都
> 以「如是我聞：我是這麼聽說」冒頭。（序頁 5～6）

明顯地可見是在批判佛教世俗化及大乘化，卻也可見出是站在文學立場去對經典加以創作性的詮釋，這與援引佛教思想典故以為修辭之餘事自是精神迥異，無怪乎在《地藏》中他敢於逆轉地藏菩薩的悲願 ——「地獄不空，誓不成佛」，而轉成諸如「那（地藏）菩薩是因為他自己妄想使他離不開地獄的」（頁 64）命題出現，這一方面固是出於表現書中主角最深沈悲觀的心理，但是也可視為是東年對佛教思想作為小說內容在運用上的態度，單就這點便使他在一般弘法性質的創作中彌顯奇矯不群。

歷觀東年延續幾近三十年的創作路程（據《東年集》寫作年表，〈死人書〉作於 1971 年，雖實際發表在 1979 年），如前所述有逐漸趨重於宗教與哲學向度的現象，這般風貌演變的意義，不僅是一般地常識認知，即創作者銳意求其風格與內容的突破，以作為書寫境界上的自覺與提昇，技巧方面先不論，以他長時間投注小說創作及教學的經驗而言，技巧的傳授與示範是再三提撕措意之所在（如《再會福爾摩莎》[4] 序中，就指出此作有為學生示範之用意。見序頁 10），只是藉由作品考索其內在軌跡之轉轍，或許在理解其思想特色之餘，對於其宗教書寫所反映的，知識份子對宗教經典的領受或詮釋，可以看出小說家如何意造經義達到「自由解經」的極致表現，並據以為社會批判的目的。

以東年的創作量與影響作用（小說創作、教學及出版工作）衡以目前對他的評論數量，顯然可說是備受冷落，追究箇中原因，或如高天生所言：

> 東年平時不太與文壇人士來往，他的作品有個人的創作風格，創作理念與
> 同年齡的作家又格格不入，加以東年個性因素，部分人士對東年的「固執
> 己見」擊節歡賞不已，稱譽其為現代社會罕有的「孤獨先知」，但也有人
> 批評其創作氣魄不夠，部分作品「欲言又止」，顯然心中的「戒嚴令」未

4　《再會福爾摩莎》，（台北：聯合文學出版社，1998）。

除。[5]

關於所述「創作氣魄不夠」云云可以《失蹤的太平洋三號》[6]予以反駁，至於「部分作品欲言又止」當指如《去年冬天》[7]的政治書寫不合此地政治敏感的感官強度。其實最能說明其自我疏離心態的可能是宋澤萊的分析，他以為：

> 因為守恆的個性和務實的人生態度，使得東年在許多政治社會事件上採取了較獨立的看法，他不隨便讚揚激烈的行為，也避免自己捲入這些事件中。可是將近二十年台灣政治社會的變化逼得作家必須採取偏於一邊的立場，沒有激進或反動立場就意味自己的不存在，作家要置身事外是很難的。也因此，不明究裡的人就覺得東年變得孤獨了，他的一些話變得有些自言自語。能解讀他的行為和語言的人非常少，我們甚至還看不出誰真正地了解東年。[8]

當人們急於從作品中讀出作者的表態，作品理念的辯證過程自然是首先被犧牲的部分，針對這種與社會脫序的原因，廖淑芳曾經簡略地以社會變遷的觀點來論道：

> 鄉土寫實小說雖然大興於六、七〇年代，但進入七〇年代，台灣的政治社會結構已經發生劇烈的變化，由五〇年代的「以農養工」、「進口替代」到七〇年代的農業產值開始低於工業產值，大量農村人口流入工業與服務業成為低工資勞動者，而大批新興的經理人、技術者、貿易服務業的白領中產階級，以及中小資本家的形成加速了都市化與現代化，使七〇年代成為一個各種內部矛盾迅速累積的時代，發生在民國六十六年的鄉土文學論戰正是這種社會矛盾在文化上的具體反映。經過七〇年代洗禮的作家，或快或慢地，創作意識莫不逐漸傾向現實、關懷現實。而崛起於六〇年代的鄉土小說家黃春明、王禎和等更使戰後台灣小說發展出典範性的面貌，即從六〇年代中期的鄉土寫實到七〇年代的反帝反西方。與他們相較，東年則從未反帝反西方，也不夠鄉土寫實，相反地，他堅持從個人的性格描寫

5　見前衛版《東年集》序，「高」許之為「孤獨的先知」，並在序中異乎一般序之文體，將此書集稿過程中東年的不合作態度予以披露。

6　《失蹤的太平洋三號》，（台北：聯合文學出版社，1998）。

7　《去年冬天》，（台北：聯合文學出版社，1995）。

8　見〈將「自然主義」和「虛無主義」推向頂峰的文學高手──論東年小說的深度〉一文，《台灣新文學》，1998年春夏季號，頁238。

出發，以多少帶著象徵性的筆法，關懷現代人在有限資源下的生存競爭與深層焦慮，尤其是逐漸工業化的「現代城市」中知識份子的處境。……在鄉土回歸思期如奔馬的歷史脈絡下，像東年這樣的作家自然顯得距離現實太遠。[9]

之所以不憚其煩地引述這個觀點乃旨在於說明：從社會決定論的立場看，東年書寫立場所反映的社會角色的確不夠「涉入」，但他從社會變遷中所取材而凝成豐富意蘊的象徵，往往使得那些傳遞鮮明社會理念或社會控訴的作品，相形之下自暴焦躁或輕薄，所以那些舉引特定的社會或經濟結構來考察作品的研究，多少是帶有幾分機械反映論的預設，故而對東年的「鄉土」風格，我們有必要加以認識，即：它是異於黃春明、王禎和式的較樂觀的嘲諷；另一方面也分殊於社會主義式如陳映真的悲鬱控訴，而以豐盈的象徵及哲學反思，顯影現代台灣的總體精神面貌之一瞥，這點從《模範市民》的前序〈飆車的精神分析〉可視為其用心的最佳說明。至於敏銳感受台灣社會之變遷，而有會趨於《地藏菩薩本願寺》的作品，宋澤萊對其作品加以分期論述後有更精闢的說明，他以為東年是把

> 虛無主義文學帶入鄉土文學的作家之一，並且把虛無主義和東方佛教結合在一起，在古老的東方思想中找到了虛無主義的根據，這種成就當不是一般的作家可以做到。[10]

不同文化的會通當然不是主旨，說虛無主義與東方佛教的結合，其實更直截的說法便是從佛教的空觀與流變觀裡去體悟一種無神論的虛無感，雖然空與流變本身並不必然產生無神論的結果[11]。

殊堪玩味的是，宋澤萊儘管援引佛教的觀念來解讀東年的的思想，但只將他富

9　見〈東年的前世今生──以知識份子形象為主的閱讀〉，《一九九九竹塹文學獎得獎作品集》，（新竹市：新竹市立文化中心，1999），頁 349。

10　見宋澤萊〈將「自然主義」和「虛無主義」推向頂峰的文學高手──論東年小說的深度〉一文，《台灣新文學》，1998 春夏季號，頁 260。

11　此處要特別加以說明的是，虛無本身不能獨立存在，它必須藉由存在的支撐才能彰顯，這是沙特式的存在哲學，很容易為我們所理解。見〔法〕．薩特（Sartre J. P.）著，陳宣良等譯，杜小真校，《存在與虛無》，（香港：三聯書店，1997），頁 52～53。至於神學方面最容易引起混淆的是「原初的虛無」與「毀滅性的虛無」這組觀念，「原初的虛無本身就具有一否定的可能性，但這種可能性不必然要轉成為具體外顯之行動於受造物上；然而，一旦受造物背離其存在的基礎，則原初之虛無所具有的否定的可能性，即因有一無所依憑的存在物為其毀滅對象，從而具現於受造物的毀滅與死亡之中。由此，虛無的否定可能即轉成現實上的毀滅性。」見鄧紹光，〈莫爾特曼論虛無〉，《道風》漢語神學學刊，第 4 期，1996 年春，頁 199。據以上分析，東年或欲透過佛教的空觀去解消虛無感受。

含哲學深度的一方剔抉出來，並不置於宗教的層面來看待，其中原因或許在於他很謹慎地看出，東年畢竟是站在比較屬於「認識」及「批判」的立場看待宗教課題而較少個人宗教經驗的傳述，這就使得他的見解雖是宗教問題但還是「從哲學的觀點看」的成份要多些，是以宋澤萊稱許其文學中的哲學況味而非宗教體驗。除佛教的問題外，在《再會福爾摩莎》中的天主教、新教等有關看法無不皆然，大抵是偏於神學議題而非信仰的心路辯證。而與此觀點稍異的則是，廖淑芳以為綜觀東年對社會問題的看法，在作品中心態之轉變，可以用地藏王菩薩到阿羅漢的形象做表徵上的對照，她以為地藏的悲願不過是個人英雄原慾的無明萌動，而自了的阿羅漢才是斷煩惱之根本，此外，東年「把改寫佛經當作一種改造、參與社會的方式或自我澄清篤定的作為，反而是可以接受的面向，也圓滿地達到了自我轉型。」[12] 此中可辯者棼雜多端，大抵而言，地藏之悲願與英雄原慾無直接對應關係，但是從地藏到阿羅漢的聯想其實頗有深意，它可以曲折反映一位知識分子對社會變遷愈趨保守與悲觀的「退轉」，這一點在新版《去年冬天》前序〈致本世紀革命者的書簡〉裡可以輕易嗅出這番況味：

> 無論多麼狂熱多有氣魄，理想多麼光采動人，革命的火光在歷史的洪流中無不是一現曇花，後繼工程也無不在更迭的年代中錯失迷亂的。殘存的革命者，將終自我解嘲。（頁12）
>
> 如此，本世紀的革命者失去了他的群眾、他的舞台以及他的年代。（頁15）

這些瀰漫頹唐悲觀氣氛的字句早道出革命者縱使成功，那片理想夢土其實已成闃寂荒涼的焦土，所以東年改寫佛經究竟仍是心懷淑世或稍露厭棄的窘態只求安頓一己，不論如何，基於對台灣特殊時空架構下所衍生的現實反省，他有關宗教的書寫，已開出知識分子體察世變所採取的因應途徑，他的哲理論述部分好像預寫了這時代的觀念史，從這個角度看，東年各個時期文學風貌的轉變，其透視時代的意義就遠遠大過在台灣文學史領域上的開拓。

12　見〈東年的前世今生──以知識份子形象為主的閱讀〉，《一九九九竹塹文學獎得獎作品集》，頁376。「廖」在此部分論述引用宋人「疑經改經」的觀念，但宋人基於回復原典的詮釋預設與此處自由地衍生經義完全無涉；再者，以盧克曼（Thomas Lnckmann）「無形宗教」的觀念比附東年企圖藉由「改經」的方式去嘗試建立自己的世界觀，小說家自然會在作品中呈現一己的世界觀，否則無由展開人物的活動，但盧克曼所觀察分析的教會機制作為官方道德生活制約在現代社會日趨崩解而有個人信仰領域擴大的現象，在台灣本不是問題，倒是政治解嚴後，個人宗教領域是否擴大，這部分在個人虔信行為方面可以較少爭議，但對經文詮釋在傳播上如何有公共論述的制衡，似乎是一大隱憂，這或許是自西美爾（G. Simmel）以下所強調的個人宗教性（Religiosität）在由大眾更趨向個體心靈釋放的「後宗教時期」，可能會逐漸形成的社會問題，這方面由新興宗教的蓬勃可為說明。

第二節　悲觀鄉土論與暴力虛無的辯證

　　東年為台灣「海洋文學」最早的開拓者之一，曾有人擬之為「東方的傑克倫敦」[13]，但我們更不應該忘記東年鄉土關懷的基本性格，在《落雨的小鎮》[14] 裡，〈摶不著的圓〉、〈青蛙〉等一系列道出農村傳統生活型態與結構在可預見的社會變遷軌跡下終將解體，使鄉土文學的寫作，由反殖民主義單一個案式的被殖民控訴，擴大到農村結構的整體反映，繼之以勘破農村結構的瓦解為終卷，使人沈吟不已，如〈青蛙〉裡的蘭陽平原，應當有作者追憶已不復返的兒時韶光，其景物之美，總讓人以為農村若是仙鄉亦不過此，另一方面卻也不免使人懷疑是出於復見已無可能的心理，而有如此多情的筆致，蔡源煌在〈符號與靈視〉裡則更進一步指出，東年在處理田園鄉土變遷過程中所使用的方法：

> 東年讓每一個細節都具有深邃的內在反響及文學聯想。東年的手法是不能稱為寫實的：他是一個傑出的符號製造者，他能在所見所聞的事物中獲致意義，甚或賦予它們一種哲理。他運用這些符號去創造一個內在領域，並且使它們的意義建立於人與外在世界的關係。[15]

當作者嘗試擬出一個理想的人與外在世界的關係時，他的世界觀於焉產生，只是東年所要面對的是一個他認為美好環境的崩塌，在這一點認識上可謂是現實的精神，而哲理的論述部分常在解釋反省或說明這個世界如此不堪的原因，他比一般的寫實主義者多了透視社會殘酷肌理的靈視能力，而反省環境對人的作用又鮮少使人可以樂觀，所以在農村環境變遷這一主題中，像〈乩童〉[16] 這篇風格是比較罕見的，內容寫男子「元財」因歌唱興趣不獲父親支持又犯了偷雞的竊盜罪，而後在外地度日不如意要回宜蘭老家，父親因為他的罪刑被氣死，所以他已有十七、八年未曾返家，這次因聞母病，先至其大姊處準備同返，這多少是出於返鄉情怯的原故，而與「元財」一道的還有「天錦」，二人迎著一尊包公神像，原來「天錦」是乩童，「元財」是桌頭（解讀扶乩神語者），返家後，兩人藉著降神去解決家中發生的許多事故。小說中因著各人求神解難，鋪述家中高堂乏人照料、大哥「元福」反對留學的

13　據廖淑芳，〈東年的前世今生──以知識份子形象為主的閱讀〉所記是由詩人瘂弦所提出。收入《一九九九竹塹文學整文學獎得獎作品集》，（新竹市：新竹市立文化中心，1999），附註1，頁377。

14　《落雨的小鎮》，（台北：聯合文學出版社，1977）。

15　見《東年集》後之評論，頁229～230。「蔡」所謂的符號是廣義的用法，指謂可以高度象徵的主題，這層意義與諸如胡文清在〈閱讀東年〉拈出兩之象徵偏指於修辭運用，在意義上有所不同。

16　收入《大火》，（台北：聯合文學出版社，1979）。

兒子與美國人的婚事致使其子發瘋、三哥「元祿」經商債台高築等，眾多人間利祿禍福的悠悠事端。「元財」或是藉著包公神威才有些許面子回鄉，眾人也虔心說出家中難處而無保留，符合鄉民的信仰心理與習慣，而藉著求神的內容清楚交代「元財」離家後的家中光景，筆法鮮活有趣，尤其結局以「元財」回家侍母作溫暖的收尾，讓全篇風格帶有黃春明式的色彩，於東年篇什而言例不多見。

以「城／鄉」作為生活與價值觀念對照的設計，在鄉土文學中時有所見，其中典型如王禎和的〈小林來台北〉[17]之類，透過出身農村破落經濟家庭的「小林」，用他淳良未泯的眼光去看待外表光鮮高貴的航空公司，在忙碌而華麗多彩的職員言談中，王禎和運用大量的國台語諧音去挖苦那些高級職員的姓名稱謂，小說結尾在「小林」看盡這些人物的浮誇寡情後，雖然憤恨未平，但是他的「三字經」終究還是罵在心裡，「幹你娘！小林心中忽然大聲叫，你們這款人！你們這款人！」（頁247）因為他不得不屈服於這個城市——由航空公司所象徵的接受美國文化霸權殖民的台北。而東年筆下的城市中的知識分子是一些已然異化而有著怪誕偏執心靈的人物，《模範市民》[18]裡的「廖本群」，以他的特異言行贏得在城居中扭曲心靈的「模範」頭銜，而「模範」嘲諷的是「廖」在社會角色上的尷尬窘境，執拗於道德卻志大才疏，其實他對道德與理想的認識不無游移畏蔥，所以他會預謀去殺害他的朋友「張進德」——一位放高利貸且與年輕女子關係紊亂卻生活愉快的攝影師，這是城市價值生活中最能適應生存的優良品種。「廖」曾分析自己挫敗的原因是只用良心空想而沒有行動，所以他的謀殺行為於自我意義而言可以是一項正義的壯舉，頗能符合公義的形上要求，雖然其實是自我與社會疏離所導致的下場，他也有充分的自覺：

> 某一箇觀點來看我是被這個社會遺棄了，但是從另一箇觀點來看，或許也可以說是我自己在逃避這個社會，嗯，我事實上不需要那麼多意見，如果對這個社會沒有什麼意見，我可以活得很愜意啊。（頁68）

對於這個人物在社會適應不良的原因，東年設計了一段檢察官與「廖本群」作思想論辯的方式加以呈現，這段對話頗有杜斯妥也夫斯基小說的味道，檢察官好像能診斷出他的心病：

> 我想你是一種典型的真正的虛無，有一天晚上你在街上碰到鄭淑娟，你與

17　收入王禎和，《嫁妝一牛車》，（台北：洪範書店有限公司，1996）。

18　《模範市民》，（台北：聯經出版事業公司，1988）。

沖沖的找到了她的地址，但是連一封信也沒寫過，這是你感情的虛無，你
說你喜歡那個王小姐，但是你考慮這個考慮那個而遲疑不決，那是你理智
的虛無，那些逃遁俗世的隱者，不管隱在那裡，並不能算是虛無的人，他
們維護自己的存在，你不是個逃避的人，正相反，你是個意於積極入世的
人，但是你無視現實的存在，也無意接受現實法律的規範，如果是你殺了
那個人，那麼那是你的虛無的結果——（頁 179）

全書敘述「廖」犯案後的心理，顯示他其實並非殘暴冷酷之徒，雖然也試圖掩飾罪
行，但絕非狡獪精明的人，毋寧是一個冷漠不關心的知識分子，他對社會不公義的
批評有時是情緒激烈的發牢騷罷了。最終「廖」卻在法庭上坦承：「知識份子的暴
力乃是整個社會虛無的結果。」（頁 212）這是東年義憤般的怒吼，出諸「廖」之
言語，使這個人物表現了他所有行動中唯一落實良知與實踐合一的美德：認罪並有
付出代價的勇氣，只是落得下場有如此書封底的幾行簡論：

在自由放任並且於法律之前人人平等的社會中，野心或者理想受了挫折的
人所感受到的痛苦，是不同凡響的。對於野心家的挫折，我們無話可說；
理想者的挫折，則使我們感受到同樣的困惑而且傷感。

這是對知識分子出於情感上的憐憫，同時也對虛無所帶來的隳壞道德的惡果感到哀
矜。

而從農村到城市再至海洋，雖然書寫的場景有所不同，但對人受到環境中無可
如何的因素，而招致生命扭曲變形的觀點，則為他極重要的標幟之一。〈青蛙〉裡
作為敘述者那位土地掮客的「我」，傷感地提到他在城市中生活的體悟：

那個黃昏，我擠在巴士裡，從窗口望著街上人車交雜的影像，使他們心腹
變黑的空氣——天知道財富從哪裏來的，而人們從四面八方追著，你爭我
搶是真的，甚至於土地也瘋狂起來，不像她一向的寧靜，狂歡地張開懷抱
向它吶喊：來吧！來吧！
通常買賣雙方只在價格上有麻煩，所以我沒想到買「譚」的土地必須弄出
這麼費神的論題。我一定要對這片田地開刀，不是從「譚」的開始就是別
的開始，何況我不來的話，別人也會來。我很難說這是社會變遷的強大意
志領先，或者單一的個人衝動的向量組合，總之，我們的名目在前者的系
統裡是無能自主的奴才，在後者之內則是被迫的鬥獸者。至於最根本的問
題，我很清楚：問題不是一塊五個人吃的餅十個人要吃，而是這十個人之

內有一個或兩、三個想把這塊餅獨佔。（前衛版《東年集》頁48）

分析起來除了資源有限之外還是人的貪婪在作祟，迫使我們與環境造成尖銳的對立，人與生養他的土地間的依親關係不獨被破壞，更有甚者是土地的神聖性被商品化的買賣解消。

當城鄉的背景換成海洋時，更顯出人的孤絕處境，在海洋系列作品中，〈海鷗〉裡那位想要上船出海以求新繪畫體驗的青年，終能如願以償，只是那次強烈地感受似乎超出了他所能負荷的程度：

> 我很高興那條船是孤獨的處在汪洋大海中，我也很高興我在船上扮演一個孤獨的角色，我不是刻意扮演這樣的角色，那是自然形成的；這些使我能夠非常客觀——我，我又混亂了，事實上我是混亂了，當我在思慮色彩的時候我已經混亂了，是啦，我想起來啦，一般來說，在畫中我們所能把握的只算是瞬間的狀態，可是即使以瞬間來看，這世上也沒有任何事物，包括人，是一種狀態；它們是一些關係，相關連的關係。……
> 每天我看到的景象說是這樣：天空、海水、沒別的船、沒山。茫茫一片中，那種死寂、詭秘和虛無，不是色彩可以把握和解釋，或者描繪出來，也不是你我現在可以了解和感覺的。在這裡，離海岸並不遠，我們有足夠廣大的陸地可以依附，可以沖淡天空龐大的虛無；在那裏，生死不過是船殼鐵板一公分厚的事，而且那條船太小了，風浪時常在船裏船外進進出出，生死就變得更加急迫，是每個剎那間的事。
> 這樣的情況下，當我獨自面對那樣一片無限大的虛無，我非常恐懼，呃，我想，我們每一個人都曾經或者持續的意識到這個事實，呵，我們都已經變成隨時隨地這麼孤獨了。（前衛版《東年集》頁112～113）

人在海上卻沒有海闊天空的暢意，相反地，在狹窄的船屋中，每個個體的空間相對被壓縮到極限的地步，此即朱雙一所言：「把海上航船那種無可逃避的拘囿、封閉的空間，整個地當作現代人生活處境的一種縮影或象徵」[19] 甚且那面龐大海域上的浪湧不定，已被轉化成虛無的動態象徵，人的孤獨感正是在此被逼顯出來，腹背受敵，船外是瞬時萬變的虛無眈視，船內本該是相濡以沫但實際上卻是形神彼此相隔的個體，這裡有人類在逼臨孤獨深淵時的描繪，更殘酷而悚人的是東年把人置於如此的境地而加以擱置，他沒有企求一個超越者的引領，也沒有去造就海上征服者的

19　見朱雙一，〈現代人的焦慮和生存競爭——東年論〉，《聯合文學》，123期，頁143，1995年1月。

雄姿，既不求外力亦不尋求自力，尷尬的處境恰成孕育虛無感的極佳溫床，而東年其實非常清楚不管環境變異如何，人若能理性和諧的相待，至少可以帶來一線希望，

> 無論在城市、僻野或鄉村，現代人的生活處境就像任何一條海上的船；這樣無法逃避的封閉空間裡，你我是否必須意識清晰的願望一種秩序，在其中認同彼此的尊嚴，在獸性的殘酷中肯定人性的同情與諒解，在穩定中航行。[20]

依此看來，東年的書寫就好像在暴露缺乏互愛時所引發的生命災難。

在對生命本身加以質問的時候，東年有一種相當獨特的方式：自殺或殺人，這是對生命本身最激烈的叩問，形成他相當別緻的暴力書寫的設計，從他的首篇〈死人書〉中就已經運用，雖然這篇的敘述模式可以被解釋成是現代主義的修辭風格；死亡、厭世、荒誕等主題並出，但是其後在〈搆不著的圓〉、〈海鷗〉、〈最後的月亮〉、〈遊夜街〉、〈大火〉、《模範市民》、《初旅》、《失踪的太平洋三號》、《地藏菩薩本願寺》等，篇幅長短不一的作品中也一再複現，誠如詹姆斯‧吉力根（James Gilligan）所言：

> 人類和其他生物最為不同的兩個特點就是，人類創造了道德文化，還有只有人類會殺人和自殺。但是這兩點並不是因為巧合而產生的現象，人類這兩種天性其實有著密不可分的關係。這兩個天性都起於同一種交織著各種情感上的情結。[21]

這種情結若不從生物遺傳，而從社會的角度加以分析，還可以得出其倫理學上的差異，大抵而言，東年所書寫的都是「個人性的暴力」（individual violence），可以說是藉由這種最原始的暴力形式去喻指個人最深刻而直接的痛苦經驗，而且暴力的行使從來不冠上任何公義的理由，不管這個行使者是否真心信服有公義這回事[22]。此處不必討論病理或家族遺傳特徵，但在道德層面上使人很容易記起「不可殺人」這條十誡中的第六誡（〈出埃及記〉‧二十章13節），東年複現這個主題的原因，當

20　見《大火》書背上全書意旨之簡介。

21　〔美〕‧詹姆斯‧吉力根（James Gilligan）著，李芬芳譯，《暴力失樂園》，（台北：時報文化出版社，1997），頁94。

22　論到暴力與社會公義的關係，從而引出「愛與暴力」之辯證，兩者關係在解放神學中是一大課題，簡要可參看〈愛與暴力之間──對拉美解放神學的思索〉，劉清虔，《神學論集》，102期，1994冬。

是在文學上的隱喻功能，披露人重蹈罪惡與禁忌的無法自主，而在營造暴力的現場上，常出以一股使人深覺凜冽冰冷的無可名狀的恐怖感受，正如吳錦發所描述的是「靈魂深處的冷」[23]，這種「冷」是指一種人在親臨暴力或死亡的瞬間若無其事的反應，《初旅》[24]中標號六五分段後，「李立」陪玩伴「王新標」至墳場尋找他躲避賭債的父親，足以說明：

> 黑色的泥地上到處散著一叢叢的荒煙蔓草，空氣中浮著腐氣和濕悶的霉味；但是，有幾次當風拂過樹林，在枝葉間灑下耀眼陽光的時候，他們也能聞得馥郁的花的香味。
> 「那是什麼花的香味？」王新標說。
> 「是黃梔子。」李立說：「你們家後面就有一棵啊，是那種滿樹開白花的啊。」
> 「喔，是開白花那種，我想起來了，我看到了。」王新標瞇著近視眼說：「就是前面那棵吧？喔，樹下好像站著一個人，是我父親吧？好像是我父親呢。」
> 「啊，阿標，那是你父親沒錯。」李立說：「但是，他好像是吊著的，不是站著的。」（頁 152～153）

在事件可能爆發更大情感反應的臨界點加以戛然而止，造成反差，這股感覺再以〈海鷗〉裡那段已然成為經典的描寫為例，敘述者先形容「海鷗的叫聲像嬰孩的哭聲」（《東年集》頁 110），牠們被船員釣著玩，互相爭食又彼此傷害，他為了減輕一隻被啄瞎眼的海鷗的痛苦而殺牠，當鮮血熱騰騰地汨出時，

> 坦白說，呃，我覺得憐憫，但是也覺得喜悅——那陣顫慄之中，同時存在著憐憫與喜悅。（《東年集》頁 111）

這股莫名的混雜情緒，使他接連殺了四百多隻海鷗，為得是釐清真實的感覺，這場狠鷙的海上屠殺，被殺的海鷗數量已非重點，它只是用來反襯人類潛存而時常展露的嗜血本質，為了解除海鷗生命的痛苦，遂行對另一個生命的宰制，剝奪它的生存權，也親身感受源出於己的具體罪行，人皆相信憐憫是一項高貴的情操，但在嗜血的殘酷罪行中，一定也隱伏使人迷醉的成份，正是這兩股力量交織演成特異的行

23　見〈靈魂深處的冷——評東年的《初旅》〉，自立晚報，1989 年 3 月 13 日。

24　《初旅》，（台北：麥田出版社，1993）。

為，與此相仿的情節是在《地藏菩薩本願寺》裡，主角「李立」日後追想那晚在酒吧中殺人的動機，可視為同一主題的翻版：

> 在慌亂中我從亂陣裡站起來，就近抓準一個對象就砍，我大約狂亂的砍過三刀，然後又砍了七下。在昏暗的燈光下，我沒能看清楚我砍的人是怎麼樣的一張臉，甚至於周遭所有被驚嚇而呆立的人影，看起來都像是虛幻的鬼魅。（頁58）
>
> 有幾次，我被問為什麼要多砍那麼多次，特別是記著七次；我都回答不知道。我如果說因為我好像記得前一陣子是三次，所以後面不知不覺的數了七次；那，他們一定又會問為什麼湊十次。這裡或許真是有什麼潛意識語言，或者有關我的深層結構的輪廓；事實上，我是正好數到七下的時候感覺到一切裡外的事物都靜止了，而我的恐懼也消失一盡。我回答不知道，還有主要的原因是我當然不能說我在那片刻意識到自己最徹底的犧牲也獲得最完全的救贖。幾年來，任何艱苦的時候我只要回想起那片刻我就能夠獲得最深沈的平安和寧靜。（頁59～60）

這些是從施暴者的內在心理去描述，令人深服其自我剖析的勇氣與冷靜。此外，〈最後的月亮〉（收入《東年集》）裡，救生艇上唯一倖存的實習生，在望了一夜柔美的月亮後，卻在象徵希望的旭日升起時舉槍自殺；〈遊夜街〉（收入《東年集》）裡的「達仔」為了替朋友討回公道，可以毫不猶豫地把刀插入對方胸脯，「而且平靜的望著那個受傷或死去的身體倒下地板。」（頁101）不管是行動者的心態或外在行為，細思之餘不免使人訝異，究竟是誰在行使這項殺人或自殺的意志？因為看不到似可預期的，人處於狂亂迷惑的失神狀態，所以無法將之歸因於病態的心神耗弱或相關的疾病，甚至相反地，這些人物的心理意識多少是在幾分平和的狀態下去執行如此激烈的行為，終於可以體會，這些人物的行動特徵或許是原想在生活裡擠出一絲存在的意義，甚而不惜使用暴力來反抗他的虛無與絕望，但是取消生命主體固然在乍看之下是取消了虛無感受，但同時也取消了希望，所以這種方式除了引人悲憫之外常常也是荒謬的表現，因而我們可以認識到：消極虛無是無所作為；而積極的虛無是挾帶強烈虛無本質去取消思考的對象（自己或他者），用一己強烈的封閉性道德價值判斷去決定對象的存在價值，這便是虛無本質的弔詭處，但要特別澄清的是，東年的這些哲理特質從某方面而言，並不是現代主義式的表現手法或刻意營造存在主義式的人生荒謬窘境，他具有獨特的他所要批判的環境所生成的人文色彩，當然這並不會妨礙他的人性討論具有普遍性的意義，反而說明在他延續台灣「鄉土」精神所作的批判，確實道出他所認為的某種台灣總體深層心理的罪性。

第三節　史觀中的無神論與流變觀

　　如果東年對人的處境多少是依從自然主義的觀點，那麼無怪乎他在審視台灣歷史的時候，會使他的史觀染上悲觀的厚重色彩。在其小說中史觀的展現主要以《再會福爾摩莎》為主，相較於鍾肇政、李喬、東方白等大河系列，以乙未日軍據台為上限，甚至是林燿德的《一九四七高砂百合》，東年此作以書信體虛擬「荷據時代台灣史」的方式顯得相當別緻，其中主要敘述者的身份更饒深意──一位曾是教士的海上旅人，這份靈感來源予人最直接的聯想是東年有曾為海員的國際經驗，除此以外倘別有心思？廖咸浩的〈在解構與解體之間徘徊──台灣現代小說中「中國身份」的轉變〉一文，曾以陳映真（《趙南棟》）、宋澤萊（〈抗暴的打貓市〉）、林燿德（《一九四七高砂百合》）三人的作品為觀察採樣，論述台灣身分（認同意識）面對中國而產生身分認同上的轉度，在「陳」的中國性與「宋」的「台灣性」兩端中，「林」突出了一個新的身分標幟：

> 在這個新身分觀中原住民觀點的中心位置。原住民觀點出現在小說中，這並不是第一次，但在書中將這個觀點變成中心觀點，並以此有效的破壞漢人沙文主義歷史觀的作法，則本書應是先驅。此外，在本書中原位民的觀點又與「聖靈世界」（The sacred）是同義詞，因此，書末更暗示國族的中興（此處所指應不只是原住民的中興；事實上狹義種族意義上的中興，就原住民而言幾乎沒有可能）繫乎全台灣住民對身分「儀式意義」的瞭解。以儀式意義為基礎的身分則必是超越權力慾望與社群私利，而以「聖靈世界」──也就是大群體的再生──為目的。[25]

按照這個解釋，「林」的《一九四七高砂百合》是把「原住民的崇拜」轉成「崇拜原住民的崇拜」，這似乎是昧於原住民的歷史與現狀，到底這種敘述身分的轉變是一種破解「中國／台灣」二擇一困局的有效措施，或僅剩下一項浪漫的文學修辭的功能，實未可邃知，但是東年把敘述角色定為一位荷蘭人，似乎是印證他袖手冷眼的態度，刻意避開政治干擾以取得更清晰觀測位置的盤算，之所以如此認定的原因，且試觀《失蹤的太平洋三號》前序〈大海是我的故鄉〉、《去年冬天》新版序〈致本世紀革命者的書簡〉以及本書前序等，他都能縷析台灣現狀之歷史成因，並為現局的躁動茫亂出以書憤之言，在創作選材上切近現實的題材相當豐富。使人深感興趣的是如此的設計：「從一位古荷蘭人眼中看台灣」，輕易迴避認同困擾，甚

25　廖咸浩，《愛與解構──當代台灣文學評論與文化觀察》，（台北：聯合文學出版社，1995），頁128。

而跨過明鄭之前，果然符合東年一貫的批判態度，冷靜而不盲從。

此書據序中所述有東年少時與修道院中修女或耶穌會修士通信的美好經驗，這些經驗依附在書中敘述者身上，使他處理荷據時期能多方依據宗教觀點去做歷史想像，自然，要評斷史事已屬不易，而要出入歷史人物的宗教心靈更非易事，縱使是虛擬的性質，而綜觀全書宗教的書寫則大抵在表現一種宗教態度或對宗教的社會功能的批評，尤其也涉及海上文化傳播挾帶宣教活動之檢討，在書中這位宗教氣息濃厚的歐洲人身上，可以感受到一股善於反省的悲觀論調：

> 人需要迷信，所以不過是以新的迷信取代舊的迷信；如果，迷信失效了。但是，迷信中的人一時之間是絕無可能覺悟的。虔誠耶穌會教士，最後免不了要為保護教會，領導印第安人和殖民地政府的軍隊作殊死戰，或者自己上了十字架做天主的犧牲，而新起的教會：看起來像天主應許的美好天堂，終於還是會在砲火下淪為地獄。沒有什麼神，能將人從奴役之地救領出來。（頁 57）

他議論「十誡」的誡命說：

> 我無意評論這些條文，但，我忍不住還是要說，假使這人間真有神，特別是唯一神的庇護和宰制，說不需要訂定這些條文吧。（頁 56）

從人的罪性實然與領受道德誡命之必須而言，這已不啻是無神論者的觀點，所以他會譏彈路德與喀爾文便不足為奇，因為他以為歐洲在宗教革命之後已找不到什麼上帝的真理。而神學與科學相牴牾時，神學解釋顯然是被動地順應科學發現而重新說明，比如：

> 當地球被證明繞著太陽迴轉，其自身也會旋轉的時候，我們的上帝信仰不論舊教徒和新教徒都大吃一驚，因為地球這麼一轉，天堂和地獄的方向就亂了，上帝的所在也失去了座標。但是，宗教教師和教徒，很快的說會給他和相關的世界更好的位置，只要將他放遠在好比宇宙中的不知名某處就得了。（頁 116）

世界的真相與意義之間是否存在必然的衝突，這當然不可驟下斷語，不過科學的解釋在目前並沒有取代神學上的解釋是可以肯定的。在近結尾處，東年引了〈創世紀〉‧一章 1 到 10 節，藉神的靈運行以創造天地的經文說明自己內在的感悟：

> 我當然看不到神的靈運行在水面上，我只能感悟一種能量能夠推動風雨、
> 洋流、星辰以及萬物萬事的生化幻滅。這樣的神性當然不是在世界之外；
> 對於人來說，它必然是在人體之內的肉體或精神中。如此自覺的人，當不
> 會懊惱自己過去有可能過什麼樣不同的生活，也不會憂懼於自己將來會可
> 能是什麼樣的存在。我只能看到自己的靈運行在水面上，想要在黑暗中讓
> 自己的心中有光，就有了光，我看光是好的就把光暗分開了。（頁 138）

顯而易見，此處借引經上句型，又再度改經，傳達了人自我高舉的精神。此外，與
基督教信仰可以稍作對照的是原住民的泛靈信仰，這可以視作是由宣教士所帶來的
文化衝突，但東年似乎是視作文化多元相對的必然，並不刻意突顯其對立而帶有調
和論的意味，雖然他並不懷疑宣教士的目的，不僅在教化原住民成為政治順民而且
有著更高的理想 ── 使原住民成為上帝的選民，但總體而言「宗教對話」的情節在
書中是被弱化了，而流於記述不同文化接觸時所引發的一些誤解與趣譚，敘述者曾
引一例親眼所見：

> 我曾經看到一個癱倒在地上的女祭師，五個人去抬都抬不動，這事使我很
> 困擾。假使這是假的，是表演，那麼他們的處境和我們一樣，接觸不到任
> 何神；假使這是真的神蹟，那麼他們的神確實和我們幾乎完全不同。我們
> 的傳教師剛踏上這島嶼就聞到濃厚的邪惡的味道，視為最深沈的黑暗，要
> 在其間投下上帝聖潔的光；現在他們都死在原住民土著之手或中國人之
> 手。（頁 128）
> 有關上帝的信仰，我忍不住又想說風涼話，但是，我發誓這是最後一次。
> 想想那些率先被凌虐至死的牧師，這如果不是上帝選民的意思，人們最好
> 離上帝遠一點。（頁 129）

這種激切的口吻是對神義的質疑，雖然我們可以體會是早已定調的悲觀歷史觀使他
發出如無神論者之嘆，無怪乎敘述者會被塑造成一位離開神的修士，而結尾處讓他
漲帆飄然而逝，烘托終結歷史之意味，弱化以古弔今的可能聯想，只是這般刻意降
低大多書寫者極欲高唱的集體反抗意識，已轉成更迂迴幽微的批評，可能也在間接
說明土地與民族的存在早於民族意識的史實[26]。
　　「流變觀」的體會構成東年在《地藏菩薩本願寺》中以其為佛理要義的第一

26　台灣歷史小說與民族意識之正當反映諸問題可參閱彭瑞金，《台灣文學探索》中〈台灣民族運動與台
　　灣民族文學〉一文，（台北：前衛出版社，1995）。

諦,在《我是》的序〈自燈明,法燈明〉中,甚至可以見到以此作為中印哲學的一大區判:

> 佛學輾轉東傳,一開始,習於拜物泛靈信仰的中國俗民已將佛陀想像為飛天的仙人,而知識分子摸不著「空」境,只能以道家的「無」去應對。
> 佛陀講空,意指世間萬事萬物流變無常,雖不虛無也不實在。
> 為什麼會有這樣的差異?
> 因為印度人的思維以「是否流變」,而中國人的思維以「是否存在」來認知事物。(頁5)

此處言及佛法東傳後,中國人以「格義」方式作為吸收異質文化觀念的手段,但中國人以「無」應「空」之缺失,從僧肇「不真空論」及其後大乘龍樹「空宗理論」而下,均已能澄清概念內涵上之附會絞繞。從東年的論點看來,佛教的中觀似乎是能破中國以「是否存在」這種兩極化認識上的困難,換言之他在突出一個「有(生)無(死)」之間的過程,同時把「過程」當作「流變」意義來認識,強調「生死之間全部內容就是一切」,這層意義在《地藏》的序〈流水來去〉中引《雜阿含經卷第一》加以增字翻譯可為說明,原文中主要的一段為:

> 爾時,世尊告諸比丘:「當觀色與常,如是觀者,則為正觀。」(頁5)

對照譯文則為:

> 眼睛所看到的物質形色,耳朵所聽到的聲音等等,人世間所有的事物,都是隨著因緣生滅,像流水來去,沒有不變動的;這樣看宇宙萬事萬物才是正確的看法。(頁5)

可以清楚見出東年以流水作喻,增字解經的方式,而這層意思的領會我們會訝於多麼神似「過程神學」——這股在20世紀20年代由帶著神祕論氣息的懷特海(Whitehead)所造成的神學主張,懷特海扭轉從前的上帝觀,引出一種對「瞬間永恆」的獨特看法,他斷言:

> 短暫的過程乃是從一種現實實體(actual entity)向另一種現實實體的「轉變」。這些現實實體是一些生成後立即滅亡的瞬間事件。這種滅亡標誌著向下一個事件的轉變。時間不是一條平靜的河流,而是一種瞬間的生成。

一幅運動的圖畫就暗示了一種類比：這幅圖畫顯現為一條不息的河流，因
為在實在中它是由一系列不同的畫面構成的。[27]

除了這是有神論之區別外，誠如懷特海所主張：「提出一種宇宙觀，也就提出了一
種宗教」，而此處與東方的佛教思想有其會通之處，說明現實個體與外在境界合為
共同創生分享的特色。

再者，依《我是》序中所言，東年的佛教體悟自然不是在系統的神學理會，而
是在於教義的「實用」，此即所謂：即事言理以求一己之安頓，這層意義一揭出，
立刻會發現作為《地藏菩薩本願寺》中主角中年男子的「李立」與「初旅」中童年
的「李立」，有了生命連續體的關聯，如果《初旅》是一部「成長小說」，那麼與
《地藏菩薩本願寺》合看，這兩部小說就多少有東年內觀自己生命歷程的味道，《初
旅》中唯一的一首詩是引自《齊瓦哥醫生》的詩句：

> 喧鬧已經過去了，我站上舞台，倚靠在進口的柱子，從遠處的回聲尋找未
> 來。活著過一生究竟不是兒戲。（頁 200）

聞之如悲哀的詠歎，可以視作對生命流變的精蘊發抒，基於連續性及流變的觀念，
實在不宜將《初旅》及《地藏菩薩本願寺》中的「李立」作「斷裂性」的解釋，或
許我們皆為《初旅》中的童年意象所迷眼。

《地藏菩薩本願寺》裡的「李立」是個因殺人罪入獄服刑期滿之人，他的母親
由於兒子的惡業所以在生前為他布施祈福，同時發下遺願，要「李立」至地藏菩薩
本願寺接受淨月法師指導，雕刻主佛地藏菩薩，這成為全書的主題。一直到「李
立」了悟真實的生活即修行道場而得以勘破天堂地獄之說。作為主角的「李立」其
性格透過書中另一人物 —— 女心理醫師「胡陵玉」（《初旅》中「李立」的童年好友）
的分析可以得知：

> 你（李立）可能是無可救藥的，因為就某種精神特異來說你事實上是沈溺
> 在病態的樂趣之中，是不是這樣呢？當我這麼說你的時候，你是不是會覺
> 得有點驕傲啦喜悅啦。（頁 55）

「李立」這個人物的身影其實與《模範市民》中的「廖本群」有幾分神似，他的致

27　〔美〕‧小約翰‧B‧科布（Cobb, J. B. Jr.）；大衛‧R‧格里芬（Griffin, D. R.）著，曲躍厚譯，《過
　　程神學》，（北京：中央編譯出版社，1999），頁 213。

人於死雖屬意外，但是全書中其心理意識方面有關罪惡感的缺乏，閱讀之餘讓人惴惴不安，此是虛無氣質所致已如前述。而作為全書主題的雕刻佛像的行動在敘述中一再被延宕，終其篇並沒有完成（無相？），且淨月法師因病，生前已將絕大部分寺產讓渡他人，取而代之的是深諳企業經營弘法法會竅門的人士，他們將原先極具藝術與宗教氣息的寶剎格局變革為媚俗的諸佛雜集處所，雖然如此，在敘述中並未加以嚴苛的批判，相反地，原似高潔的淨月法師生前曾擬將自己火化後的舍利子置入佛像之中，孰料火化後卻無預期的舍利子產生，反而接手寺產那些類於教棍的人士，卻各有形上與宗教體會等所謂的神通，這種對比或是刻意泯去俗見而造成一種非預期發展的閱讀落差，更大的破除俗識還在於顛倒地藏菩薩所以成佛的主旨，「李立」對《地藏菩薩本願經》中神道設教出以威嚇勸善的經文，本就不屑，毋怪乎他會顛撲地藏菩薩成佛之邏輯：

> 這菩薩曾經發願只要地獄中還有一個人受苦他就要繼續留在那裡為他度化，在數不清的世代以來這菩薩仍然留在那裡，正意味著地獄的存在是永恆的，地獄相關的因緣和事物也是無可救藥的，我似乎在胡說八道，但對於我自己來說這是最具理由的合理化作用，無論如何，那菩薩是因為他自己的妄想使他離不開地獄的。（頁 64）

天堂與地獄之諸多形象都是宗教上對超驗存有的一種象徵，「李立」把重點放在菩薩的身上而指斥其非，這種「呵佛罵祖」是有幾分理趣，但也再次證明他的虛妄性格，與此性格相符的口吻是在結尾處，他宣示一種像是悟道者才有的言語；

> 我無論如何，不相信什麼菩薩、什麼佛陀、什麼活佛又什麼天堂地獄。遠處的城市是向我開懷擁抱或者張口吞沒，無論以那一種形式去理解都無所謂了。這宇宙間或許真有神通有輪迴；但，從生到死，這有限的真實才是我自己永恆堅實的道場，我只能而且必須在其中尋找自己的神祕和神通，盡我一己的本分和本願。像流水來去，或許真貼切宇宙行幻的法則；在相對運動中，我才能同時獲得心靈的平靜和生活的動力。我想，我已經重回我原始根由的心地，聽到溪流在其間活潑暢行。
> 像潔淨烈火燉燒過的白色灰末，無論如何，我的地獄已經粉碎。（頁 152）

這段結尾也呼應了書前序言所引《雜阿含經》裡佛陀對萬象因緣生滅的見解，所以，為何地藏菩薩佛像雕刻之行動遲遲沒有進行，在此可以得到一個合理的詮釋。

第四節　結論──愛的哲學及其內在問題

　　作為一個啟示作家，東年給了讀者很好的課題；人需要友愛。[28]

這是蔡源煌在 1978 年對東年作品主要意義的按語，他所謂的友愛乃指廣泛地人際間的互相對待，以愛「走向對方」[29]，令人不可思議他似能前知經過二十二年，會有《愛的饗宴》發表，說明東年在歷經孤獨虛無等內心迂迴的辯證下，終於再度彰顯愛的永恆力量，可以勝過這些內心病症。這部小說可算是對柏拉圖〈饗宴〉篇的演義，延續其晚近「自由解經」的風格，兼有「六經注我」的恢弘氣度。全書託以友人林教授因婚假而自己為其代課希臘哲學思想課程為主軸，熔冶希臘古哲人的睿智言論、一己的情感經歷，夾議夾敘愛的範疇裡的多樣面向，闡述人的「位格」在生物、精神上的孤獨虛無感在發生學上的意義，以證明愛之必須，堅立人須從獸性之慾朝精神之愛攀升的無限企求。書中敘述者──「我」以教師的「位置」，使他的聲音儼然有說法的意味，在演繹柏拉圖的思想中，他示現一種「引事證詩」隨機點撥的幽默，在看似鬆散的結構裡用多聲部的自由議論方式朝同一主題「愛」展開，若衡以之前各時期的作品及風格，輕柔明朗的筆調實屬未有，而細繹部分情節可以得出他常年主要思索之要點，舉《地藏菩薩本願寺》中一段敘述為例：

> 我又感覺到山的寧靜，同時在喧嘩的雨聲裡想起一位心理醫生告訴我的：精神病者、罪犯和創作者都同樣被強盛的生命力持續折磨。這意指被折磨到死亡的邊緣。（頁 16）

這段敘述好像是某種意見的提綱，因為在《愛的饗宴》中它被更詳細的演繹成大段說明：

> 心理或精神問題，在一般自然的動物世界裡，幾乎是沒有的，這主要說的

28　蔡源煌，〈符號與靈視──評東年《落雨的小鎮》〉，收入《東年集》，（台北：前衛出版社，1992），頁 245。

29　此觀念借引自〔德〕‧布伯（Martin Buber）在《我與你》（I and Thou）中，指朝向未被客體化疏離化的「對象」──你，達到「我和你」對立關係的消融，辯證「我」在存在上有「實存」及「超越」的兩重性格，不過若依據這個觀念，布伯在批評佛陀帶有「自聖」性格時，好像也符合東年太過強調「我」在流變過程中「實存」意義的彰顯。關於佛陀的自聖性格見《我與你》一書第三卷，陳維剛譯，曾慶豹校閱，（台北：桂冠圖書公司，1991）。而這個問題更深入的闡釋可見〔俄〕H. A. 別爾嘉耶夫（Николай Александрович Бердяев）在《精神王國與愷撒王國》中第二部分〈我與客體世界：孤獨與交往的哲學〉第三章「我、孤獨與社會」，安啟念、周靖波譯，（杭州：浙江人民出版社，2000）。

當然是指，發生在人這種動物世界裡的一種特質。所以，我們可以正確的說，一個人的心理或精神發生問題，相當的程度，都是因為對於人的世界不適應；至少，是對於他正處的正生活在其中的人的世界，不能適應。（頁137～138）

這又說明他的環境論取向甚於生物遺傳的看法，更重要的是他注意到以書寫作為自我治療的功用與意義：

有些作家，基本上是有病的，由於各種不同原因產生的孤獨而感到抑鬱，所以用寫作及發表作品使自己受人注意，滿足希望有人相伴的慾望。這是為恢復或保持正常心理，對情緒加以密切刺激的作用，所謂偏執反應的功能。（頁34）

我們或許可以認為《愛的饗宴》一書的主旨，就在對人的心理或精神層次的一次洗滌或醫治。但其中值得再細究處，如他在序中「彌賽亞神曲中的復活」這一部分的體認，在分別引用〈約翰福音〉・十一章10至14節（其實漏掉第13節）及〈馬太福音〉・二十七章（印刷誤為二十六章，按經節及內容當為二十七章）45至50節（部分字句已有更動）兩段分別記載「拉撒路之死」、「耶穌升天」的經文後，他申論道：

事實上，拉撒路和耶穌都死了，不是嗎？

我們俗人當然也願意有「復活」這樣的神蹟，但是，如果拉撒路從死亡中被喚醒來，而上帝卻不存在，終究還要一死，那拉撒路醒來又有什麼意義呢？當然，為了神的榮光以利死後復活來分享他的榮光，我們願意謹言慎行學習模範，但是，從人的立場來說，「活著」比「復活」有意義和希望。我們應該先恐懼的是，是否我們已經裹著衣服在一些水泥大廈的洞裡鑽來鑽去，想想拉撒路從黑暗的洞中鑽出來時的模樣，耶穌還必須再說：將他的「束服」解開，他才能走路。這，大概才是我們最先需要的一次「復活」。（頁42）

從這部分看，的確合於世俗的考量，又孰曰不宜？只是前引兩段經節在並列而觀的情況下，卻使我們想起〔德〕・莫爾特曼（Jürgen Moltmann）在《被釘十字架的上帝》書中的分析：

「死者的復活」首先排除了有關死去的耶穌再生（Wiederbeleburg）的任何觀念，因為這會逆轉他的死的過程。復活節的信仰決不可能意味著死去的耶穌回歸導向死亡的塵世生命。假如是這樣，則人們就會預期他再次死去，像拉撒路那樣。根據《約翰福音》十一章的說法，雖然拉撒路的屍體已在腐爛發臭，耶穌卻仍使他復活了，他後來又再次死去。「從死裏復活」這個象徵意味著一種性質上全新的生命，這生命不再知道死亡，因而不可能是塵世生命的延續。保羅說：「基督已經從死裏復活，他不再死。」（羅六：9）復活意味著「死裏的生」（羅九：15），並且其本身便與死亡力量的摧毀相聯繫。另一方面，「從死裏復活」排除了任何「死後生命」的觀念。[30]

所以東年的論調在此是「人學」大於「神學」的意義，尤其將拉撒路與耶穌之死齊觀，更違背神學主張，莫爾特曼（Jürgen Moltmann）又說：

> 猶太教啟示文學講，人們應當等待「從死中復活」，復活節信仰則講，人們應當信「耶穌從死中復活」。這已經是對從死裏復活這個象徵本身的一個重要的更改。[31]

但是東年持「活著」高於「復活」的現實論，又說明難怪他的宗教主張會深具實用的價值意識，東年期望人在環境中可以互愛，但他也深知似乎不太可能透過政治或社會改革，再者，現實感又如此強烈，使他無法放心於超越的理念世界之祈求，雖然有著這層糾葛與矛盾，但在他綜觀台灣歷史、環境而後所形塑出具有哲學、宗教意味的啟示性文學，已朗然而洞照出此地人民之心理特徵。《愛的饗宴》是他誠摯反思的邀宴，只是若遺忘「愛」而繼續以狂歡式的饗宴去迴避此地此在的苦難，那麼他的啟示性就轉變成帶有末世虛無的意義。

---

30 〔德〕‧莫爾特曼（Jürgen Moltmann）著，阮煒譯，《被釘十字架的上帝》，（香港：道風山基督教叢林，1994），頁225。

31 〔德〕‧莫爾特曼（Jürgen Moltmann）著，阮煒譯，《被釘十字架的上帝》，（香港：道風山基督教叢林，1994），頁226。

第九章 從宗教體驗看見社會異象的預言者

—— 宋澤萊（1953～）

摘　　要

宋澤萊具有複雜的宗教性格，在佛教上他堅持原始佛教，提倡以台語弘法，這兩項因素結合起來形成既激烈地批判台灣大乘佛教並突出個性鮮明的政治立場，以主編《台灣新文藝》擴大影響之領域。在基督教義的體會上趨於靈恩或神祕經驗的省察，從宗教型態上觀察，他珍視個體的神祕經驗，並用以會通宗教間的畛域，回歸宗教的主體自我，有宗教混合型態的特徵，這與早期心理自剖有個人發生學上的關聯，而積極的社會參與和個體宗教信念與經驗間的互相滲透，使其小說中的主要人物具有「宗教性格的領袖」的特徵，〈變成鹽柱的作家〉、《血色蝙蝠降臨的城市》裡的人物最明顯。再者，基於宗教信仰而來的社會批判力量，使他宗教和社會的批判可以並行，但未來小說中這兩股力量是否平衡，或者會有更多靈修的修辭抑是趨於社會性批判的書寫，當予以長期關注。

第一節　前言 —— 書寫與精神自療

宋澤萊（以下簡稱「宋」）在前衛版台灣作家全集中，被劃入戰後第三代，這種以文學發展編年為次第的歸位，說明他在當前少壯陣營中的角色。事實上，他所以特別引人側目，主要在於 1978 年《打牛湳村》系列小說的發表，尤其是受到陳映真的揄揚：「不論他自己是否有意，他的《打牛湳村》已經把爭訟紛紜的「鄉土文學」推向一個新的水平。」[1]。此外，彭瑞金更讚揚他在小說層面上推闊了書寫的時代內容，能由單一的農民或家庭，進而深刻反省農民生活的社會實況[2]。上述評析或閱讀作品的角度，無疑也反映當前「台灣文學」的研究氛圍，偏於社會功能的專注。

1　〈變貌中的農村〉，《夏潮》，5 卷 4 期，1978 年 10 月。

2　〈《打牛湳村》簡介：現代農民圖〉，收入葉石濤、彭瑞金編，《一九七八台灣小說選》，（台北：文華出版社，1979）。

　　施淑在〈大悲咒〉一文中指出「宋」是一位具有高度內省特質的作家[3]，這種深層的內省或自我觀照，在其作品中流露出來的是一位耽於內視深刻意識流變的形象，尤其是 70 年代在他大學時期的三部短中長小說——〈嬰孩〉、《紅樓舊事》、《惡靈》，都可見到一位臨水自照或剖腸剜腹的焦慮青年，雖然其中映見的是作者所不忍見的鬼魅夢魘及心理陰霾，而這種反身而誠的耽溺基本上是對現實的疏離，但這卻使他可以輕易擺脫文學思潮逐浪兒的尷尬。當他最富深層心理及意識流手法或存在主義色彩的這三部小說發表時，台灣的現代主義已告退而鄉土文學運動方起，彼時，打牛湳系列卻成為鄉土文學的典範先立，又如《等待燈籠花開時》系列經張系國品題，才知道自己這些作品應貼上浪漫主義的標籤[4]，這種脫序與無知，其實恰足以說明他作品中理有暗合的多樣變化與才性。

　　「宋」對創作歷程及心理轉變的自述，在 91 年康原的訪問記〈拆穿騙局的人——宋澤萊的文學與宗教情懷〉[5]中，提到的主要兩篇是〈從《打牛湳村》到《蓬萊誌異》——追憶那段美麗·淒清的歲月〔1975～1980〕〉及〈掙扎人間——寫在《禪與文學體驗》出版前〉，以上兩篇各見於該書的序，而要完整填補 1980 後的心路，則要以《血色蝙蝠降臨的城市》[6]一書序，〈從《福爾摩莎頌歌》到《血色蝙蝠降臨的城市》——追憶那段紅塵吟唱與尋求超越的時光（1980～1996）〉這篇文章為本。自我珍重於創作流變「史」的紀錄與探討可謂亦是其特色之一，可能緣於史學訓練本是他大學所受的專業養成。這三篇文章裡，對各篇小說雖有清晰的作品繫年，但毋寧多偏重於心理意識的呈現與自我省察，而更重要的是他向讀者明示，「文學」、「宗教」如兩束葦互倚不倒而構成他的生命重心，「宋」彷彿也在他的文學歷鍊中「發現」了這條軌跡，環繞其中的主要是來自於心理及社會現實的調適，施淑在前揭文中也指出：「創作對他來說，是掙扎也是解救，這樣一來，他的作品基本上可以說是自省和探索的結果，是他個人心靈災難的記錄。這情形在他最早的現代主義階段的作品，……有著直接的表現，就是他後來以現實生活為題材的小說，仍大致維持不變。」（頁 10）依此觀點，我們似乎可以說：「宋」對現實的關注與批判其實是來自於他進行「自我拯救」（〈從《打牛湳村》到《蓬萊誌異》——追憶那段美麗·淒清的歲月〔1975～1980〕〉一文中語）或「自我治療」的工具性運用，這也回應了前面陳映真所說：「不論他自己是否有意」那句話，如此分析其

3　〈大悲咒——宋澤萊集序〉，施淑、高天生編，《宋澤萊集》，（台北：前衛出版社，1995）。

4　〈從《打牛湳村》到《蓬萊誌異》——追憶那段美麗，淒清的歲月（一九七五～一九八〇）〉，《打牛湳村》等三書之新版序，《打牛湳村系列》，（台北：前衛出版社，1994）。

5　《自立晚報》，1991 年，10 月 4 日。

6　大地驚雷：宋澤萊小說集Ⅳ（深情典藏紀念版）《血色蝙蝠降臨的城市》，（台北：前衛出版社，2013）。

實無損於「宋」對農村社會體制運作的深刻批評的成績，但一個貫穿其各個時期小說中常流露的主題──宗教，是作者宣示其創作及個人價值的立場，這個主題在愈晚近的作品中有愈趨重要的現象。

「青年宋澤萊時期」（大學時代）的三篇小說──〈嬰孩〉、《紅樓舊事》、《惡靈》，據「宋」自承乃當時耽讀深層心理學及社會心理學之餘所產生的誤解，也是其心靈曾誤入歧途的見證，衡其小說的確滋蔓著戀母、性倒錯、青春期對同性的愛慕等異色氣息，深染存在主義式的荒蕪或虛無感。（為對抗虛無而力求自己的實存體驗，卻可能誇大了肉體及心靈方面的苦楚。）而意識流、獨白或對意識的溯源等運用，讓我們窺見內在的豐富，只是相對而言實感及歷史感則稍弱，因為對意識的剖析及溯源，其對象本就是無時間性的，所以有人將小說中的母親及父親的形象解釋成台灣在近代歷史上所遭受的悲運，就略顯過度詮釋[7]。

〈嬰孩〉曾被誤認為英法文學的中譯而引以為談，主角「我」是一個無法認同怯懦的父親但母親偏又早逝的青年，使得他既戀母卻又急於掙斷臍帶而自立，一方面又缺乏愛的灌輸而不能遂願，加以「我」對青春期變化中身體的敏感與焦慮，因而構成一副沈鬱內省而神經質的性格，最終因為各種挫折，在不堪負荷之下飛奔掘開母親之墳而仆倒其中，象徵對生命之源回歸的徹底絕望。其中一位人物「楊雲龍」的角色，是一具有道德潔癖及偏執性格的類型，「楊」的告白是：自小寄住在舅父家，舅父從事教會服事，但卻暗中與牧師爭權奪利，是一位口呼主名而惡事作盡的法利賽偽善者。「楊」在聖與俗對立煎熬下而有人格異常現象，這種內心衝擊引發他積極投入校園社團中的福音合唱團工作，甚而打算在校門口宣揚道德與愛，結果演成精神異常而休學。小說中的「我」因為「楊」交代他執行寫匿名信勸誡某位耽於淫亂的教授，最終也難逃被學校處罰及退學的命運。「楊」與「我」的性格在某些地方是有其同質性，在宗教上的固執、不妥協，卻又更彰顯一己的軟弱，使得陷入信仰上「律法主義」的某種偏執。

《紅樓舊事》以第一人稱「我」自敘大學歷史系學生在生活上的「私德」與「失德」，技巧上採取對意識流逝的時間追憶，以環繞「性」的問題展開序奏，由對年長的女考古學教授莫莉的情慾（知識上的考古與戀母的原慾有象徵上的關係），倒敘年幼失母以致對女性角色的認識產生困擾，更由於自身性器上的病症，對男性陽剛健美發生戀慕，至於對父親角色的認識方面，「我」的父親是一位表面敬虔的牧師，能以生動激越提昇人的靈命的語言證道，卻偏有著二十世紀人類的印記：戰爭、流亡、漂泊、痙攣、焦慮等苦難，對主角而言，其實由著血緣的遺傳或

7　高天生，〈解剖刀與社會良心──再論宋澤萊的小說〉，附於《蓬萊誌異》，（台北：前衛出版社，1988）。

時代的習染，自己難道不也得列入此世紀的人物誌中嗎？而父親對肉慾耽溺的敗壞（喪妻、續弦，趁妻子回娘家時召妓），在自己無意中窺見父親狎妓行歡之餘，初識罪惡況味的他由其父身上見證「罪行」的實存，原來抽象的罪的潛能，是可以在鮮明的事件上彰顯的，由此，父親的敗德引發自身對遺傳上，帶有惡的血質的恐慌與焦慮就更加深了。這種情節上的衝突設計與〈嬰孩〉中的楊雲龍舅父的偽善是相類似的。此外，小說中安排了一段學生對佛法的對話與討論（頁 43～51），則可以看作是一場智力活動及對生活中迷惑的釐清，不過本篇在結尾上則異於〈嬰孩〉而採取較唯美淒絕的散場方式，小說中的「我」在經歷幾番心理周折而決定放手一愛的女孩 ── 吳靜蕙，終因精神病發而捨離。（精神病 ── 或許又是一種遺傳上的宿命。）

《惡靈》是此時期的長篇，原名《廢園》，在遠景版時改名，其實《廢園》一詞很能點出異於前兩篇的旨趣，即將個人意識擴大到家族來討論，有點從心靈意識尋根的意味，以「廢園」傾圮滄桑意象來烘托鄙視自己的血緣。在童年的銘記方面：族中年長二姨婆之喪、長輩教導幼童遠避死亡禁忌的異態、祭禮中的鬼怪、鄉間萬善祠的信仰及陰森氣氛均是幼時的心靈烙印。而對生命的疑惑不安恐怕是青年「宋」思想上的「死病」。當小說中的我，面對家教女學生 ── 汪淑萍常久以來因兄長自殺而抑鬱且造成家庭不諧時，「我」對其開導的長篇宣言是：

> 人在未察及他宿命的容顏時顯得何其無知；而在窺得自己宿命的容顏時又顯得何其衰竭；而在正視自己的宿命後又裝著無所謂的態度則顯得何其虛偽；而不以此種虛偽為虛偽的人又是何其顛預；而此一顛預再與他悟出的無所謂之道再回頭與人類的衰竭、無知、宿命聯結在一起，並以麻痺來扶持它，這便是偽善啦！籠罩人類千年的大幻象 ── 宗教及其同質團體於焉誕生，那麼人類該如何去解決這問題呢？
>
> 發表你的救世之道如何，我要談些論調，是老套：今天，說是昨天也一樣，都沒有誰能拯救你，亦無任何神能讓你依靠，往日的幻像宗教要你去當為一個神底下的人，完全是神創造出來的那種人，但今日的 necrophilia 先知瞭解那是千年大幻象，今日的 necrophilia 要求每一個人都成為神，唯有你成為自己的神你方得到救贖，唯有你成為神方瞭解什麼是人，唯有你成為神才擁有內知的理智，唯有全體人類都有全知的理智，這世界才有希望，necrophilia 的大同世界才臻完成，人類們，焚毀你們的手中聖經吧！再用自己的筆調寫一本聖經！人類們，焚毀你們滿櫥的佛典吧，再用自己的語錄寫一本佛典！人類們，鼓起勇氣走入 necrophilia 的世界再走出去吧！一切都將太平！（頁 163）

看！這篇出於不安靈魂的理直氣壯的闡述，是為宣揚與「生之歡悅」同樣值得尊敬的「死之權利」的理論指導，是年輕人帶著偏執與冒險去探索惡的領域所激發的快感或自以為是的神聖，結果懵懂的少女在書房中吞服安眠藥，終於步上與其兄同樣的歸途──自殺，這時「我」如何自處呢？

> 在我的思想裏，我總以為 necrophilia（按：指戀屍癖）只是虛幻底下的我的觀念而已，而不知道觀念也會變成事實的我，卻意外地收到了這個成果，一下子美麗的事實幾乎撼動得我搖晃起來。
> 不是嗎？你是偉大的 necrophilia 的教主啦，你現在不是擁有一位堅信的受洗者嗎？你如同基督的教訓竟也有實現的可能，這下子，你的理論不是獲得了最高的證實嗎？你不再是空泛的人啦，你變成最實際的人類未來設計家，一切都無悔恨的必要，你鐵定成為 necrophilia 的創發者，你是先知。
> （頁 218）

「我」眼看惡的理念能藉由宣導而有人去落實，心中實有狡獪的愉悅，但卻也難免教唆殺人或難贖前愆的驚恐。這是「宋」早期所擅長的意識的自我剖析與議論，在上引的這兩段中帶有濃厚的無神論色彩，類似的議論方式在後來的《打牛湳村系列》到《蓬萊誌異》階段已少見。

第二節　民間宗教的批評

〈花鼠仔立志的故事〉是《打牛湳村系列》的首篇，型式上仿古，內容則貼近農村的生活脈搏。前面有一段仿宋元白話小說的入話，「宋」則以說話人的角度見證農村社會「畸零人」花鼠仔的荒謬行徑。花鼠仔早孤，由姑母帶大，父親早年參加抗日被殺，成長後的花鼠仔一直在尋找父源，一度以為是韓信，又一度認荷蘭人為父，最後則又以為己身是彌勒佛之子，結果被法師順勢藉機利用為靈媒，當上乩童。說花鼠仔是農村社會的畸零人至少有兩層意義：一是由其對父源的尋求可以知道，在沒有經過對父親角色的模仿與學習之餘所產生的自卑與無法自振；其二，花鼠仔對自己的出身相當鄙夷，他終究是與鄉人同一風土，但卻不滿於鄉人的自足與自得，就這點而言，他其實很能洞觀未來，看出了農村的不足與匱乏，或者，也可以說花鼠仔是農村的縮影，他對社會的適應不良何嘗不是印證農村在發展過程中的具體病症，他的顛狂其實是農村社會在吸收或抗拒外來觀念時，歷經激烈震盪而形成。再者「花鼠仔」一名或許還有混血或雜種的意思，從花鼠仔所誤認的父源來看，他追尋的似乎不是血緣的認同，倒毋寧是精神或文化上的根源，所以這些父親

的名字便別有意義，韓信／漢，荷蘭人／荷人據台，生父／（被日人所殺），又對西洋神父盲目崇拜，這些父名便彷彿是曾經影響或還在影響著台灣文化的符號，在多方文化的淪肌浹髓作用下，花鼠仔焉能不異常，而他最終卻選擇彌勒信仰為依歸，這又是一大諷刺，在文中「宋」帶有貶意地描繪鄉人對一貫道的信仰現象：

> 原來打牛湳的村子裏許多人都暗中信了一貫道，這教原是白蓮教的一支，崇拜一個彌勒佛，原也是佛裏的一個尊者，但這教剽竊基督教最後審判的教理，便稱世界末日即要來到，若要得解救便只有堅信一貫道，那彌勒佛早釋迦牟尼五百年出生，凡釋迦沒渡盡的眾生俱由他負責渡去，若執一個敬拜的心，便是災劫到了都不畏它，只會上天堂去。打牛湳一聽都信了它。（頁152～153）

於是花鼠仔依附了鄉人所崇敬的宗教，實則骨子裡還是可憐又可鄙的，而且他的立志尚未終了，這也意味著文化的抉擇所帶來的痛苦似乎無有底日。

〈救世主在骨城〉在形式上，分章加上小標題頗類章回小說，故事場景在台灣中部名叫骨城的小鎮，時間是中美斷交後，78年「關係正常化」和「五項公職選舉」進行之際，政治上的詭譎氣氛藉由庶民的宗教信仰加以嘲諷戲謔，節奏輕快，在章節的銜接上，基本是採取基督教／民間宗教，輪旋的對話方式，可說是各宗教的八音齊奏，喧鬧鮮活，其中各宗教的神職執事幾乎無不唐突滑稽。

在基督教方面，牧師倪大身裁矮胖是神學院早期畢業生，曾幹過醬油店、餐館伙計及屠夫，有志未伸就放下屠刀入神學院，畢業後在異鄉流浪，終而回到小鎮牧會，是個靈性全無的神職人員。由於中美關係正常化騷動了骨城中的信徒，這些信徒的形象多為社會裡，中上階層的分子，這種角色的安排與設定，基本上是作者預設基督教在普遍大眾心理中的印象，包括醫師林雄、農會總幹事陳水雷、木材廠兼小戲院老闆顏朝明、郵政局長許彪、高中教員詹儒。因為政局看似將有一番動盪，所以在倪大的妻子作出預言後展開在教堂辦移民講座的鬧劇，還將移民行動比附為出埃及往迦南地，而主持講座的竟是個開旅行社因過度縱樂而罹患肝病重症的患者林寶，在移民的號召下吸引了一些人上教堂，這註定會是一齣鬧劇。倪大的老師王教授是一位精通中古世紀神學、宗教學、靈魂學的神職人員（其實揶揄成份居多），在教派中地位頗高，自稱已得道且將成為使徒之一，他極力宣揚新國家觀，即借助美國進行台灣獨立運動，最後卻飽受輿論批評，教會人士不得已只好加以指斥一番，至於他的助手則一律革職，於是倪大又只好失業而幹起醬油店老闆，雖然倪大反而自以為得到解脫。

在民間信仰方面，主要是王爺信仰（朱府王爺）及一貫道等，其中有關王爺廟

的香火形成，就如同描繪台灣一般民間信仰的來歷。首先由朱姓居民偶然間拾獲枯骨，於是民眾囂然驚恐之餘，蓋了小廟加以奉祀，最後迎了外地王爺神靈且索性冠以朱姓而血祭。王爺廟裏的法師兼乩童叫李灶，是個學建築的專科畢業生，受其父影響喜愛法術，因失神遭車禍，但在醫院中卻能通鬼神，其父李頦是唐山師父嫡傳的符仔仙，在家設鸞壇，懂堪輿、畫符，但李灶頗不齒其父以法術詐財，尤其李頦與一貫教點傳師蛤蟆教主合謀，預言末日將至，鎮民信仰中心朱府王爺已出走，於是要信眾前往北部迎回王爺，借機要信徒每人捐款五千，李頦則向點傳師協議分紅兩成。小說在這些地方都安排李灶出場，由李灶的神通來批評社會的不義，他能見到王爺廟中群魔亂舞，看到鬼怪的世界運作如同人世間的勢利，最值得注意的是對一貫教有直接的批評，如：「幹！連鬼的影子都看不到，便創起教派來了，四書五經都弄不通，便講起什麼道。」（頁26）還描寫一貫教蛤蟆教主一天要吃二十個鴨蛋，信道的年輕人不嫁不娶等，這些都是早期一貫教派予人的印象[8]。至於技法上，最引人入戲的還是描寫李灶施法、鬥法的奇幻場景，揉合魔幻與真實，可以說這個人物的形象在「宋」的五指搬弄下，充分達到淋漓酣暢的諧謔效果，而在敘述部分作者加以嘲弄的情節如：迎神進香團的隊伍以載運豬隻的貨車作神駕，又控訴關公、李靖這些民間信仰中的神祗，凡此呵佛罵祖盡人神間的荒唐。

〈救世主在骨城〉在結構上有先前所說的二分，基督教／民間宗教，我們似乎也從中窺出「宋」對此二者有明顯本質上的區劃，雖然他一反嚴肅的筆調而改採輕鬆謔笑的方法，且議筆不多，故事進行相當流暢，微能指瑕的是，結尾部分作者自述寫作源由，又故作輕鬆地悲憫地方父老為鬼神所惑，這種直接現身，雖沈鬱而帶滑稽，不過與全文略感不諧。

相對於《打牛湳村系列》及《等待燈籠花開時》，「宋」以為《蓬萊誌異》是其最有意經營刻劃的系列，主要在於役畢後對世事有了較深的體察，還從中了然人在現實中的有限與宿命。在這些短篇中，與宗教主題有關的有四篇。

〈許願〉中的粘三多是一位小生意人，他對關聖帝君的信仰純是功利的角度，不論是攔笑或祝禱全以己意解釋神旨，十足反映逐利小民的荒唐信仰心態，寓批評於嬉笑中。

〈小祠堂〉中敘述主角下鄉尋友李然君，李為民俗學研究者，回鄉進行家廟及宗廟祭祀的田野調查，於鄉間偶然發現萬應公祠，祠主赫然是失蹤者李獨，李獨是村長李丁山的傭工，由於村長父親死前曾允諾將土地之半過給李獨，所以世人以為

8　有關一貫道的教義及傳教上由查禁到解禁的政治介入過程可參考林本炫，《台灣的政教衝突》一書中第二、三章，（台北：稻鄉出版社，1994），及瞿海源著《台灣宗教變遷的社會政治分析》，第十一章，（台北：桂冠圖書股份有限公司，1997）。不過宋在禪修上也肯定一貫道的某些作法，見《拯救佛陀》，（高雄：派色文化出版社，1996），頁81。

李獨實為村長父親的私生子。李獨勤力耕種,但終不敵農村經濟的凋敝,村長在不得已之餘賣地往北港求發展,李獨隨後失蹤,二年後,人們發現他以身殉地,但猜不透何以能隱密地自埋於賣出之地中。全篇結尾略帶鄉野奇談,但主要還是在訴說農村經濟因產業結構變動而凋敝不堪。

〈創痕〉記敘一群知識青年赴北港朝拜媽祖,觀看進香信眾的陣頭民藝及武乩童的儀式,其中有人對這種自殘形軀的宗教儀式頗不以為然,譏笑其缺乏高深的宗教內涵與反省[9],由此引出許君追憶其父執輩年輕時,因太平洋戰爭遠赴南洋作戰,身體留有創痕及戰火炮烙下的印記,全篇藉由庶民信仰及父執輩的事蹟,寄以懷舊的情愫及認同。

〈婚嫁〉中的女子林芙蓉是古鎮上的大家族之後,由於迭經土地變革,門祚已衰,佳期又一再延誤,這多歸咎於她大戶禮教與已然衰頹的家勢間的不諧調,於是滿懷怨懟下嫁蓬門,遠徙都市,輾轉中加入教會,憑藉教友人脈經商販賣藝品而致富,終於宿願——「沒有成功的一天,我當然是不會回來的。」(頁328)得償。回鄉後在教會中為女兒舉行盛大的基督教儀式的婚禮(這一部分的描寫頗為詳細),將女兒下嫁日本人田中先生。林芙蓉回鄉後細數從前,雖不無感懷,但成功的喜悅填補了對過往的遺憾,甚而是父喪不臨的遺憾。婚禮後,面對送女前往異國時,林芙蓉無疑希望女兒能有如自己從前一般決絕割捨的意志,只是女兒說出心中「被迫、被賣的感覺啊!」(頁336)。或許這篇小說的意涵在於成功地以基督教(非本土文化)、日本(田中先生所代表,在本篇中是一個無形象、聲音的符號運用)與古鎮(傳統文化)三者間的交揉,點出在服從傳統抑或努力自主而掙扎於不同文化、宗教間的心理過程,林芙蓉之女的吶喊揭出人在異文化中不得不然的被動接受的無奈。

這些小說議筆不多,「宋」以其所謂「自然主義」的寫法,著墨人在環境中的有限,而環境對人的凌虐與殘酷是人只能坐視而無能或改的宿命。

第三節　魔幻的宗教修辭

《廢墟台灣》[10]是一部以「未來的觀點」刻劃現今台灣的「擬紀實」。所謂「擬紀實」是指在全文結構上,以一份曾生存在廢墟島上的人物李信夫所撰的筆記作為「歷史」的證據,至於「未來的觀點」則意味著它的預言性質及虛構的屬性,本

9　乩的簡單探討可參宋光宇著〈從正宗書畫社這個案例談乩是什麼〉,收入李豐楙、朱榮貴主編,《儀式、廟會與社區——道教、民間信仰與民間文化》,(台北:中央研究院文哲所,1996)。

10　《廢墟台灣》,(台北:前衛出版社,1995)。

來，「虛構」（fiction）一詞就是「小說」的語源，至於作者的苦心則由此書在發表後不久便爆發蘇俄的車諾比核安事件，為書中陳述作出符讖成真的印證，所以後來在介紹此書時便以「台灣末日啟示錄」作為聳動的宣傳，這種文學虛構與重大歷史事件的巧合，對於作者，尤其是宗教文學的書寫，內在應該是莫大神秘的鼓舞。綜觀全文我們發現其中筆調其實非常和緩，並沒有太多的激情、不安或驚悸，它彷彿只是在陳述一件過往的事件，這種「時間距離」使得敘述者可以帶著一份從容，只是這種態度卻也引起閱讀者不安的感受，因為被陳述的對象，廢墟中的人們正是自己，而我們卻如此無能為力，尤其是，雖說本書是預警性質，但無疑的，它流露著宿命的情調，彷彿指出一種歷史的必然，雖然這種斷言在哲學上是背謬，毋寧是出於道德情感上的宣洩，可是我們只要一讀此書前面的六段有關史賓格勒、芥川龍之介及藍波的話，就知道這些引言原來是作者預作張本或寫作時的備忘錄，如藍波〈文字的鍊金術〉中的摘錄：

> 我變成一齣荒誕的歌劇：我看見所有生命都有命中註定的幸福：行動並非生活，而是揮霍體力的一種方式，一種萎靡。道德是腦力的衰弱。我的健康遭受威脅，恐怖降臨。我沈入一連數天的睡眠，醒來後，繼續做最憂鬱的夢。我駕輕就熟應付死亡，沿著危險路途，我的衰弱引領我走向世界邊緣，那是陰暗與旋風的國度。（〈引言〉頁20～21）

對於「宋」這種負擔沈重的虛無態度，誠如傅大為所說：「對思想上無論是複雜、混亂或單純的讀者而言，《廢墟台灣》所呈現的西元二〇一〇年的『未來台灣世界』，有一點很令人驚訝：無論天空中充滿了多少浮塵、廢墟風暴，無論地上充滿了多少輻射與殺人噪音渦流，這個未來世界的心靈世界卻是異常坦白、赤裸、直來直往而乾脆。」[11]（〈從廢墟世界來的挑戰與鄉愁——談《廢墟台灣》的一種讀法〉，收入《廢墟台灣》，頁6）而宗教心靈的社會機制更是簡明單一，起因是各項「宗教管束法」的壓制，政治力可以輕易決定宗教生態。在宗教中，最主要的是基督教，此外，佛教在2000年的抑教後曾試圖振興而由「涅槃和尚」創立「無教產、無寺院、無集會」的「涅槃教」，鼓勵信眾遵行素樸原則及「提早圓寂」，最後，執政者發現這項宗旨無異是倡行自殺，便隨即加以抑制而終歸沈寂。此處「涅槃教」特色其實可以看成是基督教無教會主義，及佛教個人禪修的結合。最重要的基督教可分為三個教派：1995年基督教由半官方的李約翰發起，吸納各小教派，

11　〈從廢墟世界來的挑戰與鄉愁——談《廢墟台灣》的一種讀法〉，原文收在《知識與權力的空間》，載於《廢墟台灣》書前。

李約翰猝死後由李聖智指揮統一運動，親執政的超越自由黨，更名為「太陽教會」，其實是政教合一的型態，不過是御用的團體，由政府護教。其二是「迦南教會」，由溫和開明的知識份子組成的半公開團體，否認政府宣傳的「新社會即天堂觀」，這是個小心善盡言論監督的組合，其實寓含譏諷知識份子的蒼白軟弱，暴露基督教有中產階級化的現象。其三是「幽谷教會」，由激進的改革份子組成，成員多屬下層社會，同時與「涅槃教」的殘餘份子互通聲氣，較具改革動力，但在島嶼遭受核射線外洩後，此派教友為避免二度傷害，選擇入山避禍，但這無疑是宣示對新社會的挑戰，旋即受到武力制止，主事者李灼被控叛亂而遭處死。在比較諧趣的部份是位神經質的女人辛太太向牧師求解，她見到異象，夢見自己是〈啟示錄〉十二章中的婦人，這婦人在原經文中是誕育神國選民的象徵，戾龍（撒旦的象徵）雖欲傷她，但終不敵神的大能，可是在辛太太的夢中，婦人卻被龍所噬，類似這種神經質的女教友的典型，另外一例出現在〈救世主在骨城〉中的倪大牧師的妻子。在「宋」所歸納出的幾個教派生態中，其實應當是他對實際宗教領域的社會現象，所作的演義式修辭，帶有寫實的批判立場及魔幻般詩質的預言效果。

　　95 年總統大選前張大春以魔幻寫實及虛構新聞的手法發表《撒謊的信徒》，此一應景的作品有大選的氛圍為它贏得更多閱讀消費者的青睞，書甫發表即刻攀昇為當時的暢銷小說。其實以李登輝的宗教信仰為題，切入論說台灣當前的政治生態及其環結的作品，「宋」在 1994 年所發表的〈變成鹽柱的作家〉是一篇很有深度的作品[12]，旨在為台灣人心靈進行除偶像儀式，全文寫作與理解架構都放在基督教教義的背景下。故事由主角因罪（不馴服於上帝異象的指示與教導）受罰變成鹽柱。共分五章，結構份量上並不均等，除第五章為結語外，前三章極短，第四章最長為故事主體，敘述主要採第三人稱（見證會復臨報主編）對事件加以評論，還包括主角全知的心理過程。主角是 T 市教育局的員工，身兼作家同時也是議長的女婿，（事實上主角的性格與特質明顯有「宋」自己的身影在）他原本是不信上帝的人，但市長本身是五旬節教派的信徒，經不起市長一再邀約，參加了某次五旬節教會的聚會，在這個以靈療為特色的新教派聚會中，當台上講員闡述「耶穌的神蹟異能」時，主角突然被聖靈澆灌，從此具有醫病的恩賜，也就當場還治癒了一位身罹腫瘤惡疾的婦人，此外他也能輕易說出預言，雖然這也使他與教友間的關係益形緊張，因為他總能無誤地指出其他教友在某些行為上的敗壞，不過最嚴重的對立衝突在於選舉將屆時，市長與議長的人情包圍，這兩位均有恩於他，市長是他的婚姻介紹人，而議長是他的丈人，（這本非一樁良緣，毋寧是一場訛詐，議長之女曾離婚

12　《自立晚報》副刊，1994 年 3 月 26 日至 4 月 7 日的連載。此處見《變成鹽柱的作家》，（台北：草根出版事業有限公司社，2002）。

又育有一女，性格貪吝粗鄙，殊不愜主角之意，不過在市長引用《聖經》多處經節
訓導：人獨居不合神旨時，終於誘主角入彀）由於選舉將屆，市長尋求連任，但主
角卻清楚見到市長賄選的異象，基於宗教上的良心，他必須揭發，但卻受到市長及
議長的多重壓力，其實他們均憚於他的預言能力，於是市長為動搖主角心意，便稱
主角之異象乃魔鬼作工，且自許得到神的應許將連任，又玩弄詭局明示主角：如果
你說異象指出我將賄選，但如果我不賄選，那麼你將落得冒耶穌之名作假見證云
云。不過最厲害的是市長得到李登輝的背書，這已是國民黨打總統牌的選戰模式，
此處「宋」特別指出李登輝作為領袖及基督徒身份的結合，（基督徒對有相同信仰
的人作為領袖，尤其在身處異教之間，更會相信或珍惜這份神的應許，從而或許會
有太高舉其人的弊病）主角終究沒能揭示自己所得的異象，終於難逃與上帝對賭的
下場，變成鹽柱。主角自述：

> 上帝給我的懲罰我很清楚。說像蛾摩拉被燬時回頭過去瞧看蛾摩拉的那個
> 女人一樣。有許多的經文家對那女人被變成鹽柱的看法不一，但我一向總
> 把它解釋成是那女人對罪惡的蛾摩拉的眷戀比對神的話語的信任要多一
> 些。（頁47～48）

市長曾諧謔又嚴重的對主角說：「你要相信李登輝還是你那狗屁的異象呢？」（頁
43）作為一名教徒，市長這問題可謂極其荒謬，但卻可作為一嚴厲自我批判的設
問。「宋」以基督教義批判當時所謂的「李登輝情結」，除了「宋」本人的宗教體
驗與認識，剛好針對李登輝所代表的宗教信仰。此外，當主角在五旬節教會中獲得
異能時，他表示這是一種快速證悟基督教奧秘的方法，這裡顯然有「宋」的宗教經
驗之自況，而故事中的主角離奇死後，印證上帝懲罰他的懦弱、崇拜世俗偶像而將
他變成鹽柱。主角的死，讓原先所得的恩賜有了更深刻的涵義，即：白白得恩卻又
在罪中死去，這是嚴肅主題的涵義。「宋」的除偶像企圖雖然還有所保留而不甚顯
豁，但至少已清楚意識到贖罪的代價，同時也是對民眾政治心態及社會現象的深刻
反省。
　　96年5月出版《血色蝙蝠降臨的城市》（以下簡稱《血蝙蝠》）是「宋」的另
一宗教力作，關於書名中「蝙蝠」的意象在其小說中是有淵源可考的。可以說，蝙
蝠的蘊義在他的小說中往往是背反傳統庶民觀念的福氣形象，反而較接近鬼魅出場
的背景氣氛，在80年出版的《黃巢殺人八百萬》[13]中收有〈危機鹿城詩——以這
首詩來繫念抗日詩人周定山〉（寫於76年），其中有詩句如：

13　《黃巢殺人八百萬》，（台北：東大圖書公司，1980）。

> 蝙蝠狂顛的舞姿暴漲拉長是橫行俯沖的巨靈
> 晚間他們飛臨在蓬頭垢髮的城市頂頭去築巢
> 吃去整個智慧的生機以及在更鼓中你顫顫的死訊交感在他們隱形的音波間
> （頁182）

蝙蝠的舞姿帶出妖氛凝重，所描繪的是日據時期鹿港的社會氣氛。其後，繼《廢墟台灣》持續強烈現實批判色彩的是《弱小民族》一書，集中收有〈抗暴的打貓市〉（先以台語寫就再譯成北京話，87年），在這篇小說中，「宋」以銳利而尖刻的語言對台奸李順天及其子李國忠、李國一兄弟進行撻伐，（對台奸的另一篇批評是收在浪漫主義時期《等待燈籠花開時》中的〈麋城之喪〉，用來警醒人們對台奸歷史的輕易淡忘，不過此篇語調較溫和。）「宋」以「虛構的紀實」對台奸的發跡始末進行深刻描繪，尤其是37年310打貓港大屠殺事件中，李氏扮演告密者向陳儀所代表的政黨靠齊，李氏輕鬆地解決了李國忠的情敵簡世雄一家，隨後由於執政者的縱容與扶持，更進而掌握把持打貓市的政經資源，但李氏終究無法免去犯罪的代價，甚而李國一在一次運動會中失神地喊出：「看呀！紅蝙蝠船來了！紅蝙蝠船！」（頁325）究竟什麼是紅蝙蝠船？

> 那的確是一個神祕的現象，他們兄弟曾對別人說：「紅蝙蝠船是一隻滿身都流著血的船。」是呀，也就是那種血色的記憶、恐怖的夢使他們兄弟陷入枷鎖之中，他們不知道要怎麼去避開那個惡夢的襲擊，那是他們生命中日夜糾纏的血色之船。（頁326）

「血色蝙蝠」在小說中數次以夜夢的形式出現，代表個人對心理意識的回溯，小說中台奸李國一在夜夢血蝙蝠船後的告白，其實也洩露出人被罪惡宰制的軟弱。

我們似乎可以認定「血色蝙蝠」在「宋」的修辭中幾乎是罪惡的象徵，亦即蝙蝠的舞姿是罪惡的蔓延，在神聖或罪惡的領域中我們不斷交織比喻與象徵來言說我們的經驗及感受，但「宋」如此「固執」於「血色蝙蝠」的意象，又同時清楚意識到它的內涵，似乎這也是「宋」個人宗教經驗中的銘記印象吧！由此「密碼」來解讀《血蝙蝠》將會更清楚「血色蝙蝠」的意涵。

可以說，在〈抗暴的打貓城〉中「血色蝙蝠」反映了李姓台奸「對罪惡的焦慮」，似乎李氏尚未全然泯滅天良，雖然文中「宋」幾乎是以極嚴峻的字眼來訴說台奸的可恨，而在《血蝙蝠》中，蝙蝠的功力增強了，也就是說，蝙蝠在〈抗暴的打貓城〉中只是一個「罪惡的符號」，但是在《血蝙蝠》裡，它進化成能傷人、致命的能動物，從而它也是能與「善」相抗衡的勢力，整部小說也來自善惡二元的對

立架構，最終則演成聖靈與撒旦的對抗。

96 年《血蝙蝠》基本上可以視為是 87 年〈抗暴的打貓城〉的發展，這主要是依從結構上的設計來看，這種技法如「宋」所自述是完成〈抗暴的打貓城〉後的自覺，以類似同心圓的報導方式，逐漸詳細加以敘述（見《血色蝙蝠降臨的城市·序》，頁 15），至於內容上，我們可以清楚意識到「宋」在試圖尋求惡的根源性問題。在黃涵榆〈有關災難、邪惡與救贖的一些唯物神學的思考——讀宋澤萊的《血色蝙蝠降臨的城市》與《熱帶魔界》〉[14] 一文中也注意到與惡性根源相關的幾個面向，特別提到「靈視者與邪惡勢力的遭遇和爭鬥，並不只在個人層次上展演，也是集體的、也就是寓言層次上正邪、聖靈與撒旦原則之間的爭鬥。幾次血色蝙蝠的出現都是台灣歷史上的重大災難（日軍侵台、二二八事件、國民黨黑金體制的全面勝利），都與殖民暴力屠殺、政治敗壞有密切的關聯。」（頁 28）「神魔對抗不是形而上抽象的善惡兩股驅力之間的對抗，更不只是作者個人宗教修鍊體驗的投射，而是對於改造腐化的政治與文化和對台灣人主體意識的積極介入。」（頁 34～35）個人聖靈體驗在於經歷特殊真實事件之後的生命新造與轉變，「那些體驗所牽涉到的不是認知觀點的轉變或理性啟蒙，遑論符號名相的推移。小說中與血色蝙蝠對抗的人（在法戰中敗給彭少雄的 A 市的幾位法師、唐天養與阿星）都曾遭逢重大病痛、挫敗或者被欺壓，而後多因修習法術或有神靈降臨才經歷重生、或者說是生命「事件」，即是身心靈實質的變化。」（頁 40）宋澤萊把個人信仰與經歷痛苦的歷程涵攝台灣歷史中的苦難，於是歷史中的苦難不是歷史想像，而有切身的真實感，當然也可以說這種個體與歷史的聯結，是透過反省察覺身體以隱喻罪性與苦難的來源，這種書寫既是寓言也是預言，作者的身分扮演說故事的先知。再以身體隱喻的部分而言，其實痛苦不是人唯一的真實感受，只是因為強度較大所以銘記深刻，也就是說這種身體記憶是有選擇的，特殊體驗更不具普遍性，這也可以說明為什麼觀看歷史或他人身上的痛苦，雖然基於同理心的體會但總不十分真實，而且同理心的作用能力也因人而異，這是身體作為人是受造「物」的一種限制，在宗教除魅之後，神性失落，造物者只能是機械性思考，人與文字、文字與對象的神性聯結斷裂，作品中的指涉是作者個人病史或是集體社會的病史，會是詮釋上的分歧，把宋澤萊的書寫從政治正確或符號象徵運用的角度加以詮釋，這種寫實批評的提出有其必要，但不能囿於粗疏的台灣觀點，重要的是病與救贖。

《血蝙蝠》中的主角彭少雄可以是台灣社會問題的具體象徵：黑道、金錢與政治腐敗共生，全書即以他為主軸，展開各側面的描述，不過彭少雄這個角色其實並

14　黃涵榆，〈有關災難、邪惡與救贖的一些唯物神學的思考——讀宋澤萊的《血色蝙蝠降臨的城市》與《熱帶魔界》〉，《中外文學》，41 卷 3 期，2012 年 9 月。

不具有明顯的人格特質，究其實只是一個符號，一個罪惡的印記，（從這一點而言他無疑是異於人或說是非人的）他也許能為自己的行動實踐作理念上的反省，當然絕大部分是對惡的存在作辯護，至於其惡跡包括以暴力圍標、介入選舉暗殺選舉對手、軍火買賣等，幾乎是報紙上社會新聞的匯集，不過最終讀者會發現彭少雄其實是「惡靈」展現其意志的工具，是「惡靈」媚己的銘狗。

在書中的第二篇「法戰」部分，惡靈藉著彭少雄挑戰了民間信仰，表面上是彭少雄為了社會聲譽設法打入各宗教團體，拉攏壯大自己的社會資源，但卻變成惡靈與各民間宗教人物的鬥法，這些庶民信奉的宗教執事者包括：世尊公墓的管理員吳厚土、海將軍廟的啟靈師父陳旺水、九天仙女廟的女醫顏天香等，這些人物都具有某些通靈或醫治的能力，但全都不敵彭少雄的法力[15]。第三篇「貓羅山之行」及第五篇「蝙蝠巢穴」則紀錄了基督教聖靈與血色蝙蝠所象徵的惡靈的戰爭過程。故事中引入基督教敘述的人物是唐天養，一位熟諳原始佛教及禪修的人士，同時他也參究中西哲學，在一次機會中他領受了聖靈的澆灌，而後更有醫病的恩賜與見證，其能力甚至可用印有十字徽記的手帕為國際上遙遠彼端的患者治病，這種能力則已近似於「遙視遠距離治療（Remote Viewing/Healing）」，（書中對唐天養的敘述十分詳細，其中多少是「宋」的自況，這一部分也可看作〈變成鹽柱的作家〉中的主角。）但唐天養竟不敵血色蝙蝠而身受重創，最後到貓羅山村尋找薛以利亞傳道人而得醫治，還與其共同探尋惡靈血蝙蝠的巢穴，最後終於尋得並藉銀色蘋果的法力將巢穴剿滅。（銀色蘋果由 17 世紀耶穌會教士「唐何多阿塞」傳給羅義耳，羅於1850 年出生於英國長老會家族，曾親到遠東傳教，年老後重回台灣，1947 年 228事件後因同情而接濟上貓羅山避禍的台灣人，同時將教務移交薛以利亞。）第六篇「市長之死」，藉由一份署名為彭世傑所撰的 A 市地方誌的報導，追溯彭少雄的死因，揭露表面上其死因是在逃避軍警圍捕時致死，但經多方探訪，赫然發現其實彭少雄早已死亡，前面各篇中所出現的彭少雄不過是邪靈所控制的軀殼罷了。從寫實與魔幻的角度來看，在寫實的部分無疑是有所本而貼近庶民生活中隨時可見的低俗、黑暗的生活紀實，而在魔幻的部分，它的虛構卻展現了「預言的可能」，而這種朝向未來的可能，其實也是一種警訊，尤其從彭少雄死後尚能為惡的角度來看，這其中根本是一種很深層的悲觀心態，是對惡的宇宙性結構予以形上的肯定，本來

---

15 陳文珊在〈談宋澤萊晚近作品中的神秘經驗〉指出宋澤萊宗教價值層級的排序是：上帝為最高存有，其次民間神祇，再其次為撒旦；但是靈力的大小，後兩者則民間神祇略遜於撒旦。基本上在《血蝙蝠》書中還是善惡二元的宇宙架構思考，民間信仰的生活背景與淑世觀在他身上的作用也是使其筆下常有一些庶民信仰的神祇出現的原因。人可以在各宗教上獲得神秘的宗教經驗而在靈界合一是「宋」的觀點，不過若問民間信仰的神力的根源問題及層級問題，恐「宋」所未意識到或非其主要關懷，雖然這有其重要性。文收《曠野》，第 4 期，1997。

犯罪的重價是死亡，但如今死後卻仍能招致更大的惡行，從而揭露了對「永生」這一觀念的逆轉：你對「永生」的信念有多大，你就要承受與其相反的可能，在對彭少雄的描寫上，可以看到在被拯救前，人受罪惡擺弄的軟弱。

第四節　結論——聽預言的人

> 我說：「至高的上主啊，先知預言沒有戰爭，沒有饑荒。他們說，你允許我們在自己的土地上享受太平。」
> 但是上主說：「那些先知假借我的名撒謊。其實，我並沒有差他們，也沒有命令他們，或向他們說過一句話。他們的異象不是我給的；他們的預言只是他們自己的幻想。所以，我——上主這樣告訴你：我要對付那些不是我差派的假先知；他們假借我的名預言這地方不會有戰爭，不會有饑荒。可是我要用戰爭和饑荒消滅他們。那些聽他們說預言的人也要遭遇同樣的結局。」
>
> ——耶利米書·十四章 13～16 節（現代中文譯本）

宗教經驗在「宋」的文學創作中一直是最重要的主題，雖然宗教經驗誠如康德（Immanuel Kant）在《通靈者之夢》[16] 中的兩點闡述，它是：獨斷的（形上的）、歷史的（經驗的），這種性質的說明更表示宗教經驗的修辭毋寧更趨近詩質的語言展現。「宋」對宗教的體驗很深，表現在其作品上，可以依從兩方面去加以討論：一、有關宗教主題的修辭（包括宗教問題的探討及小說經營上的需要）；其二，個人的宗教經驗。前一項是宗教知識的研究，第二項是個人心靈宗教意識的剖析。據「宋」所述其對宗教修為銳意精進是在 1980 年後，也就是《打牛湳村系列》及《變遷的牛眺灣》完成後，當時其處境如何呢？

> 那時我的自我拯救仍未展開，宗教意識猶未萌芽、歷史的腳步才剛被聽見，我的心裡仍盤著愛倫坡的幻夢，夜裡呼吸到史特林堡的氣息，白天籠罩著芥川龍之介與莫泊桑的陰魂。[17]

16　〔德〕·康德（Immanuel Kant）著，李明輝譯，《通靈者之夢》，（台北：聯經出版事業公司，1989）。

17　〈從《打牛湳村》到《蓬萊誌異》——追憶那段美麗，淒清的歲月（1975～1980）〉，收入《打牛湳村》，（台北：前衛出版社，1988），頁 6。

這透露出在〈嬰孩〉到《惡靈》的三篇現代主義小說中，「宋」冷靜回憶挖掘到，躁動焦灼的心靈圖像所給予的折磨，想藉由《打牛湳村系列》的書寫以自我治療的作法明顯失敗了，而這兩階段的風格有很明顯的差異，在〈嬰孩〉等三篇中，獨白與對話大量運用，長篇的論述及哲學沈思的語錄多有，但是在《打牛湳村系列》中則改以敘述、描繪的手法為優先，至於這兩階段的心境與態度，在選擇宗教為個人生命重心後有了進一步的結合，一方面現代主義時期的深層心理觀照轉成個人禪修上的內省，而為彌補這種方式所帶來的反歷史與社會疏離，則持續關心更多的社會課題，比如《廢墟台灣》的寫作便是因為「大概當時因打坐十分起勁，心靈異於往日的乾淨，不免就有潔癖，對於逐漸遭受污染的環境變得不能忍受。〈《血蝙蝠·序》〉，頁12）」除了這類環保的公共課題外，宗教的社會課題自然也成了用心的所在，因而《被背叛的佛陀》等強烈批判大乘佛教庸俗化的論戰，更是個人宗教修養與社會關注的精準結合[18]。

　　可以說在「宋」清楚認知到宗教對自己的重要以前，這些意識早已萌芽，從前面對這兩階段作品中所呈現的宗教主題的修辭可以得知，80年以後隨著宗教實踐的體悟所得，「宋」有了一些參禪上的開悟及基督聖靈澆灌的珍貴宗教經驗，這些經驗使得他特別重視根本佛教（指西元前530～486，即佛陀在世時期）或原始基督教特別是四福音時期經上的一些記載，或許他覺得組織化、教會化的宗教作為都是因應宣教上需要的社會機制，未免煩瑣，唯有直接契入宗教體悟才能真有所得，所以才會在判教之餘將自己歸位在初始階段，這種態度也反映在對經書文字上，而有像《禪與文學體驗》中「註解註釋未必有用」（頁131～134）的這一則見解，這種觀念順著禪宗的理解脈絡當然可以成說，有趣的是對聖經的理解上，比如在《血蝙蝠》中，描寫唐天養讀到〈創世紀〉·第一章1～2節的經文時立刻有靈的感動，這段情節如果對照書的前序，可知是作者歷經佛法修行、肉體病痛後，於1993年在學校一間陋室讀到〈創世紀〉而被聖靈充滿的宗教經驗，從此信仰轉向（頁20），但是此處小說將經文載作：「太初，上帝創造宇宙，大地混沌，沒有秩序。怒濤澎湃的海洋被黑暗籠罩著。上帝的靈運行在水面上。」（頁119），從經文的理解上應該無誤，只是經節的確切文句，不見於通行的「和合本」、「現代中文譯本」等，似有可能是「宋」加以運用時的修辭，比較不符一般的引文原則，像這種運用上的心態，非常值得玩味[19]。

18　江燦騰在《台灣佛教百年史之研究》中指出：「在台灣佛教界中，具有政治鮮明意念的，其實為數並不多（據我所知）。文學家宋澤萊可能是批判『中國佛教』最強烈的一位。」（頁454）由文學家角色對宗教進行嚴厲批判，正足以說明宗教（如果將其視為社會機制）與宗教性（個人的宗教自覺）之差異。（台北：南天書局，1996）。

19　從相關著作主題也可看出「宋」的心理與創作關係，陳建忠提到「宋」有未刊的長篇《附靈的金沙

　　將個人蒙受靈恩作為一個小說人物介入作品中，「宋」在筆調上還是相當自制而謙虛，不論是〈變成鹽柱的作家〉中的主角或是《血蝙蝠》中的唐天養，因為，持續的社會關注平衡了將內在視為一完整圓滿的世界，或唯一價值標準的封閉性浪漫宗教情懷[20]，不過小說中人物的對話性格不強，常由某一較強的觀念主導，其他人物在相形之下，顯得太過扁平而單純[21]。

　　96 年底，「宋」出版了《拯救佛陀》一書，此書標示為「根本佛教」的教本，倡行歸還佛陀本來的真面目，主要闡述禪定的工夫，並示範修行日記，在教本中也可以發現「宋」對「根本佛教」的系統認識，其中倫理觀及社會觀還是他一貫注意的所在，也有部分是其「比較宗教」方面的討論，不管「宋」的宗教態度是折衷主義者、調合主義者甚或是混合的諾斯替主義者（Gnosticism）的論調[22]，從《廢墟台灣》、《血蝙蝠》、一直到晚近的《天上卷軸》、這一系列的書寫都環繞宋澤萊的宗教體驗尤其是異象的體會，在與胡長松就《天上卷軸》創作理念的筆談中，宋自認為「我寫的魔幻寫實主義小說是一種『異象小說』，也就是接近聖經〈啟示錄〉的那種奇異視景的小說」[23]，《天上卷軸》的寫作在歷史縱深上推擴到西拉雅族的書寫，也就是把台灣歷史推到漢化以前，而闡述歷史變遷的敘述觀點不是文化人類學或民族誌的雜揉魔幻的想像，而是接近基督教的異象觀，過去和未來在眼前卻如

鎮》據悉亦為「靈魂學」領域之作，見《宋澤萊小說（1972～1987）研究》，頁 178，註釋 7 中所載，清華大學碩士論文，1997。

20　小說中主角的心靈圖像如何在浪漫抒懷與現實上平衡，可參見劉昌元，《盧卡奇及其文哲思想》第三章有關《小說理論》之部分，（台北：聯經出版事業公司，1991）。

21　施叔指出：「相應於自省和探索的內在要求，在表現上，宋澤萊的小說呈現著濃厚的自我對話色彩，他經常以多視點的敘述方式，由不同角度探尋問題的真象，或者透過人物與事件的平行、對立關係，逐一把訊息和意念展現出來。」說見〈大悲咒──宋澤萊集序〉，施淑、高天生編，《宋澤萊集》，（台北：前衛出版社，1995），頁 10。在此，根據巴赫汀（Михаил Михайлович Бахтин）的主張將「自我對話」稍作修正，巴赫汀認為：「獨白是一個由單一意識支配的、統一、完整、封閉的世界觀，是作者的權威意識主導一切的一元世界，各種不同的意識和聲音都成了作者獨白意識的客體對象。」而「對話意識」則是開放、多元、多極、未完成。見劉康，《對話的喧聲──巴赫汀文化理論述評》，（台北：麥田出版社，1995），頁 192～193。誠然，這是一個兩極的概念分法，不過「宋」的小說處理手法是比較偏向於「獨白」。與此問題相類似的與此類似的看法是高天生對「宋」在「自然主義」時期（此分法與宋的自我分法不同）小說的六點批評，其中第二點較恰當，也適合於其他時期：「人物的心態過份單純化，無法呈露人性的繁複與多樣性。」說見高天生，〈解剖刀與社會良心──再論宋澤萊的小說〉，附於《蓬萊誌異》，（台北：前衛出版社，1988），頁 360。

22　以神秘的宗教體驗作為認識宗教的方法與預設，有其根本上的危險，這種「以身證道」的獨斷方式，未免貶抑「對象」而高舉「自己」，當然，有過宗教經驗的人，會更珍視這種體驗，甚而會對現實採取捨離或輕視現實價值標準。此外，某些宗教中的文化或許也不一定將神祕的宗教經驗作為其追求的最高價值，比如新的〈哥林多前書〉第十二章中聖靈恩賜有醫病、行異能、作先知等九種恩賜，但「這一切都是這位聖靈所運行、隨己意分給各人的。」今日看來幾乎是比較難信的行異能與醫病的能力在初代教會時期並不少見，「宋」對此點自然也深知，不過聖靈「隨己意分給各人」表示這些能力非靠參禪的方式可以自救。

23　見〈文學筆談：宋澤萊與胡長松〉，收入《印刻文學生活誌》，第 7 卷第 3 期，（新北市：印刻文學生活雜誌社，2010），頁 101。

此清晰，一種警醒的預言方式。我們期待藉著他的信仰力量能創出更多警醒人心的作品，也但願他時常流露筆下的悲觀宿命的見識，不是先知為我們預示休咎的言辭寫定。

第十章　罪惡噴泉邊的永生者

── 王幼華（1956～ ）

摘　　要

王幼華以社會集體的精神病態作為罪性的象徵，指出病因除了是社會問題外，還有原罪──人在形上學或神學意義上的惡性遺傳──的不可避免，因此種使罪惡彰顯的現實手段，詰問人在病態下生存是否還能有蒙救的生機？在王幼華投入社會文化活動或暫時抽離小說作者的身份，應是出於積極用世的迫切心態，這一點與他小說中的人物常處在一種等待被拯救的瘋狂或被棄狀態有關，都是出於不忍坐視的心理。

第一節　前言──文化病態與罪性象徵

　　王幼華（以下簡稱「王」）的小說呈現台灣社會的集體瘋狂圖譜，由此突出了關於「罪性」的書寫，其中可以涉及兩個主題，一個是對台灣總體文化的觀察，拈出了「沼澤型」文化的豐富象徵這個語彙[1]，沼澤地處海陸交會處，潮流拍擊陸地，崖岸犬牙交互，由此比擬台灣歷史上，多種文化的對話、衝突或融合，使原有的「大陸型」與「海洋型」兩種文化的靜態摹寫，得到動態的極佳比喻；另一方面，沼澤的污濁渾沌卻也是孕育旺盛生機的地母意象，人依此地而得生養，吸吮斯土之乳汁，卻也注定污穢罪性遺傳之必然，即他的原罪觀念有多少是帶著自然的、社會的命定這層意味，因此瘋狂病態的書寫便顯得是無所遁逃的悲運了，或者可以說，深層心理中，罪性萌動的場域，藉著沼澤的地形取得象徵上的作用，此即罪的先天觀念，當然如果僅由環境之限制來說明人的犯罪意圖與事實，這是採用現實手法的批評方式，但如果從宗教的角度看待，或許罪的生成有別於社會因素而要來得更深沈隱晦。

　　彭瑞金在〈探索的、反叛的漂泊者──王幼華的小說世界〉中，將「王」的小說分成三系，其中一系特別論道：

---

[1]　這個標幟性看法的提出見於劉登翰等編，《台灣文學史》，（福州：海峽文藝出版社，1993）。最廣泛的沼澤形象的運用是在《廣澤地》一書，但在其他篇中似可尋出其意象形成的端倪，比如較早的《雨鎮演談》中，懷抱理想的丘老師遭逢妻子出走時，灰心喪志地把自己形容為陷在沼澤裡的人。

王幼華挺立於八〇年代台灣小說界的另一個主要質素，應該是他執著於對
生命原罪的探索。這種近乎宗教家的情懷卻找不到宗教信仰痕跡的執著，
是頗具創意的，足以開拓台灣小說的境界。(《王幼華集》附錄，頁 267～
268)

而宗教議題的書寫領域長久以來是台灣小說版圖中的荒蕪。此外，在張深秀對
「王」的訪問所筆成〈有亂石巨川訪問記〉(1985 年)中[2]，也特別就多位評論者注
意及作品中的宗教意識加以詢問，尤其是「原罪」的觀念，「王」的回答中，有一
段饒有深意：「在犯罪前後人的狀態中，精神是畸異、恍惚、易驚嚇、焦灼、矛盾
的，那裡面有極多的、豐富的人的奧妙。」(頁 279)而這些頗能展現其作品特色
的主題則主要來自生命經驗與心理學、精神醫學的閱讀，其實，在這篇訪問記中我
們可以知道，雖然多位評論者均注意到「王」作品中的宗教主題，但「王」本人似
乎並未真從宗教或神學(不論是何種宗教、教派)的領域去加以深考，所以張深秀
與「王」的問答，明顯有著落差，比如「王」以儒家的「仁道」觀念及佛教的某些
思想來闡述一己的體會，在對照其作品之餘，便覺二者實有諸多難以彌縫會觀之
處。而從這篇記以後，「王」的生命歷程中，似乎在宗教領域方面有了更深入的反
省與自覺，據《王幼華集》後所附自編之寫作年表，其中繫於 1988 年條下，曾有
這番創作上的檢討：

我的作品即是我求道的過程紀錄，且是修妄念而得道者。對宗教做深入的
研究。對佛道、儒、基督徒、民俗宗教有較整體的心得。(頁 310)

這段自述中，「基督徒」之「徒」字，於敘述脈絡中殊不可解，與其他宗教亦不成
平行並列之文義，或是「教」之誤也，但大略觀之，不知是否偏向於佛教之信仰，
又「妄念」或即瘋狂之諸意念造作也。
　　施淑在〈現代啟示錄 — 王幼華集序〉裡也特別提出「王」對「瘋狂」、「罪
惡」及「怪異」等主題的堅持，而這些主題實可視為解釋現代文化現象的一些關鍵
詞，同時「這樣的小說世界，於是從根本上具有否定的，批判的意義，具有廢墟台
灣的寓言的性質。」(〈現代啟示錄 — 王幼華集序〉，頁 10)而在另一篇序〈台灣
頻道〉裡則以卡謬對廿世紀文明的荒謬的批判比附「王」的整體文化觀[3]。尤其是
由台灣的社會現象去框定存在荒謬感受的時空背景，準此，則「王」的批判簡直是

2　見《狂者的自白》附錄，(台中：晨星出版社，1985)，頁 271～284。

3　見《騷動的島》之推薦序。

帶有末世的喑嗚，令人不忍卒聽。施淑在這兩篇文章的終尾，都抱著樂觀的期許，例如「這瘋狂不是人性的惡質化，而是在混亂多樣的現實面前，人的意識在發現和獲得更多的自由及自覺時的陣痛。」（〈現代啟示錄──王幼華集序〉，頁11）或「台灣的這一代，必須在內心與外界重新建立起足以使生命與死亡有點尊嚴的東西。」（見《騷動的島》推薦序〈台灣頻道〉，頁8）但可惜的是，在「王」的小說中似乎讀到更多的棄絕，正如葉石濤在評〈狂徒〉時所說：「每一個角色揹負了沈重的原罪意識。可惜沒有救贖，他描寫了悖德和精神畸型的深淵世界。」[4] 如果說在小說裡將罪與善，正常與異常作為一種二元對立結構上的設計，被視為是一種素樸的原始思維模式，在「王」的小說世界裡，「異常」似乎是人存在本質的同義詞，這明顯是一種偏於「否定」的美學思考，所以小說裡面的人物常會是「失望絕望者、失戀者，空虛者、孤獨者、困頓寂寞者、癌症患者、精神分裂症患者、犯罪狂、報復狂、精神萎縮者、人格異化者、單相思者、妄想症患者、懷疑論者、自毀自殺者等的心靈衝突、心理變態、人格分裂，乃至精神的崩潰。」[5] 等，但在人的歷史視象中，瘋狂之必然存在與其解釋，其實已不純然是醫學或生理的問題，例如在〈龍鳳海灘考古記〉[6] 篇名諧擬文物考古的史作，出以小說則成戲筆，其實亦莊亦諧地指出「瘋顛與文明」及「非理性對知識傳承」這般重要的課題，遙指巫者在古代族群中的崇高地位，以及巫者必然瘋狂的部分事實，以一位大學考古系的資深工友──「林合財」與一位地方性娛樂雜誌的業餘撰稿員合作，報導古代文物的出土情況，用兩人的身份去顛覆正統學術的嚴謹調查報告，而「林合財」在正常人判斷中其實是位妄想症患者，他道出在世界上「善良的人才會變成神經病」（頁204）這種偏激論斷，用以捍衛神經病的純潔特性，甚至以為「耶穌和釋迦牟尼都是精神分裂症的病人。」（頁206）因而如果古代曾經存在看待精神病──「巫者」的讖語為天啟，那麼「林合財」以瘋狂者的姿態與兩千年前的巫者共感，他的研究與發言豈不更為權威[7]？再者所有的異常心理，其中容或不免是深刻自我凝視時偶會驚詫

4　見《兩鎮演談》前〈談王幼華的小說〉，（台北：時報文化出版社，1984），頁13。

5　見〈台灣社會文化變邊中的心理攝像──王幼華作品論〉，朱雙一，收《王幼華集》頁283。在《台灣文學史》下卷中關於王幼華的瘋狂和犯罪書寫的看法不出此文之範圍。

6　收入《熱愛》，（台北：遠流出版公司，1989）。

7　傅柯（Michel Foucanlt）在《瘋顛與文明》裡就說到：「因為瘋顛是受難的一種形式，在某種意義上是臨終前的最後形式，所以它現在對於那些正承受它的人來說，就將成為一個受尊敬和同情的對象。」他論證耶穌因顛覆既有價值的行為而被視為瘋顛，以瘋顛這種人的最低存在形式去顯揚無人不能得救贖的道理。〔法〕·傅柯（Michel, Foucault）著，劉北成、楊遠嬰譯，《瘋顛與文明》，（台北：桂冠圖書股份有限公司，1994），頁69～73。而劉登翰《台灣文學史》下卷裡也說道：「王幼華寫瘋顛的人為的是說明『這個世界是瘋顛』的事實，並對這個瘋顛的世界反將瘋顛的罪名強加於人提出指控。」見頁601。小說中甚而嘲諷多位研究者的研究所得其實多得力於林合財的佐助，這是理性乞靈於瘋顛的滑稽運用。

的部分事實，只不過出以這種觀點的指證，應都旨在逼顯出一種真實的自我體驗，所以「否定的」或懷疑都只能是手段而不能是目的，荒謬或異常的存在，只能是存在者的荒謬感受而不能以荒謬去取代存在，當「王」以瘋狂絕望的身影示現此地生活者的真實生活，如果還能有幾分「希望」，便庶幾可保靈明不滅而有一絲真光乍現，但是懷抱希望或渴求救贖的聲音在小說中卻如此希微，龔鵬程以為「王」的小說讀之使人不快的原因，在於其書寫「瘋狂」所衍生的獨特世界觀與人生觀[8]，誠然，閱讀過程中所體會的不合諧或沈重，絕不是構句或謀篇上的文體營造，毋寧是帶有絕望的況味，這正是「死病」的氣息，瘋狂在理性者眼中可以無關道德，但如果人類所自詡的理性依然使人步向更殘酷的境域，瘋狂似乎便成了存在的一種祝福，因其可以免去道德訓斥與規範，而如果這就是人類最後的希望、無怪〈救贖島〉[9]裡的救贖竟是以殺止殺的暴虐，而這又何異於對死亡的歌誦。

「王」在對台灣歷史的認識上，表現在小說中無論是縱深或氣度上都有其恢弘的體系化企圖，以其外省第二代的背景，能傾注如許悠悠意往與多情於斯島風土載紀，遂贏得葉石濤的高度評賞：「唯有王幼華，才有透視中國和台灣未來動向的意向。而且他還能有效地從台灣現實生活中看出時代、社會變遷的脈絡。」這是他在序《兩鎮演談》的意見[10]，從《兩鎮演談》以下的一系列對台灣變遷的關注，另一位論者施淑看出「王」在一般的台灣「大河小說」中所發展的獨特設計：

> 相對於大河小說之以編年式的家族史作為台灣精神的表徵與文化符號，以悲情回應歷史加諸島嶼子民的沈重負荷與心靈創傷，從而表現了對於創世神話的，對於族群的集體凝聚力的嚮往和追求。在王幼華的作品中，我們看到的是另一番視景，除了志在為台灣開發史立傳，因而有意無意地加入傳奇色彩的《土地與靈魂》，他的所有小說探討的始終是從台灣的地表上，從它的文化沼澤裏滋生蔓延的一些已然形成、或等待著被確認的新生事物，它們的活動和發展大都意義未明，方向不定。[11]

關於以上的評論，可以從三方面去加以分析，首先是語言層面上對「混亂」社會現

8　見龔鵬程，〈試讀王幼華〉附於《狂者的自白》。

9　〈救贖島〉，《臺灣時報》副刊，1983年9月9日。收入《東魚國夢華錄：王幼華作品集》，（台北：允晨文化實業股份有限公司，2014）。

10　葉石濤在此文前部分略論外省作家的處境與文學特色，而王幼華在《廣澤地》一書的附錄上，則特別刊了一篇〈台灣外省籍作家的文學及處境──「第四屆台港暨海外華文文學討論會」論文〉，此文或可視為「王」的文學社會性思考兼向葉石濤致敬之作，二者時間相隔約有五年。

11　見《騷動的島》之推薦序〈台灣頻道〉，頁4。

況的模仿；其次，從後設的角度看，現實的動態變異，使書寫對象永遠處在「開放」的階段，再者，或許更重要的在於集體的歷史及社會思考與人物的心理描寫，這二者要冶於一爐，實有敘述上之難度在，《兩鎮演談》的寫作雄心之偉岸與難逃結構上細碎、籠統、模糊之病正坐於此，但不管是歷史的或當代的社會文化的批判，全景式或百科全書式的書寫及窮奇人物心理之變化多端，已盡力兼顧二者平衡上的考慮，可見用心之所在。《兩鎮演談》的分章，各章前面的那段類似於樂章的說明，好像也反映「王」在結構上的反省，雖然這種說明可能不見得必要，又比如篇末的附錄，對全篇內容的十年內（70 年代）國內外大事記，包括經濟發展各項資料統計表，評論者如林燿德亦以為可並觀為全文之一部分[12]，凡此皆模糊了文本自身的範疇。但也由於這種迷亂的情節敘述模式的不易歸類，在這些中長篇裡，我們將嘗試依：民間信仰的批判及人物的宗教心理兩方面略作說明。

第二節　民間信仰的批判與人物的宗教心理

　　庶民信仰是社會精神價值的重要範疇，「王」在 81 年的短篇〈有應公殿下慈悲〉[13] 中，以一個年輕的敘述者，前去探視家中承租房客老趙在榮民醫院為情節，描述其他榮民榮眷的淒涼晚景，進而聯想及台灣民間陰神裡，神格低下而路旁偶會見及的有應公祠祀：

> 如果你不知道祂是什麼神祇，從來不注意，那我可以向你說明。他們是開
> 台以來，數百年來的孤死的墾丁、戰士，倒在在路旁的無名屍體、游魂、
> 野鬼。祂另外有個稱呼是「千人魂」「萬人塚」。……
> 有應公是不應該稱殿下的，神界還是很封建的，什麼大帝、祖師、王爺、
> 城隍一階級一階級的很清楚，還沒有民主化。我預測將來代表沈默群眾、
> 偉大無名戰士、孤勞墾丁的有應公神社，在冥冥之界中，會得到他應有的
> 地位的。（頁 124）

箇中主旨是很清楚的，諷喻榮民在奉獻歲月之餘只贏得一縷無主游魂的身後光景，被收編在神格的下等，除了為榮民抗議之外，也由庶民意識的抬頭批評神界封建思想的運作，這種對神界與現實脫序的說明，當然是對上層社會的諷刺，而在描述的視域上，只停留在某一階層，雖然不妨視為對後來社會全景式書寫的準備。

12　見《熱愛》前〈意識的解放〉一文。
13　見《中外文學》，第 9 卷 8 期，1981 年 1 月。

在《兩鎮演談》第一章裡，藉著理想型人物「范希淹」的導覽，介紹了地方崇祀的特色，比如居左右兩鎮中間位置的「五聖宮」所奉祀的神農大帝、鄭成功、開漳聖王、廣澤尊王、三山國王，就點出了平衡漳泉粵等人士在信仰上的社會功能；此外第三章裡詳述了左鎮的義民廟、右鎮的慈雲宮及晚近傳入的天主教、長老教會、浸信會，真耶穌教派等，「王」也觀察了宗教組織的社會運作與弊端，比如點光明燈、信眾對建廟捐款以求題壁留名、百姓的淫神濫祀與神棍斂財犯眾、寺廟董事、管理委員在宗教與政治上借神意謀特權，凡此皆浮現了地方宗教的主要問題，衍生出各種弊端及受扭曲的信眾心理，在無秩序的現實環境中，人們非理性地擁擠推攘向神明獻媚等待奇蹟，信仰中的非理性指的是崇拜對象的不可測度，而在這段批評中，說明了人對神的賭博式的挹注以媚神邀福，同樣的在《騷動的島》中對媽祖信仰的現象更是賅要的觀察，他說道「媽祖」是七、八百年來沿海人民的心靈之母，然而：

> 祂沒有神學的探討，沒有經典的訓示，沒有豐功偉績，只有口耳渲染的奇蹟。（頁 25）

揆諸目前的媽祖信仰，除開信徒的宗教經驗與意識層面外，似乎祂的政治運用顯然遠遠超出經典或神學之沈潛論述，但祂的宗教儀式在常民生活中被高度關注，儼然是一場宗教嘉年華，不明究裡會誤以為媽祖信仰是國教，但祂畢竟反映廣大庶民之信仰層面，無怪近來頻有企求建立媽祖信仰之神學教義之呼籲[14]。

相較於敘述的綜觀的書寫，另一種方式則是特定的宗教人物，《兩鎮演談》中的「姜圖」其人，因長期營養不良衰竭而死，但臨死前數日，卻向「凌雲庵」老尼証道，自訴前身數世業歷，自星宿投世於明朝末年，轉身流寇、婢女、洪秀全，一直至今世始證自己乃天殺星投世，但已功德圓滿，當重返天位云云，此番說詞，出於營養不良將死之人，實已暗寓譏諷，但「姜圖」竟爾成神，說明因果業報之說移人甚深。此外運用同一主題且能有心理層面之描寫者在《土地與靈魂》及《廣澤地》中，兩部作品都曾突出神職人員的悖德與心理掙扎，《土地與靈魂》中的舵手，前耶穌會教士「哈洛德」，因性醜聞而被逐出教會，雖然淪為海上冒險商船的掌舵者，卻依然無悔，生命中使他犯戒的女人「給他許多東西，那是修會、書本無法提供的。她的知識能夠和他匹敵，但對肉體慾望的豐富卻令他望塵莫及。她談及經由慾望、罪惡認識的基督，使他語塞，不經由人性試煉的教徒都是虛假的，哈洛德成為她的追隨者。兩人之間的事爆發後，教士承擔了大部分的後果，成為海角的

14　例如《自由時報》，2000 年 7 月 23 日 15 版，就有黃德祥短文〈引領信眾逐步建立媽祖教義〉。

逐客，離開神龐大的巨影。」（頁 51）基於這一理由，「哈洛德」被塑造成一位雖犯姦淫卻是為了接受試煉的矛盾者，而後使他幡然醒悟的是一島上野蠻生番所佩帶的十字架，他憬悟自己流落島上的遭遇，宛然是上帝要重新召回他，以便開始島上宣教事工，雖然最終他在敵人酷刑下死去，但「他那殘缺不全的手掌上，握有那曲扭的金色十字架，那枝重新啟示他尋回上帝的記號。」（頁 262）哈洛德從某方面而言並非是縱慾者，比如他可以拒絕番人少女的示愛，但是他無法遵循修會規範的情節設計，好像是展現個人面對誘惑時的意志自由，後來體悟上帝之大能，卻在與敵人交涉時受傷而死，這便帶有過度浪漫的悲壯濫情。類似的主題而加以引申的人物是《廣澤地》裡的「李神父」，少年時期的神父常有聖靈充滿的宗教感受，但是身為大家庭中的庶出，加以與父親間的隔閡，使他深覺婚姻的家庭結構對他卻變成淫蕩、壓迫、不潔等罪惡感叢生的淵藪，這種青年時期會有的人格整合與認同的危機（identity crisis）很像愛力克森（Erik H. Erikson）在《青年路德》裡對馬丁路德的分析[15]，總之，這是形成「李神父」對原始情慾的好奇與渴望的關鍵，而內在的情慾與道德間劇烈震盪也演成他的獨特人格：

> 他發現自己能在極大壓力之下，把自己分裂成三、四種不同的我而存在，以三、四種不同的我去面對現實。那三、四種我是不同性格、不同道德標準、不同尊嚴的我。在對付完危機之後，心靈內的熔爐亦能將它們融合，回到一個較固定的自我。（頁 65）

林燿德說：

> 說符徵而言，神父無疑是西方基督教文明滲入台灣的象徵，而且神職的本身就是明示著神聖與世俗抗衡的力量。但進入符旨探究，李神父身為漢人而接受梵帝崗教廷指揮，或者他因世俗情慾而動搖信仰的內在困境，一一顯現出詭異的生存現場；更為有趣的是李神父為天主爭取到的女性信徒，在小說中清一色是因為李神父個人的男性魅力，而不是因為被神父講道的言談所說服。[16]

林燿德的說法明顯過度詮釋了「李神父」在全篇中的作用，神父自然可以是西方基

15　〔美〕·愛力克森（Erik H. Erikson）著，康綠島譯，《青年路德》（Young Man Luther），（台北：允晨文化實業股份有限公司，1989）。

16　見書前引言〈在都市邊緣的邊緣〉一文，頁 7。

督教文明的象徵,但在《廣澤地》裡並不存在這層運用上的寓義,倒是林燿德本人在其後來的《一九四七高砂百合》裡這麼運用了。至於說,神父的困境在世俗情慾與內在信仰的無法共存,這是對的,只是把罪的諸多形式集中在情慾方面,雖顯豁但也是窄化,饒是如此,其中還是有一段精彩的對話,當李神父因情感衝擊遠離城市到山地牧會後,(在山地間他又與一女子「瑪娜」有了關係,他視這事件為一平衡,彌補對信仰上極端與絕對的形上追求,這當然是一種偏頗而強為之辭的掩飾。)外國老神父馬伯敬因前去勸導而展開對話,師友間的情誼,加上馬伯敬的博碩學問,使他可以將內心中對罪的意識與疑惑去質問有關早期馬伯敬在教會中流傳的不名譽事件,包括金錢上的虧空、與有夫之婦的緋聞等,或許基於人的罪性的同理必然,使他敢於如此質疑,相形之下,儘管在神學著作有其尊崇聲譽與地位,但面對如此嚴厲的逼問,馬伯敬則顯得不那麼堅決,甚至有些保守與怯懦,但事態的演變卻出人意表,李神父終於請求馬伯敬的寬饒並祈求代禱,這樣的轉變,敘述者的理由是「原來那些話並非犯罪者的本意,只不過是嘗試、試驗他的困惑罷了。」「王」在此想要去處理神聖與罪性的強烈對立,透過兩位曾為罪所苦擾的神的奴僕,其中一位現在還陷溺其中,這原是極佳之主題,但是在某些議題上卻有飄移不定之憾,比如李神父提到某次聆聽馬伯敬對聖奧古斯汀的靈肉二元論的體悟與親身經歷,對於起源自中世紀以來的看法,其實可以溯至《聖經·帖撒羅尼迦前書五:二十三》關於靈、魂、身子之說法,自然,在小說中提到這個觀點,不過是要用來表現李神父的疑惑,或者說是他的堅持,即聖潔須從罪惡之中超脫,但在對話中只道及馬伯敬見上帝向其顯現的宗教經驗,再者,「王」對於罪的主題的強調與偏愛,使李神父這個人物一再企圖由人性的陷溺的必然或生命體的原始慾求去論證它們存在的合理性,在無意中也就只是強調了罪惡的存在事實。全篇的結尾落在李神父身上,當他由山上教會下到都市的市場時,見到梅子老師(滿有愛心卻又深受情慾煎熬之苦而發瘋的女人)與老大(妓女阿麻的兒子,一位不良少年)糾纏不已,他望向天,舉起右臂,(近似宗教祝禱的手勢)喃喃唸道:

　　罪惡,啊,罪惡……我來了,我來了。(頁176)

接著李神父試圖將二人分開,很明顯地,從這個刻意營造帶有宗教意味的動作中,李神父走向罪惡(由梅子老師與妓女之子所象徵,使我們可以清楚逼視由瘋狂與淫亂所象徵而交錯的二個生命體),奮力一搏,想藉此斬除自己心中的牽絲攀藤與罪性之箝錮,只不過這一切卻顯得如此軟弱,於是,它的結局又指向人類命運的兩端,帶有不確定的意味:究竟李神父(或每一個體)迎向罪惡的下場是拯救犯罪的對象與自己,抑或更悲慘的是為罪惡所吞噬?

　　至於在短篇裡，〈生活筆記〉系列中的「寓言D」，描述「真教會」作禮拜時，李太太拉進一位陌生人，當其他教友們慣例地痛哭懺悔時，眾人也勸這位陌生人向神懺悔，逐漸地他被軟化而開始痛哭，甚至眼珠掉出，淚水汩汩從空洞的眼眶洩出，氾濫及腰，最後這名男子消失無蹤，牧師以為是魔鬼所致。此篇明顯批評偽善者的廉價淚水。〈神劍〉裡的小孩在偶然間得到強大無比的超意志能力——可供驅動的非物質性金劍於掌中，可以抵禦子彈、遮蔽陽光、使人騰空等，但這等能力卻在他背誦出一段歌詞充滿可愛、希望的世界時而自動消失，文中除了一再暗示小孩所以能具備超能力的條件在於絕不說謊外，恰好也正反諷現實世界是由虛假拼湊而成。〈教堂故事〉藉聖馬丁天主堂裡一位小學徒的成長經歷，描繪幾位教會同工執事的腐敗。小學徒稍大後，到都市謀生，社會的生存歷練，帶給他一些不良的熏習，多年以後，當小學徒隨著載雞的貨車經過從前幼年生長的教堂時，卻發現教堂頂端的十字架早已變成汽車休息站的招牌了，似乎在哀悼聖俗界線之泯然，甚至在嘲諷從前聖殿中，那些表面聖潔，其實骨子裡盡想發財之教友的必然結果。〈如來寺恐龍記〉（收入《洪福齊天》）以無神論者，一位考古知識分子「我」的眼光，闡述一件奇妙的宗教經驗。「我」家鄉的「如來寺以有著佛陀手掌的真跡而成名。」（頁135）但考古的專業訓練及為了研究題材上的突破，使他提出以恐龍遺跡來解釋岩石上的印痕，同時拆穿庶民盲信的宗教現象，因這塊「釋迦靈岩」的醫病神效而香火鼎盛的寺廟，在恐龍遺跡與佛陀手印之間，顯然要作出不同的選擇，在經歷佛陀手印可能是恐龍遺跡的科學解釋之後，寺廟的信仰受到了質疑，香火逐漸凋零，這時的「我」卻罹患肺癌而回到廟裡靜養，伴隨著肉體上的痛苦，不禁使「我」伸手向著「佛陀手印」祈求，這曾被「我」大膽假設為恐龍遺跡的石塊，雖然隔著欄杆的「手指距離祂很遠很遠，如何用力也無法碰觸到祂。」（頁148）但此時不可思議的事發生，「忽然，我發覺背後有一隻手掌印上來，就貼在我右手臂的肩胛骨上。那是隻有力而溫熱的手掌。我驚詫的，緩緩地轉過眼去。那人竟然是海智和尚。他的手臂力量如此強大，虛弱的我無法反抗也無法轉過身去。更令我驚訝的事情發生了。我的右手臂從肩胛骨處好像長長了，它竟然不斷地向前伸去，向前伸去——海智的手推著它向前。我的手掌竟然貼在那佛印上了。我碰觸到祂了。」（頁148）在有了寺中住持八旬老和尚海智的一臂之力，癌症得到奇蹟式的治癒，而佛印也在長時間的風化作用下終至漫漶不可辨識，釋迦靈岩又變成一塊平凡的石頭，如來寺則更名法雨寺，繼任董事為地方上政治人物，新住持深諳商業經營手法，將寺廟加以企業管理，請來各方神明增加娛樂設施，將宗教世俗化、娛樂化。無疑地這是出以寫實的諷刺，至於「我」則在日後選擇以遺忘的方式來面對曾作用在我身上的神蹟。這則短篇的手法奇趣，結合另篇〈龍鳳海灘考古記〉的部分技法與宗教旨趣而成，這其中，信仰與醫療當然不是重點，也不在此勸誘人起信，但實

屬不易的是在這麼短的篇幅裡，卻濃縮了民間信仰的生成、演化與轉變，更特別的是道出知識探究與信仰間的相互作用，當人遇到極限時向神的自然呼求，及至康復後理性再度抬頭，這兩種內在矛盾被離奇的情節安排所道出，唯一可商榷的是海智和尚相助的作為，雖然有之似是增添了趣味，不過卻限制了原本在心理上更細膩複雜的書寫空間。

第三節　結論──仰望救贖的人

彭瑞金在評〈健康公寓〉時，曾透澈地指出「王」在創作上的特質是：

> 作者從頭到尾都守口如瓶，不肯透露一點這些惡德罪行的解脫超昇的途徑，這和作者一貫地主張──生命中馱負了無解的原罪觀念是一致的，因為乍看之下，這篇作品中有非常強烈的現實諷刺──藏污納垢的現代都市人居所，但是現實問題卻不是他指陳的對象，所有客觀的現實問題……都有解脫的活口，唯有生命的原罪無解。[17]

這個觀點可以解釋「王」小說的深層價值，現實問題的尖銳批判，那些心懷惡意的都市人行徑，只是他對當代生活型態的反映，所以也不好逕以「都市文學」去看待[18]，否則恐不免流於都市心靈的皮相之見，除非我們能深刻體驗到，他寫出了現代人對原罪的看法：承認罪的無所不在，另一方面卻又抗拒任何救贖的可能，因為救贖涉及超驗的存有，這卻又不符合一般現代人的思維，此外他的原罪觀還特別著重在生物性遺傳這部分，〈歡樂人生路〉裡的第一人稱「我」是社會競爭下的劣勢者，工作轉換在推銷員、搬運工及色情理容業皮條客之間，他的痛苦可來自母親罹患癌症的右乳，

> 我總認為那是隻奇醜的乳房，沒有比它更難看的，我想今天我有這樣的腦子，魔鬼般迷亂的心，一定是吃了那隻乳房流出來的奶水，……我有什麼罪，那是隻有病有毒的乳房，我毫無選擇的，本能的興奮的吸吮它，快樂

17　見《狂者的自白》附錄〈透視現代人的生活遠景〉，（台中：晨星出版社，1985），頁268～269。

18　在《熱愛》書前〈意識的解放〉一文中，林燿德將1981年的〈健康公寓〉許為80年代都市文學的第一篇，在此，不擬將空間地域作為其小說標幟的原因，正惟恐弱化其更深層而豐富的表達，比如在〈惡徒〉的最末一段〈附魔者〉裡面，為了表現人物「二羊」發狂前的意識狀態，展現焦躁、恍惚、猜忌、嫉妒、仇恨等情緒，運用連續的都市風景斷片，由人物意識的急速接收反應，而採非因果、非線性的跳接情節，乍看之下，很容易從都會適應不良的角度去評論，但在「二羊」的狂笑狀態中，不忘補進一句「我這笑真像藍媽媽，再笑笑看」，這又是其一貫罪性遺傳的主旨了。

的享受的。(前衛版《王幼華集》頁 21)

由母親所泌病的乳汁的餵養,使其自認為病態也得到延續,甚而要憎怨自己的出生:

> 我活著,當初也不是我想出生的。我現在活著就是想拒絕,要快樂的活。
> 我害怕死,有時又渴望死,目前很猶豫是要死或是活著,這件事最好由別
> 人來替我解決,我懶得想那麼多啦!(前衛版《王幼華集》頁 17)

這種生死兩無趣的尷尬,最終只好以非理性的下場作結,那就是瘋狂。類似於此,在〈模糊的人〉中的人物「李村」,同樣是社會標準下的失敗者,家計全賴姊妹在舞台上出賣色相,他無法忍受那些台下觀看者的色慾醜態,但能夠作的也無非是對他們進行精神上的幻想式的報復,「李村」的懦弱恰好也來自父親「老李」的性格遺傳,

> 父親的秘密只有他知道。有次他回家,老李正在浴室中,媽媽在接臨時打
> 來的電話,門沒關好,李村很清楚的看到他用右手掌在搓洗胯下,細小的
> 陽具,由於過度的肥胖,或是懼怕什麼似的縮在雜亂的陰毛中。(《熱愛》
> 頁 106)

以父親陽具的退縮來比擬自己性格之所來自,其實是詼諧又深刻的控訴,而為了避免這種不良的延續,他甚而要放棄生殖或說是厭惡生殖,「李村」這種唯生殖或肉體的決定論還可以從一樁惡作劇中看出些端倪:「大利倉庫的灰牆被教徒貼了一張宣傳紙條 ——『神是人最後的港口』—— 李村用黑柏油把神改為『肉體』,另外在旁邊畫了一個沒有乳房,臀部肥大的女人。」(《熱愛》頁 119)李村一方面肯定人的唯物質性而厭棄超越的存有,另一方面生育的象徵,他所塗抹的女體,卻是個不完整的形象,徒有豐臀而沒有乳房,這也說明了人類在剝除了任何的理想,就僅剩生物體的存在,但是生物性的存在也只不過是一種殘缺的暫時性存在罷了。

而從自身的遺傳推衍出去,便成了親族血緣的相似性,其聲勢是令人驚悚的,〈廣澤地〉裡的「蘇清淡」出身商人的富裕家庭,但是易感的他在一向以追求情慾、生物性享樂的家庭中則顯得格外落寞,雖然他曾經嘗試以宗教領域內的愛來取代俗世的親情,卻始終無法得到滿足,因而他

> 對家族裡存有的淫亂種子,感到羞愧,感到恐懼,也害怕自己血液中亦流

動這樣的素質。他以為自己是不同的，是可以扭斷那罪孽的鎖鍊，追求純淨的美，但結果是令人失望的。

他反省，狂想著，既驚恐又痛苦。他幻想用右臂伸進嘴裡，通過喉嚨，進入食道、胃、腸，到兩腿，然後把這肉體整個的拉出來，像翻隻皮手套般的，反過面，仔細的嚴酷的，一點一滴的折磨它。

「哈哈哈——」蘇清淡笑了起來。看到自己像隻溫馴的羔羊，慢慢的走到他龐大家族堆積成的人群中去，那兒有眾多與他面貌相似，心靈相似的族人，張開手臂熱情的歡迎他。淫慾之樂是他們愛好追求的啊。（頁106～107）

從對自身棄絕，溯源到罪性血緣之遺傳，再漫延為家族的罪惡族群，聲勢浩大。誠然，若依種族繁衍的設計而言，則罪可能是一種固有與承繼的，〈詩篇·五十一篇5節〉：「我是在罪孽裡生的，在我母親懷胎的時候，就有了罪。」但是一味強調罪的本然與勢力而輕忽對罪的厭惡與救恩，最終就導引出一種唯生物的，或甚至有一個心懷惡意的上帝的結論，如果是一位無神論者的話，那就會變成一位虛無的厭世者，但為何人不珍惜他對罪惡感到驚恐厭棄的這份基於宗教或道德感的自我起訴？再者，此處的原罪觀偏向肉慾論及遺傳論在神學觀念史上只能視作是基督教思想受希臘哲學影響下的解釋之一，若依尼布爾（Reinhold Niebuhr）還原原始基督教罪的觀念，則罪的前提在於人類對自由的濫用及意識到自我的有限而引發企圖超越時伴隨的焦慮所致，所以它是人類罪的本質的象徵而非歷史或生物的罪行（guilt）的解釋，如其所論：

基督教正統派（orthodoxy）一直試圖從原罪的不可避免性中創造出一種罪孽史而使得這一教義的概念含混不清。一切神話宗教中的嚴重錯誤都是它的解釋者們試圖將其超前史（Supra-history）貶為實際歷史。這樣，上帝創造萬物之說原本是對存在的質的描述，而卻被編入了實際的起源史。同樣，原本是描繪邪惡本質的墜落之傳說亦被歸入了邪惡起源的章節裡去了。正統派的「原罪」理論力圖將罪孽史從其起源始在人類歷史上一代代地往下延伸。因而，他成了一種「遺傳腐敗」（inherited corruption）的理論，其實質顯然從未被神學家們所發現，而常常卻被他們與伴隨繁衍過程的性慾聯繫了起來。倘若「原罪」是遺傳的腐敗的話，那麼，它的遺傳便摧毀了自由，因而也摧毀了對原罪概念至關重要的責任。所以正統派的理論是一種自我毀滅的理論。奧古斯丁正視了這一問題，但在他能假設的說法中卻無法解決它。原罪不是一種遺傳的腐敗，它是人類存在的一種不可

避免的事實，此存在的不可避免性是人類精神的本質所決定的。它無時不
在、無刻不有，然而卻又沒有歷史。[19]

由此可以見出將罪視為透過性慾而遺傳的基因延續，最大的問題在於它破壞了祈向
超越的可能，使得罪原本是自由這項美德的墮落，轉變成美德的取消，同時引出罪
既然是無法超克的必然限制（指非憑藉人的自由可以自我拯救），則罪便不構成惡
的內在矛盾，從人的有限去反思，反倒引出一個惡意的造物者的結果，這將癱瘓所
有的倫理學及神學立場，適成一弔詭。與尼布爾同屬新正統神學立場的卡爾・巴特
（Karl Barth）對原罪亦持非物理及非歷史性的見解：

> 人類始祖的情況或許是這樣的：亞當攜入世界的罪在死之前，基督攜入世
> 界的義在死之後。然而，我們連同我們的歷史認識卻無情地生活在亞當死
> 之後和基督死之前這一範圍中。……
> 罪由於亞當進入世界，這也不是、在任何意義上都不是歷史和物理的過
> 程。西方教會關於遺傳之罪的理論，即原罪說，在保羅眼裡（按指〈羅馬
> 書〉）絕不可能是「富於魅力的假說」（里茨曼），而只是從歷史和心靈角
> 度歪曲他的觀點的眾多不實之詞中的一種。[20]

　　換言也，罪就落實在每一個善於反省、對自身存在的限制感到無可如何的靈敏
反應中。而從整個西方對罪的認識過程，也可以見出人類在彰顯自身存在的極限
時，所使用語言性質的改變與罪惡本質的不變，它的演化是從

> 希伯來懺悔文學裡「罪」的象徵到「亞當神話」的構成，再經奧古斯丁
> 「原罪」概念的提出，最後到康德的「根本惡」之哲學論述，正好構成一
> 個由原始的宗教告白語言到理論哲學反思的一個「解象徵化」過程。語言
> 的象徵性愈來愈低，明晰性愈來愈強，但惡的象徵所揭露的根本意義卻沒
> 有改變。這不正表示惡不是哲學所能有效處理的問題嗎？不正表示由於惡
> 的緣故，哲學必須連結於宗教或走向宗教的向度嗎？[21]

19　〔美〕・萊因霍爾德・尼布爾（Reinhold Niebuhr）著，關勝渝／徐文博譯，《基督教倫理學詮釋》（An Interpretation of Christian Ethics），（台北：桂冠圖書股份有限公司，1992），頁 61～62。而有關尼布爾相關的神學主張的介紹，可略參王崇堯，《雷茵霍・尼布爾》（The Thought of Reinhold Niebuhr）一書之第二、三章，（台北：永望出版社，1993）。

20　〔德〕・巴特（Karl Barth）著，魏育青譯，《羅馬書釋義》，（香港：漢語基督教文化研究所，1998），頁 224。

21　見柯志明，《論惡、自我與自由的辯證關係：呂格爾（Paul Ricoeur）前期（1950-1969）主體存有學之

而宗教向度的企及，首先在於對自身嚴格宗教誡律甦醒的覺察，這種自覺在表面上是以朝向實踐自我整體超越為依歸，但事實上卻由於內在對罪的敏感，導致原本屬於未加反省的素樸的生物意義上的個體心靈，開始萌動不願受罪惡轄制而生存的掙扎，原先的和諧現象（假象？）被更高的理性反省所破壞，宗教自律的無上命令惹起內在的騷動與分裂，正是在這層意義上，前述巴特（Karl Barth）遂斷言：

　　做一個宗教的人意味著做一個內心矛盾、失衡、不和諧的人。[22]

「王」顯然在他對原罪的體認下，也沒有忽略掉表現實存個體在宗教感心理作用下的巨大壓力，這個主題人物透過〈慾與罪〉裡一場原可及時撲滅的大火——只因為房東的刻意延遲，以圖謀保費賠償來平衡他的債務，結果便燒出了租屋者各人之間的存在苦境與難題，這是〈健康公寓〉等一系列的手法。其中一位年輕人「楊傑」雖知實情，卻甘願犧牲生命代人受過，「楊傑」正是一位飽受罪惡之苦的人，當心中的罪性覺醒之後，了解內在的戒律要遠高於世上所有的刑罰標準，這是內在道德的嚴苛要求，但是他選擇承認放火而自殺，用以喚醒狡猾商人的良心、換取兩個無知小孩的幸福，殊不知自殺卻使他拯救他人的壯舉帶有幾分瑕疵，更何況他雖領悟罪惡所帶來的痛苦，卻並未將它視為勝過的起點與對象，因而他嘲諷人間的荒謬、矛盾，連帶使自己飽受精神的折磨，因此他雖然擔負起一樁原本不須他負的責任，但這多少是為了減輕自己存在的痛苦所作的抉擇，在這點上是對生之勇氣與希望的負面描述。甚而最悲慘的還在於〈東魚國戰記〉篇末的那則寓言，〈東魚國戰記〉全篇出以寓言的方式來影射台灣的命運，篇末的那一段其實可獨立來看。東魚國的長老訴說很多年前，曾與一群人為了解決人類互相殘殺的命運，他們前去地底深處尋找一道血的噴泉，只要將其毀去，便可於人間止住殺戮，在歷經險難之餘，終於找到了這道泉，但倖存的兩名同伴忍受不住它誘人的氣味而縱身滅絕，僅存的他，深感自己的渺小與無奈，但也在此時，他發現自己獲得了永生，只是從此每當人世殺戮一起，他也會跟著感到疼痛，寓言裡的噴泉似是顛倒了一般常見的，作為青春不老的幸福象徵，只因為它是血的噴泉，是惡的象徵，他說：

　　研究》，頁 198，中國文化大學哲學研究所博士論文，1997 年。

22　見〔德〕‧巴特（Karl Barth）著，魏育青譯，《羅馬書釋義》，（香港:漢語基督教文化研究所，1998），頁 343。巴特這地方主要申論的是《羅馬書》‧七章 18 至 23 節，強調主體在罪惡與良善間的痛苦掙扎。另外，值得注意的是，在 18 節中的罪惡發生載體，和合本作「肉體」；現代中文譯本則譯作「本性」，「本性」的譯法突出了罪惡的非實體性，較「肉體」的象徵說明可以較少程度上的誤解，避免靈肉極端二元對立的缺點。

血的噴泉，由於我渺小可憐的挑戰，使我得到永生的處罰。讓我不能死的，永遠的看著這樣的事情重複，再三、再四的演出……。使我知道想要違反人性的罪惡……的代價。（前衛版《王幼華集》頁223）

於是永生變成不是蒙福與恩賜，而是萬劫不復的咒詛了，因為惡勢力是如此龐大，甚而無物與之匹敵，正如《騷動的島》曲終雅奏的那四句：

黑暗的力量無窮
穢污之地更能繁花怒放
失敗者才談論道德和理想
慾望終必獲得全面勝利（頁249～250）

雖然「王」本人不必然是那麼悲觀，甚至還志切於改革，比如鳩集中部好友創辦以推廣文化活動為主的「雷社」，誠如其識語：

事實上我們發現寄望於英明偉大的政治人物，起來改造社會體質，遠不如期待英明偉大的庶民來得重要和實際。庶民力量的凝聚，知識理念者的結合，才能發揮出文化的無形力量。——台灣，充滿昏熱混亂的心靈狀態，糾葛不清的意識型態，自然我也不希望在眾聲喧嘩中再加入叫囂的行列，也不想只是個不安驚恐的無聲大眾。在不必依賴宗教外衣蔽障下，相信一樣可以進行「淑世利他」的寧靜革命。[23]

殊不知他所謂的「寧靜革命」即「內在革命」，指人的內在提昇與更新，他想以所謂文化的力量去取代宗教領域內的道德訓誡，恐怕又是美育德育代替宗教的老調，他其實已窺知了人性中的罪惡深淵，也見證了罪惡轄制下，人的矛盾與苦難的實存，而這些特色都偏於宗教心靈的領會，除了從不肯略示解脫之道，而這就構成了他的主要矛盾，但誰說這不是現代人在宗教感失落之後的極佳寫照呢？於是我們大都成為前述〈東魚國戰記〉裡那則寓言中的人，要麼，受不了罪惡的誘惑，縱身躍入血之噴泉；要麼，好像自己可以永生似地冷觀罪虐加諸人世而束手無策。

23　見《騷動的島》自序，頁14～15。

第十一章 附 論

摘 要

　　本章因作者作品為單一主題，附論於次：「年輕比丘尼的畫像」討論《花落蓮成》這部題材罕見的小說，姜貴以之思考才色兼具又青春正盛的三位少女，為何能割捨愛情與外貌之好，這當然是依從世俗的觀點加以動機上的揣測，於獻身宗教的強烈動機本來可以與聞，所以姜貴在書中安排了一位特具佛緣聰慧的女子，突出她在宗教志業上的單純無邪。「受壓傷蘆葦的哀歌」說明許台英以天主教的信仰為題材，刻劃現代人生活中的誘惑與軟弱，某些章節有自己經歷磨鍊的見證，毫不掩飾地托出自身的苦楚，帶有宣教的色彩，而在護教理念先行下，作為對話的一些哲學論述並沒有構成對宗教思想尖銳質問的張力。「孤獨園中的佛弟子」討論林蒼鬱沈鬱詩質的小說自白中，面臨信仰抉擇上的痛苦，在捨家為僧抑或成全人倫之際，形成巨大的心理糾結，在棄俗思想的驅策下，情愛與親族血緣常蒙上夢魘般的迷離也扭曲成不自然的關係。

第一節　年輕比丘尼的畫像── 姜貴（1908～1980）

　　姜貴（以下簡稱「姜」）之名早經夏志清、胡適品題，《旋風》、《重陽》與張愛玲的《秧歌》、《赤地之戀》、似乎已和「反共文學」的文類脫離不了聯想的干係[1]，劉紹銘曾就其作品來論定他與台灣文學之間的屬性：

> 嚴格來講，姜貴不是台灣作家，他的小說也不是台灣小說── 不是陳映真、黃春明、七等生或張系國等人的台灣小說。姜貴是個三十年代的中國作家，因為政治的選擇居住在台灣。他的人物是三四十年代的人物，背景是三四十年代的背景，與台灣沾不上甚麼關係。[2]

1　這部分的簡要介紹參夏志清著，劉紹銘編譯，《中國現代小說史》，（台北：傳記文學出版社，1991），附錄三〈姜貴的兩部小說〉。

2　劉紹銘，〈十年來的臺灣小說：一九六五─七五── 兼論王文興的「家變」〉，《中外文學》，第 4 卷 12 期，1976 年 5 月，頁 16。

這是劉紹銘在討論 1965-75 年間台灣小說時，附筆對「姜」的簡單概述，說到緣於政治因素避地台灣而居，其實也道出「姜」的反共淵源與理由[3]。相對於劉紹銘把「姜」排除在台灣作家之外，王德威倒提醒我們：

> 雖然姜貴在四〇年代曾嘗試過小說創作，但他一直要到移居台灣後，才真正成為專業作家。[4]

當然專業作家之養成與其文學屬性及歸類無關，以反共名著《重陽》為例，寫的雖是 1927 年上海的「寧漢分裂」與「清黨」等事，卻遲至 1961 年才在台灣刊行，當年曾親歷其事的「姜」氏，後來以一介貧老的國民黨員身份，寫彼時的「清黨勝利」，獨抱窮居海隅的老拙心情，撫今追昔，除了遙祭過往，更以小說家的「私修」性質，「虛擬」當年的「真實」經歷，以稗史為正史作注，人事幻化，國族板蕩，恰成紙上聚散風雲，既寫歷史，亦是大時代寫我之留痕，所以羅體模（Timothy A. Ross）會將其作品視為舊社會瓦解的見證，會觀其中舊制度、舊社會與革命間的詭譎互動，彷彿把「姜」的小說逕視為思想史與社會史的時代素材[5]。相較於此大歷史開闊的運世觀察，也有像林依潔能透過「姜」的佛教信仰，端詳《旋風》、《重陽》中的「殘缺意識」，她以為：

> 作者（「姜」）的殘缺意識，由《旋風》，而《重陽》，先後銜接、連鎖，殆非作者無意得之。姜貴先生一生篤信佛理，其他著作亦常圍繞果報、著空的意識為課題，作者寫《旋風》、《重陽》初以共黨竊起為亂的事體為經緯，而以史為引導，欲藉此以交代自身對家國、人世之感念；而小說本身枝節錯密的繁衍中，卻總不由自主地流露出作者個人的生命情調以及其人生觀的極致。
>
> 然而，殘缺的空境、究係姜貴對人世極度的謙卑呢？或是徹底的了悟與退

3　姜貴的嗣父為其五伯父王鳴韶，於清季在山東死於響應武昌革命，是一先烈，此光榮事跡影響姜貴於中學時加入國民黨而為終身之黨員，關於其生平可見應鳳凰《姜貴的小說續編》一書後之〈姜貴自傳〉及應鳳凰〈姜貴的一生〉。

4　見〈小說·清黨·大革命──茅盾、姜貴、安德烈·馬婁與一九二七年夏季風暴〉一文，收入王德威，《小說中國──晚清到當代的中文小說》，（台北：麥田出版社，1993），頁 38。王德威在此文中巧妙地以此三人不同的文化及政治意識型態背景為採樣（中國──茅盾「共產黨」、姜貴「國民黨」／西方──安德烈·馬婁），對同一事件發展的不同敘述聲音，詢問歷史虛實交糅的「本質」。

5　美國學者羅體模（Timothy A. Ross）在受到夏志清的《中國現代小說史》、《中國二十世紀小說選》等書籍及課程講義的觀念啟發，曾於一九六〇年初到台灣拜會姜貴，後來成書《姜貴評傳》，關於這段緣由可以參見惠天的短文，〈姜貴的小說──記亞洲年會台灣文學討論會〉。至於羅體模研究的主題內容可參看陳森所譯〈論姜貴小說的主題〉一文，《書評書目》，第 4 期，1974 年 6 月。

讓 ? [6]

書寫者在其小說中對世界的情理觀照，想必會有他信仰內容的反省與證悟，所以林依潔從「姜」的世界觀裡讀到一片「殘缺意識」下的殘山賸水。

相對於從作品中抽繹出「姜」在信仰心境上的觀念，此處專論其作品中特具宗教色彩的長篇——《花落蓮成》[7]。關於此書之緣起，細載於〈護國寺的燕子〉一文[8]，由其中可知，「姜」為治癒其「書寫焦慮」（文中稱「寫症」），透過其友朱夜介紹至台中某寺廟養病，後又徙至霧峰南柳村護國寺，經寄居兩佛寺之調養將近一年，得以漸次恢復書寫工作，故此書或視為養病寺中之因緣亦無不可，寫作期間，關於佛教知識得以向住持如虛法師請教，尤其所寫主題為三位少女決志捨俗割親為比丘尼的故事[9]。就此題材如所週知，中國佛教史有梁朝釋寶唱的《比丘尼傳》堪稱體例之先[10]，現代文學新小說中初現的那位惹人印象深刻的尼姑，則是魯迅筆下阿 Q 喜劇式的鄙俗猥褻行徑下的無辜對象，當然那鄉野庶民生活中的插科打諢，趣味雖屬下流，但無疑也最能反映百姓信仰的曲折心理。而「姜」氏此書則嚴肅探索少女為尼在其宗教行為背後的心理動機，是其主題在推擴台灣文學寫作範疇上饒有意義[11]。

《花落蓮成》書前有一記，載明以女尼出家為主題之原因，在於養病所居為庵堂之故，如對照〈護國寺的燕子〉一文來看，想必這庵堂是移來護國寺前所居的寺院，關於這寺院，在〈護〉文中所記簡略甚至題名亦無，或有所隱而不可知，「姜」則語及在此庵堂附設的佛學院中短暫任教之餘，對這些素養極佳的比丘尼與帶髮修行的「菜姑」[12]為何能捨青春面貌與俗世誘惑遁居寺中，心生好奇[13]，

6　林依潔，〈就《重陽》看姜貴小說的殘缺意識〉，《書評書目》，第 100 期，頁 36，1981 年 9 月。

7　據應鳳凰編，《姜貴的小說續編》，頁 248 所載，《花落蓮成》於 1977 年出版（台北：遠景出版社），而書前序作丙辰年端午節，是成書於 1976 年。

8　姜貴，〈護國寺的燕子〉，《書評書目》，第 49 期，頁 7～17，1977 年 5 月。

9　姜貴散文《無違集》，（台北：幼獅文藝社，1974），中〈看雲樓記〉一篇，提到台南中正路世界戲院隔壁二樓有一臨時天主堂，每逢小堂總跪在祭臺上懸掛的聖母像前，也記錄這張聖母像如何幾番周折，終於迎回自己寓所懸掛的過程，這篇散文後繫年作中華民國五十三年八月（1964），是寫作佛教小說《花落蓮成》之前，姜貴也有天主教宗教氛圍的生活經驗。

10　〔梁〕‧釋寶唱著，詹緒左、朱良志釋譯，《比丘尼傳》，《中國佛教經典寶藏精選》96 冊，（高雄，佛光書局，1996）。在中國佛教發展上有比丘尼僧團但鮮少其敘述，此亦性別與政治社會之佛教史問題。

11　此如書面封底所述：「自從《阿 Q 正傳》出現尼姑，半世紀來，新小說中之有尼姑，且為主角，《花落蓮成》是第一部」。

12　菜姑或稱齋姑這是台灣齋教的稱法，所指是帶髮修行的女子，至於齋教與佛教間的關係等等，可參閱王見川的《台灣的齋教與鸞堂》一書，（台北：南天書局，1996）。

13　有關比丘尼捨棄外在形貌追求不同的身體價值觀，可見陳美華〈另類身體觀〉，《當代》，第 152 期，2000 年 4 月。

　　我見過形形色色各種不同的人物,而這是一個新的發現。人如何處理他的
　　一生,各有不同的方法。她們的方法有異凡俗,先把傳統下的「我」,給
　　以徹底的摧毀,然後改塑重建,將了脫生死輪迴,自度度人,而以成佛為
　　終極目標。(頁2~3)

所以他處理的是關乎女性「宗教自覺」的課題,以三位女子為主軸,其中尤以「謝
寶蓮」為要角(出家後法號「寶蓮」,書名亦寓意在此。),她自小被祖母帶大,
祖母人稱「謝三媽」,為寡居擁有一子的堅強女性,獨立撫育一子成人,辛苦積攢
創立門戶經營雜貨,其子謝瑞昌在其影響下亦為成功商人,且在母命下與店內會計
王美玉成婚,後得一女即寶蓮。寶蓮自小隨祖母出入庵堂參拜觀音,祖母雖不吝捐
獻,實則對於佛法不甚了了,不過祈求積善得福報,寶蓮則生小對於佛像尼師有夙
緣,與鄰女「卓小春」(後為「寶燈」法師)同樣性近於佛。長成後,小春因與其
兄「玉春」之同學——馬蘭僑生莫錫仁交往無結果而遁入空門,與小春同時剃度的
還有莫錫仁之妹錫義(後法號「寶卷」),錫義為尼之因緣在於不齒於莫家的門
風——母親貪狠,其母因為家境貧寒嫁與年長的莫氏,一方面則將前男友偽稱為表
兄妹關係,安排進入工廠,陰圖佔有莫氏事業,後被莫氏發覺,但悔之已晚,工廠
又在一夕間遭祝融所噬,莫氏中風,而其妻之男友也因在外招搖被人殺害。錫義以
家門遭遇如此,遂勘破世情至台灣出家,這三位女尼之出家因緣屬莫錫義一人最為
牽強。而在主要人物寶蓮身上,比較能體會到出家之舉果然要帶有夙緣,為了要說
明如此,所以在她身上總流露出一股不屬於年少女子所該有的早熟,她可以在父母
不諧的婚姻關係裡,適時引經偈來開導母親,反過來說,父母的婚姻關係也影響了
她的愛情觀,她的才情與美貌在愛情上極有可能是絕對的優勢,雖有此自覺,但她
始終不曾有過愛情的憧憬,更談不上掙扎與試煉,不曾被男女情感傷害,也無意於
矜炫而傷人,卓玉春曾是她可能的伴侶,不過並不動搖她貞定向佛的心意,於人情
而言,是極端無情或忘情的,所以卓玉春的角色不過是用來襯映她能捨情愛的配
角,更彰顯寶蓮的角色是純淨靈魂的極致典型。
　　相應於三位女尼的女性議題,在小說中其實有一個較為獨特的觀點,它是由寶
蓮的父親謝瑞昌所抱持的一種理想:

　　鑒於世界上國界分明,種族不一,你爭我奪,糾紛無已,謝瑞昌於遏阻人
　　口膨脹之外,他另有個理想,是異族通婚。有色無色,各色人種,儘量雜
　　交互配,歷經若干年代之後,多種民族可望同化統一為獨一人種,種族歧
　　視,自然消滅於無形。進一步不難泯除國界,也就不會再有戰爭了。衹有
　　這樣,大同世界的理想,才可以成為事實。(頁24)

敵國交戰固然多有，國中內閧，同室操戈，亦不在少聞，所以謝瑞昌想藉由同種同文而躋大同世界的論調甚為荒誕，或是源於作者在大時代動盪下的獨特情愛、婚姻觀，而且以一個寡母之獨子的身份，在有了一女之後，刻意施行結紮手術，不讓母親與妻子知曉，又與一日本女子因生意關係，進而同居結婚，端是為了他的世界大同觀，除此以外，並沒有更合理的行為實踐，此種人物性格的設計若單只是用來形塑拋妻棄女的男子形象，使得寶蓮由於對父親的失望，進而生發出家為尼的念頭，則又與書中主要敘述不合，因為相較於卓小春與莫錫義各為了愛情與家庭而出家的因緣，寶蓮則更顯根器不凡，佛緣早定，所以三人中她雖最晚出家，卻似果地反居其上，書末以她預接住持之重任作結可以證明。

　　「姜」這部小說以女性宗教自覺為主題，謝三媽與王美玉的角色反映女人宿命下的妥協與堅忍，而這些歷練是「家」的試煉提供給她們一個「成長」的機會，所以女性出「家」還是落在對既有的家庭或愛情觀念上自我身份的反省，亦即她們的出家動機是對家庭與愛情問題思考時所衍生，雖然這傾向在寶蓮身上是比較不明顯，否則無疑是窄化了女性主體意識及社會角色之抉擇，對選擇宗教神職以為志業者亦成一種輕視。「姜」自云在寫作此書時有關佛學的部分得自護國寺住持「如虛法師」的幫助甚多[14]，這些部分如照小說中看來當指戒律及儀式方面為多，如〈沙彌尼律儀〉及剃度時的規範，這部分雖未明指，參核字辭當出於〔清〕．釋儀潤之《百丈叢林清規證義記》[15]，至於佛學部分講論較少，又比如從佛教史的角度來看，女性的修行時常遭受極深的歧視，至今亦然，但這些部分似乎都淡化了[16]，這與他主要處理女尼出家動機的寫作預設有關，因而全書的主要發展以三位女子朝為尼的目標輻輳，至於為尼後出世的生活既不在此書之範圍，想必禁忌亦多，則只能期以後來的書寫者對僧尼宗教生活的續成，是「姜」對小說宗教主題的開拓有功。

第二節　受壓傷蘆葦的哀歌 ── 許台英（1951～）

　　許台英（以下簡稱「許」）的小說常出現虔敬天主教徒的背景，另一平行的基調則是濃郁的懷鄉與民族情感，就後者而言，她是來台大陸人第二代的身份[17]，使我們在解讀作品時，就其中人物所刻劃的承繼自上一代的故國之思，有了一種順理成章的詮釋背景。《憐蛾不點燈》中的眷村生活，顯露外省族群凝聚的向心力，類

14　見〈護國寺的燕子〉，頁15。

15　可參張運華，《中國傳統佛教儀軌》，頁33～50「剃度」部分，（台北：立緒文化公司，1998）。

16　可參古正美，〈佛教與女性歧視〉一文。《當代》，11期，1987年3月。

17　見《憐蛾不點燈》後記〈行動中的默觀〉一文。

於朱天心「想我眷村的兄弟們」那種竹籬笆內風光，其中的小人物泥水匠雖然略識之無，也要率爾操觚以儆世風，這不也正是張大春「四喜憂國」式的滑稽諷諫。而國仇家恨演到極致則是《水軍海峽》[18] 這部中篇，主角「顏仲跋」遭中船緊縮編制而裁員，幸賴舊識介紹到日本造船廠任臨時工，而此行尚有一目的，即尋找當日生活窘迫，牛衣對泣時，被日本人誘拐的妻孥，加以「顏」的生父在太平洋戰爭末期被日本人強迫至四國島實施「大東亞共榮建設」而客死異鄉，遺腹子的他，在東北度過慘痛的六年童年後與母遷台，這一切都加強了「顏」仇視日本的理由，所以小說反覆申訴日本現今以經濟取代過往軍事侵略的本質。最終是「顏」尋回妻子，但已成一撮骨灰（因其妻發現該日本人早有原配，不甘屈居姬人之位，況還要照料他重病的原配，遂憤而上吊自盡。）在「將桂花海葬後，鹽巴（顏仲跋）緊緊摟住屬於中國的兒子，感受到一股從死亡幻滅中蛻變而出的再生意志，如鐵鍊般繫牢了他們父子的心。」（頁132）這種血緣國族的修辭有大時代的語境。這篇小說或由於「許」的編劇經歷，呈現情節主導的意味很濃，但其中也有相當多不合理處，如「顏」不諳日文，卻能在短時間內與日本女子「悠子」討論藝術、思想等問題，此外還不斷加強自己六歲前的故鄉情思，我們不能否定其中的真實，但「顏」可以說父祖輩的事蹟，當然是長輩遙想當年的感懷追思，他生小無父由寡母撫育成人，類似的家族記憶可能是從鄰居或眷村中人聽說而來？在諸多不合理處且牽強的是，「許」在小說裡安排一位偶而訴說「教義」的人物──「邱三元」（與「顏」小學同學，但因其大學畢業，而居船東代表之職），雖然他的說服力並不夠，也無法深刻宣揚天主精神而稍或消弭「顏」的滿腔仇恨，所以，如果因為靈性操練有所得，而導致「許」在創作時，無法或忘宗教主題的運用，因而形成她的主要特色，這點是我們閱讀時可以注意的主題。

〈白帕〉取義來自耶穌受難過程中，「有一勇敢聖婦見耶穌臉上血汗唾汗，就分開惡黨，到耶穌跟前，用白帕擦其聖面，聖容就印在帕上。」[19] 這是取耶穌受難之精神藉以為生活磨鍊上的惕勵。主角「津湄」為職業婦女，在家庭上要面對外遇的丈夫「昭平」、行為偏差的子女（飆車的兒子、崇拜時髦偶像的女兒）；在工作上，身為監工卻要面對新建校舍工程弊案中偷工減料的包商（恰好正是自己丈夫）。而新調任參與調查工程檢體採樣的校長，湊巧是自己的舊愛「翔君」──與丈夫也是情敵的關係，家中任教職的小姑「昭鳳」，頗傾心於「翔君」，使姑嫂本已不洽的冰炭關係再添新恨，由上可知，為了增加戲劇情節衝突點的安排，敘述上

18　《水軍海峽》，（台北：聯經出版事業公司，1986）。

19　《憐蛾不點燈》，頁143。而篇名〈白帕〉之神學旨趣，見該書後陸達誠神父所跋〈耶穌的面容──導讀「白帕」〉。

並不好處理，所以通篇只好分八段，採各自表述的方式，是以簡馭繁的考量，但非常清楚的主軸是「津湄」，透過生活上的試煉來彰顯她的信仰見證，且適時地援引經訓加以反省。當她與「翔君」夜談時可以記起教會指導神師的告誡：

> 已婚的人切忌在其他異性面前抱怨自己配偶的缺點或傾訴不滿——那是撒旦設的詭詐陷阱。（頁 130）

而「翔君」在抑制內心復燃的情慾還要想起「津湄」的矜持：

> 唯有內心尚未充滿基督愛的人，貞潔才會變成一種負擔，這是需要經驗才能了解的。（頁 133）

所以他只好徒呼「唉，我承認我沒有宗教經驗。津湄再三強調，我若不了解她的宗教，就不會了解她是怎樣的女人。」（頁 133）至於「津湄」的夫婿「昭平」，他也會上教堂望彌撒，但那不過是為了一己議員生涯的選票打算，相較於此，當「昭平」因工程舞弊官司纏訟多年，「津湄」在公私之間的煎熬，她都能就律法、婚姻間尋求信仰上的慰助，加以明澈自省與實踐：

> 「戰勝法律未必就能戰勝真理。這年頭，太多勝訴的敗德行為，大概只有末日的公審判能夠彌補憾恨。」「十誡只是指出人生的地雷何在，未必就能避免。聖保祿講過，文字的誡律令人死，只有恩寵令人活。」「法律著重外表的誡命，並不給人內在的力量，只讓人認識罪過、掀起想要越軌的情慾，卻無力挽救。怕犯罪是一種奴隸性的捆綁，不是超越法律的真自由，法律的滿全是愛德，所以保祿書信說，你們應彼此協助背負重擔，這就是滿全了基督的法律。」（頁 146）

這裡顯然在辯證罪與律的關係，〈羅馬書〉·五章 13 節清楚地說：「沒有律法之先，罪已經在世上；但沒有律法，罪也不算罪。」保羅指證人在律法中瞥見自己的不完全與聖潔的崇高標準，「所以凡有血氣的沒有一個，因行律法，能在神面前稱義；因為律法本是叫人知罪。」（〈羅馬書〉·3 章 20 節）從而引出「愛就完全了律法。」（〈羅馬書〉13 章，10 節）的效力。「津湄」的這些言談，當然不是在抵擋自己面對脆弱婚姻的失望所可能招致的誘惑，相反地，她在堅信婚配為七大聖事之一，也勸慰「翔君」能從情慾中超拔：

> 我相信肉身復活、能得永生的人，不嫁不娶。聖多瑪斯說過，復活的人不
> 再傷亡，也因為取消了排泄器官而不必消化排泄，男人泄精也是一種排
> 泄，不再勞苦，不再有食色的顧慮，只像現在的日月那樣專務靜觀真福。
> （頁147）

這一段要義在對觀福音中本來是在彰揚復活之真義，記載耶穌當日智慧地回應猶太
教派撒都該人所設的詭局。按摩西律法，人若死了，沒有子嗣，他的兄弟當娶他的
妻，為其兄生子立後，有弟兄七人，前後同妻無後而死，那麼當人復活，這妻子該
屬何人？耶穌巧應：「當復活的時候，人不娶也不嫁，乃像天上的使者一樣。」
（此事分見馬太・12章23～30節；馬可・12章18～25節。）但是「許」在此是
由對復活的仰望，轉成抗拒男女情慾的牽藤糾葛，聞者自然是瞪目以對。在歷盡生
命的險灘之後，結尾則出於一段近乎禱詞的安排：

> 為治癒心靈的創傷，請神父為我們覆手呼求耶穌的血、耶穌的血、耶穌的
> 血……之後，我們在曠野的荒漠經驗中找到了寵遇，也領回加加和容容
> （津湄的一雙兒女）這兩個無辜的迷途小羊，歸入羊棧。（頁149）

對一位需要傳遞個人宗教經驗或感受的作者而言，他會大量運用象徵的手法，這種
詩意的傳達在小說的敘述方法上，讀者要接受更多的考驗，除此以外，在言詮某一
宗教思想，最常遇到的是向教外（這已蘊涵教派本位主義的態度）讀者以其宗教習
用語傳述其觀念，這一點「許」是有所自覺的[20]，但我們發現「許」在小說情節上
有自我成長背景之影像時，她的言詞就會略顯迫切，而且個人靈修時的言說方式會
更不自覺地流露，比如在人物遭受試煉時，就會有一段向神求告的情節，這在中篇
《歲修》中最明顯。

「歲修」取義輪船的定期維護，以此象徵生命歷練的過程與靈性之增長，小說
出現了如此淺顯的比喻，

> 「永生輪」背負著舊創新痕，靜候在修船廠的塢邊準備歲修。（頁7）
> 人也跟船一樣，碰到某些事之後，會修這、修那兒的，悟出點什麼？！
> （頁48）
> 海水從塢門的洞口往塢中波瀾壯闊地湧入，使歲修完的「永生輪」逐漸浮

20　《憐蛾不點燈》，頁162～163，一則有關對教外人用圈內語言的毛病的故事，及葉石濤為此書所作序
　　的末段。

起，鬆開名韁利鎖的粗纜繩，緩緩駛出船塢，步上嶄新的航程……我們
有我們該停泊的港灣。（頁 156）

用來比擬這段歷程的是私立天主教小學女教師石硯羚，其個人生活上的考驗有女同
事對男同事的爭寵與嫉妒、校長張盈和創辦人王神父彼此行事風格對立、個人戲劇
創作與家庭生活無法兩全、成名後的招謗等等，在這些衝突點上，張系國曾就其中
之一指出：「作者未明寫王神父本身的玩弄手腕，也未點破硯羚本人性格的缺點
（好強、好名），是高明處。」[21] 就後者而言，或許也是小說中所有衝突的主因，
雖然作者原意並不一定如此，在幾個關鍵點上，石硯羚都乞靈於宗教信仰以勝過這
些人生危機，比如當先生不在身邊，又與校長同事齟齬，憤而致病，同事李鳴乘機
予以誘惑，「硯羚狂奔到書房，跪伏在十字聖像腳下，哀求道：主啊，免除這份試
探吧！求祢，可憐我的軟弱、賜我力量抗拒這個魔鬼。主，不要捨棄我……」
（頁 61）而後在丈夫的帶領下領洗，這種情節處理的限制，誠如前引張系國便以
為：

> 作者內心的感覺每每用宗教來化解，但是女主角好強和愛虛榮的本性其實
> 不能化解，因此衝突停留在表面的層次不能深入內心，這可能是因為作者
> 宗教觀與道德觀的局限。比如女主角硯羚和李鳴調情的一段，如主角以
> 「主」的力量拒絕魔鬼的誘惑，這是避重就輕的處理方法，因為作者把女
> 主角聖潔化了，因此有一種虛假的感覺。總之，作者「文以載道」的苦
> 心，損害了故事的發展。[22]

與其說作者將女主角「聖潔化」，倒不如說作者將宗教予以工具化，從而弱化了宗
教經驗更深刻或更細微的呈現。89 年的《荊冠花》[23]，持續對世俗社會人心私慾敗
壞的批評。書名主旨得自聖經上，耶穌受審被釘前，遭兵士眾人戲尊為王，編荊冠
戴其頭上，以「荊冠」象徵人世苦難歷鍊與永恆靈命的無限企求，對比世俗普遍追
求的「花冠」，她透過對比象徵，道出人性價值的兩個趨向，鞭策自己，

> 「荊冠」是耶穌才配戴的榮耀，我不配；但是，我朝夕仰望它，如同夸父
> 追日，知道「荊冠」是我永遠無法企及的理想。「花冠」是撒旦偽裝的天

21　見《歲修》書前〈聯合報七十年度中、長篇小說獎總評會議紀實〉頁 (7)，張系國意見。

22　《歲修》書前張系國審查意見頁 (8)。

23　《荊冠花》，（台北：聯經出版事業公司，1989）。

> 使所戴的，在現實生活裏，很令人羨慕。我軟弱的血肉之軀不能不食人間
> 煙火，除了憎惡它，有時也會失足落入它的陷阱。（書序頁7）

這觀點形成她常出以道德批判針砭人世的主要依據──源於宗教內省的不斷超越。書中的〈猶達斯之吻〉一篇主旨顯豁，以出賣耶穌的「猶達斯」──猶大為例，說明人難抵誘惑試煉而出賣自我，文中曾鋪排一段神父講道的內容宣示：

> 有時候，我們只是未暴露身分的猶達斯。在謀害天理、犯罪為難耶穌的群
> 眾裏，最卑鄙和最可悲的人物，可能是你、是我，而不是猶達斯。（頁
> 139）

要落實經訓的這幕道德劇，主角是十七、八歲的少女「章瓊姿」，她曾有不愉快的經歷，父死母再嫁，母親與繼父出國度蜜月，胞姊卻遭受雇前來陪伴兩姊妹的女人之丈夫所辱，羞憤之餘投河自盡。因成長家庭的因素，致使叛逆性格加劇，交往的男友「黃井寬」亦是憤世而犯搶案之徒。「瓊姿」住校期間，因週末寢室獨宿沒有安全感，為求心理安慰，潛至五十歲左右老病的國樂老師「甘毅」宿舍求宿，「甘毅」為曲護「瓊姿」幼稚而自棄的性格，竟未與校方聯絡，雖二人並無越軌之行為，但男友「黃井寬」不明究理，竟傷「甘毅」致使住院，療傷期間「甘毅」知「井寬」將搶得之錢寄放自己床下，心中為難而自殺，留有遺書勉「瓊姿」二人好自為之，「瓊姿」始憬悟自己實有猶達斯之罪性，而使情節符應文中神父之證道詞。此篇小說戲劇味道濃厚，「甘毅」看似孱弱老病而有德性，其實人物性格非常不自然，其職業與對學生之輔導者角色，使其行為實有違常理，是情節人物設計上的瑕疵。到了96年書信體的長篇《寄給恩平修女的六封書信》[24]則更像個人生活磨鍊中的靜修心得，其中透露了參加「神恩復興運動」祈禱會時，因內在感動所激發的「說方言」經驗[25]。但更多的是童年成長的陰影，她用以檢視自我成長歷程，也用以說明行為偏差所可能遭遇的成長頓挫，文中穿插的論述有柏格森、德日進的「直覺」生命哲學，而主要基調自然是天主教教義。在第三封信中有一段「歐陽修士」、「巧蝶」、「許昌盛」、「作者」等人物的哲思對話，不過我們會發現這些人物的敘述聲音都過於雷同，全旨在說明物質、生命二重辯證下的優先性，作者引經訓，大都在解決生活上所遇到的苦痛或不幸的待遇，重者如放火自焚（頁129）；輕者如參加教師甄試報名時所受刁難、被新聞記者惡意中傷、婆媳不合、小至因省

24　《寄給恩平修女的六封書信》，（台北：聯經出版事業公司，1996）。

25　《寄給恩平修女的六封書信》，頁168～169。

籍問題被鎖匠挖苦、搭公車因塑膠憑證毀損與司機的口角等不一而足，當然生活中的點點滴滴都是人性枷鎖的試煉，而遭受苦痛時以宗教去求解脫也是某種安慰，不過從全書的敘述筆調中看來，在一次次的求告中，並沒帶來內心的平安和喜悅，反而是憤懣與焦躁的輪旋，從敘述中看出主角在生活上瑣事的應對常有不愉快的經驗，如進一步深究，其實自己常要承擔部分的過錯，若能出以圓融的世俗應對並不難解決，對瑣事的敏感，或許可從「許」的一段反省中得知：

> 以前，我恨自己、老跟自己過不去，下意識就難免恨人如己。不少讀者有困難時呼天不應而跟老天生氣，讀我作品就遷怒於我，我能了解他的敵意與痛苦。[26]

由此或許可以體會小說人物的氣質情性為何常是衝突的主因，對此環境的厄運帶給人的限制，相形之下變得比較薄弱了。至於神學或哲學的討論在小說中雖有多處的運用，但嚴格而論，並不能讓人感受到心靈內在的鉅大衝擊，或者是靜思而得的平安體悟，如果說宗教體驗與書寫是生命內在的靈魂探險，那麼內在的沈思或劇盪則是書寫內容的必要條件，要對他人有助益必先自己受捶撻，才能指歷航程中的險灘所在，這也構成一位宗教作家的條件，「許」的易感與敬虔的宗教生活已具備了基本的條作，但如何透過自己所受，去深掘或印證從書寫中轉成宗教上的象徵意義，相信並不是自義或標高，在這個前提下，目前作品中詩詞的生硬引用[27]，太多的教義陳述或宗教術語之運用，便是可以漸次克服的問題了。

第三節　孤獨園中的佛弟子 ── 林蒼鬱（1955～）

林蒼鬱（以下簡稱「鬱」）的語言特質是蒼茫沈鬱而極具內省的枯槁苦吟，從小說美學的角度看，曾被劉闐如歸成「內省型」作品，這是依據其語言構造所下的評論，因為：

> 他的作品常常便像一首漫長的敘事詩，情節中所展現的，往往只是為了服務他的內在思省，而思省所流露的又無非是他對待人性時性情的呈現。所

26　《憐蛾不點燈》，頁 161。

27　《寄給恩平修女的六封書信》頁 194，有一句自述：「我儘量每天讀些新詩和中國古典詩詞，那對寫小說和畫畫都是必須的。」可以見出她在寫作預備上的用功，只是這些材料每每用來，斧鑿之跡過於明顯。

以他的小說世界所傳達的，終竟都是純粹、凝煉的人性經驗。[28]

此處「人性經驗」指對獨特問題所生意識加以思考反省而得的內在經驗，對「鬱」而言，宗教意識的專注或許是他個人關懷的重要經驗範疇，在具體宗教實踐與寫作結合上，形塑他獨特風格的原因或是浪遊寄跡佛寺如雲水般的遊方經驗，在禮佛參禪中，僧侶閉關的寂靜孤絕呼應他的孤獨氣質，早萌的敬虔意念與藝術觀照，使他在宗教與文學的感通上有了符契，誠如《月光遍照》後記中所述：

> 我在佛前謙誠跪拜，佛成為我的知己良師和慈父，佛學的深廣使我欣喜。
> 我感覺佛是一個大詩人，他既熟知你幽微處的哀怨卻又能不露聲色。而經偈是聖美的，溫婉雄渾的，我對僧人流露欽慕與敬佩。[29]
> 我熟知必能從自身探知一切風雨興衰以及真理，如果我懂得安頓智慧。所以我雖顧怕我的薄學孤陋，但寧拒絕可啟視的書本經典而以全整的氣力勇猛對待思省的搏打。……從佛的觀照下，我是多麼痴迷，但是執迷的或也有他的山水他的義理吧！[30]

在極度的自我凝視中毫不放鬆於任何一個念慮，依照佛陀的啟發，他或許有一股壯志要將自己形塑成「美的法相」，而依從宗教上的嚮往與企求確實使他興發出家的念頭，從而在捨離塵緣的出家壯舉與家庭親情籲其成家的招喚下，形成內心的糾纏[31]，在僧俗間徘徊的心靈加以過分自省而又習慣自刑的刻苦，使他在當年如許氣盛的年歲卻隱伏有蒲柳先衰的不堪，在小說中帶有自傳成分的片段，總讓我們看到一位精思太過的青年形象。

就其語言特性而言，可以表徵他內心嚴肅凝重的隱晦，刻意追摹如詩般豐盈義蘊的積句，不是語法上的奇特拗句而是詩一樣的意像跳躍[32]，由於極度內斂而使得敘述上出以內在情感的抒發為優先，這就犧牲了情節或故事推移的戲劇效果，至於

---

28 見劉闓如，〈試評「離訣」──林蒼鬱小說淺論之二〉，《中外文學》，第 8 卷 1 期，頁 225，1979 年 6月。

29 此部分引自〈孤獨園掠影〉一文，乃龍田版《月光遍照》之後記，見高天生，《台灣小說與小說家》，（台北：前衛出版社，1994），頁 236。

30 張火慶，〈思想、哀懺、愛家的浪子──林蒼鬱「月光遍照」評介〉，《中外文學》，第 8 卷 9 期，頁112，1980 年 2 月。

31 此心情糾葛見〈孤獨園掠影〉一文，乃龍田版《月光遍照》之後記，見《台灣小說與小說家》，頁240～241。

32 張火慶把這種技法歸於「詩的句法加上攝影的意境」展現。見〈思想、哀懺、愛家的浪子──林蒼鬱「月光遍照」評介〉，《中外文學》，第 8 卷 9 期，頁 113，1980 年 2 月。

主題上由於略帶自傳性質的書寫或不脫一己背景的思考,從而限制了其他各種主題的可能表現,在《離訣》書序中,靜圓指出「鬱」的小說結集是一場「年少驚夢」,但在少作的苦澀中,還是出現將關懷視野轉向社會的契機,他以為:

> 自〈孤獨園〉該篇以後創作的〈闇夜的天窗〉、〈孩子,往前望那山巒〉
> 及〈鋸斷的櫻樹〉等,可說是作者企圖從他自我全整的內在理念向人類及
> 歷史,他為此生命的迴轉而支離原有操持的景觀,避去與外在世界相斷落
> 的可能。一種新的脈動方式已經產生而未見成熟。(序頁 2)

在數量不多的創作中,我們訝見具有深刻自省能力與獨特經驗者,在守著孤獨品嚐自我時,畢竟無法將宗教與文學美感的會通,錯認為只是一種屬於私人境界之圓滿追求,再度闡明,走出自身與其他個體交談、對話,漫說是社會關懷,這也是形塑驗證自己修行之必需,是自利利人之天職,不過這於其現有之創作數量而言,只能是一項期望的觀察點。在此先要探究的是徘徊於出家與世情難捨的掙扎處境,其實貫穿著:「離鄉與返鄉」、「愛的懺情」等主調,尤其以〈薑〉(1976)、〈孤獨園〉(1979)、〈曹傷少年〉(1979)等三篇具自傳性質為首要。〈薑〉中少年揣測自己在送別家人眼底的悲壯身影,

> 他們看我揹著沈篤的背包如同揹負自己的屍身與碑牌,他們哭泣的送別正
> 像哀悼般專誠。(頁 78)

這是少年慣有的,舉世滔滔無人能識的幽悵,不無憮然是家人將其行為理解為不切世事,僅耽於虛浮的追尋,卻不知其內心的嚴肅應世與苦思的煎熬。他堅信自己必可在今世成佛以自度度人,他所以屢屢遁跡佛寺禮懺亦無非是一種崇高的自我完成,雖然在這股情懷中多少是將自己作為美善的觀照對象,略帶幾分多愁的宣洩與自戀。中間引進友人「江漁」來寺相訪,又情節歧出旁述往日其他友好的過從,表現的都是易感的說愁,諸如體悟到:

> 萬法無常卻又必須承認成住壞空過程的諸種假象。在度向滅亡的途程裏,
> 我的執迷只為了表明對永恆底崇拜;永恆者是佛,自己將否成為一尊不滅
> 的佛?(頁 88)

這種懷疑與先前的堅決意志形成游移兩端的對比,說到底有可能是對自身苦澀易感的膜拜,比如在朝向宗教的超越企求也不妨出現這般溺情的告白:

> 任何女子任何友人誰真能知解風向在我的脊背正如何刷洗苦行的溫暖或蒼
> 涼？不要去迷信殉情的堂皇也無須理會自瀆的悲壯。當夜晚的星亮起，我
> 背向黑影作一種起跑的姿態，但瞬間我殘酷回頭猛力踩踏自己佝僂的身
> 姿。如果你了解隱忍與寬容的可貴你必同時去姦殺孤獨的神聖。是的，功
> 名像一株薔薇抓緊之後它的凋萎如同一則羞辱的訓示。（頁91）

這些緣情造語，讓我們看到極端專注內省者，如何因著外界微小的變化去牽動他易
感的神經，而稚荏與苦澀的韻致在此同時並顯。原本在寺中苦行的金剛堅心因著友
人的造訪，無端引出憶往的情緣，多少也自矜炫於往昔的意氣風發。略同的青年形
象是在〈孤獨園〉中的「彭星移」，他依然掙扎在家庭與出家之間，在世俗上要顧
及母親對他成家的殷望；再者便是捨離一己稟賦俊秀才調而來的異性情緣：

> 身為人子，有一道義理的河川等得他泅入最深冷的地帶摘取回報的芝草。
> 每個人都會懼怕哲理的或自省的思辯卻又再再沈淪，那是由於怠慢與無
> 助。（頁5）
> 也許他清楚自己的宗教：美與愛的、清明崇高的。這一切來自人間的筋
> 脈，可是又被毀損過甚。必須堅持，他知道自己有秀潔聳峻的靈魂，能墮
> 落能沈淪但永不腐敗。（頁5～6）

諸多衝突使隱身佛寺演成一場最嚴酷的爭論，而在如此生之糾葛中，作為對照的情
節──好友「吳棋」的鬼魂縈繞，訴盡生死之鍊永不能了卻的人間因果。已然往生
的吳棋在超現實的手法中，頻頻出現對妻兒的不捨與對舊戀人一往多情雖死亦無由
解脫的情苦訴向彭星移，除了是作為技法的表現外，對生死攸隔苦苦無法掙脫因
果與情感纏連，似乎是他對人間火宅苦難的主要書寫，若此為其對佛法度人的主要
體悟，則顯然是觀點上的自我窄化，細思之餘，鬼魅的陰鬱糾結作為縱然死去亦無
得解脫的控訴，這其實是因果說的必然闡釋，而命定的壓迫就導引出如張火慶的析
論：

> 命運正如同無微不至的保姆，呵護著（稚）弱的生命卻不允許愚妄的自
> 立。我們必須學會謙忍奉承，才能保證自身的純潔無憂，我們雖同時感受
> 了這束縛的無奈，卻也領略了被撫慰的安全。要全然孤絕的面對意志的自
> 我，必只發現沒有終極的空虛與絕望，那種焦慮的刑殺毋寧是自暴自棄。
> 於是我們反過來企求命運統御我們、啟導我們，以免承擔自作孽的天罰。
> 命運既主宰著我們，也就成了代罪羔羊，因而，謙誠無疑的變成唯一的救

贖，讓我們在不由自主的成長中，將所有造業與果報推託給命運簽收，如同獻身於宗教般隱藏了自我。到最後命運甚至就是終極的自我，一切從這裡出生又歸還，我們不過是謙卑的奉承者罷了。[33]

張火慶此說很能言中小說裡流露的宿命哀音，尤其側重於道盡情感層面的苦果，他不依人生必得歷經這些過程而證得智慧這種格式去書寫，卻好像早早看穿人世必然是苦海翻騰的慘況，殊不知若無法證得離苦的智慧又何能顯揚佛法精神。

〈曹傷少年〉裡二十一歲的少年雖值青春大好，卻又似有著不堪思考重荷而佝僂的靈魂，他「曾是飄泊於山崖海畔，城市與乎佛寺，苦苦思索著愛與生命存在交通的事實。」在名山浮屠中悠遊苦思，當然無法不被家人視為浪擲青春，而在無以名之的悵惘渾沌中，思索生命法則時，他選擇了藝術作為觀照的對象：

他並且知道藝術的終極對他而言或許只為了服務於宗教的仰望或完成。而藝術便像愛情的神祕令人熱切瘋狂而不能一日拋置於生活之外。對於天生的藝術家在他還未能有美妙作品來取信我們之前，人們對他總是焦躁而苛薄的，難能體解甚至不曾想像過黑漆無涯底孤獨者的生命顫慄，多像月光的無言穿梭於黑夜的網罟。（頁 99～100）

在無可如何之下，個人宗教行為不被認同與支持時，藝術就成了生命的唯一出口與佛鬱能稍獲安慰的理由，雖然他依舊吐露哀音：

曹傷少年顧念著佛經裏闡述的人的自束與圖騰之道。生存便是走向衰老而不自知，或自知而又無任何可補續或歌讚的機緣嗎？內心的藝術意念就要在一日日的繁瑣裏凋殘萎枯嗎？（頁 103）

好在晦澀的日子裡，四位樸實溫婉的女子成了他抉擇上的考驗與日後懺情中的深刻回憶，不過最大的考驗還在出家與成家的重大決心上。

因著方丈對他的鍾愛，要他留在寺裏出家為僧。在晨晚繞佛拜佛經懺間，在日夜山景氤氳變幻無常的思省中，強烈渴慕真能落髮剃度。但所思所想畢竟是這幾年所難突困的；長子的他，這意念將讓父母、祖母和姊妹們哀

　　傷慘絕的。以致於，那般強烈地在這靜寂間，想望著成家了。（頁133）

　　1979年是「鬱」對自己內在衝突採取妥協處置的關鍵，先成家後出家，這一道生命軌跡，彷彿也是〈孤獨園〉中那位摯愛彭星移的維燈方丈的歷程，這對彭星移或「鬱」而言，既是一種伏筆，無疑也是面臨取決難定時的一番開示。

　　「鬱」所堅持的「一影孤絕的形象」（〈離訣·序〉中語），可以說是他在嚴肅自持中多少帶有不為世知、高簡瑰奇的狷介味道，宗教神學與美學之間所可能有的矛盾，在他從自身的端凝中，化成對自我審美經驗的體證而得到會通，這多少是苦行的附帶收穫，在卻也是孤獨心靈自絕於人時，悽慘陰鬱的另一番可能，尤其在細細參詳幾篇小說人物的「命名」時可以得到理解，諸如「曹屍男」、「歐陽司陰」、「朱蘿哀」、「曹傷」等，這些帶有險慘形容的人名成了人的幽暗本質與自身，或說他就是如此這般來看待人的生命。

　　「鬱」在歷次離鄉浪跡佛寺又返家的經驗中，使得「離鄉／返鄉」的小說主題變成不斷出現的主旋律，不知是否因為家人反對其出家的緣故，由著親族而來的壓力，或許亦伴著不愉快的經驗，所以在返鄉的情節部分，出現的都是悲傷的語調居多，在〈萬般梆聲響不去〉一篇裡的結尾，「顏迷花」攜伴曾為妓女而不能生育的妻子「夜子」回鄉，卻不見容於父親、叔父等親人，迷花訴向夜子說：

　　怎麼怕會沒有地方讓我們回去呢？夜子，乖，我們去找個純潔善良的地方
　　安居下來，好嗎？那裡會成為我們的故鄉，沒有人傷害得了我們的，走，
　　夜子，我們回去，我們回去……。」（頁56）

等是有家歸不得，縱使有心再創美麗家園，未來卻也不是這麼樂觀。〈鋸斷的櫻樹〉中，李荊由城市返鄉後，逼使他無法不正視故鄉往日的美好田園風光已不再，原植於火車站附近卻因開發需要而被鋸斷的櫻樹，當然是再明白不過的象徵，而在一個闇夜裡他終於選擇搭車離去，往中部探視待產的妻子。這個離鄉的行動與前去探視自己的新生兒，意謂棄絕故土與迎接新生的希望。

　　〈月光遍照〉中，梁燕帶著懷有身孕的羅枝回鄉，在家人期待中產下一子，卻被昔日的舊戀人沈香的鬼魂揭穿，原來新生兒並非梁燕的骨肉，在眾人的厲聲質問中，梁燕堅決的肯定，但也在此刻始知，族中全體親人早已在洪水中覆沒而成一群鬼魂，而他生長的故鄉，那處「過去所記憶的已經割不掉了，但是又無法使自己重新回去那個世界。」（頁168）的所在，就在此刻徹底消除，這或許是「反鄉土」、「反寫實」的手法。從表面看很容易將這種現象歸為鄉村面貌，經歷城市化與現代經濟活動影響而改變，從而使作者對家園變遷心生喟歎，但細究之餘可知理有不

然，當然不必對其動機作過度揣測，但異於一般回鄉的美好期待與飄泊者思鄉的心理慰藉，我們似乎找到他破除家園美好印象這種毀家以遂其出家壯舉的端倪，這或許是一種勇氣，對照於他青年時的宗教與文藝美學的壯志，從而在「浪擲激情與悲情」的歲月裡[34]，有了一點貞定的方向。

---

[34] 這裡借用自陳器文，〈浪擲的激情與悲情〉一文，在這則帶有負面評價的標題意識下，指出「鬱」的書寫弊端在於：它的危險傾向，是容易將日常的小折磨，誇張成為生命中的大苦難，墮入幻想中的苦難之海，藉以完成自我那份「落魄」「蕭瑟」的「自虐情意結」。這是一種極為常見的批評語調，雖然並不見得恰當。如果「自虐情意結」是一種病態，那麼我們只能哀矜而不須加以撻伐，再者，作為讀者或批評者如何界定書中人物的悲吟是「小折磨」的哀聲？從來似乎我們都極容易看輕他人的苦痛，患了自義與傲慢而不自知。「鬱」的書寫從心理主義去加以考察，不過就只在展現：人在覺察自己處於實存狀態下的真實心理內容及意識的過程，同時被嘗試加以纖毫無遺地捕捉或紀錄，也由於如此，相較於人物的「行動」而言，就顯得是「誇張」了，因為這些經驗常不具普性，所以容易引起誤解。這裡借用其標題只在呼應「鬱」所認為的，這些書寫是一場「年少驚夢」，當然我們已不好再追問：是醒後的殘夢猶存；抑是夢裡人道夢中事？

第十二章　結　論

第一節　小說家之宗教性關懷趨向說明

　　台灣宗教的信仰屬性，其普化性格的突出是最顯著的社會表徵，而台灣小說中的宗教性，展現的是信仰實體在信仰歷程與書寫上的豐富面貌，是不可化約與類化的，對其細膩考察，可以發現迥異於人類學或社會學上整體描述的另一種向度。宗教追求與反省在小說中的表述或告白，其本身蘊涵有雙重的辯證意義：對超越的渴慕與文學創造的要求，合而論之，即神學與美學最極致創造力的實踐，對台灣文學宗教言說的發展加以論述，其實也在期許多元對話能成為普遍價值，同時，如果台灣文學中的宗教性關懷可以視作是台灣整體精神指標之一，對其無限的探索，可以深化自我審視與社會批判的雙重理解。

　　在全球宗教思想對話的思潮下，各大宗教教派或孕育獨特宗教型態的文化，逐漸在並觀的審視中，形成不同的論述立場：排他論、包容論或多元論，使宗教對話原先企圖彼此理解、消除歧異的用心，再度因原有的宗教教義主張與社會政激盪而分立，似乎說明宗教間可能本有排他的因素，此非本文主題，可不細究[1]。在第一章導論中，提及致意的希克（John Hick）其人，便是多元論的主張者，他企圖由肯定超越界的實有，說明各大宗教間對超越界所作不同的表述或實踐方法，論證這些型態差異實為進路上的不同，這個觀點與相對主義的差別或許在於其多元的謙卑立場，提醒人們在根據真理進行批評時要時刻小心，反省當自己以為在據真理而言說時，正是對真理本身的限制與自義性格的不自覺流露。

　　移此觀念加以文學上的說明，可以看出各家寫作，表現在個體宗教體悟或修辭上的多樣性，無非也都肯定了宗教的超越向度，小說中深具內省性質的告白正是其對「超越」的象徵運用。在突出個體的宗教書寫以探求普遍的宗教心靈活動（如果可能的話）時，其實並無刻意忽略作者所屬社會特質的用意，甚而在某些具有相同

1　有關宗教對話思潮及型態的研究可略參黃勇〈宗教多元論和宗教對話〉一文，《道風漢語神學學刊》第四期，1996年春。張慶熊、李魏〈當代基督教關於宗教多元和對話的可能性之爭〉，卓新平主編，《宗教比較與對話》第二輯，社會科學文獻出版社，2000。至於以儒家思想面對全球宗教倫理思想對話趨勢的則以劉述先，《全球倫理與宗教對話》一書，最見其儒學內在轉化的苦心。（台北：立緒出版社，2001）。

信仰背景的作家社群裡，我們也看到凝聚信仰對話的難處，誠如陸達誠神父所道出，目前天主教與基督教作家團契未能成形或進一步凝聚的主因，在於對「作家」的定義與信仰身份二者結合上的不易[2]，這正是本書採取作者論的主因。

在對眾多當代台灣小說家進行選樣論述的過程後，我們可以依其趨向類型稍作說明。(請見附表：「小說家之宗教性關懷趨向類型表」。)

首先，在作者的信仰上，單一教派信仰可不論，其中李喬由佛教改宗基督教是特殊的例子。其次則是『寬容型』的信仰模式，這些作者或基於宗教及人文精神並重的緣故，略帶傳統思想中普化宗教信仰的性質，又因不容易遽斷其是否為「包容型」，意即以某宗教為優先而並蓄或涵攝其他宗教，故冠以「寬容型」稱之用來與「包容型」作區別。

在這些型態趨向上，或許是台灣文學其社會性格突顯之因素所致，在集體社會性或因前行代作家作品「影響」之餘，小說有比較明顯的社會『批判』色彩(當然也有自我批判的成分)，此點說明了文學作為集體社會文化表現之一，有其內在延續的特性。

其次，若將個人獨特宗教經驗言說與寫作風格結合來看，在神學表述、宗教體驗呈顯及美學語用上則出現了趨近於宣教、護教的『敬虔』心理，或者是個人極端自我的浪漫式『超道德』傾向(最明顯者如七等生)；或是展現改宗(如李喬)及依違於不同宗教間的心理『衝突』，抑或是個人的『神祕』經驗體悟等，實已展現多樣的宗教面貌。

第二節　餘　論

透過各家宗教性關懷之考察，對當代小說的超越面向，可以有一個整體輪廓的認識，儘管每一位作家的世界觀，是源於其個人與社會二重辯證下的綜合，但會觀其間，似乎也可得出當代台灣在整體心靈意識極限下的模糊疆界──我們這個時代的精神生活。〔俄〕‧弗蘭克(Viktor E. Frankl)曾清楚地反省十九世紀俄羅斯精神運動史上，文學家的宗教思想所作出的內在精神與社會公義的批判，即使是非形式上的宗教徒，偉大的作者往往有著最深刻的內在的宗教發揚，這些作者與自由的世俗思想家，凝成宗教體制外最富力量的精神批判者[3]。俄國的自由來源於宗教及人

2　在〈老蓋仙重回羊棧〉這篇文章中，藉著對夏元瑜生前的一、二軼聞，順帶臚列了目前具有天主教信仰的一些作家，同時說明作家團契難以成立的一些因素與日後的期望。文見網址：www.riccibase.com/docsile/rel-chlo.htm。

3　見〔俄〕‧弗蘭克(Semen L. Frank)著，徐鳳林譯，《俄國知識人與精神偶像》一書第一部分「俄羅斯世界觀」中的〈宗教精神〉，(上海：學林出版社，1998)。

小說家之宗教性關懷趨向類型表

人　名 （name）	信　仰 （faith）	趨　向（inclination）				
		批　判 （critical）	敬　虔 （pious）	超道德 （amoral）	衝　突 （ambivalent）	神　秘 （mystical）
李榮春 （1914~1994）	基督教		✓			
朱西甯 （1926~1998）	基督教	✓	✓			
李　喬 （1934~）	基督教	✓	✓		✓	
陳映真 （1937~2016）	基督教	✓				
許台英 （1951~）	天主教	✓	✓			
姜　貴 （1908~1980）	佛教		✓			
東　年 （1950~）	佛教	✓			✓	
林蒼鬱 （1955~）	佛教		✓		✓	
東方白 （1938~）	寬容型	✓	✓			✓
七等生 （1939~）	寬容型	✓		✓	✓	✓
宋澤萊 （1953~）	寬容型	✓				✓
王幼華 （1956~）	寬容型	✓			✓	

道上的反帝俄，在台灣，作為一個自由思想的文學家基於宗教性的超越觀對現實的反省批判，構成內在信仰與社會批評的對話，已具體反映在各別的論述中，要再扣問的是，面對龐大的集體意識的思考，個人信仰層次可以到達如何的境地？最簡單的例子，譽有日本天主教作家之稱的遠藤周作在《沈默》、《深河》中，可以將個人的信仰層次，提升到大和民族與基督教思想會通上的反省，是國族文化的情感認同抑或宗教教義的本色維持？對個人與集體、文化宗教的認同與選擇上的糾葛，作了掙扎而深邃的縷析[4]，而台灣如何？舉例言之，從個人信仰出發，關心教會與信仰生活又懷抱民族認同的保真曾說：「迄今為止，中國教會只有基督教文字，還沒有基督教文學。」[5] 又如基督教雜誌《宇宙光》專欄及新型態網路作家陳韻琳以為：「我研究中國文學史，發現近代小說，凡處理基督教信仰題材的，有非常大的百分比是在處理教條主義，我也難免震驚！從清末到現在短短一百多年傳教史，教會內竟產生那麼多導致文學必須碰觸的教條主義，我相信這跟中國文化絕對有關。」[6] 撇除二人在民族思想反省心態上的差異，關於宗教與書寫都發出了不滿現狀的看法。從這種反省的態度再試觀宗教團體文學獎上所反映的概況，基督教論壇報主辦的三屆「雅歌小說獎」[7] 與佛光山的「佛光文學獎」[8]，可以清楚地看出，基督教文學書寫常從教會的信仰生活去反省個人內在信仰和社會問題；佛教則較少從集體信仰生活的角度書寫，卻多側重個人宗教心靈的修行與艱難世路的智慧體悟，若排除宗教文學獎所帶來的宣教意圖，個別的、數量較少的與宗教主題有關的作品又呈現何種風貌？大概言之，具有基督教傳道人身份的王貞文的台語小說曾受到宋澤萊的期許[9]，〈天使〉一篇，寫青年畫師因思想問題受政治迫害，引發人間倒底有無公義與真神的疑惑，主題看似含有抗議的書寫色彩，其實作者是以其神學研究的心得，結合「天使」主題研究思潮[10]，又明顯反映「奧斯維辛事件」後，上帝已死的激烈世俗神學的深刻思考[11]，試圖從歷史上基督信仰的中斷危機中再重新聯結

4　關於從《沈默》到《深河》兩部作品中的宗教觀點的變異，可以參看黃俊邠〈《沈默》中最大的變異為深河〉一文，《校園》，42 卷 5 期，2000 年 9～10 月。

5　見保真，《歸心》，（台北：九歌出版社，1988），頁 223。

6　見陳韻琳，《虛擬》，（台北：宇宙光傳播中心出版社，1997 年），頁 34～35。

7　後來輯成《永恆》（1994）、《那個雨季的故事》（1998）、《心中的雪原》（1998）等三集。

8　後來輯為《水晶的光芒》（上）（下），（高雄：佛光出版社，1997）。

9　見〈論台語小說中驚人的前衛性與民族性──試介賴和、黃石輝、宋澤萊、陳雷、王貞文的台語小說〉，頁 286～288，「王貞文的基督教小說」部分，《台灣新文學》，1998 春夏季號。此文後收為《台語小說精選卷》導論。

10　王貞文的散文集《求道手記》中〈伯崔的十四個天使〉一文提到「天使」主題的研究方興未艾。（台北：雅歌出版社，1997），頁 112～114。

11　簡單的介紹請參劉小楓，《漢語神學與歷史哲學》中「祈求與上帝的應答」這部分，（香港：漢語基督教文化研究所，2000），頁 163～189。及何光滬〈上帝死了，只剩道德嗎？〉一文，《基督教文化評

而確立「信」的意念，以此象徵個人信仰的艱難理路，宋澤萊將其編入《台語小說精選卷》，從全書的體例及主旨看，明顯取其政治意涵的解讀方式[12]，稍微忽略其中的神學旨趣。雪眸的〈十字架上〉其主題情節與陳映真的〈猶大的故事〉相仿，但在突出耶穌形象的認識及猶大的政治意圖上，沈鬱不足迂緩有餘[13]。在佛教方面有梁寒衣從較早的帶有現代主義拼貼西方宗教文化思想的《黑夜裡不斷抽長的犬齒》[14]，轉變到將文字作為佛法修行法門的《無涯歌——海東華嚴元曉大師傳》，傾向個人內心不斷探索生活意義的自問色彩，趨近優美散文化的風格[15]。而延續鄉土精神卻帶有罕見的批評意識，則是黃瑞田的〈爐主〉[16]，寫家庭及環境因素對個人宗教信仰遺傳內化的集體作用，批評民間信仰中的功利動機及神道設教的真相，與此相反的是另一繼起新銳潘弘輝，在《拜月》集中，文字外放，涉及民間宗教的奇異書寫，無疑有個人難以解釋的宗教經驗[17]。黃有德的《異教徒之戀》[18]，寫在異國的已婚女子與謹守回教儀式的男子之戀情，宗教修辭其實只有作為言情的浪漫情調的背景，沒有深入到思想討論。辛辣的黃凡在〈晚間的娛樂〉中，諷刺城市男子的信仰，以靈性上的豐盈假相，對照妻子的性虐待需求，宗教上的道德潔癖與情慾沈淪，道破靈肉渴慕的城市空虛心理[19]。

　　在諸多紛雜的書寫範例中，讓我們看見宗教感受的不同面向，雖然較多仍只停

論》二，貴州人民，1992。

12　本書封底介紹各篇內容與技巧的調適為「鄉土寫實意識流・白色恐怖超現實」的結晶，可以視作編旨的扼要說明。《台語小說精選卷》，（台北：前衛出版社，1998）。

13　見《台灣文藝》，第120期，1990年。

14　在《黑夜裡不斷抽長的犬齒》一書中，附有兩篇評論的文字，其一是同書篇名後，李昂的一段評審結語：「這一個作者顯然什麼都不信，人生對他來講，我想是一個荒謬的遊戲。」而在〈基督山伯爵的墓室與出口〉後則是劉大任的〈動與不動之間——談梁寒衣的小說《基督山伯爵的墓室與出口》〉，在文末「劉」指出：「梁寒衣所追求的書寫方式，也許將指向二十一世紀。而我覺得，二十一世紀的人類，應已學成內在精神面的修習之道，因此也就不再需要外力拯救了。」李昂與劉大任各自讀出了自己的需要，使人訝然的是，「劉」果然道出一股本世紀的精神面貌，而後來梁寒衣的寫作與修行若合此預見。（台北：聯合文學出版社，1991）。

15　見書前序〈華嚴初始〉一文與《雪色青蚨》，（台北：遠流出版社，1997）、《流過我容光的迦陵之音》，（台北：時報文化出版社，1997）為相同筆致的散文風格，是最近參佛的系列延續。

16　見沈萌華編，《七十年短篇小說選》，（台北：爾雅出版社，1984）。

17　比如〈準提菩薩落難記〉寫菩薩指點信徒為其重塑全身的離奇過程；〈青龍紋身〉中的流氓男子被身上所紋的青龍為祟，幸遭紫天宮的神明金童救治，在病體中有靈魂出竅及意識的反省，據書前序所言，作者曾親近地接觸民間宗教，所以對於神秘的現象持不可知論的保留而未予以特殊指評。

18　黃有德，《異教徒之戀》，（台北：聯經出版事業公司，1990）。關於此書另有從情慾角度詮釋，可參考馬森，〈文學中永恆的主題：情慾——評黃有德的《異教徒之戀》〉，《文訊雜誌》革新第23期，總號62期，1990，12。

19　見《都市生活》，（台北：希代書版公司，1988），頁115～134。王德威在〈典律的生成——小說爾雅三十年〉中說：「黃凡在八○年代初曾是最被看好的作者，退隱十多年後復出，成了參禪念佛的行家。」今後書寫內容更值得注意，見陳義芝主編，《台灣現代小說史綜論》，（台北：聯經出版事業公司，1998），頁555。

留在文學審美修辭的表象功能，但或許可以使人樂觀期待的是，可能會有更多的宗教議題在將來的文學作品中出現，是新興宗教或科技與宗教道德的跨範疇思考，而個人的虔修與帶社會批判的宗教性格的反映，可為未來的文學研究，預言聖俗疆域廣袤無垠的異像。

參考書目

一‧一般書籍

（二劃）
七等生，「七等生作品集」，（台北：遠景出版社，1986）。
　　——《白馬》，（台北：遠景出版社，1986）。
　　——《僵局》，（台北：遠景出版社，1986）。
　　——《我愛黑眼珠》，（台北：遠景出版社，1986）。
　　——《來到小鎮的亞茲別》，（台北：遠景出版社，1986）。
　　——《城之迷》，（台北：遠景出版社，1986）。
　　——《跳出學園的圍牆》，（台北：遠景出版社，1986）。
　　——《隱遁者》，（台北：遠景出版社，1986）。
　　——《沙河悲歌》，（台北：遠景出版社，1986）。
　　——《散步去黑橋》，（台北：遠景出版社，1986）。
　　——《銀波翅膀》，（台北：遠景出版社，1986）。
　　——《精神病患》，（台北：遠景出版社，1986）。
　　——《情與思》，（台北：遠景出版社，1986）。
　　——《重回沙河》，（台北：遠景出版社，1986）。
　　——《譚郎的書信》，（台北：圓神出版社，〔1985〕1986）。
　　——《兩種文體—阿平之死》，（台北：圓神出版社，1991）。
　　——《耶穌的藝術》，（台北：洪範出版社，〔1979〕1988）。
　　——《老婦人》，（台北：洪範出版社，〔1984〕1990）。
　　——《沙河悲歌外一章》，（台北：臺灣商務印書館，1998）。
　　——《思慕微微》，（台北：臺灣商務印書館，〔1997〕1998）。
　　——《我愛黑眼珠續記》，（台北：漢藝色研文化事業有限公司，1998）。

（四劃）
〔美〕‧毛克禮（A. N. McLeod），《基督山上寶訓釋義》，（香港：證道出版社，
　　　　1967）。

王文興，《背海的人》上，（台北：洪範出版社，1981）。

——《背海的人》下，（台北：洪範出版社，1999）。

王幼華，《兩鎮演談》，（台北：時報文化出版社，1984）。

——《狂者的自白》，（台中：晨星出版社，1985）。

——《慾與罪》，（台中：晨星出版社，1986）。

——《熱愛》，（台北：遠流出版公司，1989）。

——《廣澤地》，（台北：尚書文化出版社，1990）。

——《王幼華集》，（台北：前衛出版社，1992）。

——《土地與靈魂》，（台北：九歌出版社，1992）。

——《洪福齊天》，（台北：遠流出版公司，1995）。

——《騷動的島》，（台北：允晨出版社，1996）。

——〈有應公殿下慈悲〉，（台北：台灣大學外文系，《中外文學》，9 卷 8 期，1981）。

——《東魚國夢華錄：王幼華作品集》，（台北：允晨文化實業股份有限公司，2014）。

王禎和，《嫁妝一牛車》，（台北：洪範書店有限公司，1996）。

王見川，《台灣的齋教與鸞堂》，（台北：南天書局，1996）。

王貞文，《求道手記》，（台北：雅歌出版社，1997）。

王晉民主編，《台灣文學家辭典》，（廣西：廣西教育出版社，1991）。

王崇堯，《雷茵霍・尼布爾》（The Thought of Reinhold Niebuhr），（台北：永望出版社，1993）。

王德威，《小說中國——晚清到當代的中文小說》，（台北：麥田出版社，1993）。

——《眾聲喧嘩》，（台北：遠景出版社，1988 年）。

——《跨世紀風華——當代小說 20 家》，（台北：麥田出版社，2003 年）。

王靜蓉、葛婉章、仲南萍等著，《水晶的光芒》（上），（高雄：佛光出版社，1997）。

王汎森，《執拗的低音——一些歷史思考方式的反思》，（台北：允晨文化實業股份有限公司，2014）。

（五劃）

申丹，《敘述學與小說文體學研究》，（北京：北京大學出版社，1998）。

石元康，《當代自由主義理論》，（台北：聯經出版事業公司，1995）。

台灣文學研究會主編，《先人之血・土地之花》，台灣文學研究論文精選集，（台北：前衛出版社，1989）。

（六劃）

朱天文，《淡江記》，（台北：遠流出版社，1994）。

　　──《古都》，（台北：麥田出版社，1997）。

朱西甯，《朱西甯自選集》，（台北：黎明文化公司，1975）。

　　──《將軍令》，（台北：三三書坊，1980）。

　　──《將軍與我》，（台北：洪範出版社，1981）。

　　──《鐵漿》，（台北：三三書坊，1989）。

　　──《旱魃》，（台北：遠流出版社，1991）。

　　──《春城無處不飛花》，（台北：遠流出版社，1993）。

　　──《貓》，（台北：遠流出版社，1994）。

　　──《破曉時分》，（台北：遠流出版社，1994）。

　　──《狼》，（台北：皇冠出版社，1978）。

　　──馬森主編，《朱西甯小說精品》，（台北：駱駝出版社，1999）。

　　──封德屏總策畫，陳建忠編選，《台灣現當代作家研究資料彙編──朱西
　　　　甯》，（台南：國立台灣文學館，2012）。

江燦騰，《台灣佛教百年史之研究》，（台北：南天書局，1996）。

（七劃）

李杜，《中西哲學思想中的天道與上帝》，（台北：聯經出版事業公司，1991）。

李秀，《井月澎湖》，（台中：晨星出版社，1996）。

李喬，《李喬自選集》，（台北：黎明文化事業有限公司，1975）。

　　──《李喬集》，（台北：前衛出版社，1996）。

　　──《情天無恨──白蛇新傳》，（台北：草根出版事業有限公司，1996）。

　　──《藍彩霞的春天》，（台北：遠景出版社，1997）。

　　──《小說入門》，（台北：大安出版社，1996）。

　　──《文化心燈──李喬文化評論選粹》，（台北：望春風文化事業股份有限公
　　　　司，2000）。

　　──《李喬短篇小說精選集》，（台北：聯經出版事業公司，2000）。

　　──〈耶穌的淚珠〉，《文學台灣》，31 期，1999 秋季號，此文已收入《李喬短
　　　　篇小說精選集》，篇名為〈耶穌的眼淚〉，（台北：聯經出版事業公司，
　　　　2000）。

　　──封德屏總策畫，彭瑞金編選，《台灣現當代作家研究資料彙編──李喬》，
　　　　（台南：國立台灣文學館，2012）。

李亦園，《文化與行為》，（台北：臺灣商務印書館，1992）。

李榮春，《懷母》，（台中：晨星出版社，1997）。

── 《烏石帆影》，（台中：晨星出版社，1998）。

── 《海角歸人》，（台中：晨星出版社，1999）。

── 〈衛神父〉，（上）《文學台灣》，20 期，1996 年 10 月 5 日。

── 〈衛神父〉，（中）《文學台灣》，21 期，1997 年 1 月 5 日。

── 〈衛神父〉，（下）《文學台灣》，22 期，1997 年 4 月 5 日。

李豐楙、朱榮貴主編，《儀式、廟會與社區 ── 道教、民間信仰與民間文化》，（台北：中央研究院文哲所，1996）。

呂正惠，《小說與社會》，（台北：聯經出版事業公司，1992）。

呂理政，《天、人、社會 ── 試論中國傳統的宇宙認知模型》，（台北：南港中研院民族所，1980）。

余英時，《史學與傳統》，（台北：時報文化出版社，1992）。

── 〈曹雪芹的反傳統思想〉，收入《史學與傳統》，（台北：時報文化出版社，1992）。

吳潛誠，《航向愛爾蘭 ── 葉慈與塞爾特想像》，（台北：立緒文化事業有限公司，1999）。

── 《島嶼巡航 ── 黑倪和台灣作家的介入詩學》，（台北：立緒文化事業有限公司，1999）。

宋澤萊，施淑、高天生編，《宋澤萊集》，（台北：前衛出版社，1995）。

── 《紅樓舊事》，（台北：聯經出版事業公司，1987）。

── 《惡靈》，（台北：遠景出版社，1979）。

── 《打牛湳村系列》，（台北：前衛出版社，1994）。

── 《等待燈籠花開時》，（台北：前衛出版社，1998）。

── 《蓬萊誌異》，（台北：前衛出版社，1988）。

── 《骨城素描》，（台北：遠景出版社，1979）。

── 《變遷的牛眺灣》，（台北：遠景出版社，1979）。

── 《黃巢殺人八百萬》，（台北：東大圖書公司，1980）。

── 《弱小民族》，（台北：前衛出版社，1987）。

── 《廢墟台灣》，（台北：前衛出版社，1995）。

── 《變成鹽柱的作家》，（台北：草根出版事業有限公司社，2002）。

── 大地驚雷：宋澤萊小說集Ⅳ（深情典藏紀念版）《血色蝙蝠降臨的城市》，（台北：前衛出版社，2013）。

── 《禪與文學體驗》，（台北：草根出版社，1996）。

── 《拯救佛陀》，（高雄：派色文化出版社，1996）。

——《台語小說精選卷》，（台北：前衛出版社，1998）。

沈萌華編，《七十年短篇小說選》，（台北：爾雅出版社，1984）。

何金蘭，《文學社會學》，（台北：桂冠圖書股份有限公司，1989）。

（八劃）

東年，《落雨的小鎮》，（台北：聯合文學出版社，1977）。

——《大火》，（台北：聯合文學出版社，1979）。

——《模範市民》，（台北：聯經出版事業公司，1988）。

——《東年集》，（台北：前衛出版社，1992）。

——《初旅》，（台北：麥田出版社，1993）。

——《地藏菩薩本願寺》，（台北：聯合文學出版社，1994）。

——《去年冬天》，（台北：聯合文學出版社，1995）。

——《我是這樣說的——希達多的本事及原始教義》，（台北：聯合文學出版社，1996）。

——《再會福爾摩莎》，（台北：聯合文學出版社，1998）。

——《失蹤的太平洋三號》，（台北：聯合文學出版社，1998）。

——《愛的饗宴》，（台北：聯經出版事業公司，2000）。

東方白，《露意湖》，（台北：爾雅出版社，1978）。

——《東方寓言》，（台北：爾雅出版社，1979）。

——《十三生肖》，（台北：爾雅出版社，1983）。

——《黃金夢》，（台北：爾雅出版社，1995）。

——《東方白集》，（台北：前衛出版社，1996）。

——《盤古的腳印》，（台北：爾雅出版社，1982）。

——《真與美——東方白文學自傳》，（台北：前衛出版社，2001）。

林海音，《純文學好小說》，（台北：純文學出版社，1988）。

林語堂，《林語堂全集》，（長春：時代文藝出版社，1994）。

林太乙，《林家次女》，（台北：九歌出版社，1996）。

林本炫，《台灣的政教衝突》，（台北：稻鄉出版社，1994）。

林水福、林燿德主編，當代台灣情色文學論《蕾絲與鞭子的交歡》，（台北：時報文化出版社，1997）。

林柏燕，《六十二年短篇小說選》，（台北：爾雅出版社，1981）。

林蒼鬱，《孤獨園》，（台北：東大圖書股份有限公司，1980）。

——《離訣》，（台北：東大圖書股份有限公司，1980）。

周天和，《山上寶訓的研究》，（香港：道聲出版社，1989）。

周憲，《超越文學 —— 文學的文化哲學思考》，（上海：上海三聯書店，1997）。
武金正，《解放神學》，（台北：光啟出版社，1991）。

（九劃）
保真，《歸心》，（台北：九歌出版社，1988）。
南方朔，《有光的所在》，（台北：大田出版有限公司，2000）。
洪銘水，《台灣文學散論 —— 傳統與現代》，（台北：文津出版社，1999）。
查時傑，《民國基督教史論文集》，（台北：宇宙光，1993）。
施叔青著，林瑞明、陳萬益編，《施叔青集》，（台北：前衛出版社，1993）。

（十劃）
高天生，《台灣小說與小說家》，（台北：前衛出版社，1994）。
夏志清著，劉紹銘編譯，《中國現代小說史》，（台北：傳記文學出版社，1991）。
唐佑之，《苦難神學》，（香港：卓越書樓，1993）。
徐隆德訪問紀錄、許烺光家屬整理、國立編譯館主譯，《邊緣人 —— 許烺光回憶
　　　錄》，（台北：南天書局，1997）。
〔清〕·秦蕙田著／秦蕙田、盧文弨、姚鼐等手校，《五禮通考》，（台北：聖環圖
　　　書公司，1994）。
姜貴，《無違集》，（台北：幼獅文藝社，1974）。
　　——《花落蓮成》，（台北：遠景出版社，1977）。
　　—— 應鳳凰編，《永遠站著的人》，（台北：九歌出版社，1999）。
　　—— 應鳳凰編，《姜貴的小說續編》，（台北：九歌出版社，1999）。
　　—— 應鳳凰編選，《臺灣現當代作家研究資料彙編 .28 姜貴》，（台南：國立臺
　　　灣文學館，2013）。
馬森，《燦爛的星空：現當代小說的主潮》，（台北：聯合文學出版社，1997）。

（十一劃）
張大春，《小說稗類》，（台北：聯合文學出版社，1998）。
張西平、卓新平編，《本色之旅 —— 二十世紀中國基督教文化學術論集》，（北京：
　　　中國廣播電視出版社，1999）。
張良澤，《四十五自述 —— 我的文學歷程》，（台北：前衛出版社，1994）。
張恆豪編，《火獄的自焚》，（台北：遠行出版社，1977）。
張恆豪，《認識七等生》，（苗栗市：苗栗縣立文化中心，1993）。
張運華，《中國傳統佛教儀軌》，（台北：立緒文化公司，1998）。

陳映真，《陳映真小說集》，（台北：人間出版社，1995）。

——《我的弟弟康雄》，（台北：人間出版社，1995）。

——《唐倩的喜劇》，（台北：人間出版社，1995）。

——《上班族的一日》，（台北：人間出版社，1995）。

——《萬商帝君》，（台北：人間出版社，1995）。

——《鈴璫花》，（台北：人間出版社，1995）。

——《孤兒的歷史／歷史的孤兒》，（台北：遠景出版社，1984）。

陳映真等著，康來新、彭海瑩合編，《曲扭的鏡子——關於台灣基督教會的若干隨想》，（台北：雅歌出版社，1987）。

康來新編，《王文興的心靈世界》，（台北：雅歌出版社，1990）。

陳映真等著，《呂赫若作品研究——台灣第一才子》，（台北：聯經出版事業公司，1997）。

陳惠婉等著，《心中的雪原》，（台北：基督教論壇社，1998）。

陳義芝主編，《台灣文學經典研討會論文集》，（台北：聯經出版事業公司，1999）。

陳義芝主編，《台灣現代小說史綜論》，（台北：聯經出版事業公司，1998）。

陳韻琳，《虛擬》，（台北：宇宙光傳播中心出版社，1997年）。

陳原，《社會語言學——關於若干理論問題的初步探索》，（香港：商務印書館香港分館，1984）。

梁寒衣、宋芳綺、潘煊等著，《水晶的光芒》（下），（高雄：佛光出版社，1997）。

梁寒衣，《黑夜裡不斷抽長的犬齒》，（台北：聯合文學出版社，1991）。

——《無涯歌——海東華嚴元曉大師傳》，（台北：九歌出版社，1999）。

——《雪色青鉢》，（台北：遠流出版社，1997）。

——《流過我容光的迦陵之音》，（台北：時報文化出版社，1997）。

許台英，《歲修》，（台北：聯經出版事業公司，1986）。

——《水軍海峽》，（台北：聯經出版事業公司，1986）。

——《憐蛾不點燈》，（台北：聯經出版事業公司，1988）。

——《茨冠花》，（台北：聯經出版事業公司，1989）。

——《寄給恩平修女的六封書信》，（台北：聯經出版事業公司，1996）。

許俊雅編，《無語的春天——二二八小說選》，（台北：玉山社出版事業股份有限公司，2003）。

康來新、林淑媛主編，《台灣宗教文選》，（台北：二魚文化事業有限公司，2005）。

郭松棻著，林瑞明、陳萬益主編，《郭松棻集》，（台北：前衛出版社，1997）。

婁曉凱著，《衝突與整合：論具有留學背景的中國現代作家》，（台北：秀威資訊科技股份有限公司，2013）。

（十二劃）

黃子平，《革命・歷史・小說》，（香港：牛津大學出版社，1996）。

黃子平主編，《中國小說與宗教》，（香港：中華書局，1998）。

黃凡，《都市生活》，（台北：希代書版公司，1988）。

黃凡著，施淑、高天生主編，《黃凡集》，（台北：前衛出版社，2000）。

黃凡，《躁鬱的國家》，（台北：聯合文學出版社，2003）。

黃凡，《賴索》，（台北：聯合文學出版社，2006）。

黃武忠，《台灣作家印象記》，（台北：眾文圖書股份有限公司，1984）。

黃有德，《異教徒之戀》，（台北：聯經出版事業公司，1990）。

彭瑞金，《台灣文學探索》，（台北：前衛出版社，1995）。

勞思光著，張俊輝編，《存在主義哲學新編》，（香港：中文大學出版社，1998）。

曾繼雄等著，《永恆》，（台北：基督教論壇社，1994）。

〔明〕・馮孟龍著，嚴敦易校注本，《警世通言》，（台北：里仁出版社，1991）。

（十三劃）

楊牧編，《許地山小說選》，（台北：洪範書店有限公司，1984）。

楊牧，《一首詩的完成》（台北：洪範書店有限公司，1991）。

楊澤編，《魯迅小說集》，（台北：洪範書店有限公司，1994）。

雷驤，《黑暗中的風景》，（台北：爾雅出版社，1996）。

楊照，《Taiwan Dreamer》，（台北：新新聞文化事業有限公司，1999）。

　　──《夢與灰燼──戰後文學史散論二集》，（台北：聯經出版事業公司，1998）。

葉石濤・彭瑞金編，《一九七八台灣小說選》，（台北：文華出版社，1979）。

葉維廉，《中國現代作家論》，（台北：聯經出版事業公司，1979）。

（十四劃）

輔仁大學外語學院編，《文學與宗教》，第一屆國際文學與宗教會議論文集，（台北：時報出版社，1988）。

廖咸浩，《愛與解構──當代台灣文學評論與文化觀察》，（台北：聯合文學出版社，1995）。

（十五劃）

劉小楓，《拯救與逍遙》，（台北：風雲時代出版公司 1990）。

　　──《現代性社會理論緒論 ── 現代性與現代中國》，（香港：牛津大學出版社，
　　　　1996）。

　　──《漢語神學與歷史哲學》，（香港：漢語基督教文化研究所，2000）。

　　──《走向十字架上的真 ── 20 世紀基督教神學引論》，（上海：三聯書店，
　　　　1995）。

　　──《沈重的肉身》，（香港：牛津大學出版社，1998）。

劉勇，《中國現代作家的宗教文化情節》，（北京：北京師範大學出版社，1998）。

劉紹銘，《靈台書簡》，（台北：三民書局有限公司，1972）。

劉紹銘，《本地作家小說選集》，（台北：大地出版社，1976）。

劉昌元，《盧卡奇及其文哲思想》，（台北：聯經出版事業公司，1991）。

劉康，《對話的喧聲 ──巴赫汀文化理論述評》，（台北：麥田出版社，1995）。

劉登翰等編，《台灣文學史》，（福州：海峽文藝出版社，1993）。

劉述先，《全球倫理與宗教對話》，（台北：立緒出版社，2001）。

潘弘輝，《拜月》，（台北：亞細亞出版社，2000）。

歐陽子編，《現代文學小說選集》，（台北：爾雅出版社，1977）。

（十六劃）

蔡承志等著，《那個雨季的故事》，（台北：基督教論壇社，1998）。

（十七劃）

隱地，《這一代的小說》，（台北：爾雅出版社，1967）。

蕭麗紅，《桂花巷》，（台北：聯經出版事業公司，〔1977〕2001）。

　　──《千江有水千江月》，（台北：聯經出版事業公司，〔1981〕2000）。

　　──《白水湖春夢》，（台北：聯經出版事業公司，〔1996〕1997）。

鍾理和，《鍾理和日記》，（台北：遠行出版社，1976）。

鍾肇政、東方白著，張良澤編，《台灣文學兩地書》，（台北：前衛出版社，
　　　　1993）。

謝肇禎，《群慾亂舞 ── 舞鶴小說中的性政治》，（台北：麥田出版社，2003）。

（十八劃）

瞿海源，《台灣宗教變遷的社會政治分析》，（台北：桂冠圖書股份有限公司，
　　　　1997）。

（十九劃）

關永中，《愛、恨與死亡——一個現代哲學的探索》，（台北：臺灣商務印書館，
　　1997）。

（二十劃）

〔梁〕·釋寶唱著，詹緒左、朱良志釋譯，《比丘尼傳》，（高雄：佛光出版社，
　　1996）。

（二十二劃）

龔鵬程編，《台灣的社會與文學》，中正大學歷史研究所·台灣研究論叢3，（台
　　北：東大圖書公司，1995）。

二·學位論文

（九劃）

柯志明，《論惡、自我與自由的辯證關係：呂格爾（Paul Ricoeur）前期（1950～
　　1969）主體存有學之研究》，中國文化大學哲學研究所博士論文，1997。

（十一劃）

陳建忠，《宋澤萊小說（1972～1987）研究》，清華大學碩士論文，1997。
常洪歡，《論張愛玲小說與基督教文化的關係》，華中師範大學碩士論文，2016。

（十四劃）

廖淑芳，《七等生文體研究》，成功大學歷史語言研究所碩士論文，1989。

三·報紙、單篇、期刊論文

（四劃）

王德威，〈尋找女主角的男作家——茅盾、朱西甯、黃春明、李喬〉，《中外文
　　學》，14卷10期，1986年3月。
　——〈小說、清黨、大革命——茅盾、姜貴、安德烈·馬婁與一九二七年政治風
　　暴〉，《中外文學》，20卷12期，1992年5月。此文又收入《小說中國——
　　晚清到當代的中文小說》，（台北：麥田出版社，1993）。
　——〈拾骨者舞鶴——舞鶴論〉，收入《跨世紀風華——當代小說20家》，（台

北：麥田出版社，2003）。

（五劃）
古正美，〈佛教與女性歧視〉，《當代》，11 期，1987 年 3 月。

（六劃）
朱雙一，〈現代人的焦慮和生存競爭——東年論〉，《聯合文學》，123 期，1995 年
　　　1 月。

（七劃）
李豐楙，〈命與罪——六十年代台灣小說中的宗教意識〉，《台灣文學中的社會》，
　　　（台北：行政院文建會　文訊雜誌社，1996）。
宋澤萊，〈李喬宗教思想摸象——為李喬《白蛇新傳》點眼〉，收為李喬《情天無
　　　恨——白蛇新傳》前序之一，（台北：草根出版事業有限公司，1996）。
宋澤萊，〈將「自然主義」和「虛無主義」推向頂峰的文學高手——論東年小說的
　　　深度〉，《台灣新文學》，1998 年春夏季號。
宋澤萊、胡長松，〈文學筆談：宋澤萊與胡長松〉，《印刻文學生活誌》，7 卷 3
　　　期，2010。
吳錦發，〈靈魂深處的冷——評東年的《初旅》〉，自立晚報，1989 年 3 月 13 日。
何光滬，〈上帝死了，只剩道德嗎？〉，《基督教文化評論》2，（貴陽：貴州人民
　　　出版社，1992）。
呂昱主持，成丹橘紀錄，〈情天無恨——李喬作品「情天無恨」（白蛇傳）討論
　　　會〉，《新書月刊》，15 期，1984 年 12 月。

（八劃）
花村，〈試評「痛苦的符號」——兼及李喬的寫作意向〉，《台灣文藝》，57 期，
　　　1978 年 1 月。
林依潔，〈就《重陽》看姜貴小說的殘缺意識〉，《書評書目》，100 期，1981 年 9
　　　月。

（九劃）
洪銘水，〈陳映真小說的寫實與浪漫〉，《先人之血·土地之花》——台灣文學研究
　　　論文精選集，台灣文學研究會主編，（台北：前衛出版社，1989）。
　　——〈「我愛黑眼珠」的道德挑戰〉，《先人之血·土地之花》——台灣文學研究

論文精選集，台灣文學研究會主編，（台北：前衛出版社，1989）。

洪醒夫，〈偉大的同情與大地的鄉愁——李喬訪問記〉，《書評書目》，18 期，1974
年 10 月。

查時傑，〈民國十年代反基督教運動〉，收入《民國基督教史論文集》，（台北：宇
宙光出版社，1993）。

施懿琳，〈白先勇小說中的死亡意識及其分析〉，收入《台灣的社會與文學》，龔
鵬程編，中正大學歷史研究所・台灣研究論叢 3・（台北：東大圖書公司，
1995）。

胡文清，〈閱讀東年〉，《台灣新文學》，1996 年春季號。

姜貴，〈護國寺的燕子〉，《書評書目》，49 期，1977 年 5 月。

施淑清記錄整理，〈平原之女與山林之子——季季對談李喬〉，《印刻文學生活
誌》，1 卷 2 期，（新北市：印刻文學生活雜誌社，2004）。

（十劃）

郝譽翔，〈末世的聖徒〉，《幼獅文藝》，552 期，1999 年 12 月。

康來新，〈廣角的關懷〉，《聯合文學》，7 期，1985 年 5 月。

康原，〈拆穿騙局的人——宋澤萊的文學與宗教情懷〉，《自立晚報》，1991 年 10
月 4 日。

高天生，〈新生代的里程碑——論宋澤萊的小說〉，《自立晚報》，1983 年 7 月
21-23 日。

馬森，〈文學中永恆的主題：情欲——評黃有德的《異教徒之戀》〉，《文訊雜誌》
革新第 23 期，總號 62 期，1990 年 12 月。

（十一劃）

張賢勇，〈許地山與《達衷集》〉，《基督教文化評論》Ⅲ，中國社會科學院世界宗
教研究所基督教研究室，1992。

——〈《譯經溯源》中兩條引文評議〉一文，《道風》漢語神學學刊，4 期，1996
春。

張漢良，〈淺談《家變》的文字〉，《中外文學》，1 卷 12 期，1973 月 5 月。

——〈王文興《背海的人》的語言信仰〉，《文學與宗教》，第一屆國際文學與
宗教會議論文集，（台北：時報文化出版企業有限公司，1988）。

張曉風，〈一個「牧子文人」的心路歷程——論林語堂在宗教上的出走與回歸〉，
《宇宙光雜誌》，2001 年 3 月。

張火慶，〈思想、哀懺、愛家的浪子——林蒼鬱「月光遍照」評介〉，《中外文

學》，8 卷 9 期，1980 年 2 月。

張誦聖，〈王文興小說中的藝術和宗教追尋〉，《中外文學》，15 卷 6 期，1986 年
　　11 月。

──〈王文興小說中的宗教和藝術追尋〉，謝惠英譯，收入《文學與宗教 ── 第
　　一屆國際文學與宗教會議論文集》，（台北：輔仁大學外語學院編，時報文
　　化出版企業有限公司，1987）。

──〈現代主義與台灣現代派小說〉，收入王曉明主編，《二十世紀中國文學史
　　論》第一卷，（上海，東方出版中心，1997）。

──《當代台灣小說論 ── 文學場域的變遷》，（台北：聯合文學出版社，
　　2001）。

陳平原，〈小說類型與小說史研究〉，《文學史》第一輯，陳平原、陳國球主編，
　　北京大學，1993。

陳映真，〈主，我們這樣子就可以嗎？── 一九九〇平安禮拜的隨想〉，《曠野》，
　　1991 年 3 月 4 日、5 月 6 日。

──〈基督徒看台灣前途 ── 從海峽兩岸的宣教史談起〉，《新使者》，7 期，
　　1991。

──〈變貌中的農村〉，《夏潮》，5 卷 4 期，1978 年 10 月。

陳文珊，〈談宋澤萊晚近作品中的神祕經驗〉，《曠野》，4 期，1997。

陳美華，〈另類身體觀〉，《當代》，152 期，2000 年 4 月。

陳器文，〈浪擲的激情與悲情 ── 試評林蒼鬱的「月光遍照」〉，《中外文學》，8
　　卷 1 期，1979 年 6 月。

曾慶豹，〈解放、烏托邦動力與神學的旨趣〉，《道風漢語神學季刊》，3 期，
　　1995。

（十二劃）

壹闡提（李喬早期筆名，受洗後不在使用），〈簡介「金剛經」〉，《書評書目》，1
　　期，1972 年 9 月。

彭瑞金，〈悲苦大地泉甘土香 ── 李喬的蕃仔林故事〉，《台灣文藝》，57 期，1978
　　年 1 月。

──〈打開天窗說亮話〉，收為《藍彩霞的春天》前序，（台北：遠景出版社，
　　1997）。

──〈人、妖交纏，佛法解不開的人間情欲〉，收入當代台灣情色文學論《蕾絲
　　與鞭子的交歡》，林永福、林燿德主編，（台北：時報文化出版企業有限公
　　司，1997）。

——〈走出孤獨——讀李榮春短篇小說集《烏石帆影》〉,《烏石帆影》序,(台中:晨星出版社,1998)。

惠天,〈姜貴的小說——記亞洲年會台灣文學討論會〉,《書評書目》,14 期,1974年 6 月。

黃克全,〈七等生小說中的自然、自由、神〉,《文訊》,30 期,1987 年 6 月。

——〈恐懼與顫怖——論七等生「我愛黑眼珠」中李龍弟生命信仰之辯證性〉,《中外文學》,8 卷 2 期,1979 年 7 月。

黃勇,〈宗教多元論和宗教對話〉,香港《道風》漢語神學學刊,4 期,1996 年春。

黃涵榆著,〈有關災難、邪惡與救贖的一些唯物神學的思考——讀宋澤萊的《血色蝙蝠降臨的城市》與《熱帶魔界》〉,《中外文學》,41 卷 3 期,2012 年 9月。

（十三劃）
楊照,〈從「鄉土寫實」到「超越寫實」——八〇年代的台灣小說〉,收入《台灣文學發展現象》,(台北:行政院文建會 文訊雜誌社,1996)。

楊牧,〈七等生小說的幻與真〉,附錄於七等生《銀波翅膀》。

葉嘉熾,〈宗教與中國民族主義——民初知識分子反教思想的學理基礎〉,《基督教文化評論》1,貴州人民,1992。

葉石濤,〈論李喬小說裡的「佛教意識」〉,附於前衛版《李喬集》,(台北:前衛出版社,1996)。

——〈論七等生的〔僵局〕〉,收入張恆豪編,《火獄的自焚》,(台北:遠行出版社,1977)。

（十四劃）
蔡源煌,〈符號與靈視——評東年《落雨的小鎮》〉,附於前衛版《東年集》,(台北:前衛出版社,1992)。

廖淑芳,〈東年的前世今生——以知識份子形象為主的閱讀〉,1999 年竹塹文學獎,新竹市立文化中心。

——〈七等生作品中的個人觀、群體觀及其形成過程〉,原刊《文學台灣》,3期,1992 年 6 月。又收入《認識七等生》,苗栗縣立文化中心,張恆豪編,1993 年 6 月。

（十五劃）
鄭恆雄,〈文體的語言的基礎——論王文興的「背海的人」〉,《中外文學》,15 卷

1 期，1986 年 6 月。

鄭清文策劃，〈生命的追求與關懷 —— 李喬作品討論會紀錄〉，《台灣文藝》，57
　　　期，1978 年 1 月。

劉清虔，〈愛與暴力之間 —— 對拉美解放神學的思索〉，《神學論集》，102 期，
　　　1994 年冬。

劉紹銘，〈十年來的台灣小說：一九六五—七五 —— 兼論王文興《家變》〉，台灣大
　　　學外文系主編，《中外文學》，4 卷 2 期，1976 年 5 月。

鄧紹光，〈莫爾特曼論虛無〉，《道風》漢語神學學刊，4 期，1996 年春。

四‧譯著

〔英〕‧史脫爾（Anthony Storr）著，張嚀嚀譯《孤獨》，（台北：知英文化事業有
　　　限公司，1999 年）。

〔美〕‧A. 麥金泰爾（Alasdair Chalmers MacIntyre）著，龔群、戴揚毅等譯，《德
　　　性之後》，（北京：中國社會科學出版社，1995）。

〔瑞典〕‧虞格仁（Anders Nygren）著，鍾蒼榮譯，《羅馬書註釋》（Commentary
　　　on Romans），基督教神學教育叢書，（香港：道聲出版社，1966）。

〔美〕‧A. P. 馬蒂尼奇（A. P. Martinich）編，牟博等譯，《語言哲學》，（北京：商
　　　務印書館，1998）。

〔英〕‧懷德海（A. N. Whitehead）著，蔡坤鴻譯，《宗教的創生》，（台北：桂冠
　　　圖書股份有限公司，1997）。

〔美〕‧小約翰‧B‧科布（Cobb, J. B. Jr.）；大衛‧R‧格里芬（Griffin, D. R.）
　　　著，曲躍厚譯，《過程神學》，（北京：中央編譯出版社，1999）。

〔英〕‧C. S. 路易斯（C. S. Lewis）著，沃爾特胡珀收集，胡虹譯，《中世紀和文藝
　　　復興時期的文學研究》，（上海：華東師範大學出版社，2010）。

〔英〕‧關大眠（Damien Keown）著，鄭柏銘譯，《佛學》，（香港：牛津大學出版
　　　社，1998）。

〔美〕‧愛力克森（Erik H. Erikson）著，康綠島譯，《青年路德》（Young Man
　　　Luther），（台北：允晨文化實業股份有限公司，1989）。

〔德〕‧E. 雲格爾（Eberhard Jungel）著，林克譯，《死論》，（香港：三聯書店，
　　　1992）。

〔美〕‧艾德華‧薩依德（Edward W. Said）著，單德興譯，《知識分子論》，（台
　　　北：麥田出版社，1998）。

〔英〕‧克莫德（Frank Kermode）著，劉建華譯，《終結的意義 —— 虛構理論研

究》，香港：牛津大學出版社，1998）。

〔美〕‧詹明信（Fredric Jameson）著，張京媛譯，〈處於跨國資本主義時代中的第
　　三世界文學〉，收入《馬克思主義：後冷戰時代的思索》，（香港‧牛津大
　　學出版社，1994）。

〔俄〕‧杜斯妥也夫斯基（Fyodor Mikhailovich Dostoyevsky）著，耿濟之譯，《卡拉
　　馬助夫兄弟們》，（台北：志文出版社，1961）。

〔俄〕‧杜斯妥也夫斯基（Fyodor Mikhailovich Dostoyevsky）著，孟祥森譯，《地下
　　室手記》，（台北：桂冠圖書股份有限公司，1994）。

〔德〕‧西美爾（G. Simmel）著，曹衛東等譯，《現代人與宗教》，（香港：香港漢
　　語基督教文化研究所，1997）。

〔匈牙利〕‧盧卡契（Gorge Lukács）著，楊恆達譯，丘為君校，《小說理論》，（台
　　北：唐山出版社，1997）。

〔德〕‧赫塞（Hermann Hesse），著，竇維儀譯，劉永木審訂，《堤契諾之歌》，
　　（台北：天下遠見，1999）。

〔俄〕‧別爾嘉耶夫（Никола́й Алекса́ндрович Бердя́ев）著，安啟念、周靖波譯，
　　《精神王國與愷撒王國》，（杭州：浙江人民出版社，2000）。

〔德〕‧康德（Immanuel Kant）著，李明輝譯，《通靈者之夢》，（台北：聯經出版
　　事業公司，1989）。

〔美〕‧詹姆斯‧吉力根（James Gilligan）著，李芬芳譯，《暴力失樂園》，（台北：
　　時報文化出版社，1997）。

〔英〕‧弗雷澤（J. G. Frazer），《金枝》（The golden bough），（台北：久大‧桂冠
　　圖書股份有限公司，1991）。

〔德〕‧J‧B‧默茨（Johann Baptist Metz）著，朱雁冰譯，《歷史與社會中的信
　　仰──對一種實踐的基本神學之研究》，（香港：三聯書店，1994）。

〔美〕‧尤達（John Howard Yoder）著，廖湧祥譯，《耶穌政治》，（香港：信生出
　　版社，1990）。

〔德〕‧愛克爾曼（Johann Peter Eckermann）著，周學普譯，《哥德對話錄》，（台
　　北：臺灣商務印書館，1997）。

〔英〕‧約翰‧希克（John Hick）著，王志成、思竹譯，《第五維度》（THE FIFTH
　　DIMENSION-An Exploration of the Spiritual Realm），（成都：四川人民出
　　版社，2000）。

〔英〕‧約翰‧麥奎利（John Macquarrie）著，何光滬、高師寧譯，曾慶豹校閱，
　　《二十世紀宗教思潮──1900～1980 年的哲學與神學之邊緣》，（台北：桂
　　冠出版社，1994）。

〔英〕‧約翰‧希克（John Hick）著，王志成譯《宗教之解釋——人類對超越者的回應》（AN INTERPRETATION OF RELIGION-Human Responses to the Transcendent），（成都：四川人民出版社，1998）。

〔英〕‧約翰‧希克（John Hick）著，王志成、思竹譯，《第五維度——靈性領域的探索》（THE FIFTHDIMEN SION-An Exploration of the Spiritual Realm），（成都：四川人民出版社，2000）。

〔德〕‧莫爾特曼（Jürgen Moltmann）著，阮煒譯，《被釘十字架的上帝》，（香港：道風山基督教叢林，1994）。

〔法〕‧謝和耐（Jacques Gernet）著，耿昇譯，《中國與基督教——中西文化的首次撞擊》，（上海：上海古籍出版社，2003）。

〔加〕‧凱‧尼爾生（Kai Nielsen）著，鄭曉村譯，《自由與決定論》，（台北：金楓出版社，1987）。

〔德〕‧巴特（Karl Barth）著，魏育青譯，《羅馬書釋義》，（香港：漢語基督教文化研究所，1998）。

〔澳〕‧凱文‧巴略特（Kevin Bartlett）著，青春譯，〈七等生早期短篇小說中的哲學、神學與文學理論〉，收入《我愛黑眼珠續記》附錄二。

〔俄〕‧托爾斯泰（Lev Nikolayevich Tolstoy）著，許海燕譯，《人為什麼而活——托爾斯泰短篇傑作選之一》，（台北：志文出版社，1995）。

〔英〕‧馬柯姆‧布雷得伯里（Malcolm Bradbury）、詹姆士‧麥克法蘭（James McFarlan）編，胡家巒譯，《現代主義》，（上海：上海外語教育出版社，1997）。

〔德〕‧布伯（Martin Buber）陳維剛譯，曾慶豹校閱，《我與你》（I and Thou），（台北：桂冠圖書公司，1991）。

〔德〕‧舍勒（Max Scheler）著，孫周興譯，《死、永生、上帝》，（香港：漢語基督教文化研究所，1996）。

〔德〕‧韋伯（Max Weber）著，康樂、簡惠美譯，《世界與宗教》，（台北：遠流出版社，1989）。

〔法〕‧居友（M. T. Guyan）著，余涌譯，《無義務無制裁的道德概論》，（北京：中國社會科學，1997）。

〔法〕‧傅柯（Michel, Foucault）著，劉北成、楊遠嬰譯，《瘋顛與文明》，（台北：桂冠圖書股份有限公司，1994）。

〔奧地利〕‧雷立伯（Leopold Leeb），《論基督之大與小：1900～1950年華人知識分子眼中的基督教》，（北京：社會科學文獻出版社，2000）。

〔美〕‧路易斯‧羅賓遜（Lewis Stewart Robison）著，傅光明、梁剛譯，《兩刃之

劍：基督教與二十世紀中國小說》，（台北：業強出版社，1992），序頁
7。

〔俄〕．M. Π.諾維科夫等編著，《無神論詞典》，魏慶征譯，（北京：中國社會出版社，2000）。

〔法〕．瑪特・羅勃特（Marthe Robert）著，逢塵瑩、何建忠譯，《原始故事與小說起源》（Roman des origines et origines du roman），（台北：國立編譯館，1995）。

〔英〕．瑪麗・伊凡絲（Mary Evans）著，廖仁義譯，《郭德曼的文學社會學》（Lucien Goldmann: An Introduction），（台北：桂冠圖書股份有限公司，1990）。

〔加〕．諾思洛普・弗萊（Northrop Frye）著，吳持哲編，《諾思洛普・弗萊選集》，（北京：中國社會科學出版社，1997）。

〔美〕．賈詩勒（N. L. Geisler）著，吳宗文譯，《宗教哲學》，（香港：種籽出版社，1983）。

〔美〕．萊因霍爾德・尼布爾（Reinhold Niebuhr）著，關勝渝、徐文博譯，《基督教倫理學詮釋》（An Interpretation of Christian Ethics），（台北：桂冠圖書股份有限公司，1992）。

奧古斯丁（Saint Augustine）著，徐玉芹譯（按：據賴慈芸「翻譯偵探事務所」調查，本書譯者應為耶穌會士周士良神父），《奧古斯丁懺悔錄》，（台北：志文出版社，1991）。

〔法〕．薩特（Sartre J. P.）著，陳宣良等譯，杜小真校，《存在與虛無》，（香港：三聯書店，1997）。

〔俄〕．弗蘭克（Semen L. Frank）著，徐鳳林譯，《俄國知識人與精神偶像》，（上海：學林出版社，1998）。

〔丹麥〕．齊克果（Søren Kierkegaard）著，孟祥森譯，《齊克果日記》，（台北：萬象圖書公司，1992）。

〔德〕．大衛・弗里德里希・施特勞斯（Strauss, David F.）著，吳永泉譯，《耶穌傳》，（北京：商務印書館，1981）。

〔德〕．盧克曼（Thomas Luckmann）著，覃方明譯，《無形的宗教──現代社會中的宗教問題》，（香港：基督教文化研究所，1995）。

〔美〕．羅體模（Timothy A. Ross）著，陳森譯，〈論姜貴小說的主題〉，《書評書目》，第 4 期，1974 年 6 月。

〔德〕．潘能伯格（Wolthart Pannenberg）著，李秋零譯，《人是什麼──從神學看當代人類學》，（上海：三聯書店，1997）。

〔美〕‧史泰司（W. T. Stance）著，楊儒賓譯，《冥契主義與哲學》，（台北：正中書局，1998）。

〔日〕‧遠藤周作著，朱佩蘭譯，《沈默》，（台北：道聲出版社，1986）。

〔日〕‧遠藤周作著，林水福譯，《深河》，（台北：立緒文化，1999）。

〔日〕‧三木直大著，陳玫君譯，〈試論《孤燈》──李喬小說的歷史敘述與文學虛構〉，收入封德屏總策畫，彭瑞金編選，《台灣現當代作家研究資料彙編──李喬》，（台南：國立台灣文學館，2012）。

五‧網路資料

中國哲學書電子化計劃《欽定四庫全書》：

https://ctext.org/wiki.pl?if=gb&chapter=470930

〈老蓋仙重回羊棧〉：www.riccibase.com/docsile/rel-chlo.htm。

台灣電影網：http://www.taiwancinema.com/Staff/StaffContent/?ContentUrl=30930

非愚即狂 —— 台灣小說的瘋癲修辭

摘　要

　　將瘋癲視為理性的對立思考，可以觀察精神文明的流變現象，不從精神疾病的角度來談，它或是文學藝術的創造力象徵與批判動能。現代文學中的瘋癲修辭，是現代工業生產下人的疏離感受與心理困擾，卻也是文學反諷、荒誕感呈顯的最極致運用。本文作主題論述，討論台灣小說中的瘋癲修辭，或是個體實存生命經驗、受現代主義影響的語言表現、或是作為反理性體制建置的手段，依年代先後之作者論呈現，得出瘋癲意識書寫上的意義趨向，揭示瘋癲修辭與作者語言變異之特殊關係，瘋癲作為精神激盪的現象，不論是寫實或隱喻，都是研究當代台灣文學思想主體的要項。

關鍵字：瘋癲、台灣小說、現代主義。

壹、前　言

　　雖然小說作為一項文體分類，在現代小說發展的觀念上，其內容還有待商榷與辯論，箇中緣由當然與「去中心化」、「無預設」（其可能乎？）等後現代思潮有關[1]，但從世界觀的解釋角度而言，卻也難逃「小說／社會」這樣的思考邏輯，當代爭議性小說家（如七等生、王文興⋯⋯等）的特殊敘述語言，想來也是對價值劇變時代的思潮所作的「摹仿」。當小說家自覺地運用寫實或自然主義手法來處理社會議題時，是否他的語用會趨近通俗的「言說」方式，而一旦他的題材接近內心意識及心理層面時，則語用會更趨近於所謂「私人語言」的風格[2]（當然我們知道似乎是不可能存在所謂「私人語言」的使用層次），此處姑且先不考慮語言與意識間的複雜辯證過程，而僅就意識至少從足以清楚辨認的標誌來看，心理意識的描繪

1　思潮變革之簡述請參〔美〕・弗雷德里克・詹姆遜（Fredric Jameson）著，〈後現代主義與消費社會〉一文，收入胡業敏等譯，《文化轉向》，（北京：中國社會科學，2000）。

2　私人語言的相關討論請參〔美〕・馬蒂尼（A. P. Martinich）編，車博等譯，《語言哲學》，（北京：商務印書館，1998）。

或大量獨自的運用，幾乎已成現代主義風格的寫作或認識上的特徵，究竟從個人意識出發作為反省內容或者純粹將內在精神流變作為觀照及審美對象，其價值上的估量果真不如社會性表現的優位嗎？或者個人自我心理意識之呈顯能否具有批判精神而不只是喃喃自語的夢囈，正如懷疑主義與虛無主義之間的區別，前者可以是反思的運作而後者的代價是絕望，勞思光在〈生命悲情與「存在主義」之正面意義〉一文中[3]，就點出現代哲學在帶有否定傳統的趨勢下，「存在主義」其實在說明個人心靈自覺上的自由與生命感知上所意識到的有限性，正是在有限性上顯出人的悲情，從而彰顯自我超越的嚴肅課題，此超越問題，無疑已進入宗教領域的範疇，但更令人不堪的是，與前現代的心理特徵相比較，在「信任感」的關係上，以「終極關懷」而言，現代主義的危機有多大層面是來自於個人內在的風險[4]，即當我們正處於宗教組織化及儀式的式微潮流下，自我需要去承受更多對終極問題的解釋與創造，從此一面向來思考，對個人內在的意識剖析呈現出生命的另一種凝視角度——瘋癲或相關的精神困擾，無疑是另一種寫實主義的表現法。所以對照日本時期楊守愚、朱點人、呂赫若、楊華等人作品中的瘋狂書寫，是作為反殖民控訴，其語境是政治權力作用下的不平等，當代瘋狂的書寫則成因多元[5]，只是當前各種探究最終不免多是文體及道德上的批判，此中常被當成箭垛式攻擊者，如有王文興及七等生、歐陽子諸人。王文興在《家變》中準擬對父權崩壞及弒父意識的描寫；七等生〈我愛黑眼珠〉中李龍弟對情感的冷漠及背棄；歐陽子〈秋葉〉中，兒子與繼母之情慾不倫，或者皆診斷為病，是文體及道德上的嚴重缺失，這種評論只是對「病態的書寫」及「書寫病態」的說明，都不免敧斜於人格上的指控而偏離文學多面向的可能。

關於所謂現代主義對心理意識之描寫，在跨代作家眼中或許並不陌生，以葉石濤而言，他曾節譯過〔日〕·加賀乙作的〈文學與病跡學〉一文[6]，理解到文學與瘋狂之關係，以及瘋狂所帶來的豐沛創造力，與單純精神疾病傷害之不同，他在簡論〈杜思妥也夫斯基與癲癇〉[7]短文中也是強調文學家從痙癒中轉化痛苦昇華為作品的自癒能力，在 1980 年出版的帶有頹廢蒼白的現代主義風格一書——《卡薩爾斯之琴》[8]中（著錄自 1964 年到 1971 年間的短篇），也安排了瘋癲人物「小

3　勞思光著，張燦輝編，《存在主義哲學新編》，（香港：中文大學出版社，1998），頁 153～164。

4　有關前現代與後現代在個人對環境信任感之轉變描述，見〔英〕·安東尼·吉登斯（Giddens, A.）著，田禾譯，《現代性的後果》第三部分，（南京：譯林出版社，2000）。

5　見李欣倫，《戰後臺灣疾病書寫研究》，頁 27，中央大學碩士論文，2003。

6　《書評書目》，78 期，（台北：洪建全教育文化基金會發行，1979，10）。

7　收入葉石濤，《台灣文學的困境》，（高雄：派色文化出版社，1992）。

8　葉石濤，《卡薩爾斯之琴》，（台北：東大圖書有限公司，1980）。

梅」—— 作為音樂家之女（或已備瘋狂性格之遺傳）遭父母離棄以致瘋症發作，同書附錄彭瑞金〈嘈嘈切切錯綜四十年 —— 葉石濤的文學旅程〉一文中，彭瑞金說葉石濤的口頭禪是：「作家都帶有精神分裂症吧！」（頁 236）這當然有幾分自我嘲諷的味道，不過現代主義在台灣的影響現象，葉石濤自有其見解，在宋澤萊提問對台灣現代主義時期的小說看法時，他認為由白先勇開始的「現代文學」和「晨鐘」等系列引介的外國作家，其實以日本殖民時期時期的西洋文學吸收而言，根本不算陌生，甚而以為其技巧層面可以學習，但其中思想則不值得討論[9]，現代主義的「輸入」自不以「現文」為早[10]，葉石濤的觀念主旨還是在於作為社會現實反映的技巧更新，自然也是體用二分的思考，本文主旨不在現代主義的描述或演繹，只是將瘋癲作為特殊的文學語言修辭現象來討論。

　　將瘋癲主題視為文學修辭，多少已將其限定在表現手法之功能考察，至於瘋癲之精神狀態與文化史上之意涵，傅柯（Michel Foucault）把他作為知識考古的特殊研究範例已為人所知，這種異常或非理性的狀態，是「健康／病態」的生理區別或內在心理統合上「自我／異我」的後設思考整合出現功能障礙，在認知與界定上可以說是曖昧而難解，而透過語言來詮解這種狀態，無疑是詮釋上的另一難題，如果我們亦連帶想及語言本身的歧義、渾沌與曖昧的話。為了避免這些歧出的困擾或許將它界定在「功能」的角度上，可以獲致比較明確的批評方法。

　　關於瘋癲的修辭多出現在與「現代主義」文學思潮影響所及的作品，這本身似乎是「現代主義」精神的某種特殊標幟或辨識特徵，換言之，當「現代主義」在言說其自身時，瘋癲是它的定義項目之一。丹尼爾・貝爾（Daniel Bell）考察西方 60 年代文化情緒中，在主體自我喪失的時代氛圍下普遍存的書寫現象：

　　人們發現六〇年代人們主要念念不忘的是瘋狂，當社會生活已被拋到身後時，自我，作為一個有限的題材，已經被融解了。剩下的唯一主題就是分裂的主題，而這十年的每一個重要作家都或多或少地涉及到這一主題。這些小說在方式上是迷幻型的；許多主角都是精神分裂症患者。精神錯亂，而不是精神正常，變成了檢驗現實的試金石。（頁 151）[11]

9　葉石濤，《小說筆記》一書附錄，〈為台灣文學找尋座標 —— 宋澤萊訪葉石濤一夕談〉，（台北：前衛出版社，1983），頁 188～189。

10　作影響起源的時間先後考慮可能無太大意義，不過也可以從不同的文類來加以思考，比如現代詩的典範更替，見李桂芳，《逆生與變奏的雙軌 —— 現代詩語言觀的典範化與延變之研究》，淡江大學中國文學系碩士論文，1999。

11　〔美〕・丹尼爾・貝爾（Daniel Bell）著，趙一凡、蒲隆、任曉晉譯，《資本主義的文化矛盾》，（台北：久大桂冠圖書股份有限公司，1994）。

有關這股思潮在台灣的流行，尤其是放在 49 年後 60 年代台灣文壇整體發展脈絡中來觀察，很容易發現它所伴隨的污名化現象——抵制或抗拒傳統甚或是改造傳統而自覺地吸收西方文學思潮，卻在異文化對位上產生不合諧，到 70 年代再與「鄉土文學」展開論述辯證，遂在 7、80 年代之後，作為兩造極端的價值對立激化下，彼此逐漸消歇轉化為概念內涵的思想接受。關於「現代主義」在不同體制（譬如台灣、大陸）的文學思潮影響研究，原本是一項近代文化思想史的子目課題，至少它足以說明思想的「延續／斷裂」的現象，當然此處的「斷裂」只是在相對說明某些傳統價值思想有其較長時間的延續性，斷裂則是一股自發或外來力量的更新改造或強勢干擾。從當今多元的文化共時性質來看，它只是某階段的強勢主流價值遭逢詰問的歷史問題，至於其功過，很難驟下定論，不管是它與後來的前衛思想，有無作為階段性任務完成而被揚棄的效能，或是它的影響其實還在發揮，不論是否作為萬籟之一聲，也許在後現代的視野中，早已把伴隨現代主義影響的主題思考——「主流」、「主體」與「連續性」思維給解消殆盡。

當我們要解構台灣現代主義文學的神話時[12]，不管是否要依晚清以來「中西體用」的思維模式，這中間的確存在「自我」文化及「他者」間的思考對立糾葛，文化對話擴大來說是文化結構的彼此碰撞，寬容的是異質互滲，嚴峻的是國家暴力的行使與對峙，當我們閱讀王禎和小說的國際觀時，無不取樂於其中的眾聲多音及混雜的諧謔，他刻意描寫的繁華虛浮正來自於異文化的並列效果（如《美人圖》、〈小林來台北〉），這種淺層的文化對話，反證語言「翻譯」之難，如把國家遂行的政治及文化意識考慮進去，現代主義思潮在反傳統及反教條的樂觀激昂上，似乎與其文學主題常出現的內容取得背反上的現象，張誦聖在〈台灣現代主義小說及本土抗爭〉中說道：

> 現代主義作家大多顯露出對文學「深度」的執著：譬如他們專注於心理挖掘、追求詭秘風格（uncanny）、以及偏愛透過象徵手法表達真理。這些作家常因此碰觸社會禁忌，涉及性慾、亂倫道德議題的處理便受到很大肯定。這些哲學傾向特別醒目，主要因為它完全和中國傳統敘述文類的現實傾向背道而馳，其次則因為 1949 年之前的中國現代小說過於偏重社會政治作用，而這種哲學傾向正好有所補償，雖然可能矯枉過正。[13]

12　王潤華，〈解構《現代文學》與台灣現代主義文學的神話〉一文已指出文化接受的共時與多樣化，可以作為線性歷史觀的駁議。見國家台灣文學館主辦，2004 年 11 月 27 日～11 月 28 日「台灣新文學發展重大事件研討會」論文。

13　張誦聖著，應鳳凰譯，〈台灣現代主義小說及本土抗爭〉，收入《台灣文學評論》，3 卷 3 期，（台南：真理大學文學資料，2003.07），頁 63。

說到 1949 年以前的現代小說，我們很難忘記魯迅在 1918 年所寫的〈狂人日記〉，作為中國新文學的第一篇白話小說，恰好是他對喫人傳統的洞察心得，面對龐大的傳統幽黯勢力，空有驚覺而無淑世與招架力量的左翼知識分子性格，不免要因憂而成狂，楊澤在〈盜火者魯迅其人其文〉一篇的結語說：

> 盜火者魯迅嘗自言，他從域外盜得火來，正為了把自己的心肝煮給眾人吃──只要中國仍需要魯迅這類「瘋狂的先知」，那麼，中國就註定是一個愚而亂、狂而不安的中國。[14]

所以，作為白話小說的先聲，它依然不脫解釋社會政治的書寫目的，只不過在有意或無意間以「瘋狂的自我」為主人翁，是一種巧合嗎？此外隨著主題與書寫策略的反省所導致的另一項重要變革，就在於語言觀的轉變，張誦聖在另處評李永平的《海東青》時簡單地作結說：

> 現代主義文學的精義即在藉語言象徵創造一個與現實世界充滿張力的「另一種真實」。[15]

此處的象徵如果把它加以擴大解釋，可以鬆動原有語言觀的認識，由藝術自決的角度來看，它對政治社會的反抗，其實自有更激烈的方式，江寶釵在〈現代主義的興盛、影響與去化──當代台灣小說現象研究〉中也點出：

> 現代主義與鄉土文學的交集，兩者都始於語言的背叛。值得思考的是，現代主義似乎擺落道德、政治等等思考，可是它並未脫離社會。相反地，現代主義和鄉土文學一樣也是現代化的反動（anti-modernization），是針對現代化不同反應的結果。[16]

這項觀察是把文學放在視同社會變遷的焦慮反映，引人注意的是「語言的反叛」這個有趣卻嚴肅的認識，透過對瘋癲的修辭研究，其實也在研究文學語言反叛的現象，將瘋癲視為「能指」來說，它首要反叛它所指涉的理性世界圖象，最後再反叛

14　楊澤編，《魯迅小說集》一書序，（台北：洪範書店，1994），頁 22。

15　見張誦聖，〈嘲蔑中產品味的現代主義美學──評李永平《海東青》〉一文，收入《文學場域的變遷》，（台北：聯合文學出版社，2001），頁 195。

16　江寶釵，〈現代主義的興盛、影響與去化──當代台灣小說現象研究〉，收入陳義芝主編，《台灣現代小說史綜論》，（台北：聯經出版事業公司，1998），頁 126。

它對自身的指涉，凡語言未及之處以沈默視之。以下按作者論方式列敘其修辭風格。

貳、瘋癲修辭之作者圖譜

一、施明正（1935～1988）

施明正（以下簡稱「施」）的小說是他展現個人抗議美學的一部份，與繪畫、詩歌等藝術的紙上實踐並列為個人內在衝突的表現手段，最終以絕食導致身體衰弱而死作為整個抗議行動的結束，沒有散場的群眾與鎮暴驅離，毋寧是拓展了抗議形式的可能，「懦夫」在孤獨中，也可以激情忘我。不管是人權小說或監獄小說的稱謂，〈喝尿者〉、〈渴死者〉[17]對密告文化的抨擊、白色恐怖的威權所產生的冤獄控訴，「施」對密告者的卑劣行為已由喝尿者的行為當中，取得另一種口誅筆罰的效果。

> 每晨喝著他自己的尿，到底是在治療他所謂的內傷，或是一種象徵著對於被他整死的人們的贖罪行為，也就不得而知了。（頁 131）

這種淡然面臨苦難時的幽默口吻，也道出表面的肉體馴化，不足以說明內在的狂暴，〈渴死者〉中那位單身的外省人，戎衣下的詩人性格，因為在台北火車站前高唱口號而入獄，最後以才及半人高的鐵門手把，利用褲管「如蹲如坐，雙腿伸直，屁股離地幾寸，執著而堅毅地把自己吊死」（頁 178），更說明他所謂死的魅力，這種形象：

> 對我來講仍然是沒有名字的他，以不同於一般人的方式，塑造了另一個生存的苦難典型。追溯其源，我乃豁然發現那是一種淒美已極的苦難之火。他這個用「不為」來追「有為」的苦難同胞，雖然生活在我們身邊，卻以其「不為」隱遁其形象，使我們完全漠視其存在。（頁 175）

所以小說的社會功能，於他也是一種提醒。霍蘭德（Norman N. Holland）曾藉由「本體主題」的心理分析概念，去統合文學作品及文學家所呈顯出的一個統一的

17　以下討論各篇收入林瑞明編，《施明正集》，（台北：前衛出版社，1997）。

「自我」風格的形成，尤其是運用在對文學家的自殺看法上，他說

> 文學家的自殺正是通過它與這些習慣性自我風格及其經歷的終極善與惡的
> 關係來告訴我們他選擇死亡的「內部」故事。
> 通過該作家之生活與作品的結合與相互作用，特別是語言的選擇，他使我
> 們推測出一種自我風格，因而也能最終推測出他一方面追求、另一方面竭
> 力避免的善與惡。其次，他也向我們提供了一種核對方法：倘若我們推測
> 出了他的中心神話，他的生活風格，我們就應當說得出，他的寫作和他作
> 品的本質 ── 其內容及方式 ── 是如何表達這種本體主題的。（頁 104～
> 105）[18]

從「施」對渴死者的形象推崇，可以印證霍蘭德理論運用上的一些啟示。更甚者，
王德威透過作者之死甚至可以推論為一種文學的實踐觀，

> 施明正的創作生涯，在極大意義上見證了台灣現代主義的特色與局限。
> （頁 185）施明正不是 ── 也不可能是 ── 烈士。以「無為」抵抗「有
> 為」，他的「懦夫」姿態反而訴說了更有人味的、也更艱難的抉擇。他絕
> 食而死的意義，因此不應局限在抗議某一政權而已，而是以其隱晦的詩意
> ／屍意，挪揄了政治機器神的控制 ── 他的身體，他的文學，和他的藝術
> 都是他「自己」的。從 1958 年到 1988 年，施明正的三十年文學生涯正好
> 涵蓋了現代主義到台灣的一頁始末，一場島上愛與死（按：「島上愛與
> 死」亦為其書名）的寓言。（頁 205）[19]

藝術實踐的身體觀，恰好與國家體制的身體觀可以互為說明：依後者，個人是國家
資源，而與極端浪漫地將自我作為審美對象加以實踐這種無所為，本身便有極大衝
突，只是對於文學家的自殺，我們常出以文學修辭的想像然後再加以道德評價，說
施明正的結尾（依現代主義的說法，開端與結尾和形上語詞一樣都不甚可靠，暫為
方便說）暴露出現代主義的局限，劉小楓在〈詩人自殺的意義〉一文中，反覆申論
自十九世紀全面科學化的現代精神下，詩人自殺行為的價值難題，這種內在事件的
重大意義，在在暴露出浪漫激情和理性限制的雙重困窘，透過實證的社會學方法並

18　〈文學家的自殺：一個風格問題〉一文，見〔美〕‧霍蘭德（Norman N. Holland）著，潘國慶譯，《後
　　現代精神分析》，（上海：上海文藝出版社，1995）。

19　見王德威，《歷史與怪獸──歷史，暴力，敘事》一書第三章〈詩人之死〉，有其他文學家案例分析。
　　（台北：國立編譯館主編，麥田出版社，2004）。

不能得到妥當的詮釋，詩人對內在危機所採取的反應其實可以小心地或保守地視為時代的危機表徵或時代對人所呈顯的巨大荒謬感受所觸發的行為，尤其在「絕望感」的痛苦中，只能出以三條退路：一是自殺或發瘋；二是殺人；三是麻木或沈醉。（頁90）依據「猶太──基督教的救贖主義」和「道家禪宗超脫主義」這兩條非理性的解救主義即：拯救與逍遙試圖解困，卻在中西方分別面臨傳統價值再詮釋的考驗[20]，換句話說，現代主義意義下的個人自由倫理體現在現代小說中那些敘述主體的形象和聲音便是孤獨和無對象的喃喃自語，無法負荷生存意義的質問，使文學的惡之華可以嗅出宗教意義的形上痛苦況味[21]，也可代換地說明「一個人的宗教」注定充滿悲壯的色彩。

　　對於一位自稱是「魔性遠比神性多了三分之一」（〈我‧紅大衣與零零〉中語）的人，政治小說的寫作可能是其生命中的歧出或轉向，從〈遲來的初戀及其聯想〉、〈我‧紅大衣與零零〉、〈指導官與我〉、〈魔鬼的自畫像〉等諸篇，都可視為帶有自傳性質的書寫，尤其是家族式的記載，多少反映了一些早期南部民眾的觀念或家族發跡的經濟模式（行醫與土地買賣），「施」敢於自剖年少時的優渥生活條件所養成的輕財與放蕩行徑，對於愛欲的描述除了懺悔錄式的些許自責外，更多了點自負，唐璜式的風流艷情與超出社會倫理規範的男女互動都被他收入小說中，〈島嶼上的蟹〉「苦戀劫」一段，寫一位二十歲叫「王順慧」的少女以「初戀之火，噴向我這個沒有年齡之感的四十五歲男人。」後由友人夫婦代我「解圍」免除輿論之不容。〈白線〉中的「我」自台東打完獵返回高雄家中，拆開一封已到三天的限時信，才知女子「汝汝」給予三天期限讓「我」思考復合的機會，於是「我」騎上機車狂赴台南飯店，到後卻目睹與約的女人正和一年輕男人交歡，於是以獵槍喝令男人吃下自己的排洩物，最後雖知女人其實是被下藥迷昏並非出於自願，但我卻選擇離開她而不願面對善後，在回程繼續高速騎行的思考中，想返回給予受創的她關懷與憐愛，卻身體失重摔落，接著以看到一部紅色的計程車飛快向自己駛來作結，全篇以機車高速和意識流動為節奏並行，狂暴的語言和吞吃排洩的低俗情節齊奏。〈魔鬼的自畫像〉中，寫女子「玲妮」在「我」的魔性導演下，與「我」（當時已與一女人同居）及友人前後時間同一房內發生肉體關係。〈遲來的初戀及其聯想〉寫對於年少時兩人曾訂婚卻沒有結果的表姊「翠媚」，在她多年的婚姻生活後，透過一段時間的電話約會及至發生關係。對照「施」日後的壯舉，從他對愛慾的癲狂舉措來看，似乎都在對自我作極端化的演繹──愛與死的辯證，而這些觀念或者也是

20　見劉小楓，《拯救與逍遙》一書第一篇，（台北：風雲時代出版社，1990）。

21　關於現代小說中的倫理問題可參劉小楓，《沉重的肉身──現代倫理的敘述緯語》一書，尤其是「永不消散的生存霧靄中的小路」這一部分。（香港：牛津大學出版社，1998）。

他對所謂藝術家生命的解讀，宋澤萊評論他的長句結構文字時說道：他的作品中

> 腦海龐大的形象累積，如被敲開的蜂巢，群峰飛集，在更多時，就形成一
> 種意識流摧破了行文的順序及時空的次序。（見集中書衣折頁之簡介）

對於這種意見，或許不必把它視為「施」對自己文字的自覺，他的複雜句其實是不
加修飾的意識流洩，恰好用來見證藝術起源中「衝動說」的這一派看法。

二、郭松棻（1938～2005）

　　郭松棻（以下簡稱「郭」）的小說偏得詩人溫柔敦厚之教，說他是現代主義中
的抒情派可不為過，陰柔與代擬異性的敘述手法，可以為女性主義論者提供曲折而
對立的反向論證[22]，其實詩歌史上的閨怨不也多出男性代擬的口吻嗎？而造成閨怨
的政治權謀或戰事動盪亦多男性所為，於是閨怨之作若出自男性適成一反省與贖罪
之慈悲心態，「郭」之小說中與政治事件有關的系列小說如〈奔跑的母親〉、〈月
印〉、〈雪盲〉都可見到陰柔與包容的女性形象，就如〈今夜星光燦爛〉中對二二
八事件的禍首——陳儀的歷史論述，都可以在將軍妻子日常生活的多情幽想中，淡
化了蕭殺的冷酷況味。

　　將「郭」置於現代主義之列，也在於其善用內心自剖的方式，他能細膩刻劃人
物的意識，以意識流動間的精準寫實作為小說開展的主軸，人物形象則宛如靜物寫
生，吳達芸注意到他的語言慣用將內省意識分別為「我」與「你」而其實皆為同一
人[23]，簡要來說便是語言或意識的後設現象，使人可以將內在或實存狀態對象化加
以思考，似乎「郭」在將自我意識和語言等同然後加當成審美對象，這一幽微難
明的心理恰巧成為〈論寫作〉[24]篇中精神異常狀態的探討，小說之敘述者「林之
雄」因幼年時無意中窺見一個窗口，那扇窗口中一個女人的尋常動作，卻成為他一
生腦海中無法剔除的風景，在三重埔裱畫店中臨摹觀音的他，也可悠然神思而將女
人的臉畫入觀音，他更將畫筆轉作書寫，堅持一種嚴苛的寫作態度：

> 剔除白膩的脂肪，讓文章的筋骨峋立起來。（頁397）一個標點符號放對

22　見許素蘭，〈流亡的父親，奔跑的母親——郭松棻小說中性別／烏托邦的矛盾與背離〉，收入郭松棻，
　　《奔跑的母親》書後，（台北：麥田出版社，2002）。

23　見吳達芸，〈齎恨含羞的異鄉人——評郭松棻的小說世界〉，收入《郭松棻集》，（台北：前衛出版社，
　　1997）。

24　收入林瑞明、陳萬益主編，《郭松棻集》，（台北：前衛出版社，1997）。

了位置，就會令人不寒而慄（頁 398）

他繼續削砍。任何事物，應該只有一個名詞來稱呼，一個動詞來敘述。這
就足夠了。形容詞是多餘的，為了要烘托，其實它倒遮閉了真相。他要學
會尊重一個逗點和一個句號。副詞和驚嘆號，則應該庫封起來。（頁
426）

這些信念完全可以對照新批評的解讀觀念，尤其讓我們想起王文興對寫作與閱讀的
建議，當然態度雖一，方法有別。「林之雄」後來渡海赴美，卻精神病發，病院中
的主治名醫是位採用非主流的哲學意義療法而見斥於同僚的人物，醫師自己也緣於
家族的精神疾病才立志走向精神醫學，最終，在醫院的草坪上，「林之雄」緊掰住
母親的臉不放，在一旁試圖加以分開的畫家友人與醫師也加入，這四人推抱成一尊
雕像宛如紐約海港的自由女神。「郭」藉著看似偏執狂或窺淫的諸種精神異常去反
芻「創作心理」，換句話說是以小說寫作及試圖一窺神思靈光於窗口乍現，所以在
上下兩部分的小說章節前的引語，可作為創作箴言與導讀：

沒有牧羊人，只有一群羊！人人渴望一致，人人一致：
誰懷有別樣的心思，誰就心甘情願走進瘋人院。
　　　　　　── 尼采：《查拉圖斯特拉如是說》

有時我看見聖靈行走在善惡的彼岸。然而羅姆布羅梭，不知是幸還是不
幸，卻發現聖靈行走在精神病患的腦髓上。
　　　　　　── 芥川龍之介：〈西方的人〉（頁 392）

阿遼夏：「媽，我的腦子病壞了。我現在跟小孩子一樣了。現在我向神祈
禱了。現在我哭了，現在我幸福了，」
　　　　　　── 契訶夫：《札記》

一切消逝的
不過是象徵；
那不美滿的
在這裏完成；
不可言喻的
在這裏流行；
永恆的女性
引我們上升。

　　　　　　── 歌德：《浮士德》（頁 454～455）

「郭」曾在訪談中[25]，提到自己閱讀、創作和成長經驗，尤其注意到一些文學家的心理，他說：「文學不能不說是釀造精神病患和躁鬱症的一大現場。」（頁45）「疾病和創作幾乎是有絕對的關係，調整得好，效果是非常正面的。湯瑪斯·曼說，疾病和創作是一體的。」而「郭」自己在48歲時也得憂鬱症（頁52），這些體會說明書寫時的異常精神，以文字象徵一種從日常抽離的特殊存在樣式。

三、七等生（1939～）

如果按照「語言（Langue）／言說（Parole）」的概念來看，個人言說的多樣化並不違於文法的準則，當然，我們可以將語言視為先驗的範疇，原則上也大抵如此，但是如果強調語言的社會基礎，那麼任何對語言嘗試加以扭曲或語序上的變動，勢必招致理解上的詰難與質疑，儘管是藝術考量也不能豁免，因為語言的社會性基礎常要大過審美上的認識，所以乖離語言的社會性原則，常會被歸於使用者的個人異常因素，七等生（以下簡稱「七」）獨特的文學語言曾被劉紹銘譏誚為「小兒麻痺文體」的主因在此[26]，從1962年發表的〈失業、撲克、炸魷魚〉以後，只要與「文學語言」的變異有關的論述，「七」不免要被一再提起，值得玩味的是，照「七」自剖，這種語言風格，其初原非起於審美上的考量，此種原創要與刻意學習、模仿或「影響的接受」加以區別，此點只要與王文興的「字雕字琢」作對比可以清楚認識，簡要地區別之，一是獨特地文字癖好與耽溺，近乎「拜字」的狀態，將所有主觀的豐盈感受傾注在文字的特殊領會中，類於文字崇拜之境域；「七」則是起意於自我心理的探討，雖然文字與心理之關係棼雜，但不妨予以析別。1999年由官方文建會與聯合報主辦的「台灣文學經典」票選，「七」之作品亦名列經典之林，可以預測，在台灣文學史上，有關文學語言與社會變遷之論述，「七」還將是眾派諸源之一。

「七」最招致道德非議的數〈我愛黑眼珠〉中，「李龍弟」尋找／背叛「晴子」（行為動機的背反），設想在苦難中可以偶遇一位能對其付出憐憫的弱女子，這種愛與冷漠的強烈反差及隨機不自主的情感互動模式，演為最激烈的是因精神異常而致殺妻的情節，它出現在〈精神病患〉一篇中，敘述者「我」——賴哲森，是一所偏僻學校的教員，他愛慕同校已婚的女同事——丘時梅，一位有宗教信仰，對浪蕩的丈夫持續一貫極盡包容之能耐的女人，她的性格使「我」產生可以依賴的好感，因為「丘時梅有一種為我熟識的風姿，她的模樣彷彿我童年時代母親的象徵，和溫

25　〈不為何為誰而寫——在紐約訪談郭松棻〉，舞鶴訪談／李渝整理，《印刻文學生活誌》，第1卷第11期，2005年7月。

26　張恒豪編，《火獄的自焚》，（台北：遠行出版社，1977），頁39。

柔而又堅毅的愛神典型。」「我」渴望接近她，一方面又顧忌她已婚的事實，而丘時梅的婚姻儘管不合諧，且多少屬意於「我」，只是皆為婚姻的約束所限，於是「我」只好選擇離去以終止曖昧的關係，這種克制也反映某一層面彼此的默契。至於後來巧遇兒時童伴女子阿蓮並進而成婚，這其中的情愫多少在於放縱情慾與對童年的眷戀，再者也有實際生活上的需要，因為阿蓮雖是特產店的店員卻足以支應「我」頂著作家之名，日往大學哲學系進修，鑽研諸如法國存在主義哲學，對於一般的社會工作，因為高蹈理想而未予以太多投入，現實家計落在女人肩上，對「我」則產生尊嚴上的傷害與焦慮，當阿蓮由於第一次懷孕結果胎死腹中，為了能償為人母的殷盼，瞞著丈夫再度懷孕，與此同時，「我」的一部揭露社會弊端的小說遭退稿，終於長久積鬱的內在衝突爆發了。

　　我（哲森）要永遠被摒斥做個外表頹廢的個人主義的悲觀者，無法同享人間的所有樂趣的這個命運感到極大的不平。正當這個時候，我因發覺她偷偷瞞著我懷孕一事而暴怒起來，我幾乎將所壓積在內心的憂悶殘暴地對她傾洩，在這一刻她的反抗同樣是驚人的，她將她幾年來對我的容忍以及一個現世的女性對男人的容忍全部揭露了出來，我發覺她對男性所抱的痛恨之深不亞於男人對一個不當的社會的痛恨，我面對她這種的哭號彷空前彿（當是「彷彿空前」）看見了她的心在流血，這種狀況反而使我漸漸地平靜下來。我沒有想到一個不體面如我的頹敗男子所加給一向依恃男人的女性竟會如此地深沈悲痛和羞恥，我不知那些不惜犯罪掠奪權力和金錢的男人，是不僅為了使他們的愛人感到榮耀？以及男女同流謀計不惜犧牲別人而收擄財物築起城牆是否為了貪圖榮華？假如沒有互相的諒解和體察，愛情如何存在？（頁 89）[27]

內心的強烈挫敗再加上由醫生處得知自己身上流有病毒的血液，反思並無敗德之惡習，遂將病因歸咎於風流的祖父遺傳，這原罪似的命定，終於演成在心神錯亂與極度的狂烈肉慾中結束阿蓮的生命，對強大的延續種族意志的割裂，應該如何來看待這種精神狀態中的「自我」書寫呢？或許他在展現原始與自由的道德觀，在心靈上他是一個無政府主義者，但情慾的糾纏繚繞卻暴露出在精神國度中依然所待甚深，使超越義未能彰顯，從〈精神病患〉這篇的情感波動，可以感受人物對愛慾與自由兩難取捨的窘境。

27　七等生，《七等生作品集》11，（台北：遠景出版社，1986）。

四、施叔青（1945～ ）

施叔青早期的現代主義風格作品充滿死亡與瘋癲意象，尤其是以鹿港為取材背景的寫作，白先勇對她這一時期作品的評論，認為她把「鹿港」意涵在修辭上作為擴散延伸的象徵，他分析道：

> 「施叔青是台灣鹿港人，她是鹿港長大的——這點非常重要，鹿港是她的根，也是她小說作品的根。」、「施叔青的小說，背景不一定都在鹿港，但必是與鹿港相似的一些『荒原』，……施叔青的小說人物都是完全孤絕的畸人，他們不可能與任何人溝通，他們只有一個一個的立在黑暗的荒原上，對著死神，喃喃自語。」、「施叔青的小說世界，是透過她自己特有的折射鏡所投射出來的一個扭曲、怪異、夢魘似的世界。」（頁 10~11）[28]

這幾點意見簡單而明瞭，不過後來施淑在〈論施叔青早期的禁錮與顛覆意識〉[29] 一文中，顯然不滿於將「鹿港」象徵作為惟一或過度的解讀，借用《閣樓裏的瘋女人》The Madwoman in the Attic 一書的分析，她進一步依據文本中各種人物的變形、瘋狂與異象去闡釋女性書寫中常見的奇幻怪誕主題，然後將之歸於女性藉由對「非理性」的書寫，呈現其無意識的動機乃在顛覆父權中心，如果父權社會是理性邏輯的結構，那麼小說中人物的變形與破碎就是反父權的策略，

> 在反父權的寫作策略下，女性作品中的瘋女人經常是作者的另一個自我，是她焦慮憤怒形象的投影，因此瘋女人的出現，是對男性沙文主義一種老謀深算的顛覆。而施叔青早期小說中瘋女人的形象，及與之相對的不堪入目的男性角色，或正是對中原傳統父權文化漂亮的一擊。（頁 271）

如果是策略運用必然牽涉到動機的探討，單純將其歸於女性的無意識並不能得出更多說明，男性書寫怪誕可以是反集體社會結構的霸權，如果是女性書寫就必要在批評對象上先予以性別正確，如此一來其實有可能弱化或窄化批評力道與範疇，集體只與個人相對不與性別對立，更何況她小說中的角色性別不限於女性，至於她的寫作策略果真是反父權的邏輯推衍，其下場如何？施淑悲觀地認為：

28　施叔青著，陳萬益編，《施叔青集‧序》所引，（台北：前衛出版社，1997）。

29　施叔青著，陳萬益編，《施叔青集》附錄，（台北：前衛出版社，1997）。

施叔青幻象重重的小說世界中的異常情境，它的解決不了的衝突，它的總是戛然而止的、無政府主義式的終局，除了是經常被女性主義批評奉為圭臬的：「以歪斜的方式說出全部真理（Tell all the Truth but tell it slant）」，或許只是對於已經沒有生命的布爾喬亞社會的形式上的顛倒，而顛之倒之之餘，它的實際意義也不過是對她感覺中的「不毛的」布爾喬亞人文主義及其生活的妥協與順服罷！（頁286）

這種悲觀的語調或許來自於評論者對書寫者自覺或不自覺抱持女性主義理論運用上過度期待的落差所致。以鹿港的使用意象來說，除了作者的生長背景與文本中明確的地理名詞標示之外，應當也許是一種巧合，小鎮歷經繁華到沒落的變遷，符合衰敗與瘋狂及陰鬱幽晦的現代筆觸，施叔青後來從鹿港、紐約、台北、香港都有明確的城市場景標誌，這可能是運文學之思成另類方志之學的筆法，只不過寫鹿港而驚世太早，很難不將它與其後之書寫作比較。

紀錄早期瘋癲意象的寫法，如：〈那些不毛的日子〉[30]裏的分章：「宮口——小社會」，以童年記憶為敘事性質的雜記，描述「天德宮」廟口兩側民居的日常生活，其中片段比如『源嬸的死』、『跑江湖賣藝者——施劍山的吞劍表演』、『老鴇罔腰的女兒——先天性的白癡與駢指的異常身體』；「小學記事」裏『小學操場中的古代刑場與骨罐』、『盲丐的三弦聲』、『談遠房親戚墮胎後的嬰靈』、『同學王玫姬患羊癲瘋妹妹的發病』、『十歲時清明節在墓地上被嚇而無法移動的經驗』、『同學班長紀淑貞之死』等等，不管是心理或身體多是異常狀態的描寫，這當中還記敘了一段童年記憶的印證：

> 來美國以後，初次看到Manch的畫，我悚然於那種熟悉。有關我童年夢魘的一頁頁風景，Manch在他的畫面上為我展現，也為我詮釋了。這個北歐的畫家，一再在他的作品裏輪替著恐懼、苦難、以及死亡的困擾。他把北歐人對生之焦慮的感覺實實在在的表現出來。
> 一幅題名為「號哭」的石版畫，冷硬對比的黑白，迂迴的曲線勾勒出因恐懼而至顛狂的主題。一個曲扭的黑衣人，分辨不出男或女，伸出無力的、白色的手掩住雙耳，縮蜷在橋上。他是在曲線無盡的天及海中間橋上號哭。記得我十歲那年，害怕被瘋狗看到，不敢走在路當中，捱著牆根從學校一路捱回家，也曾經感到Manch畫裏這種後退不得，也無法前進的大驚恐。（頁193）

30　《現代文學》，42期，（台北：現文出版社，1970.12）。

相對於小說中的自我體會，詹明信（Fredric Jameson）對這幅經典畫作的意義解讀成現代工業文明發展下，取代集體感受的個人疏離感與孤獨感，甚至可以涂爾幹（Emile Durkheim）的《自殺論》為背景說明：

> 涂爾幹的「迷惘」描寫的就是那些在城市中生活，不屬於任何集體的人的精神狀態，一種很強的疏離感，孤獨感，相互之間誰也不認識，陷於不斷的焦慮和不安中。個人現在找不到任何保護，也沒有什麼社會性共同體可以依靠，完全暴露在這種消極性、破壞性的情形面前；孟克的《叫喊》，我認為最富有象徵意義，幾乎是「迷惘」的經典性藝術表現。當然，從十九世紀五〇年代以來便一直有很多的藝術家、作家反映了個人的這種感受。
>
> 畫面上的這個人幾乎不是完整的人，沒有耳朵、沒有鼻子、也沒有性別，可以說是沒有完全進化為人的胎兒。這就是人的意識和思維，但卻剝去了一切和社會有關的東西，退化為最恐怖，最不可名狀的孤獨的自我，而這個人（如果是人的話）的唯一表情就是呼叫。[31]

所以施叔青的文字寫一己的恐慌、困惑，直到看見孟克的〈吶喊〉，有了一種圖文互證的共感，是個人獨特的經驗也是時代徵候，與畫作同一創作旨趣的是，可以表現豐富飽滿內涵的象徵運用，但嚴格說來，那些雜記類的斷想可以被視為異色的主題敘述，但沒有結構章法，對瘋癲人物的描寫只是單純記載並無任何敘述軸線的交代，只能視為書寫者的心理感受，要論比較有清楚結構的篇章可以〈瓷觀音〉[32]、〈倒放的天梯〉[33]、〈約伯的末裔〉[34] 等篇為例：〈瓷觀音〉中的敘述者「我」能以自由的意識隨時出入曾在中學時期「憂鬱地瘋起來」的「李潔」心理。「李潔」長年遭受母親毒打，燦爛年華的她所許聘的未婚夫形儀是「多毛如猩猩，肥壯如獸」而且常舉晃著被機器軋斷的左手，她的母親還與一臉詭密的男人過往，經「李潔」的小學老師 —— 蔡老師與其母長談後，雖然男人從此不常出現，但是她也添了一個弟弟 —— 一個不能人言而時常發出如獸哀鳴的白癡。「李潔」心中承受青春期對美好異性渴慕的壓抑，多重心理挫敗來自於經營瓷器店的家中那「一尊尊閃射出陰冰冰的白光，且漠然著臉容的觀音瓷像的刺激。」而複雜幽微的聯想，觀音的聖潔無

31　〔美〕·詹明信（Fredric Jameson）著，唐小兵譯，《後現代主義與文化理論》，（台北：當代雜誌出版社，2001），頁 203。

32　《現代文學》，25 期，（台北：現文出版社，1965.07）。

33　施叔青著，林瑞明、陳萬益編，《施叔青集》，（台北：前衛出版社，1993）。

34　劉紹銘編，《本地作家小說選集》，（台北：大地出版社，1976）。

瑕在被人手搬運的過程中卻被除魅而解消，

> 堆貨的倉房裏，一個看不到臉面的搬工，（是的，是搬工，那微現出的兩
> 隻靛藍色的綁腳，說明他底身份。）那人一隻粗厚、泛紅的大手，正捏起
> 門邊貨車中一個瓷器觀音細細的脖子。觀音的身軀在薄霧的陽光中隨之很
> 不安定地騰昇起來。（頁196）

觀音安祥聖潔而無言隨人擺弄，這是「李潔」對自身的心理作崇高完美形象的投
射，在現實難堪的環境中被拆解而失落，瓷觀音的象徵意涵鮮明。

〈倒放的天梯〉藉精神科醫療會議討論病患案例為起筆，倒述油漆工「潘地霖」
在懸空百餘公尺的鐵索吊橋上工作三日後「迷狂倒錯，間歇性痙攣抽搐、記憶衰
退、視覺障礙、有怪癖、聲帶暗啞、張嘴失聲。」（頁7）全文章節劃分上，安排
了一位情感豐沛而富聯想的熱心年輕實習醫師，這是她早期小說中較少見的正面健
康形象，由他的狂想作為進入油漆工瘋狂心理的中介，有關「天梯」的意象是人類
思想與天地通的神話思維，中國古代傳說中的「建木」是這一類溝通天地的工具之
一，也可反映為巫的時代所要展現的主要手段之一，聖經中的「巴別塔」也可視為
同一類思維，但是此處的「天梯」顯然不作溝通天地的向上企望，因為它已倒放，
說明攀昇非敢想，它只是一座凌空的橋，而橋的現代象徵作用，依前述詹明信解讀
孟克的「吶喊」中亦道及：

> 現代主義文學中，橋是很有典型性的，因為橋的本身不是一個地方，往往
> 不屬於任何方向，只是連結了兩個不同的地方。雖然畫面上出現的教堂可
> 以標誌出空間，但畫面上的一切，卻似乎不是在任何地方，是懸空的，是
> 事物之間發生的事。這座橋的象徵意味是很濃的，但又不能和什麼「運動
> 感」、「聯結感」、及「方向」等具體的意義聯繫起來。這是座很模糊的
> 橋，唯一意義似乎在表示出一種懸空感，也就是說，這幅畫表示藝術家不
> 希望完全出世，去做一個教徒，但同時又希望和這個世界上的任何事物都
> 保持距離。這座橋就是這一段距離。另外，這座橋既是在兩物之間，也是
> 在一切之上，橋下的土地和河流似乎都在旋轉，而且色彩都很和諧地溶合
> 在一起，這裏的旋轉感傳達出對失足跌進深淵的恐懼，因為橋下就是無底
> 的深淵。[35]

35　〔美〕·詹明信（Fredric Jameson）著，唐小兵譯，《後現代主義與文化理論》，（台北：當代雜誌出版
　　社，2001），頁204。

所以「潘地霖」在歷經空中擺盪的恐慌之後，曾萌生退化的回憶：

> 遙遠的那段日子搖過來，搖過來，記得我曾是個埋水管的掘路工人。在大
> 都市喧鬧的中心要道，車子呼嘯而來，人群呼嘯而過，我拚命向下挖深，
> 把自己容納於窄窄的土溝，真是安全呢！（頁 23）

其實從人名「潘地霖」的諧音「攀（盼）地臨」已與篇名〈倒放的天梯〉相呼應，
似乎已昭告上升的無望，在結尾進一步強化人物的絕望感受，

> 終究，我是個被人用線牽的傀儡，擺盪於深淵之上，一無依歸，既然這就
> 是我，那麼讓我把自己扮演成一個更逼真、更稱職的傀儡吧！我放鬆了屈
> 曲的雙腿，四肢僵直的垂下，然後開始打起秋千，前前後後甩盪起來……
> （頁 24）

這段形象要說明的文字其實是祁克果所謂的「死病」──即絕望，不過若由人物的
外在行動去描述可能會勝過藉由心理剖析來的好，以免在鮮明清晰的解釋後，壓縮
了廣大的思考空間。

〈約伯的末裔〉將小說景點框定在遭白蟻飪蝕而隨時可能坍塌的酒廠內，透過
年輕的油漆匠聆聽木匠「江榮」講述自己童年而展開，木匠的工作是單調賣力的木
桶製作，但是卻帶給他無限的安全感，

> 我天天躲在木桶裏，刨著，鑿著，賣力地替老板工作。另一方面，我再怎
> 麼胡思亂想，也不會有被人看出的恐懼，木桶變成了安全的所在，我可以
> 蹲在桶內，幻想一些亂七八糟的事，快樂自己。（頁 81）

這個行為有退化傾向的木匠，在講述童年記憶時無疑地也在梳理造成日後成長上心
理障礙的原因並適度地宣洩，這些經驗也在傳達悲觀的宿命思想，木匠幼年時父親
決意逃避祖父所傳的棺木行而搬離那條相關的專業街道，卻無意中租下了一對靠掘
墳粗工過活的夫婦的房子，屋主老吉的妻子曾得狂病，而妻舅也是個瘋癲者，所以
妻家是個有瘋癲遺傳的家族，老吉夜來淒厲的叫喊泣求，彷彿為他白天所驚擾的鬼
魂所糾纏，這些童年的印象顯然桎梏了木匠的成長心靈，甚而使他過早衰老連帶抑
遏了年輕時對異性的愛戀情愫，雖然在他身邊多是一些促狹而俗氣的女子。從篇名
來看，「約伯」一名來自聖經的〈約伯記〉，經文全篇在質疑「善有善報」的價值
觀，以正直的「約伯」蒙受苦難，思索「公義」的標準，藉著「約伯」與三位友人

的對話，論述不同的聲音與預設，但在此篇小說中雖然也安排了一位對話的人物，不過從篇旨來看只突出了「天地不仁，以萬物為芻狗」的豫定論。雖然「江榮」可以退化回木桶中，但是整個酒廠的木構早已為蟲蝕空，套用張愛玲的名言：「個人即使等得及，時代是倉卒的，已經在破壞中，還有更大的破壞要來。有一天我們的文明，不論是昇華還是浮華，都要成為過去。如果我最常用的字是『荒涼』，那是因為思想背景裏有這惘惘的威脅。」[36] 施叔青的筆調也多這種惴惴不安的惶惑，從單純的雜記式的童年經驗描述（當然不必是作者自身經歷），進而切入瘋癲人物的心理獨白，符合一般概念裏現代主義的寫法，絕望的陰霾心理。

五、黃凡（1950～）

黃凡（以下簡稱「黃」）終於在《躁鬱的國家》[37] 中「直探了躁鬱的癥候與本質，包括人，和一個國家。」（見封底案語）從 1979 年的短篇〈賴索〉[38] 以後，政治與都市的兩條書寫路線，使他因應台灣的政治現象與社會變化的劇盪翻騰，取得創作題材上永不枯竭的來源，莫非國家有病詩人幸。歸結「黃」的診斷所得出的社會病因大概可以視為「權力的焦慮」，既患得又患失，在都市生活方面：他寫的是由對「物化」與「拜物」的批判，轉而慢慢適應舒適便捷的現代商業生活型態——「人為物所馴化」，在這點上，當然遠超過「鄉土寫實」的時代，這絕對是「大時代」更迭的因素，所以不會有洪醒夫那樣對貧窮的咒罵與敏感，也不會是宋澤萊《打牛湳村》系列中，對整體農業經濟型態困頓的反省和嘲諷，甚或是楊青矗的勞工議題寫作，「黃」的鄉土大多是書中人物成年後對童年的不愉快回憶，這一點是很心理學式的運用，而小說中成功人物的崛起，則多來自商業行為的快速財富累積或盤根錯節的政商關係，這是都市與商業時代的寫實，但在小說中對財富與權力擁有者下場的落漠和黯淡，就又露出小說家一貫的警世口吻。

在政治書寫方面，由〈賴索〉到《躁鬱的國家》（主角「黎耀南」），書中主旨都點出「背叛」的主題，而遭受這種下場者，從旁觀者的心理而言，不致於引起太多憐憫，因為他們的窘境不過是某些想獲得權力者被比他們早一步得權者所利用而後「兔死狗烹」，《躁鬱的國家》所以衍為長篇，其實是因應「賴索」到「黎耀南」這十年間，台灣政治生態詭譎幻變的景象，「賴索」要求見昔日組織中的領導而被棄；「黎耀南」這位總統府昔日政黨中某組織的小角色，在組織裁撤後，不斷地向

---

36 張愛玲，《傾城之戀——張愛玲短篇小說集之一》書前〈《傳奇》再版自序〉，（台北：皇冠文化出版有限公司，2004），頁 6。

37 《躁鬱的國家》，（台北：聯合文學出版社，2003）。

38 〈賴索〉篇收入，施淑、高天生主編，《黃凡集》，（台北：前衛出版社，2000）。又《賴索》，（台北：聯合文學出版社，2006）。

各部會首長乃至副總統、總統上書，最終發現背叛他的除了掌權者之外，竟然還有昔日的好友與自己妻子間的不倫，「賴索」和「黎耀南」不斷向權力靠齊的目的為何？尤其「黎耀南」不斷上書指陳府院黨之策略及行政技術的疏失，其實比不上張大春〈四喜憂國〉中，那篇愚誠老兵的〈告全國軍民同胞書〉來得更加荒唐荒謬與辛酸，因為他的上書嗅不到思變者常有的激情或剴切陳辭，所以「黃」要說的其實是每一個人都被背叛，即使不是現在，將來也一定會被出賣，所以形成焦慮與躁鬱的原因在於每個人都身兼二種身份，背叛者與被叛者，誰是遊戲其中勝利者？掌權者其實一無所有，這種沈鬱的論調似乎在說明：理論家含社會主義小說家與革命實踐者最大的差別在於後者是苦幹的手工業者，前者卻以為他們腦中的思想已「接觸」到群眾，同時悲觀地以為他們痛陳的社會病症永遠無法滅除。在〈守衛者〉[39]一篇的引言說：

> 我們都是守衛者，同時也是拋棄者。
> 當然，上帝和瘋子除外。（頁39）

既然能免除守衛與拋棄者角色的只能是上帝與瘋子，上帝絕對不可僭越，那麼除了瘋子，角色人物還能是誰？篇中的「我」是個由精神病所擔任的夜間守衛者，試想，由所謂理性者所積聚的產業在夜間卻由瘋癲者所看守，真不啻是一大諷刺，「我」在夜晚空洞的會議室中表明自己的身份，他要讀者注意的：

> 不是他的衣著，是他的思想，他的眼睛，這是一位你們稱之為「局外人」的人，一位大城市的隱居者，一位在煙霧、噪音、空虛中的旁觀者。（頁49）

從群眾中抽離的位置，使他可以瘋狂而取得看清事物的機會，特殊的靈視可以夜觀星斗而知道天降聖人的意義，

> 我抬起頭來望著天空，在黑漆漆的夜幕中鑲著無數亮晶晶的星星，這些星星億萬萬年前就坐在那裏監視著腳下的人類，歷代的聖人、哲人、偉人都從他們那裏聽到了珍貴的做人道理。星星們告訴瑪利亞的兒子，將來要做「耶穌基督」，告訴孔子將來要受萬民尊稱為「至聖先師」，告訴許多頑皮的小孩，將來要做總統啊、將軍啊、部長啊什麼的。（頁61～62）

39　施淑、高天生主編，《黃凡集》，（台北：前衛出版社，2000）。

所以每個人的階級與社會角色來自於天國的建設計劃，但是天上的「就業輔導處」卻謀畫不臧，導致就業機會銳減，所以急於謀事者便只能如此：

> 每個人都急急忙忙地跑去結婚、生子、受教育、上教堂、加入黨派、搞陰謀、叛亂、革命、暴動、當兵、殺人、放火、蓋集中營、建托兒所、造核子潛艇、丟原子彈。（頁 74～75）

以瘋癲者之眼，非理性的行為是一種上天安排的工作機會，這是瘋癲與理性的世界觀的翻轉，也是反烏托邦的陳述。

　　驅動異常心理還有挾帶怨恨的報復計謀，〈曼娜舞蹈教室〉[40] 中的「宋瑞德」和「唐曼娜」這對曾為師生的男女，兩人早就在各自的生活中喪失了原先對生命格言的信仰，卻是在怨恨的動機下使兩人聚合，他們的隱忍或時而振作都是為了尋找洩恨的出口，受到強烈的無能意識的抑遏，在各自經歷的情感中受重創而致心理扭曲，「宋瑞德」終於明白：「唐曼娜自己編織了一套『恨』的故事，然後生活在無限的恨意裏，享受無上的樂趣。」（頁 215）自己僅是她發抒恨意與遂行報復的工具，兩人最後的和解只是將彼此缺無的部份取得暫時的替代。與此壓抑筆調相反的男女關係是〈晚間的娛樂〉[41] 中，妄譫佯狂的夫妻互動，信仰虔誠而生活單調的丈夫與低俗熱情的妻子，刻意泯除聖俗的宗教區別。

　　把關懷的格局放大來談，既然國家已處於躁鬱的狀態，作為建制遂行國家意識的理論機構──「大學」似乎於理論上亦不能倖免，2004 年的《大學之賊》要從世俗觀點去證成大學理念之媚俗是時代潮流。全書藉由「私立成就大學」苦於招生不足，產生經營危機，於是大發奇想利用改造哲學系為哲學與宗教學院，引入民間宗教在校內開設大學神壇，同時還計劃兼營靈骨塔，美名為「生命紀念中心」，取得逐步的成功後，哲學系教授與董事間便開始展開權力鬥爭，教授「丁可凡」依憑系上僅有的一位學生「葉天送」的家世──「古傳先天大道」堂主之力，入門拜師求法嗣印可，在取得宗教力量的扶植後與校方抗衡，掌控權力與財富之後便恣縱於情慾的滿足，從權力和性的原慾翻騰中，親嘗妻、子與情人背叛及死別後而最終證悟。全書雖以大學教育為主要題材，其實還擴及政治、社會這兩方面「黃」原先擅長的主題，比如組黨的運作、抗議行動的荒謬轉向，由抗議學費調漲轉為抗議美國出兵伊拉克，將層級擴大成聳人聽聞的國際關係，藉以淡化民生消費調高的感受，

40　收入施淑、高天生主編，《黃凡集》，（台北：前衛出版社，2000）。

41　施淑、高天生主編，《黃凡集》，（台北：前衛出版社，2000）。

另外則是土地變更作為財團之利益輸送等等，其中值得注意的是他運用「實用／非目的」、「諧謔／莊嚴」、「非理性／超理性」等手法去顛覆傳統的大學理念，並泯除宗教的「聖／俗」對立本質，說是刻意凸顯其中荒謬或是對當前社會的現象予以寫實反映也罷，他描寫台灣高等教育的發展現況，經過十幾年後，《大學之賊》這本書，讀者從原先的荒謬感轉成現實感十足，證明小說所言可以成真，只要給它一點時間就辦得到。「黃」對浮華世界的縱樂主義極盡挖苦諷刺之能事，用這種形下的方式去質疑形上的大學理想，自然可以擴大想像空間，作為一位深諳通俗意義的小說家，如果我們能期待他的社會角色與義務，他確實在做解構維護傳統以謀利的保守階級；另一方面也在試圖說明，順應實用思潮的人文學科，背離原先的哲學預設後所可能招致的弔詭，「黃」其實不輕示立場，說他游移也好，從另一種角度來看又何嘗不是靈巧如蛇的智慧，永遠保持批判動能，而不是一再演練某種批評方法。以下再試從幾方面略述書中的反省面向：

　　1. 國家意識：從思想層級來看，「台灣哲學正名運動」是想從理論與學說方面去架構或論述一套國家學說，可以用來說明「國別」特色的哲學體系或思想史，這種實用取向恐遭政治利用，「黃」似乎藉著挖苦正名運動中的成員──逢迎拍馬專家「張民雄」來表達某些政治立場。

　　2. 宗教態度：對不可思議的神蹟存疑，書中的「丁可凡」說明自己的實證主義立場，自道：「我可以加入教派所推廣的『社會工作』，但是基於理性思辨及畢生哲學修養，我依然無法接受『勝義諦』這種『形上』體系。」（頁123）

　　3. 藝術批評：「黃」本身的書寫可以有多元的嘗試，如〈小說實驗〉[42]一篇中，以同名的小說人物在文中大玩「表演藝術」，但在本書中卻輕視當代藝術的淺薄，「藝術是種渴望形上意義的動作，只不過能夠達到目的者，少之又少，詮釋者如未具備高明的形上素養，不免笑話一場。後現代主義以實驗者的姿態滲入了這時代，不明究竟的人誤以為發現了救生圈，套在身上才發現是只洩了氣的輪胎。虛擬網路將這種淺碟子思想發揮到了極致，最後錯把虛無當成虛無主義，將批評看成批判，自瀆視為自由。任性、膚淺的討論充斥世間，幼稚的、無厘頭的模仿遍及每個角落。這是個在每一方面都亟待重整的時代──我個人這麼認為。」（頁245）重整的方式也不免是實用主義的抬頭，所以把哲學人間化就透過宗教途徑的結合，開大學神壇、生命紀念中心，隨著權力財力的高漲，為了平衡內心的狂躁，「丁可凡」變成縱慾與性變態者，最終由痛失所愛的生活苦難中逐漸痊癒而有所領悟。在全書的後記上，「黃」再度演義而顛覆一段聖經上的記載，他將被釘十字架上的人子

42　收入黃凡，《黃凡小說精選集》，（台北：聯合文學出版社，1998）。

（「黃」誤為「主」）也像一旁同被釘的賊因身體的痛苦而哀號，這則寓言是否在褻
瀆上帝，基於人「分享」的理論，便將罪性也歸於造物源頭，由此來證成惡的先天
本質，而不僅是「歷史的」與「經驗的」的事實，這也是狂妄的合理懷疑。呂正惠
在書前的序中，對書中「丁可凡」的最終領悟與逐漸超拔表示不敢苟同，從小說的
「結尾」來看，當然是俗套與陳舊，但綜觀而言，他能觸及並撼動代表權威意見的
大學建置，好像也是說明理性結構逐漸崩潰的現實，其中隱含的非理性力量是一股
創造力或破壞力呢？

六、舞鶴（1951～）

　　舞鶴（以下簡稱「舞」）的小說按楊照的看法，以為其特色在「本土的現代主
義」[43]，事實上其作品在「本土」（或說「鄉土」）與「現代主義」的觀念上具有內
涵多層次的辯證，這個說法可分兩方面，一是，小說中諸如淡水、台南、霧社、好
茶等地，都有其實際生活經驗與歷史考察的心得，不只是借地名以為空間場景或預
設人物出身屬地的階級身分；二是，語言修辭的文字變異。「舞」將寫作主體放在
台灣風土或田野，但話語權表現有原住民部落和漢人墾殖不同生活族群的敘述聲
音，所以「本土」或「鄉土」一詞依照一般認識，很難概括他寫作的範圍，尤其代
表「鄉土文學論戰」中的鄉土文學作品，「舞」對其中大半文學語言的藝術成就評
價並不高[44]，至於他變異的文字表現，在台灣作家部分自述個人文學啟蒙深受七等
生文字的影響[45]，是台灣文學文字變異譜系傳承有緒。
　　早期作品從〈牡丹秋〉、〈微細的一線香〉[46]、〈往事〉、〈祖母的死〉[47]、《餘

43　說見楊照，〈「本土現代主義的展現」——解讀舞鶴小說〉一文，收入《餘生》，（台北：麥田出版社，
　　2000），頁 257-265。至於各家對舞鶴文學特色的說法可以參考謝肇禎，《群慾亂舞——論舞鶴小說中
　　的性政治》，附錄四，〈舞鶴採訪紀錄〉，（時間：2002 年 4 月 19 日），頁 164-166，靜宜大學中國文
　　學研究所，碩士論文，2002。此論文出版時書名作《群慾亂舞——舞鶴小說中的性政治》，（台北：麥
　　田出版社，2003）。

44　在〈漂女〉這篇小說中，舞鶴仿正文和注釋的結構，自嘲生平，其中談到「我的文學事業」時說道：
　　「文學論爭之慘烈，可以讓參與的人即使旁觀者喪失一陣子記憶。六字注：譬如至今我記不得『鄉土
　　文學論戰』的眉目如何、骨架如何、尾尻又如何，現今我記憶中只存有『鄉土文學論戰』這六個字。比
　　如至今我記不清楚論爭當夜我睡在哪裡。我清楚記得股票小姐名言一句：股票若由你們文人來操盤，
　　台灣人便有出紅天的一天。」（頁 97～98），見《文學台灣》，32 期，1999。態度十足嘲謔。對鄉土文
　　學創作的語言形式和幾位作家的批評可見謝肇禎，《群慾亂舞——論舞鶴小說中的性政治》，附錄四，
　　〈舞鶴採訪紀錄〉，（時間：2002 年 4 月 19 日），頁 169，靜宜大學中國文學研究所，碩士論文，
　　2002。

45　謝肇禎，《群慾亂舞——論舞鶴小說中的性政治》，附錄四，〈舞鶴採訪紀錄〉，（時間：2002 年 4 月
　　19 日），頁 168，靜宜大學中國文學研究所，碩士論文，2002。

46　以上兩篇收入《拾骨》，（高雄：春暉出版社，1995）。

47　收入《十七歲之海》，（台北：元尊文化企業股份有限公司，1997）。

生》[48]、《思索阿邦、卡露斯》[49]、《舞鶴淡水》[50]，不管是擬家族史或對「他族（原住民）」的高山踏查，都可見其歷史考索的用心，不過透過文學體察流變，除了制度與儀式外還需解釋或想像歷史動因，「舞」似乎直指了社會結構的深層，如果「人倫之始造端乎夫婦」這種婚媾是社會結構的表層，那麼性的原慾便是人類所有意志中的主要動能，是它驅動所有文明的演變，文字既然紀錄文明，在形式上也要找到一個趨近這種力量的模擬樣態，於焉就形成了他衝動狂洩的異質書寫。從語言上來說，所謂異質書寫在於他解構日常語法，以拆解、錯位、諧音、語末連用不同語氣的助詞等方式去變造一般語言表達，節奏上則慣用由某一名詞引發「自由聯想」，盪開當下的敘述情節，用短暫的逸出、失控以偏離主題，類於出神狀態的浮翩聯想，接著再迅速拉回主旨，形成情節設計上「偏離／回復」的想像節奏，這就是「舞」修辭上獨特的敘述法。語言文字原本有「強制性（社會性）任意聯結（語言音響、文字線條與指涉對象的對應關係）」的性質，他擴大原來詞彙構詞上的意義，用以測試語言社會性強制限制語用的壓力，這種任意性，偏離一般語用，除了可視為對集體意識的反抗外，當然還有藝術手法上「使陌生化」（defamiliarization）的美學考慮[51]，林麗如曾舉《餘生》全書廿餘萬字為例，說他形式上「沒有段落，也沒有句點，全文一氣呵成。」其中「沒有句點」一說不正確[52]，但是通篇小說的確沒有段落，沒有常見的人物對話單行引號的使用，視覺形式就是滿版編排的敘述、議論、對話，對歷史和現實語境，語氣儘多嘲諷，愈挖苦而苦澀愈多，因為寫史，敘述所以長篇，但基本句法卻又是詩質的語義膨脹，在他基本一致的敘述筆調下，意識連續不斷其實也最接近心理意識湧動的情形，一般書面語言形式講究各類文體風格，這種文學的精細分類其實最是刻意造作，一旦乍見無法歸類的文學形式便感覺驚異新奇，甚至視為病態書寫，已有多位研究者就是從這種形式上的觀察，擬定「舞」文學與精神現象的研究主題[53]。諧擬精神疾病的特殊語

48　《餘生》，（台北：麥田出版社，2000）。本書寫 1930 年泰雅族抵抗日本殖民的「霧社事件」，此族原被視為泰雅族分支，其實是賽德克族，經származ人正名運動，於 2008 年行政院原住民族委員會宣布為台灣原住民之一族。

49　《思索阿邦、卡露斯》，（台北：元尊文化企業股份有限公司，1997）。寫魯凱族好茶部落，阿邦是王有邦，卡露斯則是奧威尼‧卡露斯。

50　《舞鶴淡水》，（台北：麥田出版社，2002）。

51　有關舞鶴文字特色可以參看林麗如，《歷史與記憶 —— 舞鶴小說研究》，第三章第三節「我思故我在」，中央大學中國文學系，在職專班，碩士論文，2006。

52　林麗如說見，《歷史與記憶 —— 舞鶴小說研究》，頁 89。中央大學中國文學系在職專班，碩士論文，2006。《餘生》書中可見句點如：「年輕人還有我們賽德克人悍的勇氣生命直接在自毀中過……。」（頁 45）「那位阿美姑娘一直留在我內在深處的一個所在。」（頁 123）「微笑時想念我。」（頁 248）。

53　1. 劉思坊，《解嚴後台灣小說瘋狂敘事研究：以舞鶴、陳雪為觀察中心》，政治大學台灣文學研究所，碩士論文，2009。2. 張純昌，《舞鶴的頹廢意識》，政治大學，台灣文學研究所，碩士論文，2014。

用，在小說中呈現的是譫語、焦慮、恐慌、自我封閉的各種異常狀態，語言上的真切描寫，曾經在他演講時甚至面臨提問者好奇他的精神狀態[54]，其實「舞」小說中對精神疾病的書寫，有他淡水十年（1981-1991）退隱自閉的精神反芻，也有他到療養院探望軍中同袍時的觀察以及和管理員的交談所得[55]。在反映精神異常狀態的書寫主題，特別凸顯心理獲得短暫抒解的是對性原慾的衝動無節制，在失序的語言中，透過語言斷裂縫隙去加以拚貼、重整後，可以感受到對體液氣味這種無聲騷動的耽溺況味，從「慾望倫理學」的角度來看，主體與慾望間的鴻溝何啻理性思考與形上本質間的無法跨越[56]，當性慾本身延續種族的目的被解消後，迅速地轉為感官娛樂而被消費思考，這種觀念轉變的過程先要解構與性慾有關的神話或宗教解釋，同時伴隨性禁忌與「羞感」的消除降低[57]，〈悲傷〉[58]一書為「舞」將瘋癲張狂與慾念四射作結合的主要作品，小說以敘述者「我」為主與另一位「你」作對話結構，相互唱和演出狂言。「我」原先蟄居淡水，與女友鹿子擬「耕讀」度日，鹿子窮研古今典籍欲成系統化知識，「我」則漫讀隨想自作警句，三年之後，鹿子見「我」僅成千餘條「碎片」，怒恨不下於斷杵之痛，遂棄我而去，「我」於是身心俱無所依而後住入精神療養院；「你」是一位海邊青年，服役傘訓時，發生意外落海自泅倖免於死，卻被診斷為精神病而提前退役，後以強壯臂膀入贅妻家，卻因性暴力時常傷妻，被親友囚禁十年再強制進療養院就醫。「我」與「你」於精神療養院的交會，是用來註解文明或野蠻原可以用瘋癲來會通，「我」雖然終日研讀耽思卻百無一用，本來哲學思考之本身即為目的，怎奈世人多無法了解，所以這層意思與〈微細的一線香〉中「我」將家傳的古書典籍載到孔廟旁去販售是一樣的主題，都是對經典化典律形成的質疑，以瘋狂之姿進行經典化過程的拆解，寓含對文明及其不滿的味道。至於「你」的不幸落海而提前除役，這不也是如〈逃兵二哥〉[59]中因

---

3. 張嘉紜，《舞鶴及其小說中的精神分析研究》，嘉義大學，中國文學系研究所，碩士論文，2015。

54　關於特殊的精神狀態，舞鶴在訪談中曾經自述，在朱西甯過世五周年紀念會上，道出一件個人特殊的經驗，當他寫作《舞鶴淡水》時，常在上午「看見」朱西甯從書桌前走過，自忖或許是緣於從高中時便閱讀朱西甯小說，但常疑惑為何自1972年，朱西甯的筆鋒開始轉變，直到後來才知是年胡蘭成來台，兩者關聯使心中疑惑稍解。見林麗如，《歷史與記憶──舞鶴小說研究》，頁155。中央大學中國文學系在職專班，碩士論文，2006。

55　林麗如說見，《歷史與記憶──舞鶴小說研究》，頁159。中央大學中國文學系在職專班，碩士論文，2006。

56　簡要的論述可見蔡淑惠，〈瘋狂中的愛慾／鬱：詭譎幻象與主體空白〉，《哲學雜誌季刊》，33期，（台北：業強出版社，2000.08）。

57　對「羞感」的精緻分析可見馬克斯，舍勒（Max Scheler）著，〈論害羞與羞感〉，收入羅悌倫、林克、曹衛東譯，劉小楓校，《價值的顛覆》，（香港：牛津大學出版社，1996）。

58　收入《拾骨》，（高雄：春暉出版社，1995）。

59　收入《悲傷》，（台北：麥田出版股份有限公司，2001）。

不滿國家機器的禁錮而採取逃兵行動的另一種動作。伴隨「你」、「我」同住療養院後的再度脫逃，只是印證瘋癲便是自理性掙脫的說法，「我」要助「你」逃離以便能去看望青春年華的女兒，最後「你」卻終於回歸，只是寄住齋堂的那個夜晚，

> 我乘著夜色下到田寮到埤塘的小徑，一路滿眼是月芽暈的陰蠻肉溝；我潦過一長段的泥沼才發現你倒插沼泥中，全身挺直用一根枯枝幹撐著，肩膀以下隱在泥沼中見那可見世界之下的蠻壁肉褶。（頁50）

這是無用之人彷若乍見洪荒陰陽闔合的壯舉，你我從此一歿一存，但存者依舊餘生漂流，在公廁邊作一位看守，鎮日屎溺之間目擊道存。

　　王德威注意到「舞」的小說多以第一人稱出現，他們多是游手好閒、無所事事，而且不乏精神疾病症狀，這些是餘生哲學的實踐者，不是大難倖存的餘生者，而是在理性建置的社會裡，背離規範「努力做個無用的人」（舞鶴語）[60]。從整篇小說來看，到底是「書寫瘋癲者」或是「瘋癲者的書寫」，就語言設計而言，已企圖混淆這一層界限，從理性的閱讀角度視之，透過觀察失常者或異常的行為演出，可以喚起荒誕遊戲的享樂感受，同時又因理性作用而保持安全的距離，這與悲劇的古典功能觀一樣，似乎具有洗滌淨化的效果，只是宣洩情感的範疇不同罷了，但是偏離一般的語言表達，在閱讀的情感距離上，其實降低了享樂與放縱的快感，毋寧是加深荒誕與超現實的感觸，也因此進一步達到批評的張力，值得注意的是，「舞」要批評的鄉土議題，如國家集體意識的制約，新舊傳統價值的對立等等，並沒有超越鄉土寫實文學的主要訴求，最重要的自然在於他「換一種方式說」，提昇文字上的形式意義，由此得到「敘述學」上的文學審美價值。以「鄉土（主題）」／「現代（語言）」的角度來看，可能已蘊涵一種共時性的形式實驗，當語言形式改變之後，對鄉土主題的認識也同時產生意義上的變化，「舞」以其原欲作為無政府主義式的書寫策略，衝破以往鄉土寫作偏重在社會結構和生產方式上的批評，也源於對結構體制的不信任，所以有可能在原欲主體上做更多方面的思考，從在封面上評為「世紀初舞鶴的〈肉慾書〉」《鬼兒與阿妖》[61]來看，可能在主題與語言上更趨於一致，藉同性戀的社會議題，彰顯情慾身份與社會壓力，使身體的發聲轉成密語、奧語或狂語，雖是如此，「舞」還是怕被「酷兒理論（queer theory）」收編，所以他在序上說：

60　王德威，〈拾骨者舞鶴──舞鶴論〉，收入《跨世紀風華──當代小說20家》，（台北：麥田出版社，2003年），頁304～305。

61　《鬼兒與阿妖》，（台北：麥田出版股份有限公司，2000）。

> 鬼兒並非酷兒。在學理上，或可視為酷兒的一支，鬼兒存在酷兒的核心。
> 酷兒在現今這個體制中有許多事要做，往往炫於外在，迷失本質。鬼兒只
> 做核心之事，放棄其他。[62]

酷兒要爭取身份上的未定論，「舞」只是要拓展身體的自由，並由語言的偏離去取
得普通語序外的可能空間，是否可以預測，以這種語言策略與態度，似乎在社會與
個體的兩端，將以個體的身體為優先，「舞」自述個人沒有信仰[63]，所以應當沒有
靈肉的衝突，剩下的就是身體各種感官的言說，然而所有言說語言都在回應社會加
諸個體的作用，在探詢身體對感官世界各種言說的可能時，也不要忘記「肉體動作
不用言語」（《鬼兒與阿妖序·替鬼兒說話》，頁5）。

七、宋澤萊（1953～）

　　宋澤萊（以下簡稱「宋」）對自己創作歷程的反省剖析非常清楚，他能將內在
的心理流變作歷史整理而不流於非時間性的跳躍思考，這或許由於他具備特殊的心
理及宗教體驗，逼使他不斷內省與深掘，再者也由於大學時代的史學訓練所致，但
另一方面，他也不是耽於自傳性質的心理書寫，他總能將台灣文學的發展脈動與自
我意識作會觀，不致偏離寫實或現實的傳承淵源。除開社會階級的整體思考如《打
牛湳村》系列，進行整體農村經濟階層的反映與批判，在個人的部份，他有時並不
諱言書寫所帶給他的自我治療與內在整合這種「文字自療」的目的，2001年的《熱
帶魔界》[64] 亦然如此，全篇整體風格與文體照其自述稍有進於《血色蝙蝠降臨的城
市》[65]，但整體風格並無太大變異，引起關注的是他提到寫作時的特殊心理要求在
於抒洩過往服役軍旅生涯中，海防老兵的精神問題產生的死傷事件（可見《打牛湳
村》序文），導致日後生活上的夢魘及調適上的困擾——恐懼。

　　軍中老兵的精神狀態其實可以歸咎為明顯的社會問題所致，「宋」在小說中將
它處理成魔幻的精神紀實，對比如《打牛湳村系列》的首篇——〈花鼠仔立志的故
事〉主角——「花鼠仔」個人則稍有不同，此瘋癲形象多少在反映農村結構面臨多
元文化殖民與調適上的適應不良，可以視為象徵手法的運用。作為考察「宋」日後

62　《鬼兒與阿妖》序言，（台北：麥田出版股份有限公司，2000），頁5。

63　「我沒有宗教信仰。沒有相信，因為沒有什麼好相信。人生有什麼『意義』呢？沒有，我的小說中已
　　經不再出現『意義』二字，只是『意義』，我都改成『意思』。」見謝肇禎，《群慾亂舞——論舞鶴小
　　說中的性政治》，附錄四，〈舞鶴採訪紀錄〉，（時間：2002年4月19日），頁172，靜宜大學中國文
　　學研究所，碩士論文，2002。

64　宋澤萊，《熱帶魔界》，（台北：草根出版事業有限公司，2001）。

65　宋澤萊，《血色蝙蝠降臨的城市》，（台北：前衛出版社，1996）。

魔幻與超現實技法的進展，偏於宗教及預言的書寫。如《廢墟台灣》等修辭色彩，從心理溯源來看，他大學時期三篇現代主義手法的寫作，可以為日後技巧的演變尋出些許端倪。屬「青年宋澤萊時期」的三篇小說，分別是〈嬰孩〉[66]、《紅樓舊事》[67]、《惡靈》[68]，這一時期的修辭可以明顯看出受深層心理學及社會心理學的影響，舉凡戀母、性倒錯、戀屍癖及亂倫的幽黯況味。〈嬰孩〉的主角「我」偏值青春期的易感，母親早亡，父親怯懦又沈湎追懷昔日戀情而續弦——一位和「我」年紀相仿的女子，面對身體與心理極度敏感變化時期的「我」，終於在不堪負荷各種挫敗心理之下，奔赴掘開母親之墳而仆倒其中，象徵對生命之源退化回歸的徹底絕望，這一個主題如果對照舞鶴的〈拾骨〉（1993）中對母親亡靈的拾骨儀式所引發的民間禮儀的荒謬感，甚至在戀母與情慾的雙重衝動下所披露的心理機制與倫理對立的寫法，可以看出自 1927 年的〈嬰孩〉到 1993 年的〈拾骨〉這二十年間，台灣文學在現代主義表現上的「進步」。

　　「青年宋澤萊時期」（大學時代）的三篇小說——〈嬰孩〉、《紅樓舊事》、《惡靈》，據「宋」自承乃當時耽讀深層心理學及社會心理學之餘所產生的誤解，也是其心靈曾誤入歧途的見證，衡其小說的確滋蔓著戀母、性倒錯、青春期對同性的愛慕等異色氣息，深染存在主義式的荒蕪或虛無感。為對抗虛無而力求自己的實存體驗，卻可能誇大了肉體及心靈方面的苦楚，而意識流、獨白或對意識的溯源等敘述方式，讓我們窺見內在的豐富，只是相對而言現實感及歷史感則稍弱，因為對意識的剖析及溯源，其對象本就是非時間性的，所以若要將小說中的母親及父親的形象解釋成中國或台灣在近代歷史上所遭受的悲運，就略顯過度詮釋[69]。

　　〈嬰孩〉曾被誤認為英、法文學的中譯而引以為談，主角「我」是一個無法認同怯懦的父親但母親偏又早逝的青年，使得他既戀母卻又急於掙斷臍帶而自立，一方面又缺乏愛的灌輸而不能遂願，加以「我」對青春期變化中身體的敏感與焦慮，因而構成一副沈鬱內省而神經質的性格，令人驚悚的結尾是在飛奔掘開母親之墳土而仆倒其中，象徵對生命回歸的幽黯想像和絕望。

　　《紅樓舊事》以第一人稱「我」自敘大學歷史系學生在生活上的「私德」與「失德」，技巧上採取對意識流逝的時間追憶，以環繞「性」的問題展開序奏，由對年長的女考古學教授莫莉的情慾（知識上的考古與戀母的原慾有象徵上的關

66　施淑、高天生主編，《宋澤萊集》，（台北：前衛出版社，1995）。

67　宋澤萊，《紅樓舊事》，（台北：聯經出版公司，1987）。

68　此書原名《廢園》，（台南：豐生出版社，1976），遠景版改為《惡靈》，（台北：遠景出版社，1979）。

69　高天生，〈解剖刀與社會良心——再論宋澤萊的小說〉，收入宋澤萊著，《蓬萊誌異》，（台北：前衛出版社，1988），頁 347。

係），倒敘年幼失母以致對女性角色的認識產生困擾，更由於自身性器上的病症，對男性陽剛健美發生戀慕，至於對父親角色的認識方面，「我」的父親是一位表面敬虔的牧師，能以生動激越提昇信徒靈命的語言證道，卻偏有著二十世紀人類痛苦的印記：戰爭、流亡、漂泊、痙攣、焦慮等徵候，對主角而言，其實由著血緣的遺傳或時代的習染，自己早有此時代之病，而父親對肉慾耽溺的敗壞（喪妻、續弦，趁妻子回娘家時召妓），在自己無意中窺見父親狎妓行歡之餘，使初識罪惡況味的他由其父身上得到「罪行」在前的啟蒙，原來抽象的罪的潛能，是可以在鮮明的事件上彰顯的，由此，父親的敗德引發自身對遺傳上帶有惡的血質的恐慌與焦慮就更加深了。小說中的「我」在經歷幾番心理周折而決定放手去愛一位女孩 —— 吳靜蕙，最終卻因精神病發而捨離，精神病 —— 又是一種遺傳上的宿命。

《惡靈》是此時期的長篇，原名《廢園》，在遠景版時改名，其實《廢園》一詞很能點出異於前兩篇的旨趣，即將個人意識擴大到家族來討論，有點從心靈意識尋根的意味，以「廢園」傾圮滄桑意象來烘托鄙視自己血緣的企圖。在童年的銘記方面：族中年長二姨婆之喪、長輩教導幼童遠避死亡禁忌的異態、祭禮中的鬼怪、鄉間萬善祠的信仰及陰森氣氛均是幼時的心靈烙印，種種對生命的疑惑不安恐怕是青年宋澤萊思想上的「死病」[70]。

這些作品所流露出的心理意識似乎都在「模擬」一種心理病癥，在 Catharina G. Schües 對「宋」所作的研究論文中[71]，也記述了「宋」曾有過接受心理治療的經驗，以文字書寫作為病跡加以自我釋放與自療，於藝術衝動及表現上似無不可，如果它可以經得起審美檢驗的話，但如果要介入其他公共議題的話，作為原先支撐藝術衝動及非理性的因素卻會成為被抨擊的把柄，黃錦樹在〈從戀屍癖大法官到救世主 —— 論附魔者宋澤萊的自我救贖〉一文中[72]，即持此觀點加以批評，黃錦樹的質疑主要在「宋」將個人的病理作為社會罪惡結構的投射，再將自我救贖依憑在超驗的非理性預言，「宋」的價值立場當然只是諸多社會意見之一端，但若要批評「宋」在文字中立教，似乎不見得能切中其害，因為預言究竟是天啟或是假先知的聳動語言，都非關理性，因為在預言被實現之前，它永遠是一番異象的修辭，與文學想像無異。

70　以上主要論述見《當代台灣小說的宗教性關懷》，頁 146～147。林慶文，東海博士論文，2001。

71　〔德〕‧Catharina G. Schües 著，謝志偉譯，〈宋澤萊及其作品〉，收入施淑、高天生主編，《宋澤萊集》，（台北：前衛出版社，1995）。

72　收入黃錦樹，《謊言或真理的技藝 —— 當代中文小說論集》，（台北：麥田出版社，2003）。

八、王幼華（1956～）

　　專注對人精神異常狀態的書寫，是王幼華（以下簡稱「王」）創作上的主題，尤其是能深入歷史縱深與社會廣度，得出總體文化現象的詮釋並加以象徵，比如以沼澤海陸交會鹹淡流聚的特殊景觀，喻指看似濁渾卻生機蘊含的多元文化，其思考取向基本上是從否定的路徑加以演繹，在此種否定的美學思考下，其小說人物多是：

> 失望絕望者、失戀者、空虛者、孤獨者、困頓寂寞者、癔症患者、精神分裂症患者、犯罪狂、報復狂、精神萎縮者、人格異化者、單相思者、妄想症患者、懷疑論者、自毀自殺者等的心靈衝突、心理變態、人格分裂、乃至精神的崩潰。[73]

這種小說臉譜的定位，可以大致勾勒筆調的氛圍，個人曾指出由於「王」對歷史之偏好及觀察，使其對人的罪性根源也多出於生物性遺傳的解釋，而將特殊的精神疾病及人物行為歸於整體社會罪性的限制再分殊成各類病癥，以其《我有一種高貴的精神病》[74]為例，從書名來看，不脫否定之色彩而且出以不諱言疾之反諷，蘇珊‧桑坦格（Susan Sontag）的名篇《疾病的隱喻》[75]在試圖解蔽人類對疾病的詩意隱喻或解消類似非科學的神話思維，「王」的用意則以異常為尊，且以狂者之言作為顛覆教條、去傳統、去典範的利器。在〈待焚樓記〉中，「我」營造書樓以珍藏古來善本，最終目的在書樓俱焚，豁顯人對文明及其不滿的反智或對創造力的破壞。〈托塔天王〉在詮釋民間演義的深層結構，衝決父權宰制的綱常，以仙道看似悠然邈世卻是禮教森嚴，指陳父子關係無所逃於天地之間，「李靖」所托之塔已變為降伏逆子「哪吒」的法器，雖然「哪吒」肉骨還於父母，但血緣之前定終究無法改變，從驅動寶塔的十字真言「天地光明氣，五倫正四方」可知，意旨在入傳統之室而操戈，是整理改寫古籍以論述禮教吃人的精神延續。〈金光普照福臨大地〉一篇，托事於明崇禎朝的萎靡，「金光和尚」唆使曾受恩於他的弟子在《血經》前，故作褻慢碰觸經書而遭天火焚身，諷刺扮弄神蹟者與衰政之弊。〈我有一種高貴的精神病〉篇同書名[76]，第一人稱「我」是一位帶被迫害妄想症性格者，工作考試皆

73　見朱雙一，〈台灣社會文化變遷中的心理攝像──王幼華作品論〉，收入施淑、高天生主編，王幼華著，《王幼華集》，（台北：前衛出版社，1992），頁283。

74　王幼華，《我有一種高貴的精神病》，（台北：華成圖書，2002）。

75　〔美〕‧蘇珊‧桑坦格（Susan Sontag）著，程巍譯，《疾病的隱喻》，（上海：譯文出版社，2003）。

76　王幼華，《我有一種高貴的精神病》，（台北：華成圖書，2002）。

不順遂，暗中生疑以為受不明集團操控，還自視承受上天神聖使命，失業之餘到處表演特技：吞劍、鐵掌、吊陰功，由精神之異稟到肉體之異能，說明精神病之異於常人而「高貴」。〈三教典籍情慾箋注釋〉之篇名委實繁瑣，簡稱箋或注或釋則可，此篇捃拾幾則儒道釋三教中有關情慾的解釋，以情慾為人之常理，破除經典神聖視愛欲為卑下的常民偏見，從思想史角度來看，倒不妨多加解釋歷代經典何以將情慾視為卑下的歷史因素。〈五洲聖賢教化議論判〉篇名看似闡釋世界宗教學，名為議論判總嫌多餘，其旨在說明聖賢教化乃神道設教，孔子、蘇格拉底、耶穌、穆罕默德等原初無不皆然，教派之形成靠門徒弟子，更重要者在群眾的信仰基礎，篇末一段論述足以說明作者之宗教思想：

> 噫！這世界百分之九十九的人是教徒。百分之二十的人信教很虔誠。百分之七十的人有時信的很堅定，有時忘了宗教的存在。剩下百分之九的人是靠宗教吃飯。靠宗教吃飯，當然必須很虔誠的樣子。
> 我不靠宗教吃飯，也不屬於那百分之九十九人中的一個。
> 愛好思考是件悲哀的事，也是種難以向他人說起的絕對的孤獨感。做為人這種生命形式而在存於世界，更是可悲。
> 我不可能信奉什麼，也不要人們信奉我，在人們心靈仍處於蠻礪的時代，我說的話不被人尊為聖者，即被以污辱神祇之名迫殺而死。
> 這些思考，成為我生命中最陰鬱的一部分。這蠢蠢而動的欲力，使我無法不去觸弄人們心靈的模糊地帶。從人們發明了宗教以來，祂沒有解決人類的問題，人間還是一樣混亂、悲慘和充滿鬥爭。在這麼沈悶的世界，加入我的叨叨，也許會使它更加荒誕而莊嚴吧。（頁 147～148）

不從身體義來說，人所感受到的罪和痛苦，都不是由自身作為開端，當然也不由自身作結束，只是因為人的自由意識到當中的有限，「王」透過歷史反省，企圖去作「罪惡」的溯源，取得文學書寫上的題材和特色，但是離深刻的批評猶有不足，我們很容易將其駁議歸咎成制度與儀式之缺失，似乎未能使人瞥見惡所散發的恐懼與顫慄，因為在「惡」的闡釋上可以多深刻，相信超越的力量就能體會更深，換成審美形式則是對心靈圖像的凝視再激化為社會批評的利器，以瘋癲作為題材以騁思，在風格的延續外或許語言的變化可以是未來的期待。

　　以下將所論諸家作成圖譜以明其主要修辭大要及旨趣：

小說家瘋癲修辭圖譜

人　名 （name）	趨　向（inclination）					
	語　言 （language）		衝　突 （ambivalent）	批　判 （critical）	情　慾 （erotic）	排　泄 （excretive）
	普　通 （general）	個　人 （individual）				
施明正 （1935～1988）	✓		✓	✓	✓	✓
郭松棻 （1938～2005）		✓	✓			
七等生 （1939～）		✓	✓	✓	✓	✓
施叔青 （1945～）	✓		✓			
黃凡 （1950～）	✓		✓	✓	✓	
舞　鶴 （1951～）		✓	✓	✓	✓	✓
宋澤萊 （1953～）	✓		✓	✓	✓	
王幼華 （1956～）	✓			✓		

參、結　論

當代小說常產生文體不易歸類的窘境，這現象解釋了小說的鏡像所折射出的敘述語境是人自身存在的困惑，現代主義中常見的荒謬存在感乃至於瘋癲狀態究竟是自發的心理象徵抑或是學習來的抗議手段，其實都表明了人對世界觀所作出的回應，所以瘋癲作為一種修辭，除了是切入文學流變的觀察點外，它也應當被視為是反建制化的現象思考，不過我們不採線性的簡單因果觀，而是將其所彰顯的一些意義與其他觀念放在整體的領域上去判斷，如寫實主義、現代主義或鄉土意識等等意見的說明，從表列的趨勢看來，個人用語的現象值得觀察，理查‧羅逖（Richard Rorty）就曾把現代文字的反映論作了幽默的翻轉：

> 改變我們如何談論也就是改變了我們是什麼（對我們的目的而言）。尼采宣稱上帝已死，等於宣稱我們不為更高的目的而服務。尼采以自我創造取代發現，其實是以飢渴的世世代代相互踐踏的圖象，取代人類一步一步接近光明的圖象。在一個尼采式隱喻已經變成本義的文化中，人們自然會承認哲學問題和詩的問題一樣，都只是短暫的；並不存在任何問題，可以把世世代代結合在一起成為單一的自然類（natural kind）——稱之為「人類」。把人類歷史視為一個接著一個隱喻的歷史，會讓我們了解到詩人——廣義而言，新字詞的創製者，新語言的構成者——乃是人類的前衛先鋒。[77]

換言之，從近代哲學轉向以來，形式上「怎麼說」也就某種意義上決定了我們的世界，雖然我們對語言的真實還常有所保留，而這一現象如果對照當前文字書寫上個人對既有文字的重新改造與創新[78]，也可以得出對此觀點的說明。

在林雙不的〈黃素小編年〉中，我們看到二二八的大時代悲劇導致黃素瘋狂的歷史因素[79]，這是最典型的將人物的瘋癲但憑社會角度來解釋，今後的瘋癲書寫如何作出更多的詮釋？當瘋癲之言逼顯出足以供理性沈思之深意時，我們就坐實了瘋癲者的指控：理性與瘋癲同時存在人身上的兩種狀態，理性指摘瘋癲的非理性與意

77　〔美〕‧理查‧羅逖（Richard Rorty）著，徐文瑞譯，《偶然、反諷與團結》，（台北：麥田出版社，1998），頁59。

78　邱志杰在〈漢字的力量〉一文中也舉例說明現代書法中，從藝術家到特殊個人如何變造文字，及將書寫行為作為抗議的實踐，文收王冬齡主編，《中國「現代書法」論文選》，（杭州：中國美術學院，2004）。

79　收入許俊雅編，《無語的春天——二二八小說選》，（台北：玉山社出版事業股份有限公司，2003）。

識不明；瘋癲卻彰顯理性是一種暴力，只強調方法和規範，不允許戒律之外的各種存在可能，傅柯（Michel Foucault）早已指出這是瘋癲的策略運用，讓理性產生捍衛自身立場的吊詭與難堪，從而了解，如果理性只是一種思考工具上的意義，理性就會是一種限制與存在意義的缺口，相對於狂躁的瘋癲，理性有時是冷靜的暴力與瘋狂，就存在當前人類的公共事務與日常生活。

非愚即狂──台灣小說的瘋癲修辭　參考書目

一．一般書籍

（二劃）

七等生，《七等生作品集》，（台北：遠景出版社，1986）。

（四劃）

王幼華，《我有一種高貴的精神病》，（台北：華成圖書，2002）。

王德威，《歷史與怪獸──歷史，暴力，敘事》，（台北：國立編譯館主編，麥田出版社，2004）。

（七劃）

宋澤萊，《廢園》，（台南：豐生出版社，1976），遠景版改為《惡靈》，（台北：遠景出版社，1979）。

──《紅樓舊事》，（台北：聯經出版公司，1987）。

── 施淑、高天生主編，《宋澤萊集》，（台北：前衛出版社，1995）。

──《血色蝙蝠降臨的城市》，（台北：前衛出版社，1996）。

──《熱帶魔界》，（台北：草根出版事業有限公司，2001）。

（九劃）

施明正著，林瑞明編，《施明正集》，（台北：前衛出版社，1997）。

施叔青著，陳萬益編，《施叔青集》，（台北：前衛出版社，1997）。

──〈瓷觀音〉，收入《現代文學》，25 期。（台北：現文出版社，1965.07）。

──〈那些不毛的日子〉，收入《現代文學》，42 期，（台北：現文出版社，1970.12）。

（十一劃）

張恒豪編，《火獄的自焚》，（台北：遠行出版社，1977）。

張誦聖，〈嘲蔑中產品味的現代主義美學──評李永平《海東青》〉一文，收入《文學場域的變遷》，（台北：聯合文學出版社，2001）。

張愛玲，《傾城之戀──張愛玲短篇小說集之一》，（台北：皇冠文化出版有限公司，2004）。

郭松棻著，林瑞明、陳萬益主編，《郭松棻集》，（台北：前衛出版社，1997）。

（十二劃）
勞思光著，張燦輝編，《存在主義哲學新編》，（香港：中文大學出版社，1998）。
黃凡著，施淑、高天生主編，《黃凡集》，（台北：前衛出版社，2000）。
　　——《躁鬱的國家》，（台北：聯合文學出版社，2003）。
黃錦樹，《謊言或真理的技藝——當代中文小說論集》，（台北：麥田出版社，
　　　　2003）。

（十三劃）
葉石濤，《卡薩爾斯之琴》，（台北：東大圖書有限公司，1980）。
　　——《台灣文學的困境》，（高雄：派色文化出版社，1992）。
　　——《小說筆記》，（台北：前衛出版社，1983）。

（十四劃）
舞鶴，《拾骨》，（高雄：春暉出版社，1995）。
　　——《十七歲之海》，（台北：元尊文化企業股份有限公司，1997）。
　　——《思索阿邦、卡露斯》，（台北：元尊文化企業股份有限公司，1997）。
　　——《餘生》，（台北：麥田出版社，2000）。
　　——《鬼兒與阿妖》，（台北：麥田出版股份有限公司，2000）。
　　——《舞鶴淡水》，（台北：麥田出版社，2002）。
　　——《悲傷》，（台北：麥田出版股份有限公司，2001）。
　　——〈漂女〉，收入《文學台灣》，32 期，1999。

（十五劃）
劉紹銘編，《本地作家小說選集》，（台北：大地出版社，1976）。
劉小楓，《拯救與逍遙》，（台北：風雲時代出版社，1990）。
魯迅著，楊澤編，《魯迅小說集》，（台北：洪範書店，1994）。
劉小楓，《沉重的肉身——現代倫理的敘述緯語》，（香港：牛津大學出版社，
　　　　1998）。

二‧學位論文

（七劃）

李桂芳，《逆生與變奏的雙軌——現代詩語言觀的典範化與延變之研究》，淡江大
　　學中國文學系碩士論文，1999。

李欣倫，《戰後臺灣疾病書寫研究》，中央大學碩士論文，2003。

（八劃）

林慶文，《當代台灣小說的宗教性關懷》，東海大學中國文學系博士論文，2001。

林麗如，《歷史與記憶——舞鶴小說研究》，中央大學中國文學系，在職專班，碩
　　士論文，2006。

（十一劃）

張純昌，《舞鶴的頹廢意識》，政治大學，台灣文學研究所，碩士論文，2014。

張嘉紜，《舞鶴及其小說中的精神分析研究》，嘉義大學，中國文學系研究所，碩
　　士論文，2015。

（十五劃）

劉思坊，《解嚴後台灣小說瘋狂敘事研究：以舞鶴、陳雪為觀察中心》，政治大學
　　台灣文學研究所，碩士論文，2009。

（十七劃）

謝肇禎，《群慾亂舞——論舞鶴小說中的性政治》，靜宜大學中國文學研究所，碩
　　士論文，2002。

三‧報紙、單篇、期刊論文

（四劃）

王潤華，〈解構《現代文學》與台灣現代主義文學的神話〉，台灣文學館主辦，
　　2004 年 11 月 27-28 日「台灣新文學發展重大事件研討會」論文。

（六劃）

朱雙一，〈台灣社會文化變遷中的心理攝像——王幼華作品論〉，收入王幼華著，
　　施淑、高天生主編，《王幼華集》，（台北：前衛出版社，1992）。

江寶釵，〈現代主義的興盛、影響與去化——當代台灣小說現象研究〉，收入陳義
　　芝主編，《台灣現代小說史綜論》，（台北：聯經出版事業公司，1998）。

（七劃）
宋澤萊，〈為台灣文學找尋座標——宋澤萊訪葉石濤一夕談〉，收入葉石濤著，《小
　　說筆記》一書附錄，（台北：前衛出版社，1983）。
吳達芸，〈齎恨含羞的異鄉人——評郭松棻的小說世界〉，收入《郭松棻集》，（台
　　北：前衛出版社，1997）。

（八劃）
邱志杰，〈漢字的力量〉，收入王冬齡主編，《中國「現代書法」論文選》，（杭
　　州：中國美術學院，2004）。

（十一劃）
許素蘭，〈流亡的父親，奔跑的母親——郭松棻小說中性別／烏托邦的矛盾與背
　　離〉，收入郭松棻，《奔跑的母親》，（台北：麥田出版社，2002）。
張誦聖著，應鳳凰譯，〈台灣現代主義小說及本土抗爭〉，收入《台灣文學評論》，
　　3 卷 3 期，（台南：真理大學文學資料，2003）。

（十二劃）
彭瑞金，〈嘈嘈切切錯綜四十年——葉石濤的文學旅程〉，收入葉石濤，《卡薩爾斯
　　之琴》，（台北：東大圖書有限公司，1980）。

（十三劃）
楊照，〈「本土現代主義的展現」——解讀舞鶴小說〉，收入舞鶴，《餘生》，（台
　　北：麥田出版社，2000）。

（十五劃）
蔡淑惠，〈癡狂中的愛慾／鬱：詭譎幻象與主體空白〉，《哲學雜誌季刊》，33 期，
　　（台北：業強出版社，2000）。

四・譯著

〔美〕・馬蒂尼（A. P. Martinich）編，牟博等譯，《語言哲學》，（北京：商務印書

　　館，1998）。

〔德〕・Catharina G. Schües 著，謝志偉譯，〈宋澤萊及其作品〉，收入宋澤萊著，
　　施淑、高天生主編，《宋澤萊集》，（台北：前衛出版社，1995）。

〔美〕・丹尼爾・貝爾（Daniel Bell）著，趙一凡、蒲隆、任曉晉譯，《資本主義的
　　文化矛盾》，（台北：久大桂冠圖書股份有限公司，1994）。

〔美〕・弗雷德里克・詹姆遜（Fredric Jameson）著，〈後現代主義與消費社會〉，
　　收入胡業敏等譯，《文化轉向》，（北京：中國社會科學，2000）。

〔美〕・詹明信（Fredric Jameson）著，唐小兵譯，《後現代主義與文化理論》，（台
　　北：當代雜誌出版社，2001）。

〔英〕・安東尼・吉登斯（Giddens, A.）著，田禾譯，《現代性的後果》，（南京：
　　譯林出版社，2000）。

〔德〕・馬克斯，舍勒（Max Scheler）著，〈論害羞與羞感〉，收入羅悌倫、林克、
　　曹衛東譯，劉小楓校，《價值的顛覆》，（香港：牛津大學出版社，
　　1996）。

〔美〕・霍蘭德（Norman N. Holland）著，潘國慶譯，《後現代精神分析》，（上海：
　　上海文藝出版社，1995）。

〔美〕・理查・羅逖（Richard Rorty）著，徐文瑞譯，《偶然、反諷與團結》，（台
　　北：麥田出版社，1998）。

〔美〕・蘇珊・桑坦格（Susan Sontag）著，程巍譯，《疾病的隱喻》，（上海：譯文
　　出版社，2003）。

〔日〕・加賀乙作著，葉石濤譯，〈文學與病跡學〉，《書評書目》，78 期，（台北：
　　洪建全教育文化基金會，1979，10）。

語言文學類　PC0853　文學視界111

台灣當代宗教小說作家群像

作　　者／林慶文
責任編輯／杜國維
圖文排版／詹羽彤
封面設計／劉肇昇

發 行 人／宋政坤
法律顧問／毛國樑　律師
出版發行／秀威資訊科技股份有限公司
　　　　　114台北市內湖區瑞光路76巷65號1樓
　　　　　電話：+886-2-2796-3638　傳真：+886-2-2796-1377
　　　　　http://www.showwe.com.tw
劃撥帳號／19563868　戶名：秀威資訊科技股份有限公司
　　　　　讀者服務信箱：service@showwe.com.tw
展售門市／國家書店（松江門市）
　　　　　104台北市中山區松江路209號1樓
　　　　　電話：+886-2-2518-0207　傳真：+886-2-2518-0778
網路訂購／秀威網路書店：https://store.showwe.tw
　　　　　國家網路書店：https://www.govbooks.com.tw

2019年11月　BOD一版
定價：420元
版權所有　翻印必究
本書如有缺頁、破損或裝訂錯誤，請寄回更換

國家圖書館出版品預行編目

台灣當代宗教小說作家群像 / 林慶文著.-- 一版.
-- 臺北市：秀威資訊科技, 2019.11
面；　公分. -- (語言文學類；PC0853)(文學
視界；111)
BOD版
ISBN 978-986-326-759-1(平裝)

1.臺灣小說　2.宗教文學　3.文學評論

863.27   108019053

讀者回函卡

感謝您購買本書,為提升服務品質,請填妥以下資料,將讀者回函卡直接寄回或傳真本公司,收到您的寶貴意見後,我們會收藏記錄及檢討,謝謝!
如您需要了解本公司最新出版書目、購書優惠或企劃活動,歡迎您上網查詢或下載相關資料:http:// www.showwe.com.tw

您購買的書名:＿＿＿＿＿＿＿＿＿＿＿＿＿＿＿＿＿＿＿＿＿＿＿＿＿

出生日期:＿＿＿＿＿＿年＿＿＿＿＿＿月＿＿＿＿＿＿日

學歷:□高中 (含) 以下　　□大專　　□研究所 (含) 以上

職業:□製造業　□金融業　□資訊業　□軍警　□傳播業　□自由業
　　　□服務業　□公務員　□教職　　□學生　□家管　　□其它＿＿＿

購書地點:□網路書店　□實體書店　□書展　□郵購　□贈閱　□其他

您從何得知本書的消息?

　□網路書店　□實體書店　□網路搜尋　□電子報　□書訊　□雜誌

　□傳播媒體　□親友推薦　□網站推薦　□部落格　□其他＿＿＿＿＿＿

您對本書的評價:(請填代號　1.非常滿意　2.滿意　3.尚可　4.再改進)

　封面設計＿＿＿　版面編排＿＿＿　內容＿＿＿　文／譯筆＿＿＿　價格＿＿＿

讀完書後您覺得:

　□很有收穫　□有收穫　□收穫不多　□沒收穫

對我們的建議:＿＿＿＿＿＿＿＿＿＿＿＿＿＿＿＿＿＿＿＿＿＿＿＿＿

＿＿＿＿＿＿＿＿＿＿＿＿＿＿＿＿＿＿＿＿＿＿＿＿＿＿＿＿＿＿＿＿＿

＿＿＿＿＿＿＿＿＿＿＿＿＿＿＿＿＿＿＿＿＿＿＿＿＿＿＿＿＿＿＿＿＿

＿＿＿＿＿＿＿＿＿＿＿＿＿＿＿＿＿＿＿＿＿＿＿＿＿＿＿＿＿＿＿＿＿

11466

台北市內湖區瑞光路 76 巷 65 號 1 樓

秀威資訊科技股份有限公司　　　收

BOD 數位出版事業部

....

（請沿線對折寄回，謝謝！）

姓　　名：_____　年齡：_____　性別：□女　□男

郵遞區號：□□□□□

地　　址：_____

聯絡電話：(日) _____　(夜) _____

E-mail：_____